小那·狼子

郭雪波 著

中国出版集团
中译出版社

图书在版编目（CIP）数据

赤那-狼子 / 郭雪波著. 一北京：中译出版社，2020.1
ISBN 978-7-5001-6078-6

Ⅰ.①赤… Ⅱ.①郭… Ⅲ.①长篇小说－中国－当代
Ⅳ.①I247.5

中国版本图书馆 CIP 数据核字（2019）第 250025 号

出版发行 / 中译出版社
地　　址 / 北京市西城区车公庄大街甲 4 号物华大厦 6 层
电　　话 / (010)68005858，68358224（编辑部）
传　　真 / (010)68357870
邮　　编 / 100044
电子邮箱 / book@ctph.com.cn
网　　址 / http://www.ctph.com.cn

出 版 人 / 张高里　刘永淳
策划编辑 / 范　伟
责任编辑 / 张　旭　范　伟
插　　画 / 田宏图
封面设计 / 今亮后声工作室

排　　版 / 北京竹页文化传媒有限公司
印　　刷 / 肥城新华印刷有限公司
经　　销 / 新华书店

规　　格 / 787 毫米 ×1092 毫米　1/16
印　　张 / 27.125
字　　数 / 320 千字
版　　次 / 2020 年 1 月第一版
印　　次 / 2020 年 1 月第一次

ISBN 978-7-5001-6078-6　定价：69.00 元

蒙古秘史卷一

成吉思·(合)(合)罕訥 忽札兀兒。
（名 皇帝 的 根源）

迭額列 騰格理 額扯 札牙阿兇 脱列克先 字兒帖·赤那
（上 天 處 命 有 的 生 了 的 蒼色 狼）

阿主兀。格兔該 亦訥 豁埃·馬闌勒 阿只埃。騰汲思客 兗勒周
（有 妻 他的 慘白色鹿 有來 水名 渡着）

亦列罷。斡難·沐漣訥帖里兀捏 不峏罕(合)勒敦納
（來了 河名 河的源行 山名行 人名 有來）

嫩禿黑剌周 脱列克先 巴塔赤·罕 阿主兀。(一)
（營盤做着 生子的 人名 有來）

释义： 成吉思汗先祖，乃奉上天之命而诞生的孛儿帖·赤那，携妻豁埃·马阑勒，渡过腾汲思海而来，于斡难河源头不峏罕山麓扎营驻帐。

很多年过去了。

每当我从城里回到故乡，坐在河边的沙丘上，

就想起我那狼孩弟弟小龙，

还有那只不屈的母狼和它的家族。

——作者题记

卷 首

鹿，到上帝那儿告了狼的状。

鹿族安宁地生活在森林荒原，却总受狼的追捕，整日奔波动荡，一批批被狼吃掉，何等不公平！上帝既然创造了鹿，为何又创造狼来捕杀它们？

上帝微笑着，满足了鹿的要求，把狼召回天上。

从此，鹿族过上了安定的生活，不再奔波动荡，在森林湖边吃了即睡，变得懒惰，渐渐失去往日在奔波中锻炼出来的强健体魄；更因没了狼，它们住地的死尸无法清理，腐烂后滋生瘟疫，鹿群一批批死亡，整个家族濒临灭亡。

无奈，鹿又找上帝诉苦，还是把狼派回来吧！安逸和懒惰，正在毁掉我们的家族。

于是，森林和荒原上，又有了狼群。鹿族在被追捕中又恢复了往日奔腾的生机和兴旺。

——流传在科尔沁草原的传说

目 录

第一章

　　躲在草丛后边，我们看见
了动人的一幕：那只公狼正在
转移受伤的母狼和三只狼崽！
母狼受伤的前腿搭在公狼的脖
子上前行，它们俩的嘴里叼着
狼崽，公狼叼两只，母狼叼一
只，走得极其艰难而缓慢。

一

荒野寂静，灰蒙蒙如沉睡的野兽。

"呜呜……"突然传来奇怪的声音。

"啥声音？"我扯了一下老叔满达的衣袖。

老叔瞅一瞅四周苍苍莽莽的荒坨子，复低头捡起杏核，说："没啥声音。"

"呜呜……"那声音又响起。

"你听！"我有些紧张，目光搜索着周围的草丛沙丘。

"嗨，是狗崽叫。"老叔这回也听见了，并马上做出判断，依旧把一捧一捧的干杏核装进口袋里。

沙坨子中的干落野杏核能卖钱，每到秋季，我和老叔都要走进离村三十里的黑沙坨子，捡杏核筹集学费。老叔比我大两岁，十五岁的他，胆子也比我大，荒沙野坨哪儿都敢去，人称"豹胆儿满达"。

"呜呜……"

那喉咙被堵塞的哼叫声变大了，似哭似泣，听着瘆人，好像就在附近。我和老叔的目光，一下子盯住了右侧老山杏树后头。那里有一片乱草棵子，老叔拿起镰刀就走过去了，我紧跟其后，猫着腰轻轻拨开那片草棵子。于是，我们看见了那只"大狗"。

草后的沙丘下有个黑洞，洞口躺着一只毛茸茸的"大狗"，身上流着血。三只小狗崽趴在"大狗"肚下呻吟，吸吮"大狗"带血的奶头。小狗崽的脸面也涂满了鲜红血迹。"大狗"身躯颤抖，微张着嘴，呼吸困难，显然受伤不轻。

"真是小狗崽哎！"我喜叫。养一只小狗崽，是我梦寐以求的事，站起身就要跑过去，却被老叔像薅干草一样薅了回来。

"那不是狗崽。"老叔说。

"那是啥？"

"狼崽。"

"啊？！"我顿时变了脸。

受伤的母狼此时也有了警觉，冲我们这边龇牙咧嘴，瞪着绿眼珠，挣扎着站立起来，踉踉跄跄走了几步，又摔倒了。伤势过重无法驱赶入侵者，使得母狼恼怒地发出一声咆哮，艰难地把两只小崽拢在自己颌下，嗓眼里不停地滚动出威胁的低吼："呜——呜——呜——"

老叔拉上我后退几步，说："咱们快离开这里！"

"那狼崽会饿死的……"我不知自己为何留恋起那狼崽。

"那是狼崽，你还可怜它？"

"狼崽咋了？现在跟狗崽差不多，怪可怜的……"我放缓了脚步，"老叔……"

"干啥？"

"那狼崽……"

"你想干啥？"

"我想抱回一只养着，行不？"

"你疯了？狼崽能养啊？"老叔的眼睛瞪得溜圆。

"咋不能？咱们一手养大了，它不就有了人味儿！到那时，咱们就不怕二秃家的大花狗了。"

一提二秃和他的大花狗，老叔就恨得牙根发痒，每次路过他家门口去上学，二秃就放出狗来咬我们。原本我们家也有一只大黑狗，像一头狼，特厉害，后来被人偷吃了，我和老叔伤心地哭了好几天，我们怀疑是二秃的爸爸，大秃子胡喇嘛村主任干的。

现在听我这么说，老叔动心了。

他一拍腿："好，咱们就抱回去一只，养养试试！"

他拉着我，拨开那片草丛，观察片刻，断定那母狼无力攻击我们，便"噌噌"跑过去了。母狼流血过多，连站都站不起来了，只是本能地掀起上嘴唇，露出尖利的牙齿想吓退我们。但这些已经无济于事，它是无法保护它的小崽了。

老叔举起镰刀想砍那只无力反抗的母狼。

"别！别砍它！"我大叫，"抢人家的孩子还砍死它，那狼崽会恨我们一辈子的！"

老叔犹豫了一下，就用镰刀背儿摁住母狼的头，不让它动弹。老叔说："阿木，麻利点抱一只，咱们走！"

我从三只狼崽中选了那只耳尖上有一撮白毛的小狼崽，抱起来。才两三个月的小狼崽不会咬人，只往我的怀里拱奶，显然它是饿坏了。我被拱得好痒痒，笑出声来。

"你笑啥？"老叔问。

"它拱我，痒痒。"

"那你把你的小黑奶头给它吃吃吧。"老叔逗我。

"对了，我包里还有一瓶酸奶，给它吃。"

说着，我就掏出那瓶准备自个儿喝的酸奶，喂给小狼崽吃。小狼崽吧唧吧唧吃着奶，不再哼哼了。那母狼在老叔的镰刀下无力挣扎，双眼凶狠地盯着抱走小狼崽的我，喉咙里呼儿呼儿地发出低吼。

"老叔，母狼是不是快死了？"

"差不离，中了两枪，叫猎人打的，血流干了，它也就死了。"

我走过去，俯身查看了一下母狼的伤处。

"老叔，咱们给它包扎一下吧。"

"你又想干啥？"

"止住流血，兴许它还能活过来。"

"你还真是菩萨心肠！"

"咱们救活它，它就不会怀恨我们抱走它的孩子了。"

"可能吗？这是一只野狼！"

"管他可不可能，咱们先做嘛。"

于是，我和老叔先用柳条一道一道包扎紧母狼被打断的一条腿，再从我的衣服上扯下一条布条儿，紧紧扎紧母狼流血的胸口。那母狼似乎懂得了我们的好意，微闭上双眼，任由我们摆弄，老实得像一只家狗。

"好了，母狼，你要是能活过来，别去骚扰我们啊，我们带走你的小崽帮你养着，反正你不能喂养它了。"我说着，重新抱起那只白耳尖狼崽。

"快走吧，你真啰唆！"老叔不耐烦了，催促着我。

正在这时，突然从远处传出一声长长的尖利的狼嗥声。

"不好！还有一只公狼！这是狼的一家，公狼去觅食刚回来！咱们快离开这里！"老叔的脸色变了，他拉起我就跑，见我还抱着那只白耳狼崽，就冲我吼起来，"快丢掉它！你还抱着它干啥？快丢掉！"

"不嘛，我要带它回去养！"我固执着。

"你找死啊！公狼会追过来咬死我们的！"老叔急了，不由分说抢走我怀里的狼崽，丢回母狼身边，然后头也不回地拉着我，跑回我们原先歇息的山杏树下，收拾起东西来。

我们很快把捡好的两口袋干杏核驮在驴背上，匆匆离开这块危险之地，直奔回家的路。老叔把毛驴赶得兔子一样快，脸色铁青，一句话也不说，也不让我出声。我这时才感觉到了危险，一想起自己刚才对母狼和狼崽的举动，心里不免有些后怕。

这时，那只公狼的嗥叫声愈来愈近了。

二

有几人蹑手蹑脚地，从沙湾子处冒了出来。他们手提枪，牵着马，眼盯着地上的什么印迹，个个神情紧张，如临大敌。

撞见牵驴赶路的我和老叔，他们如撞见了鬼般，瞪大了眼睛围了过来。为首的是大秃子胡喇嘛村主任。

"你们俩是从那边、那边过来的吗？"其中一个叫金宝的猎手说话都不利索，指着我们身后的坨子，好像我们是从地狱那边走过来的。

"是啊，咋的了？"老叔答。

"就凭你们俩小臭蛋？"胡喇嘛绷紧的脸松弛下来，不屑地用眼梢瞥着我和老叔，似乎不相信也不甘心我们的胆量超过了他们大人。

"当然不是了。"我冲他撇了撇嘴。我极厌恶胡喇嘛冒油的秃头，春夏秋冬总捂着一顶油腻的帽子。

"我说是嘛，是你老子苏克领你们来的吧？"胡喇嘛咧开大嘴乐，伸脖往我们身后看，"他人呢？"

"不是我爸。"

"那是谁？"

"我们的守护神。"我奶奶虔诚信佛，总跟我说善心人总有守护神伴随。

"哈哈哈哈……"老叔满达憋不住乐了。然后，牵上毛驴对我说："咱们走。"

"站住！"胡喇嘛受奚落不悦了。

"干啥？"老叔并不买他的账，眼一横，口气也不软。我爷爷是村里咱这家族的长者，胡喇嘛当村主任，再霸道也要让几分。

"不干啥，问你个话。"

"问啥球话？"

"你们在那边坨子里没遇着啥吗？"

"啥？"

"狼！"

"狼？"老叔刚要张口被我拉了一下，便改口，"没有哇，沙坨子里连跳鼠都快绝了，哪儿来的狼！"

"瞎扯！"胡喇嘛指着旁边的猎手金宝，"他在林子里打伤了一只追兔的母狼，公狼又蹿出来攻击他，这不，我们正码脚印去围剿这对儿野狼呢！"

猎手金宝呵呵得意地笑。原来那只母狼被他所伤。我真有些不相信他那猥琐矮墩的狗样，还能伤了母狼。他外号叫"娘娘腔金宝"，说话母声母气，办事也蔫儿吧唧，村里大人小孩都不拿他当回事。于是他的兴趣放在了野外，掏个獾洞了，打个沙斑鸡了，偶尔也能伏击个雪中觅食的狐狸什么的，号称猎手。实在没打的，他就掏家雀，连毛一起烧着吃。蒙古人生来只吃牛羊肉，谁还吃家雀呀，不够塞牙缝不说还嫌脏，连狗都不闻，只有逮老鼠的猫才吃。这也是金宝被人看不起的一个原因。当然了，他媳妇被南方贩子拐跑也是一个原因。

"你们俩臭小子，没叫那对恶狼吞到肚里，真是福大命大。"胡喇嘛牵过马，重新去查看原先的狼印时这么说。

"我们还真……"好逗能的老叔又差点冒出口。

"我们还真福大命大，你们可就悬了，小心叫狼叼了你们的球！"我岔开老叔的话说。

"你这小兔崽子。"胡喇嘛骂了一句，领着他的"猎队"，小心翼翼地码着脚印，向沙坨深处追去了。

荒野光秃的沙地上，剩下我和老叔外加一头老驴，显得好空旷好寂寥。我注视猎队消逝的方向，心变得沉重起来。

"你为啥不让我说出咱们遇着狼的事呢？"老叔不解地问我。

"我不想让他们找到狼窝。"

"你还惦记着狼崽？"

"嗯哪，没有狼崽，没有大狗，咱们可咋对付二秃和他的大花狗？"我又忧虑起来，"老叔，我有个主意，咱们跟着他们过去。"

"干啥？"

"看看他们打狼……"

"哈，你小子想捡个洋落儿，好，我同意！"老叔也来了劲头，他想逮个狼崽的心情一点也不次于我。

我们把毛驴和杏核留在沙湾处，用木橛子拴住毛驴儿，干杏核卸在一旁。我们就攥着镰刀尾随在猎队后边，悄悄跟去。

后来，嫌他们码脚印太慢，我和老叔轻车熟路走直路，翻过沙坨子，直接到了老山杏树后的狼窝那儿等候起来，反正他们早晚会赶过来的。躲在草丛后边，我们看见了动人的一幕：那只公狼正在转移受伤的母狼和三只狼崽！母狼受伤的前腿搭在公狼的脖子上前行，它们俩的嘴里叼着狼崽，公狼叼两只，母狼叼一只，走得极其艰难而缓慢。

也许，公狼感觉到了危险正临近，回头跟母狼碰了碰鼻嘴，低声

"呼儿呼儿"叫了几下，便一起放下嘴里叼着的小崽，然后公狼半驮着母狼，大步大步飞跃着消逝在沙漠深处。

"它们扔下狼崽走了，咱快过去捡回来！"我急忙说。

"不是的，公狼嫌慢，先转移母狼到安全地方，然后回来叼狼崽走。咱们可别招惹它们。"老叔颇有经验地按住我说。

这时，胡喇嘛和他的猎队出现了。

从暗处看着这些"勇敢的猎人"，蹑手蹑脚、畏首畏尾地接近狼窝，我们差点笑出来。放弃祖先的牧业经济，安居家业生活并以翻耕沙坨为生，这里的蒙古人简直失去了祖先的所有豪迈和勇敢。

"那边有狼崽！"眼尖的娘娘腔金宝尖叫起来。

"趴下！可能有大狼！"胡喇嘛一声喝叫，这几位猎人忙不迭地就近撅着腚趴在地上，谁的枪一失手朝天"砰"地放了一枪，枪声在大漠中回声很大，震耳欲聋，久久不绝。

我和老叔又差点笑出来。

半天没有动静。

确认没有大狼之后，他们很勇敢地站起来，冲那三只孤弱无助的狼崽，如恶虎般冲了过去。小狼崽还没有长牙，但会咧开嘴做出咻咻吓人状。被胡喇嘛抓在手里的那只却用肉牙床咬住他的手指不松口，疼得他把那狼崽一把摔在地上，又踢了一脚，怕其不死拔刀接连捅了几刀。另一只也惨遭同样下场，甚至更惨，狼崽的肚肠都翻出来了，血洒得满地鲜红。我不忍目睹，闭上双眼。老叔嘟囔说："妈的，不敢追大狼，杀小崽出气，啥本事？"

我梦想中的狼狗，正在消失。

只有娘娘腔金宝手里抓到的那只幸免于难。胡喇嘛似乎没有杀过瘾，要抢过那只狼崽时，金宝死抱着没有放，说带回家玩玩，兴许还有用。胡喇嘛呵呵笑说，就你娘娘腔心眼儿多。而后他像一位胜利的将军般察看周围，又往那个狼洞里"砰砰"放了几枪，仍不放心，猫着腰端着枪走进一米多深的狼洞，再灰头土脸地爬出来时，手里多了半只野兔，呵呵笑说没有白来，晚上的下酒菜有了。

我在心里说，你也就捡个狼剩儿狗剩儿的。

"听！"娘娘腔失声一叫，脸唰地白了。

于是，他们和我们都同时听到了那只公狼的怒嗥。长长的、冰冷的、刺入心肺的狼嗥从不远处传过来。

"快跑！"娘娘腔金宝爬上马背，就要逃。

"胆小鬼！"胡喇嘛壮着胆儿骂了一句。

"杀了狼崽，大狼会红眼的，人斗不过红眼的恶狼！"

其他几人也都流露出畏惧之色，纷纷上马。胡喇嘛这才胆怯了。嘴里骂一句狗日的，又朝天放了一枪壮胆，然后才骑上马，和其他人一道绝尘而去。他们仓皇奔逃的样子，完全没有了刚才打狼崽时的英雄气概，有一个掉了一只鞋子都没有回来捡，狼狈至极。

"咱们也快撤吧。"老叔拉了我一把，悄声说。

"妈的，天杀的大秃子他们，干出这种缺德事！"我愤愤骂道，为惨死的小狼崽不平。

人类的这种残忍的屠戮动物幼崽的行为，引来无穷后患甚至是灾难，为此，村里人以及我们家付出了惨痛的代价。

三

西边的太阳通红，在茫茫的大漠天际燃烧。

科尔沁沙地如一条被火光罩住的死蛇，静静地躺在东边，渐渐也随那火燃烧起来，万里飞红。

据说，科尔沁沙地往年叫科尔沁草原，属于成吉思汗的胞弟哈布图·哈萨尔的领地，牧野千里，绿草万顷。清道光年间开始"移民实边"，开垦起这片草原，改变了原先以牧为主的人类生存方式，称之为农业代替牧业并号称"先进"了。这种"先进"给科尔沁草原带来了毁灭性的灾难：草植被下边的黄沙被翻耕上来，草原如剥光了绿绸衣一般，赤裸裸，日复一日无可奈何地沙漠化了，经过上百年变迁，就成了如今这种茫茫无际的大沙地，唯有边缘地带的沙坨子，还幸存着些稀稀拉拉的野山杏、柠条、沙蒿子等耐旱草木。

我和老叔匆匆走在科尔沁沙地西南地带的塔敏查干沙坨里。老叔不时回头瞧一瞧那只红眼的公狼是不是追上来了，同时跟西边的落日赛跑，要赶在天黑以前走出沙坨子。我们刚走一半儿路，那轮西边的太阳似乎也着急回家，眼瞅着就贴上了大漠边缘，霎时变得金红金红。只见它褪去刚才还滚滚燃烧的刺眼光芒，显得清晰而柔和，挥洒出的晚霞涂满我们这边的天空和沙坨。我们恨不得拿根木棍，支撑住那轮落日不再往下滑落。老叔手里的柳条打得驴屁股噼啪直响，可驮着死沉死沉的干杏核，蹄子又老陷进软沙地迈不快，真是难为了这头毛驴。

人和畜很快呼哧带喘了。

"咱们别奔命了，公狼追也得追他们呀，咱们又没杀狼崽。"我擦着脸上脖上直流的汗水，停下步子喘口气。这时发现我们的身影儿在沙地上投出很长，周围的沙峰也拖出了长长黑影。显然，太阳真的要落下去了。

我转过头往西瞅了一眼，便惊呆了。

我真没想到此时的大漠落日是那么漂亮，那么壮观！

它变得硕大而滚圆，卸去了金色光环，卸去了所有的装饰，此时完全裸露出真实的自己，火红而毛茸茸，和大漠连成一体，好比在一面无边的金色毯子上，浮着一个通红的大绒球，无比娇柔地，小心翼翼地，被那美丽的毯子包裹着，像是被多情的沙漠母亲哄着去睡眠。此时的大漠，一片安谧和温馨，那样庄严而肃穆地欢迎那位疲倦了的孩儿缓缓归来。于是，天上和沙上只残留下一抹淡红，不肯散去。黄昏的暗影悄悄如一张丝网绸幔般飘落下来，人好像处在缥缈的幻影中。我的眼角有些湿润，突然萌生出想哭的感觉，为那大漠的落日。尽管它带走了它的光辉，但这最后瞬间的壮美和大自然的瑰丽都融进了我的心田，使我终身不忘。

黄昏的沙漠小路还依稀可见。大漠开始拉下黑沉的脸。远处有一种夜鸟在哀鸣，那啼鸣很像在说："带我出去！带我出去！"我和老叔的心都突突的。传说有一少女迷路在塔敏查干沙坨里，死后变成这怪鸟，一到天黑就出来这样哀叫。担心的事情终于发生，前边的小路模糊不清了，一旦走错，我们可就迷失在这塔敏查干——地狱之沙中走不出去了。四周愈加黑暗，刚才还清晰可辨的沙包沙丘，此刻突然变得如怪兽恶魔般张牙舞爪，恐怖阴森，随时会扑过来吞了我们。

"找不见路了，咋整？"老叔在前边沮丧地说。

若在平时我也肯定吓个半死，可此刻我心中有个异样的感觉，就是最后一瞥感受到的那轮落日，似乎把面对黑暗和人间困难的勇气留给了我。

"咱们让毛驴走在前头。"我镇定地说。

"毛驴？"老叔疑惑。

"是。咱家这头老毛驴常年随爷爷和爸爸进出这沙坨子，肯定认得道儿。"我仍装得胸有成竹，头一次在总当大人保护我的老叔面前，表现出比他聪明。

"对呀，书上说老马识途，那老驴也应该识途！"老叔一拍腿，就把那头老毛驴赶到前边，让其自由走路。果然，那头驴"喷儿喷儿"响着鼻子，低头在沙地上闻了闻，然后便昂起头，支棱起双耳，义无反顾地奋然前行了。我和老叔提到嗓子眼的心放踏实了，相互击一响掌，迈开大步跟上驴步，唯恐走失了这位指引方向的领路者。不知何时，一轮皓月挂在了东边天空。老驴不负所望，终于将我们带出了塔敏查干沙坨。当然，我心中同时感激那轮落日。我知道真正驱除我心中恐惧，领我们走出这黑暗沙漠的是那轮大漠落日。其实，人只要心存一片光明，便可面对一切黑暗。

刚走到村口，我们的老毛驴哇哇大叫起来。显然它如释重负，再加上饥渴，迫不及待地想回家享用主人的犒劳。

进村后我们小心起来。天黑不久，村街上总有些闲荡的狗和醉汉冒出来吓人，老叔牵住驴笼头绳。路经二秃家门口时，我们更是格外小心，攥紧了手中的镰刀。

"嘿嘿，别这么悄悄走过去呀，哥们儿！"不知是冤家路窄还是先听着信儿等候，二秃和他的花狗出现在我们的前边。

"滚开，别挡路！没时间跟你闲扯！"老叔冷冷地说。

"我有时间闲扯！花子，过来！"二秃身后的狗摇着尾巴跳蹿着，伸出舌头舔二秃的手掌。

"二秃，你这无赖，再放狗咬人，明天我告老师去！"我和二秃一个班，本来他跟老叔满达一个班，蹲了几次班就蹲到了我们这年级，明年肯定还要蹲下去。

"你小子别拿老师压我，谁还怕那球老师！"二秃撇撇嘴，指着我又说，"我倒警告你阿木，往后不许你接近伊玛那丫头！"

"哈，敢情你这无赖看上人家伊玛了吧？真是癞蛤蟆想吃天鹅肉！"我忍不住大笑起来，继续奚落他，"我们明天还一起到班主任老师那儿开会，她是班长，我是学委，肯定经常在一起。有本事你也当学委呀，下辈子吧！"

这一下二秃急了。

"妈的，花子，给我上！咬他们狗日的！"

"汪，汪汪。"花狗狂叫着一跃而起，向我们扑来。

幸好今天手中有镰刀，能抵挡这恶狗的进攻。如狼般凶猛的花子几次扑上来，挨了一下老叔的镰刀，有些惧色，只绕着我们吼叫，不敢再轻易上来。

我们一边战斗一边撤退，嘴里还骂着二秃的祖宗：大秃二秃加老秃，秃猫秃狗秃老鼠，秃子秃孙秃老宗，三代八辈全秃驴！

二秃和他家人最忌讳别人说光亮、无毛、葫芦瓢等字眼，无奈祖传的秃种三代秃瓢儿，给人以无限的想象空间和编排口实，村人不时地揭他们的短处解气。

二秃这一下彻底急疯了，自己冲过来便和老叔扭打起来。老叔虽比二秃矮一截儿，可有力气，两个人在村街上明月下厮打得天昏地暗，尘土飞扬，谁也摔不倒谁。那只大花狗先是围着他们俩叫，可无法帮主人的忙，迅速转向进攻我了。它"呼儿呼儿"狂吼着，露出尖尖白牙又扑又冲，恨不得一口吞了我。我一手牵着老叔丢给我的毛驴牵绳，一手挥舞镰刀来砍大花狗，不让它靠上来。

狡猾的花狗放弃我，"呼儿"的一下突然咬了一口我牵着的毛驴。

这一下糟了。毛驴受惊，"腾"地挣脱缰绳，"哇——"一声长叫，尥着蹶子扬蹄而去。

"毛驴跑了！老叔，毛驴受惊跑了！站住！"

我丢下花狗，转身去追毛驴。老叔见状也追过来。我们都担心毛驴驮着的干杏核，那可是我们一天的辛苦换来的。

那毛驴跑得欢实，亢奋，而且一蹦一跳的，不停地尥蹶子防身后有袭击，于是后背上的干杏口袋受不住这种强烈颠荡，没有多久扎口袋的草绳断了。霎时间，里边的干杏核就稀里哗啦撒落出来，简直如天女散花。老驴将我们一天的劳动果实一路撒将而去，或许因为由重变轻而更加兴奋愉悦，根本没有停下来的意思。

"完了！我们的杏核，全完了！"我急得几乎哭出来。

"哈哈哈，好哇！花子，咬得好，快追，接着咬那毛驴！"二秃幸灾乐祸，手舞足蹈地狂喊狂叫。

当老毛驴尥蹶子踢开花狗时，也把最后一把杏核从口袋里抖落干净了，然后它大叫着消失在村街上。

我扑倒在满地的杏核上哭泣起来。杏核跟路上的羊粪蛋驴粪球，还有土块砂石混在一起，月光下静寂无声。

我猛地感觉到了屁股上的刺痛。同时听见了裤子和我皮肉一起被撕开的"哧啦"声。

趁我不备，那只恶狗花子偷偷往我屁股上下嘴了。

"妈呀！"我惨叫着滚爬而起。

得手的花子闪到一边。

我摸一下屁股蛋，血肉模糊。

"我宰了你！"我一下红了眼，捡起镰刀就冲花狗扑过去。没有疼痛，不知恐惧，心中只有一个念头：宰了这只恶狗。

花狗被我的气势镇住，没有了威风，夹起尾巴就逃。我紧追几步一刀砍下去，镰刀尖一下子砍进了花狗的后腿上。"嗷儿"一声哀叫，花狗带着我的镰刀急窜而去。

"你他妈砍伤我狗，给我赔！"二秃冲我跑来。

"操你祖宗！我连你也砍了！"我瘸着腿，抢过老叔手中的镰刀，咬牙切齿地迎向二秃。老叔怕惹出人命，拉住我说："先包扎伤口要紧，完了跟他算账！"

"不，今天爷非先砍了他不可！"我一把推开老叔。月光下我像一头受伤红眼的豹子，屁股上流着血，样子很可怕地冲过去。

"救命啊！爷爷，救命啊！"二秃见状像他的狗一样转身就跑，三魂去了两魄，撒腿如兔子。

我一瘸一拐地举着镰刀紧追不舍。

老叔见我要玩命又知道劝不回，真怕出大事，赶紧往家跑报信儿。

有一双眼睛一直在二秃家的大门后闪动，阴冷阴冷。这个人带着得意的笑意，嘴巴歪向一边，摸着秃头偷乐，后见二秃败逃而来喊救命，这双眼神就变了，闪出怒火。

"谁这么大胆，要砍我的孙子呀？"

这人从门后闪身而出，威严地喝问，接着"咔儿咔儿"咳嗽起来。村人都知道老秃胡嘎达年轻时抽大烟，新中国成立后改抽关东烟如吃饭一般，弄坏了呼吸系统，说两句话就咳一阵吐一口浓痰。

"你孙子二秃……放狗咬人……"

没说完，我腿一软晕过去了。沙漠中一天劳累饥渴，加上流血过多和急火攻心，我实在支持不住了。

"要死，去远点儿啊，别埋汰了我家门口！"

朦胧中听见老秃这句恶毒诅咒，我脑袋里"嗡"的一声炸响，便不省人事了。吵闹的村街、明亮的月夜，都离我远去。世界一下变得很安静。

四

疯跑回家的老驴惊动了我家。

驮着空口袋，进院子后仍不安静，惊魂未定地乱窜乱跳，失常的这头毛驴着实吓住了焦急等候的家人。

我爸大叫一声："出事了！"便摸墙上的猎枪，他以为我们遇着狼豹之类野兽了。

这时老叔正好赶回到家里，说出原委。

"翻了天了！快走，孩子要出事！"爸爸风风火火跑出家门，直奔胡喇嘛家。

胡家门口静悄悄，大门紧闭，黑灯瞎火，连那只恶狗花子也不叫一声。我爸喊着我的名字，在胡家门口乱转悠，最后被倒在地上的我绊了一下。他以为我怎么着了，又是试我的呼吸，又是掐我人中，终于把我给唤醒过来。

见到爸爸，我"哇"地哭出来。

"儿子，你咋了，咋昏倒在这儿？"

"二秃放狗咬了我屁股……我的屁股……"

爸爸抱起我就往家走，同时回过头撂下一句话："二秃，你听着，我一会儿回来跟你们算账！"

"我的干杏核全撒了……我的干杏核……"我呻吟着说。

"先回家包扎伤口吧，别管杏核了！"

回到家里一通忙活。请来村里的土大夫吉亚太，他伸出鸡爪子似的手，拨拉着我屁股上耷拉下的那块肉，割掉也不是，粘上又不是，很是为难了一阵儿。他又用一团存了不知多少年的黄棉花团，沾着盐水，使劲儿往我那已血肉模糊的屁股上蹭了又蹭，擦了又擦，又拿出一小瓶过了期的碘酒，咬咬牙，下决心全往我的屁股上倒了下去。

"哎哟妈呀！"我忍不住钻心烧痛，大喊起来，屁股上火辣辣，如万箭穿过，豆大的汗珠从我额上冒出来。我差一点又昏过去。

"吉嘛嘛，你给孩子屁股上洒了些啥呀？"我妈在一旁也心疼儿子，小心着问。吉亚太土大夫在庙上当过喇嘛，学了两手蒙藏医道，还俗后在村里行医，也曾到旗卫生局的医院进修过，村里人仍以他当过喇嘛的身份，尊称他为"嘛嘛"，意为先生。

"碘酒，是碘酒。"吉亚太手忙脚乱地找出纱布团。

"孩子屁股可全烧黄了，嘛嘛。"我妈依旧不放心地提醒。

"没关系的，要不止不住血呢。用了我一瓶碘酒，我都没心疼呢。"吉亚太老喇嘛鸡爪子似的手，又在我屁股上摸来摸去，一心一意地想把那块肉粘紧我屁股蛋上，然后，他用纱布缠了一层又一层，我的屁股很快鼓出了小山包。

"好啦，小孩儿的屁股没事了，养养就好。"老喇嘛把鸡爪子似的手，伸进妈妈递过来的铜盆里涮了一下，然后往他那袍襟上擦了擦，便坐在已摆好的炕桌前。

当老喇嘛大夫吉亚太稳稳坐我家炕头享受起主人家的茶点时，我爸已经拎了一把斧子出去了。他是要去砍了那只恶狗。我妈没能拦住他，赶紧让老叔去上房报信给我爷爷。

油灯下，炕桌前，老喇嘛大夫喝着我家酽酽的老红茶，额头上已冒出热汗，但他仍没有离桌回家的样子，有滋有味地品尝着我妈做的油炸果子。急得我妈一会儿进，一会儿出，搓手干着急。炕上躺着呻吟不止的儿子，丈夫又去仇家不知情况如何，怀里还抱着刚睡醒的我那一岁多的小弟弟，她哪有心思侍候这位谱儿不小的老喇嘛喝茶哟。

"我说苏克媳妇，你炸的这果子还真好吃呢。"吉亚太喇嘛慢条斯理地夸奖我妈的手艺。

"嘛嘛，那你多吃点儿吧，明天我再炸些给你送过去。"心中有气但善良的我妈依旧装出笑脸，应付着这位村里人都不敢轻视的土大夫。

"好好，好好……"老喇嘛被油果子渣儿呛住了，咳嗽起来，油灯下他那张憋得通红的脸，就如油里炸红的大虾或太阳下晒红的猴子屁股一样。

我忍不住笑，可牵动了屁股上的伤，疼得我咧开嘴哼起来，再也不敢去对比猴子屁股与老喇嘛的脸了。

老喇嘛抬了抬稳坐的屁股。

"嘛嘛要走了？"喜得我妈赶紧做出送客状。

"嗬嗬嗬，你们家炕头还真热，烫屁股呢，嗬嗬嗬……"

"哦——"我妈无奈的一声长叹，苦笑着看又坐回的老喇嘛重端起茶杯有滋有味地饮用。于是我妈掐哭了怀里的孩子，我那幼小的弟弟小龙。我就这么一个弟弟，据说中间也有过几个弟妹，都夭折没成活。农村最需要劳力，所以小龙弟弟成了家里的宝贝，受到百般呵护，我妈把他掐哭真是无奈之举。终于有了丢开客人走出去的理由，她歉然笑一笑，便抱着无辜受皮肉之苦而号哭的小龙，走离了屋子，去探听爸爸的消息了。

我躺在炕上，独自面对老喇嘛没完没了地喝茶，嘎嘣嘎嘣地嚼果子，心烦至极。我突然提高了嗓音，号叫般哼哼起来，嘴里大喊："疼死了！疼死了！"这招真灵，吉亚太老喇嘛终于擦了擦嘴，离开茶桌下炕了。走时还不忘抓一把油炸果子塞进怀里。

"别哭叫了，我走了。明天叫你爸爸把出诊费送到家里去吧。"土大夫吉亚太离去时丢下这句话。

我松了一口气，忍着屁股上的疼痛，等候爸妈回来。

时间好漫长。

我差点睡着了，他们才回来，爸爸余怒未消，把斧子狠狠砍进木墩子里。原来爸爸这趟去毫无结果。老狐狸胡嘎达装睡不开门，后来从里边撂出话说，他家花狗一直拴着没有出去咬过孩子，他孙子二秃胡伦也感冒躺在炕上，没有出去过，有事明天跟他儿子胡喇嘛村主任说。

我爸站在那扇黑漆大门外边，如一头暴怒的狮子，当过蒙古骑兵的他，如今英雄无用武之地，无可奈何，差点砸门而入，被我二叔和妈妈拽了回来。只有等候天亮再去找胡喇嘛理论了。

妈妈说，我又是发烧又是说胡话，折腾了一夜，嘴里还不停地叨咕："狼崽……狼崽……我要狼崽……"

第二章

那大灰狼发出一声厉号，充满懊丧和恼怒。嘴里叼着那只解救下来的狼崽，它的孩子。它的懊恼是很显然的，躲过了埋伏的猎手却没有躲过设在地下的机关，不是它不精明，而是人类太狡猾。

大狼开始挣扎，拖着铁夹子跳蹿。可铁夹子连着一根二三米长的粗铁链子，拴在一根深埋进地下的木桩子上。那木桩子有胳膊粗，沉甸甸的榆木桩子。大灰狼是无法挣脱了。

一

　　一早，爸爸妈妈就出去了。

　　他们分头行事。爸爸去找胡喇嘛村主任讨说法，妈妈去村街扫捡昨晚我们撒丢的干杏核。

　　我无法上学了，整天趴在炕上，在无聊中等候大人的同时，照看旁边摇篮中的小龙弟弟。我特别喜欢这位迟来的小弟弟，大人忙，照看他是我的一项主要任务。农忙时爸妈都下地争分夺秒抢收，我只好背着小弟上学，把他放在教室门口的一个土筐里，塞给他一个胡萝卜啃。有一次，他的胡萝卜掉在了筐外，他爬出筐去捡时，却被一只小猪叼走了。我弟锲而不舍，尚不大会走路的他，一直跌跌撞撞爬着追踪小猪到了不远处的学校厕所。于是他就掉进了茅坑里，当我下课后不见了筐中的小弟慌作一团时，有人从茅坑里捞出了屎尿一身的小弟。

　　我吓得哭出眼泪，只见小弟还傻乐，手里还攥着半拉胡萝卜，上边沾着金黄色的屎点。从此我小弟便有了绰号：屎郎小龙。

当然，从此后我妈再也不敢叫我背小弟上学了，改成自己背着小弟下地。放学后我再接妈妈的班，让她腾手烧火做饭，忙家务事。可我的作业本和课本遭了殃，成了他撕啃的对象。有一次还把我的一块橡皮吞进了肚里，我没敢告诉妈妈，天天扒拉他拉出的屎。第三天终于见到了，可寸长的橡皮却变成了指甲盖大小，我一直猜不透小弟的胃肠，怎么会连橡皮块都消化吸收呢。从此我认定我小弟肯定是个特殊的人才，有特异功能都是有可能的，长大肯定大师级。

他现在就在我旁边的摇篮里安睡，小脸红扑扑的，小鼻翼翕动着，只是一双小招风耳有些不伦不类，跟他未来的大师身份似乎不符。

外边的门一响，从脚步声我听出先回来的是妈妈。

她往地上扔下半口袋干杏核。只有半口袋。

"我们捡的可是两口袋，妈！"我嚷了起来。

妈妈满脸扫兴："村街上的猪比你娘先下手了，它们啃吃得快还干净。多一半儿叫胡家的老母猪带崽消灭了，气死我了，嘎嘣嘎嘣啃得那个香，赶都赶不走！"

"老胡家的人和畜都跟我们有缘，妈的，等我长大了再说。"我诅咒。

"得得，儿子，有本事好好读书走出这村子吧，咱们不跟他们斗气。"我妈赶紧岔开话题，唯恐我真把斗败胡家当成终身目标。

没有多久爸爸也回来了。他还没有妈妈的收获大，他连胡喇嘛的影儿都没有见着。不过，爸爸带回来了一个惊人的消息：昨夜，胡喇嘛的猎队在塔敏查干沙漠里迷了路，一只野狼一直追踪他们，天亮时他们才发现，原来，他们绕着出过古尸的沙漠坟冢里转了一夜。更可怕的是，趁他们打盹时，他们有两匹马被狼掏了肚子，剩下的全被惊散，他们几乎是爬着回村的。一个个受惊吓，失魂落魄，不是病倒就是卧炕不起。

"公狼！"我脱口喊出。

"什么公狼?"

我就向爸妈讲述了一遍昨日胡喇嘛他们的所作所为。

"真是报应。"我妈轻声叨咕。

"看来事情还没完。"爸爸颇有预见地下了结论。

果然如此。公母狼的报复远未结束,才刚刚开始。

我们的村庄和邻近的村子,都相继出现了不可思议的事情。大白天胡喇嘛猪圈里闯进了那头公狼,咬断了他那老母猪的咽喉,而且猪崽子也个个未能幸免。娘娘腔金宝的三只羊被掏开肚子,摇摇晃晃走进屋里倒下了。其他几位猎人的家畜同样都遭殃,而且共同的特点是,那狼根本不吃这些牲畜的肉,只是掏开肚子咬断咽喉,是纯粹的祸害。接着,村里夜夜闻狼叫,那叫声如嚎如哭,如泣如诉,时而哀宛如丧子啼哭,时而发怒咆哮凶残如虎豹。夜夜狼来村里光顾,夜夜有户失猪丢羊。祸事还延及邻村。胡喇嘛村主任强打精神,组织民兵和猎手,多次围剿伏击过那对可怕的狼。可他们根本摸不着那对狼的影子,只是夜夜闻其声,那阵阵令村民心惊胆战的长号,时时把酣睡中的孩童吓醒惊哭。胡喇嘛他们无计可施,还时刻提心吊胆,甚至不敢出夜,都在屋里大小便。村里人开始议论了,纷纷指责那些惹事的"勇敢"的猎人们。

胡喇嘛饿不住劲了,找来那几位猎人商量。他移怒娘娘腔金宝,伏击母狼,又引他们去追击,惹出了这场灾难,招来全村人的白眼。胡喇嘛对他们说不灭了那对狼,他们可真没脸见人,没法儿交代了。

可咋灭? 一提狼,他们就脸变色,心率加速。

是啊,咋灭? 搜索围剿了这么多天连影都逮不着,就凭他们几个,可真无法解决那对红眼的恶狼。沮丧至极的胡喇嘛逼住娘娘腔,说你惹的事你想个法子出来。

还真管用,娘娘腔真想出了一招儿。

"诱捕。"他说出两个字。

众人都不懂。咋诱？那狼根本不吃你的肉。

"狼崽。"他又说出两个字。

这回胡喇嘛懂了："你这龟孙子，原来那天带回来的狼崽，还养活到现在？"

娘娘腔金宝嘿嘿嘿干笑说："原本想拿到城里公园换酒喝的，现在只好贡献了，为了全村人民嘛。"

他们就这样制订出了一个完整的诱捕方案。

这关系到全村每个人的利益，胡喇嘛召开全体村民大会进行动员，我和老叔也去了。那时，我屁股上的伤也好得差不多了。胡喇嘛说打狼是大家的事儿，关系到全村的安定团结和改革开放，要为死去的猪呀羊啊牛啊鸡呀报仇，为全村的安宁和平而战斗。参不参加打狼，是跟凶恶的敌人能否划清界限的态度问题，立场问题，甚至奔不奔小康的问题。

动员过后是准备行动。大人们决心为牺牲的牲口讨回公道，纷纷摩拳擦掌，磨刀霍霍，备棍提枪。这样的事最令孩子们兴奋了，怀着一点点的害怕，又无法拒绝刺激，相互传递着各类真假最新消息，等候着决战时刻的来临。

那晚，天格外的黑，月格外的高，风格外的紧。

二

村西北，离沙坨子较近的路口，有棵百年老孤树。

大人们全副武装，埋伏在这棵老树后边的树毛子里。娘娘腔金宝和另一猎手，则藏进了老树空腹中的树洞里。全村关门闭户，熄灯隐光，空气很紧张。

我和老叔还有几位胆大的顽童，也悄悄过来看热闹，被我爸轰走了几次，可我和老叔又偷偷溜了回来。二秃趴在自家房顶远窥。他不仅是怕狼，更惧落单儿被我和老叔逮住。我和他的那笔账还没有算清呢。

那棵老孤树的横枝上，吊挂着那只狼崽。就是那只我喜欢的白耳尖狼崽，被娘娘腔金宝喂得肥肥胖胖。此刻它被头朝下，屁股朝天地悬挂在树枝上，由于难受不自在，它开始哼叫了。哼哼叽叽，呜呜咽咽，时而尖嗥尖叫，时而低吟哭诉，在黑夜的宁静里，如猫爪子一般抓得人心里难受，如针刺刀割，五脏挪位。埋伏在树后头的以胡喇嘛为首的全村健壮百姓，屏声敛息，蚊子叮在鼻尖上也不敢拍，紧张万分地静候那对恶狼寻子而来。大人们都没拿枪，怕夜里误伤了人，每人手里攥着镰刀斧头、粗棒铁叉之类的锐钝工具。

活诱饵白耳狼崽一直叫着，暗夜也照旧沉寂着，时辰也过了好久，就是不见那对恶狼冒出来勇敢救子。守护的人们等得着急，蚊子小咬儿喂饱了一群又一群，折腾了半个月的那对狼为啥还不出现呢？不光是村民着急，就是那只吊挂的狼崽也叫乏了，偷懒打起盹来。这时，娘娘腔金宝就从下边的树洞里，伸出一根长竿捅一下狼崽。原来他专为干这个钻树洞的。于是死寂的黑夜里，重新回荡起小狼崽的哭泣声，引诱或召唤那对此时不知在何处的狼快快现身。万籁俱寂中，狼崽的呻吟传得很远，很瘆人。奇怪的是，它父母为何不来呢？也没有传出往日夜夜可闻的声声狼嗥。一直寻机报复的公母狼，这会儿躲到哪里去了？难道眼见着自己小崽吊在树上哭泣而不顾，缩头不出来吗？

我捅了捅旁边的老叔满达，他已经困得睁不开眼睛了。听着那声声揪心的狼崽哭泣，我心里不由得同情起它来。胡喇嘛他们真没用，想不出别的办法靠折磨小崽来诱狼，瞎耽误工夫。唉，可怜的小狼崽。

天快亮了。小狼崽终于再也不哼叫了，无力地闭上嘴。它实在太疲倦了，耷拉着头昏然入睡，娘娘腔再怎么捅也没有反应。那形态犹如一个悬挂在高藤上的葫芦，随风摇荡。

埋伏的人们更累了，紧张了一夜，两眼没合过，都纷纷打起哈欠。快大白天了，狼是不会来了，空熬了通宵，回家该干啥就干啥吧。胡喇嘛村主任抬头看看树枝上随风悠荡的狼崽，又远眺村外原野沙坨，掩饰不住失望，愤愤骂一句，该死的狼不上当，算球，回家歇去吧。

狩猎者们"喔"的一声哄叫，就散伙儿了。骂的骂，笑的笑，奚落着娘娘腔金宝，要是把娘娘腔吊挂在那里，那狼肯定能来。有人接腔说。

人们又哄地乐了。

娘娘腔挠了挠头，眼睛瞟着树上的狼崽，壮着胆子向胡喇嘛恳求解下那狼崽。尽管他诱捕献计未成，但他还没忘拿狼崽换酒喝。

"解个屁！吊死它！"胡喇嘛气不打一处来，骂得娘娘腔耷拉下脑袋，跟那吊挂的狼崽差不多。

这时太阳在晨雾中模模糊糊地升起来了。

树上的狼崽依旧睡着，回家的男人们也在女人们的挖苦中上炕补睡。妇女们忙活着一早儿的活计，喂猪、做饭、催娃儿上学，还跟邻居媳妇搭上两句交流生活心得。

娘娘腔金宝没回家。他舍不得狼崽就这么被吊死，悄悄躲在较远的暗处观察动静。还有一个村童没有走，那就是我，也惦记着那白耳狼崽，想看个究竟。

村里村外都安静了，村口老树这儿也没有了一个人影，红红的太阳照射着那只孤零零的狼崽，远看犹如一只蜘蛛吊挂在那里织网。

这时，突然从西北方出现了一只灰影子，从远处似箭般射来，瞬间到了老树下，仰视一眼昏睡的狼崽，便从二三十米处助跑，纵身一跃，灰色的身躯凌空飞起，冲向那离地面两米高的半空中的狼崽，同时它张大嘴用利齿准确地咬断了拴住狼崽的草绳。灰影与狼崽同时落地。

"咔嚓！"

那只埋在土里的大号铁夹子起动了，一下子夹住了大灰狼的一只脚。

"嗷儿——"

那大灰狼发出一声厉号，充满懊丧和恼怒。嘴里叼着那只解救下来的狼崽，它的孩子。它的懊恼是很显然的，躲过了埋伏的猎手却没有躲过设在地下的机关，不是它不精明，而是人类太狡猾。

大狼开始挣扎，拖着铁夹子跳蹿。可铁夹子连着一根二三米长的粗铁链子，拴在一根深埋进地下的木桩子上。那木桩子有胳膊粗，沉甸甸的榆木桩子。大灰狼是无法挣脱的。它是一只高大健壮如牛犊的大公狼，灰毛如箭刺，尖牙如利刀，那矫健凶猛的体魄里沸腾着无限的野性蛮力。或许是怕惊动了村民，它没有狂嗥乱叫，它很冷静地应付突如其来的被动局面。它先是围着木桩子猛烈地冲撞，呼哧呼哧喘着粗气，脚腕上夹着大号铁夹子，后边拖着稀里哗啦的长铁链子，嘴巴却始终没有丢下自认为已救下的小狼崽。它不停地来回挣扎着，用肩头和脑袋"咚咚"地撞击那榆木桩子，接着抬起腿狠狠甩脚上的铁夹子，一会儿又嘎吱嘎吱咬那根铁链子想把它弄断。渐渐，它的两眼直射出愤怒无比的绿色寒光。它无法容忍人类的这种狡猾，无耻，靠铁夹子算计它。

躲在暗中的娘娘腔金宝一直未动，按捺住狂喜，冷冷地观察着大狼的一举一动。他瘦脸上的稀疏黄胡子一翘一翘的，小眼睛眯成一条缝。我从他后边说你成功了，为啥还不上去。他豆眼一转嘿嘿笑说不要命了，还有一只母狼没出现呢！

真他妈人精，难怪他小小的个子五短身材，全长了心眼儿。

果然，西北坨子根小树林里来回奔窜着另一只大狼，显得焦急万分的样子。它知道公狼已陷机关，几次想冲过来，可这边的公狼向它发出坚决的怒号警告它。公狼这时伏在地上喘气歇息，伸出红红舌头舔起狼崽的头脖。已经苏醒的小狼崽此刻突然发现其父狼，咿咿呀呀地往狼怀里钻。

那边的母狼见公狼无法摆脱困境，而又听见小狼崽的哼叫，它一声哀号，不顾一切地冲过来了。

正在这时，村口又有人发现了狼，呼喊起来。

"狼来啦！打狼了！狼来啦，快打狼啊！"

这边的金宝也同时跃出来，大声呼叫。金宝的娘娘腔一喊起来，果然不同凡响，真如女人般尖细刺耳，又加上声嘶力竭，传得老远，动静也很大。于是，全村都被惊动起来了。

"打狼呀！大狼落套了！大家快来打狼啊！"金宝又跳又叫，原地打转不敢上前，极度亢奋使得他那双黄眼珠也变绿了，干裂的嘴唇歪向一边颤抖个不停。

胡喇嘛一听到消息，从炕上一跃而起，拎着大棒就往外跑，嘴里大喊着村民都去打狼。

村民们挥动着棍棒铁器拥向村口。妇女们按习俗敲打起铁盆铁锅，响成一片。孩子哭，猪狗叫，鸡鸭飞，乱作一团。

一见这阵势，那只扑来救夫抢子的母狼迟疑了一下，绝望地嗥一声，便掉过头去，又向野外窜去。它当然不会笨到白白来送死。

公狼一见来人一蹿而起，它更加疯狂地去撞击那根榆木桩子，脚腕上的铁夹子碰撞铁链子，噼里啪啦作响。而那根木桩子纹丝不动，好比铁铸钢浇一般。胡喇嘛和几个胆大的村民挥舞棍棒冲向公狼，满以为铁夹子夹住的狼软弱可欺。可那公狼"嗷儿"一声咆哮，张开血盆大口，一跃蹿起扑向来者。吓得胡喇嘛他们妈呀一声直往后倒退，有的仰天摔倒，好在铁链又把公狼拉了回去。这一下村民们谁也不敢贸然上前了，只是围着狼虚张声势地叫嚷。那公狼困兽犹斗，毫无惧色，围着木桩子转着圈，咆哮狂咬不让人靠近。面对两排尖如利刃的白牙，一张咧到耳根的血口，以及张牙舞爪的凶残之态，人们个个脸呈怯色眼露惧意，除嘴巴里空喊之外谁也没有勇气上来打一棒。

"枪打！ 拿枪打！"又是娘娘腔金宝提醒胡喇嘛。

"对！ 快去拿枪来！ 白天打不着人！"胡喇嘛指使村人。

有人飞跑回村取枪。

似乎听懂或看懂了人类要干什么，公狼知道再过一会儿将是什么结局。它急了，只见它惊天动地一声吼，力拔山兮般带着铁链往上一跃，那根刚才被它很巧妙地转着圈一点一点松动的木桩子，终于抵不住它排山倒海般的最后一击，拔地而起！

公狼终于脱困。长啸一声，后腿上拖着铁夹子、铁链子，还有木桩子等长长一串儿，扑向围着的人群，凶残至极，不可阻挡。

"哎呀妈呀！"人们纷纷作鸟兽散，四处奔逃。

吓退了人群，公狼回过头从容地伸嘴叼起地上的小狼崽，然后连看都没看一眼那群惊愕发呆的村民，飞速向西北大漠逃去。后腿上依然拖着那铁夹子、铁链子和跟铁链子拴死的木桩子。铁链和木桩子在沙地上唰唰地翻滚，卷起阵阵白烟，带起一股强劲的风势，望上去犹如刮过一溜狂飙烈风。

"狼跑啦！ 快追呀！"

人们惊醒过来，挥舞着棍棒又尾追过去。

胡喇嘛又急又恼，失去刚才的大好时机，让狼逃脱，现在从后边追击起来难度大了。好在那狼脚上有沉重的拖累，无论如何是跑不快跑不丢的。想到此，他振作起来，振臂一呼："大家上啊！ 狼跑不快，快追上去打死它！"

村民一听村主任号令，重鼓勇气，呜哇喊叫着，虚张声势中相互鼓励着，壮着胆子尾追着那只拖铁夹子的孤狼而去。我跑在后边，眼前是什么样一幅图哟：大公狼嘴叼着冒死救下的狼崽，腿上拖着沉重的铁夹、铁链、木桩等物体，勇敢无比地奔逃；而手持器械的村民们，成群结队地乱叫乱嚷着追赶，可谁也没有胆量冲上去接近狼。那狼却毫不气馁地奔跑着，一瘸一拐，一颠一跳，决不放弃地奔跑着，对人类真有些讽刺意味。我真庆幸我爸我爷爷，他们都下地干活儿，没加入这追赶队伍。我爸当年跨铁骑挥舞马刀为国守边疆，真正勇敢的蒙古骑兵是不屑于干这种事的。

毕竟拖着沉重的负担，尽管是四条腿，狼还是跑不快，渐渐被村民们赶上来了，又形成合围状。那狼喘着粗气，胸脯急剧起伏，怒视着人群，突然跳起来身体猛地转了一圈儿。于是，它那被夹住的后腿提带起那串两米长的铁链，铁链又带动木桩横空扫起，哗啦啦，卷动起草木与沙土，击向围过来的人群。人们急忙后退，手脚不利索的不幸被木桩击中而受伤，鬼哭狼嚎般地叫爹喊娘，魂飞魄散。被逼急的公狼突然发现了这种有效的自卫方式，变被动为主动，疯狂地扫了几遍。那狼劲儿，那抡起长链和木桩的力道和猛势，一次次吓退了围过来的人群。然后，公狼又开始了艰苦的逃跑，拖着那串东西。胡喇嘛他们继续尾随着。这真是一场残酷的游戏，对狼和人都不轻松。我内心深处始终为那只不屈不挠的公狼暗暗祈祷。

前边横出一条稀疏林带。

这是走进西北塔敏查干沙坨子的最后一道屏障了。胡喇嘛他们在这条稀疏林带里，再次截住了那只公狼。

这时，太阳已很高，秋雾仍在树林里漫洒飘动，霜打湿的草地上被公狼拖出了明显的痕迹。它头伏地，眼射绿光，龇牙咧嘴地发出阵阵嗥叫，粗而密的脖颈长毛怒耸直立，使人们不敢靠近。它那被铁夹子夹住的脚腕处血肉模糊，已露出白骨，黑红的血染红了绿草和白沙地。公狼养足气力，再次跃起，冲着合围的人群身体狂烈一转，被它抡动的铁链和木桩再向人群击去。呼啦啦——带起一股旋风，尽管学乖的人们纷纷后退闪避，但草屑尘沙依然击打在他们脸上身上，火辣辣生疼。正当这些胆怯的村民无计可施不能靠近公狼时，发生了一件意想不到的事情。这里不是村口平地，公狼横空抡起的长铁链一下子缠在近处的一棵碗口粗的树上，被带动的那根木桩也随着旋转劲儿死死卡在两棵小树中间。于是不幸的公狼终于被固定在这棵要命的树上，再也无法挣脱了。公狼使出浑身的力气，咆哮着一次次就地跃起，却一次次被拉回，那卡死的铁链和木桩纹丝不动。公狼便放弃挣跳，低头狠狠咬起自己的被夹住的脚腕处。那里本已血肉模糊，鲜血横流，那裸露出的白骨被它自个儿的牙咬得嘎吱嘎吱直响。它是想如壮士断腕般咬断自个儿的脚腕，以摆脱铁夹子的控制。周围的村民看得毛骨悚然，不忍注目。它的无畏，它的勇气，它的坚忍和意志，都令围观者心寒，不敢直视这一残忍的场面。

公狼绝望地仰天长嗥。那嗥声充满悲愤的哀伤，也含几分泣诉，向着天和地表示着一种无望的泣诉和内心的不平。它接着便放弃了挣扎，放弃了咬啃脚骨，转而轻轻舔起旁边的小狼崽来。于是小狼崽的脸和脖子上涂满血汁，狼爸爸的血汁。白耳狼崽哭泣，低吟，亲昵地依偎在狼爸爸颔下，小环眼迷茫不解地望着四周渐渐围过来的两条腿的动物，似乎在问，你们为何这样迫害我们？

这时，村民仍然不敢轻举妄动，只围站在公狼伤不到的地方窃窃私语，间或挥舞棍棒，虚张声势地喊两声，但谁也不敢上去击打它。

公狼，其实这会儿完全安静了。它清楚自己眼下的处境。它甚至不屑一顾那些又开始张牙舞爪起来的人群，连看都不看一眼，就那么安安静静地舔着狼崽。它把狼儿紧紧拢在颔下，然后安详地闭合了双眼，尖长嘴也紧闭着，伏在地上一动不动了。它自始至终没瞧过一眼那些人，那些猥琐的人们。透着一股矜持、傲慢，以及对人类的轻蔑和鄙夷。它的样子在说，来吧你们，我的命在这里，你们尽管拿去好了。

棍棒如雨落下。

被狼的狂傲激怒的村民，变得勇敢起来。

公狼一动不动，如击死物，只有扑扑声响。眼睛再未睁开过，连一声哼哼都没出。唯有被击碎的头盖中溢出的白色脑浆和红色血液，在证明它曾经是个有血有肉的生命体。被轻蔑的胡喇嘛们发泄着，为人的体面，为证明自己的勇敢，当然也是为了掩饰自己自始至终的怯懦，他们忘情地击打着。当然击打一个放弃抵抗的狼，显得滑稽，但谁还在乎这个呢。人和兽之间并没有公正的裁判，人认为自己是主宰，要是愿意把地球都当足球踢一踢又有何妨！

公狼死了。

乱砸的棍棒铁器，终于证明了胡喇嘛他们的勇敢。不知击打了多久，他们手臂麻木了，打不动了，他们才想起住手。公狼静静地躺在那里，血泊中箭毛依然光亮，双耳依然直挺，长尾依然雄伟。人们围着它站着，呆呆傻傻的，似乎不相信公狼已经死了。有人不服地踢了一脚。于是公狼的胸肚下露出了那只白耳小狼崽。它还活着。狼爸爸用肉体保护了它。小狼崽哼叫起来。

"妈的，它还活着！打死它！"胡喇嘛咬牙骂着，举起了手中的棍棒。

"不要！不要打死它！"我不知自己哪儿来的勇气，从人群后冲出来，把小狼崽抱压在自己身下。

"起来！你这小兔崽子还敢护它！快滚开！"胡喇嘛的大手把我一把薅起，抢过那只小狼崽，举起来狠狠地往地上摔下去，后又加一脚踢过去。

只见小狼崽"嗷嗷"一下蹬了蹬腿儿，小身子抽搐着，渐渐不动了。完啦，可怜的小狼崽。

三

不知过了多久。

周围安静了，一切都安静了。硝烟已散，战斗已经结束。

打狼英雄们都走了，班师回村，去喝庆功酒了。他们把那只不屈的公狼也抬走了，还要扒下它的皮做褥子。

我坐在村西北那片小林子里，暗自啜泣，怀里抱着那只没有气的白耳狼崽。年纪尚小的我，实在不理解大人们为何连小小的兽崽都不放过。

前边的大漠沉默着，小林子里也很寂静，连个小鸟叫声都没有。

伤心中，我突然感觉到怀里的小狼崽似乎动了一下，两只白耳尖正一抖一抖地微颤。我的心猛一跳低头察看，轻轻拍了拍。果然，小狼崽的嘴微微张了张，正苏醒过来！

它还活着！惊喜中我差点喊叫出来。原来它被胡喇嘛摔昏过去，生命力顽强的它又艰难地活过来了。常说猫有七条命，狼就有九条，此话真是不差，经历了这么多磨难，小狼崽充分证明了在人类千万年围剿中，狼的家族能够得以繁衍生息的奥秘。大难不死，它必有大成。

我抱起小狼崽往家跑，同时我警惕地观察周围，唯恐别人发现，把狼崽塞进衣服里，贴着肉抱着。路上，遇见了被我妈派来寻找我的老叔满达。他奇怪地瞪着我鼓起的大肚子，问我怀里揣着个啥。我赶紧使眼色制止，告诉他回到家里就知道了。

进了家门，我妈问："阿木哎，你偷了谁家的西瓜哟？"

"妈，不是西瓜。"我匆匆入屋。

"那就是果园的苹果喽。"我妈跟进屋继续查问。

"妈，我啥时候偷过东西，快给我拿一碗米汤来。"

我把奄奄一息的小狼崽从怀里掏出来，放在炕上。

"从哪儿弄来的小狗崽？血淋淋的，这孩子！"

"不是狗崽，是狼崽，妈。"

"啊？我的小祖宗！你越淘越没边儿了，快拿出去扔了！"我妈的脸都变了。

"不，我要养它，让它去对付二秃和他的花狗！"我咬着腮帮，说得斩钉截铁。

"狼崽能养在家里吗？你这孩子是不是疯了？快给我，我扔到河里去！"我妈说着就上来，很是爱憎分明。

"不！"我抱住了小狼崽，坚定不移地护住它，嘴里大喊，"除非你把我也扔了！"

见我如此玩命保护，我妈已无奈，摇着头说："看你爸回来咋收拾你！"

等妈妈出去抱柴烧火，一直在旁边看热闹的老叔，幸灾乐祸地说："看来悬了，大哥回来，肯定一刀宰了。唉，可怜的狼崽，留住一条命真难啊！"

"老叔你就会看热闹，不帮我，真差劲！"我赌气说。

"好，我教你一招儿，准行。"

老叔附在我耳旁，如此这般一说，我茅塞顿开。

爸爸回来果然站在我妈那边，态度比我妈还坚决，甚至蛮横，骂我昏了头，家里要培养一条恶狼，是种下祸根等等，不由分说从我怀里抢走狼崽就要往地上摔。

"等一等！"我大喝一声，指着爸爸的鼻子义正词严地说，"你跟胡喇嘛他们一样坏！他们就摔死过一次这狼崽，我好不容易救活它了，你要第二次杀了它！我们家白白信佛了，奶奶白白拜了几十年的佛了，你在奶奶拜佛的家门这样凶恶地杀生，是对我们这积善积德家门的污辱！我告诉爷爷奶奶去！"

我爸愣住了，完全被我说蒙了。

"阿木，等一等！"我爸喊住我。

我心里暗喜，老叔果然高明，唯一能镇住爸爸的就是爷爷奶奶。爸爸是孝子，我用佛门大戒"杀生"来告他一状，爷爷奶奶不给他一个烟袋锅才怪呢。

"那我不杀它，我把它扔到野外去，行了吧。"我爸又想出一辙。

"这个事情，要由爷爷来裁决。我今年已过本历年，十三岁了，已经是个男子汉，我有权提出自己作为一个家族男子汉的正当要求，只有爷爷才能做出最终裁决。"我搬出撒手锏。

爸爸这时怪怪地看着一脸正经的我，似乎不认识了，也是头一次遇到我如此强烈地反抗他的意志，甚至搬出蒙古族家庭不成文的规矩来胁迫他。他惊愕了。

我见爸爸高高举起狼崽的手缓缓放下来的样子，很滑稽，也很无奈。十三岁的我，让爸爸的权威头一次在我身上失效，心里很开心。此时的我并没有想到，自己这次的行为，让我们家族在以后的岁月中，付出了多么沉痛的代价。

炕上的小龙弟弟，这时爆发出一阵嘎嘎大乐。他已经和爸爸放下的小狼崽滚到一起了，他们俩倒挺投缘，相互很亲昵地一起玩耍。

爸爸摇摇头，冷峻地看我一眼之后出去了。

晚上，上房的爷爷奶奶都被我请到我们家来。虽然我们家分户单过，但都在一个大院里住，来往很方便。

爷爷手里端着两尺长的烟袋锅，在靠西墙的正位上吞云吐雾，显得很威严；奶奶左手腕套着小白念珠，右手数着褐红紫檀木大念珠，在炕头闭目不语，显得很虔诚。我爷爷年轻时当过"萨满·孛"师，据说拜的主神就是"苍狼"。"萨满·孛"教是蒙古人早先崇拜的原始宗教，成吉思汗时代就有。其宗旨为崇拜长生天长生地，崇信自然万物都有神灵，不可轻易践踏，是个多神教，每个"孛师"都有各自不同的祭拜的主神。

　　"今天，我的孙子阿木，头一次提出了一个蒙古男子汉的请求，那就是他要养一只狼崽。"爷爷停止吞云吐雾终于开口，油灯下他那张布满皱纹的脸，全被他吐出的烟雾笼罩住，看不清什么表情，唯有低沉的嗓音使闻者心中震颤，"我年轻时'巴克沙'（老师）教过一本书叫《蒙古秘史》，其中头一句就说蒙古人起源于'孛儿帖赤那和花·玛日勒'，这'孛儿帖赤那'就是苍狼，'花·玛日勒'是梅花牝鹿。当然这只是人名，可有些人却希望是真狼真鹿，以满足他们的猎奇心，可胡写些东西了。但不管怎么说，蒙古人跟狼的关系还是有些渊源的，它吃我们的羊，我们打它们，尽管敌对关系，可它们帮我们清理草原上的腐尸，相互依存，不完全是现在这种相互间充满仇杀的天敌关系。人跟狼的现在这种关系怎么造成的呢？怪人还是怪狼？或者怪别的什么？我也说不清楚。"爷爷被他的烟呛住了，"咔儿咔儿"咳嗽起来，歇了半天接着才说，"话题扯远了。现在的人搞不清跟狼跟草原的关系了，搞不清人跟所有动物的关系了，也搞不清跟山川草木土地的关系了，甚至连人跟人的关系也搞不清了，我师父传我的不是这个样子。"

　　站在地上，我腿已发麻，可爷爷还是不回到正题上，越扯越远。我心里发毛，不时地拿眼角瞟一眼在炕角跟小龙滚耍的白耳狼崽，暗暗为它的命运祈祷。

　　"我说，应该允许阿木的选择。"爷爷终于做出结论，"不过要记住，阿木要对自己的行为负责，不光是喂养这狼崽，还要对狼崽长成大狼之后的行为负责，这可不是简单的事情。听清楚了吗，阿木？"

"谢谢爷爷。孙子记住了爷爷的教诲。"

我按捺住内心的狂喜，走过去，让爷爷亲了一下我的额头。爷爷的嘴唇冰凉冰凉，但敲我脑门儿的铜烟袋锅滚烫滚烫。

"苏克，你小时从野外逮回来一只要下崽的跳兔，装在我的朝拜五台山大佛时带回来的黑呢礼帽里，结果，跳兔在我礼帽里下了七个崽，还把礼帽的一半儿啃成碎片做了窝儿，嘀嘀嘀……你记得吗？"爷爷笑得喘不上气问爸爸。

"我记得。"爸爸的脸上呈出一丝尴尬的笑纹。

"记得就好。往后，你还要帮着小木管好狼崽，一直到长成大狼。"爷爷的眼睛凝望着空中的一个什么东西，神情变得肃穆超然，"这狼跟我们家还真有缘哟，是福是祸，这都是长生天的意志，也都在自己修为。有朝一日，人类也有可能被狼类收养的时候，切记呀切记。"

爷爷的话我似懂非懂。但我喂养白耳狼崽的特殊生活，就这样开始了。我把它养在地窖里。一是防胡喇嘛他们知道，二是怕那只还活着的母狼寻来滋事。

四

这一天村中过节般热闹。

胡喇嘛他们抬着那只公狼，兴高采烈地走过村庄土街，飞扬的尘土中，女人和孩子们为打狼英雄们献上媚笑和掌声。受惊的狗们也围前围后地叫，很是受刺激的样子。

村部院子里，铺了一张宽木板。公狼就放在上边。猎手娘娘腔金宝操刀，开始剥公狼的皮。他手法熟练，刀工精湛，先从嘴皮下刀，挖割两只眼圈，从下巴一刀切至尾根，豁开肚皮，又分割四只脚皮，完完整整，不伤内肉，只把一层皮剥离身躯。然后他把刀咬在嘴里，腾出手哧啦哧啦地扒那狼皮，狼的肉和皮之间还有一层薄膜，那哧啦哧啦的声音就是这层薄膜撕裂的声音。这层里没有一点血，白白的颜色，偶尔出现些长条或小块黑疙瘩，那是箭伤或刀痕，记载着公狼的历史。

金宝手里捧着那张完整的狼皮。阳光下，狼皮毛色光亮，顺茬倒伏后均匀地显示黑灰花色，每根毛都显得很坚挺，毛茸茸的长尾拖在地上。金宝突然把狼皮披在身上，四肢着地装着狼来回蹿了蹿，吓得小孩儿妇女急忙后闪，嘴里骂着缺德鬼，男人们哈哈大笑起来。

"狗日的真像狼，就是缺了公狼的那东西！"

"别把母狼招来了，你可没东西对付！"

"哈哈哈……"

众人嬉笑逗闹中金宝收起狼皮，捧在手上，走到大秃胡喇嘛跟前，巴结着说道："我把这张狼皮，献给尊贵的村主任大人，你带领我们打狼有功！保护了村庄的安全和稳定，你是我们村的好带头人！"

"好，好。先把狼皮熟好了再说，放在村部铺给上边来的人吧！"胡喇嘛接过狼皮，交给了村里熟皮手白音。他得意地笑着，走过去"叭叭"拍了拍木板上的狼肉，提高嗓音说道："我听说这狼肉，人吃了还有特殊的功效！"

"噢？"众村民疑惑地看着胡喇嘛。

"狼肉能治哮喘咳嗽，健脾补肾，强身壮骨，对男人绝对是个好东西！"胡喇嘛的几句话，一下子抬高了狼肉的身价，男人们都不由自主地围过来。按过去的习惯，扒了狼皮后，那狼肉是要扔进野外沟里埋掉。那会儿，蒙古草原上谁还吃狼肉哟，肉又粗又硬，还有土腥味和臊气。可如今沙化了的科尔沁沙地，农户们一年中只有在过年时杀一口猪或一只羊尝尝肉，其他时间很难见到荤腥，因此听胡喇嘛这顿鼓吹，人们的嘴边已流出口水。

胡喇嘛村主任制订出了分配狼肉的方案。每户三两，参加打狼的人优先，三两肉合三升苞米，秋后交付村上。大家本想发牢骚说村干部又借机刮大家的油，但见到那鲜红的狼肉摆在那里，实在诱人，一咬牙便排起长队。有人说这狼肉赶上唐僧肉了，胡村主任说，唐僧肉也没有这狼肉有营养有功效，能让你的鸡巴长挺不衰。男人张嘴大笑，女人们在一旁也抿嘴偷乐。

依旧是娘娘腔金宝操刀割肉。村会计在旁提秤称肉。胡喇嘛站在旁边监督，以防会计秤上短斤少两搞腐败。他还不时拿根棍子，轰走闻腥凑来的他家花狗和其他村狗。

刚开始那会儿的欢乐气氛，此刻变得凝重起来。排长队的人们，静静地等候着，一双双眼睛一动不动地盯着金宝把狼肉一块块割下来，盘算着自己能分到哪块肉，合算不合算。

村东七十岁孤老头儿毛哈林拄着拐杖，颤颤巍巍地也排在了队伍的后边，呼哧带喘，不时地"咔儿咔儿"咳嗽着。

胡喇嘛村主任走去对他说："老毛头儿，你不用排了。"

"我也是一户啊。"

"你一没参加打狼，二没有可交的苞米，你一年的吃喝都由村上负担还嫌不够啊！"胡喇嘛冷冰冰地数落。

"我有哮喘病，求求你，砍一块骨头给我吧，我熬汤喝喝。"毛老汉伸出了一只瘦巴巴的黑手，一双老眼可怜巴巴地看着胡喇嘛。

"不行！一根骨头也不能给。你走吧！"胡喇嘛说得很坚决，毫不留情。

毛老汉在众目睽睽下走出队尾，摇摇晃晃地向院外走去，眼角明显挂出两滴泪。瑟瑟秋风中，他犹如一棵残败的枯草，随时会被吹倒或刮走。人们谁也不敢吱声。大一点的人都知道，毛哈林老汉跟胡喇嘛的爹胡嘎达老秃子，在年轻时因一个女人差点打出人命；围绕村中土地的分配问题，年轻时当过干部的毛哈林也得罪过胡氏父子。时到如今，冤仇不解，无儿无女的毛哈林受尽有权有势的胡氏父子欺侮。

　　老叔和我分到两块狼肉回到家，把这事跟爷爷说了一遍。爷爷二话没说拿一份肉让我去送给毛哈林老汉，嘴里说："唉，现在的人都跟狼差不多了……"

　　我赶到毛老汉家时，他那两间破土房外屋，如着了火般冒着浓烟。他正烧着一捆湿柴禾熬苞米糙子粥，烟呛得他两眼冒泪水，胡子也燎着了，脸上蹭了一道道黑灰，人不人鬼不鬼的。

　　"老爷爷，怎么弄成这样，你一个人真够苦的。我帮你把火点上吧。"我凑过去替他吹火，浓烟一下"呼"地蹿出红火，我往后一闪坐到了地上。

　　"你这冒失鬼，嗬嗬嗬……"毛老汉难得地发出一阵朗朗笑声，"你是谁家的孩子呀？干啥来啦？我这儿一年四季连个耗子都不来看一眼啊。没吃的，耗子来干啥呢？这都是我年轻时当干部作的孽呀，老天不罚我罚谁呀，噢咳，噢咳……"他又喘不上气地咳嗽起来。

　　我趁他咳嗽停歇的空子，自我介绍了一下，并把那份三两狼肉交给了他。

　　"噢、噢，还是老'孛'天虎老弟心善，可当初当干部时我可没少整他，唉……"毛哈林捧着那块肉的手在颤抖，显然心中往事如潮，有些愧疚地摸了摸我的头说，"回去告诉你爷爷，我老不死的毛哈林谢谢他，过年时我给他磕头去。"

我正要转身离去，毛老汉叫住了我，不知从哪拿出一个精致的小铜环递给我，说："爷爷没啥东西给你，这个铜环是我当年从一个地主家的狗脖子上解下来的，你要是养狗能用得上。"

我喜出望外。我那小狼崽正需要这样一个精美的铜环，才能配得上，结实，闪亮，不缠绳链。我连忙感谢。

"不必谢。我再告诉你一个秘密吧。"毛老汉又对我眨眨眼说。

"啥秘密？"我已经感到，这位孤独的老爷爷可不简单了。

"你们家分到狼肉了吗？"

"分到了。"

"最好你别吃那狼肉。"

"为啥呢？"

"狼肉在人体内化成人的血液，就终身带有一股狼的气味，那这人终身就成为狼类攻击的对象。"

"真的？"我瞪大了眼睛，见毛哈林老汉把那块狼肉倒进锅里，跟他的苞米楂子粥一起煮起来，就说，"那你干吗还吃呀？"

"嗬嗬嗬……我已经老了，也不去野外遇不着狼，再说，我还巴不得老狼把我给全吃了，省得给村里人添麻烦，受胡家的气……"老汉又伤心起来，片刻后接着对我说，"孩子，你还小，最好别沾上狼肉气味，大人能保护自个儿，吃了也没啥，你们小孩儿就不同了。"

我回到家，吃饭时对那一碗我妈已炖烂的狼肉，果真碰都没有碰。我妈奇怪地问我，我就把毛哈林老爷爷的话学给她听，她摇头一笑："净胡说，哪儿来的那么多狼，攻击全村这么多人呀！吃吧，没事，他是逗你玩的。"我爸也说没那么回事，老头在瞎编。

我还是一口不吃。我可不想成为我那白耳狼崽的敌人。

这一晚，全村都飘着狼肉香。

村部院里，胡喇嘛他们支起一口大锅，炖起了那堆分剩下的狼头、狼骨、狼杂碎。他们村干部还有金宝等主打猎手们，一起大吃大喝一通，醉酒后吐出的秽物撒满了房门院口，几个野狗舔吃后也醉倒了，疯叫疯咬，闹了一夜。

后夜，远处野外，响起了那只逃遁的母狼哀号。我想，那母狼该终身追踪大秃胡喇嘛一伙儿了，因为他们吃的狼肉最多，连狼骨头都啃了，狼杂碎都吞了，狼类们不攻击他们攻击谁呢。他们是首选目标，斩首对象。

想着此事我心里挺痛快，同时，我决定以后多去看望一下毛哈林老爷爷，他知道的事可真多，他身上好像隐藏着好多秘密，好多故事。

这一夜，我是抱着白耳狼崽睡的。

第三章

　　第七天早上，日出时分，他们远远瞧见一座高沙丘上，赫然伫立着那只野兽——母狼。绯红的晨霞中，它安详而立，而在它肚脐下跪蹲着一个两条腿的人娃，正仰着头吮吸母狼的奶！母狼微闭双眼，神态慈祥，无比满足和惬意，任由那人娃贪婪地轮流吸吮三只奶头，一动不动。

　　我爸他们惊呆了。那吸狼奶的小孩儿正是小龙！

一

　　公狼被消灭已有半个多月。村里很消停，没再出现狼害之事。那只母狼肯定已经远遁，没有胆量再来骚扰。我心中不免有一丝遗憾，母狼怎么放过胡喇嘛他们呢？难道毛哈林老爷爷真是编瞎话诓我不成？

　　不过，我倒很放心地在地窖养起我的白耳狼崽。

　　小米粥和菜汤喂得它圆乎乎的，阴暗的地窖里，它一见到放学回来的我，就高兴得摇头摆尾，湿乎乎的嘴拱得我手心手背痒痒的。有时我把它抱到外边见见太阳，那小眼睛一时睁不开，哼哼唧唧叫个不停。一旦把它放在炕上，弟弟就跟它滚耍到一起，互相又抱又啃，好像是一对儿失散多年的小兄弟重聚一般。这会儿抱走狼崽就困难了，小龙嘴里哭叽叽叫着"狗狗，狗狗，要狗狗……"闹翻我们家。这时我妈的笤帚疙瘩就落到我头上，骂我养了个野物，弄得小弟也快成了狼崽。

我抱头鼠窜时，也忘不了抢走白耳重新关进地窖里，再用小铁链拴起来，它脖子上的小铜环在暗中一闪一闪的。我想起毛哈林爷爷，晚饭后我就去他家看他。

见到我他很高兴。坐在门口的土墩上，落日的余晖照着他，没有牙齿的嘴巴张开后变成一个大黑洞。

"老'孛'的孙子，又干啥来啦？还有狼肉送吗？"他的发黄的舌头，在那个黑洞里搅动着，说话很费劲。

我拿出两个从家偷带来的菜馅饽饽。

"好吃好吃。"毛爷爷两口就吞了，那黑洞无阻无挡，像是掉进个小羊羔都不刮边儿。

"说吧，你来不光是送饽饽吧？"毛爷爷吧嗒着嘴巴，一双被眼屎糊住的眼睛，眯缝着盯住我。

"年轻时你老干过很多坏……大事吧？"

"干过那么几件吧，年轻时当过几天'胡子'，抓住奸杀我老婆的小日本龟头三郎，给他娘地点了天灯！后来参加了八路，被我班里的仇人从背后开黑枪打断了锁骨，土改时我和老秃子胡嘎达都是积极分子、民兵干部什么的……"

毛哈林爷爷闭上了眼睛，也闭上了那张说话的黑洞，往后靠上土墙，半天无语。那张黄瘦而皱纹纵横的脸没有一点血色，就如一张枯黄的树叶，上边没有一点生命的痕迹。

"你和老秃胡嘎达是怎么结的仇？"我忍不住好奇地追问。

"这……这段故事，下回再给你讲吧，别忘了给爷爷带饽饽来。你去吧，快去琢磨咬你屁股的大花狗吧。"毛哈林站起来回屋去，秋天的晚上已经变凉。

"毛爷爷，你送我的那铜环，是不是也有一段故事啊？"我最后问。

"那可是从地主王疤瘌眼儿家的黄狗脖子上摘下来的，听说他是用一只羊换来的。"

我刚要转身，他又喊住我。不知啥时候，他把手里拿着的一节黑亮黑亮的牛犄角递给了我，显得神秘地说："把这牛犄角放火里烤软后削成条子，掺和在面团里烤熟再喂给那大花狗吃。"

"会怎样？"

"我保证那花狗的肠子都被绞断，嘿嘿嘿……"毛爷爷阴冷地笑起来。

"毛爷爷，那大花狗是不是也咬过你呀？"

老人往上提了提裤腿儿。他的小腿上有两块已结疤的黑痂子，有一处还没完全好，化脓后渗着黑黄稀水。

然后，他颤巍巍进屋去了。

我攥紧了手中的黑犄角，昂首走出毛哈林爷爷的破院子。

村街上没几个人。前一段闹狼后，村童们也不敢晚饭后出来玩耍，天一擦黑人们都龟缩在家里。我拐向回家的小路上，迎头碰见了同班同学伊玛，她挑着水桶正要去河边挑水。

"对头碰见挑空桶的人，据说要倒霉呢。"我说。

"那你转过头陪我去挑水吧。"伊玛这明明是拉我去做伴，给她壮胆，天已经发黑了。

"你们家该打个压水井了，省得你老去河边挑水。"我陪她去河边时说。

"哪儿来的钱啊，我妈有病，钱都花在她身上了，我都快念不起书了。"伊玛黯然神伤。

我一时不知怎么安慰她，默默地走到河岸，再沿一条人工挖开的小沟路一直走到河边。伊玛是我们班上的尖子学生，又是一位俏姑娘，她写的作文拿过全县的奖，家里要是供得起，她能读到大学甚至当博士。可是命运已经早就安排她操持家务，帮助她爹务农种地了。她要是生在大秃胡喇嘛家就好了。世道真不公平，家境好的学生年年蹲级，读不起书的穷人家孩子学习又数一数二。我突然想起前些日子二秃对我的警告。

"伊玛，你当心点二秃那小子。"

"别提那小无赖了，放学回家时老盯着我。听说他放狗咬伤了你的……屁股？咯咯咯……"伊玛捂着嘴乐起来。

"我早晚废了那条恶狗，你瞧着吧。"我暗暗握紧手中的黑犄角。

伊玛蹲在河边，拿葫芦瓢舀子往桶里舀水。

河边有一片稀疏的柳条丛。我无意中发现，那里边有两点绿油油的东西在发亮，最初以为是什么花色玻璃或谁丢弃的珍贵东西，在晚霞余晖中反射出光，我就傻乎乎地走过去想捡起来看看。反正没事，伊玛舀水还得等一会儿。那距离也就是二三十米，我吹着口哨若无其事地走着。突然，那两个绿光一闪即没，随着一声吼叫，从那块草丛中跃出一只四条腿的野兽，向我扑来。

"是狼！伊玛快跑！"我失声大叫。

我来不及抽身，也一时吓呆了，眼睁睁地瞅着那只眼射绿光、张牙舞爪的大狼扑到了我身上。这一下完了，我想。

我闭上了双眼，只听见伊玛尖利的哭叫声从后边传来。

怪事发生了。我摔倒在地，那狼的毛茸茸的嘴脸也已经贴近我脸。可不知为何那狼突然"呜——"一声嗥叫，便放开了我，并且踩住我胸膛的两只前爪子也挪开了。它伸出红红的舌头舔了一下我的脸，就如粗刷子刷过一般，我脸上生疼、发凉，一会儿又火辣辣的。我被弄得莫名其妙。

然后，那狼转过身就走开了，缓缓地跑着，很快就消逝在河上游的黑暗中。

"是那只母狼！"我惊魂未定地喊起来。

"天啊！"伊玛跑过来扶住我。

"它认出了我，我和老叔给它包扎过伤……"我喃喃低语。

匆匆走离河岸时,我频频回望母狼消失的方向。它没有像村人所说那样远遁,它还在村庄周围活动。它没有放弃复仇,它的下次反击可能更可怕。想起刚才,我不寒而栗。伊玛说这母狼还真通人性。我叹气说可人已经不通人性了。这世界一切都正在颠倒,有时人不如兽呢。

二

那是一个秋高气爽的日子。

我去上学,我爸去修水库。我妈背着小龙弟弟去割豆子。

母狼看着我妈给小龙喂奶,看了很久。

小龙的脸蛋又红又胖,叼住妈妈大紫奶头吃得吧唧吧唧发响。一只手还很有占有欲地抓揉着妈妈的那只空闲的乳房。妈妈是坐在地头割倒的豆捆上,喂小龙吃奶的。

那是野外。草上有蝈蝈叫,树顶有乌鸦飞。

我妈很能干。爸爸被摊派去修水库,地里的活儿只好她一个人干,还带着小弟小龙。由于跟爷爷奶奶的上房分开单过,一到秋忙,谁也顾不上谁。好在我妈是一位吃苦耐劳型家妇,干农活一般男人都顶不过她。半人高长得极旺的黄豆棵子,她割下了一大片,再干一个半天,这块黄豆地就清了。

那母狼腹部也有三只往下耷拉的大奶子。那是它的三个娃儿——三只狼崽裹大的。如今,狼崽已不在,空闲下三只奶子,鼓胀得要裂。那黑而尖的奶头子细孔处,正在渗滴着白色的奶汁。狼奶也是白的，与人没有两样。

那母狼的眼神很奇特。盯得这么久，始终没有移开，也不眨一下，还充满了柔情和慈意，雌性的哺乳期的慈意。它微有些不安，有些骚动，那是三只发胀得要命的奶子给闹的。当初，三只狼崽每天风卷残云般地同时吸吮，那该是何等惬意而痛快的感觉哟。母狼微眯上眼睛，似乎想从回忆中寻找往日喂自己狼崽的那种幸福感。这三只愈发沉重的奶子，已胀疼很多天了。弄得它六神无主，难受至极，时时发出哀号。它甚至抬起后脚爪，使劲挠抓前胸的奶头，拉出道道血迹也无法甩干那胀满的奶汁。

我妈望不到那只受胀奶之苦焦灼不安的母狼。

她只顾低着头喂自己的小龙，把鼓胀的双乳轮着塞进娃儿的嘴里，以倾泻发胀的沉重，换得满胸的轻松，然后好再去割那片剩下的黄豆。娃儿当然丢在地头由他自个儿玩。抓虫抓草吃土，啃啃把他装在里边的柳筐边儿。反正小龙经折腾，掉茅坑啃过屎都没事。农家娃儿不需娇贵，吃啥都长肉。

妈妈喂够了小龙，拿起镰刀又去割黄豆了，嘴里咂咂地夸着儿子："俺的小龙真乖，坐在筐里别动啊，妈给你抓个蝈蝈回来。"吃饱了奶，小龙打着奶嗝儿又去啃柳筐边儿了，他正在出牙。磨牙的乐趣比顾及妈妈的去向更诱人，反正她一会儿会回来，不会丢下他的。妈妈呢，一步一个回头割起豆子，嘴里时不时地招呼着："小龙老实点啊，妈妈在这儿，妈妈这就来了。"割着割着走远了，几乎看不见人影了。

小龙当然依旧沉浸在磨牙的乐趣中。

当那母狼出现在柳筐边儿，轻轻舔小龙小手时，他嗬嗬乐了。家里也曾有过这样大的黑灰狗，常舔他的手，更主要是舔他的屁股，在拉完屎之后。农家没有那么多卫生纸给孩子擦屁股，喊狗子们过来舔舔就干净了。可这会儿自己没拉屎，这大狗还来干啥呢？不过小龙没在意这些，有狗陪他玩可比哨筐边儿有趣多了。他伸出小手摩挲大狗的脖子和嘴鼻，那大狗也伸出红红的长舌舔他的脸，舔他吐出的奶汁，舔他露肉的双脚，还有开裆裤后露出的光屁股。舔得他好痒痒，他又咯咯咯乐起来，乐得很开心。

"小龙！ 你乐啥呢？"

"咯咯咯……咯咯咯……"

"小龙！"

妈妈听到儿子脆生生的乐，也笑着支起腰来，搭手遥望一眼娃儿到底乐啥呢。于是她就发现了那只逗娃儿乐的"大狗"。

谁家的狗窜到野地来了？ 妈妈起初没想到那是一条狼，心不在焉地看了那么一眼，说了那么一句，而后又去低头割黄豆了。想着割到地头儿，再回头割到娃儿跟前时好好认认那条狗，究竟是村里谁家的狗呢？ 可又突觉不对劲儿，抬头回身看了一眼。这时她看见，那条"大狗"嘴巴上叼着柳筐，正往旁边的树丛里走。娃儿依旧咯咯乐着。

"放下我的娃儿！ 大狗！ 放下我的娃儿！"

妈妈丢下手里抓着的一把黄豆棵子，心慌慌地挥舞着镰刀，向那条"大狗"喊着追过去。

"大狗"听到她喊叫，由悄悄潜行变成小跑。可是柳筐绊着前腿，它也跑不快，跑不起来。

"该死的狗！ 快放下娃儿！ 放下我的娃儿！"

妈妈有些急了，大声呼喝。可那条"大狗"依旧小跑，快进树林子了。妈妈跑得更急了，上气不接下气，从横里截住"大狗"的路，终于在那片小树林前，挡住了那条盗娃儿的"大狗"。那"大狗"仍叼着柳筐不放，冲她呼儿呼儿地低猗吠哮了两声，眼神在变。妈妈不认得这"大狗"，村里没有这样的"大狗"，体魄大得如狼般雄猛，毛色黑灰得也如狼……

"狼！"我妈终于叫出口。

同时脸也唰地苍白如纸，不由得握紧了手里的镰刀。

"大狗"身上激颤了一下，随之那眼神就变了，变得绿绿的，野性又血性的绿光。

"放下我的娃儿！"

妈妈举起镰刀，猛然喝了一声。

那母狼的绿眼盯着我妈，对峙片刻，没有放下娃儿的意思。凶狠的目光，是心神和胆识的较量，若逼退对方对它更有利，此时此刻它还没有茹毛饮血的心态，它现在只想哺乳。哪怕一次，哪怕是人孩儿！

"那是我的娃儿！快放下来！"

妈妈救娃儿救自己骨肉于狼口的急切心情和愤怒，终于战胜了最初的胆怯，大喝着挥起镰刀向母狼逼近了一步。

母狼这回放下柳筐和小龙了。但它没有转身逃走，它不想放弃。它在暗中追踪这哺乳期的母子，已有几天了，不能轻易放弃。村民杀了它的公狼，杀了它的两只狼崽，另一只狼崽在诱杀公狼后也不知去向。它一直在伺机报复。可是哺乳的母子和自个儿胀疼的三只奶子，使它改变了最初的血腥复仇的本意。它要找回一个自己能哺乳的崽娃。

母狼迅疾无比地扑过去，撞倒了我妈。

我妈的镰刀也砍在母狼的后背上，只伤了皮毛。

母狼叼起柳筐和小龙，转身接着逃。

我妈从地上翻身爬起，挥着镰刀追上母狼。

母狼放下柳筐，回转身，又扑向追上来的我妈。这回，母狼的尖牙咬破了我妈的肩头，衣服被撕开，露出白的肩头和流出的红血。我妈的镰刀也砍在了母狼的腿根，比第一次稍稍深了些，也涌出些许血水。

狼和我妈翻滚起来。狼咬人砍。

母狼一跃而起，丢下受伤的妈，又叼起柳筐和娃儿固执地奔向那片树林。小龙见大狗与妈妈打架，初是咯咯咯笑，接着便哇地哭开了。"狗狗不咬、不咬妈妈……"他刚会说话，但意思明显地袒护起自己的妈妈，责备"大狗"。

这时的我妈完全疯了，不顾流血和疼痛，依然勇敢地操起镰刀追击母狼。她唯一的念头就是救回娃儿，自己的生死置之度外。母爱哟，人类的母爱。狼类的母爱呢，也如此差不多吧，同样是雌性哺乳生命体，丧子也会同样发疯。

母狼见我妈又追上来挥刀砍下，丢下嘴叼的柳筐和哭泣的小龙，翻身一滚躲过刀，再次跃起扑向我妈。于是，狼和人又近体肉搏起来。都流着血，异常惨烈。我妈的镰刀被狼咬掉，可她的嘴牙也咬着狼的腿部，满嘴的毛和血。母狼更凶了，咬得我妈遍体是伤，血肉模糊，大腿露出耷拉着的肉块，脸和脖子被抓得血迹斑斑。但我妈毫不气馁地搏斗着。手抓脚踢，摸索着镰刀，从健壮如牛犊的母狼身上挣扎着爬起，镰刀砍进母狼的后腿，镰刀把断了。

母狼"噢儿"一声嗥叫，红了眼，咧到耳根的大嘴一下子咬住我妈的肩头，撕下一块肉，并把她甩在地上。母狼扑上去要咬断我妈的脖子。

"别……狗狗，别咬……"

小龙大声哭叫起来，伤心的稚嫩乞求声终使母狼回过头来，望了望小龙。随之，那母狼放下我妈，又奔回柳筐和小龙旁，重新叼起，后腿嵌着镰刀片，一瘸一拐大步逃向树林中。

妈妈已经昏迷，嘴中喃喃低语："放下我的娃儿。"

她流血过多，精疲力竭，加上急火攻心，奄奄一息昏过去了。

不知多久，村里放羊的丁老汉路经这里，把我妈救回村中施救。也许小龙牵着她的心，她居然奇迹般地活过来，开口头一句就是："母狼叼走了我的娃儿！快救救我的儿子！"

这消息如炸雷般，一下子震惊了全村。

三

爷爷和叔叔们从地里赶回来，马上去追踪母狼。

妈妈被送进乡卫生院抢救，由奶奶和二婶陪着。

爸爸得到信儿，也从水库工地火速赶来，跟爷爷他们一起追踪母狼。我们这一大家族，完全乱了套，我和老叔也不上学了，手拿大棒子加入了追寻的行列，还有村里好多乡亲。

那片小林子没有母狼与小龙的影子。草丛中有一摊血迹，还有被丢弃的柳筐和从狼身上掉出的镰刀片。爷爷和爸爸他们循着依稀血迹和狼脚印，追出小树林。母狼叼着小龙走走停停，一般都选一些草深或沟洼处掩藏着行迹，向西北的大沙坨挺进。

天黑了，追踪的人们看不见狼脚印了。有些乡亲怕黑暗中遭受母狼袭击，踟蹰不前。心急如火的爸爸和爷爷他们不顾那么多，几个人骑着马打着手电举着火把，追向大沙漠方向。

"小龙——小龙——我的儿子，你在哪里！"

"老狼！你快出来！老狼！我杀了你！"

我爸发疯般地呼喊，他的声音在黑茫茫的沙坨子里回荡。

可黑夜沉沉，大漠无际，除了他的呼喊声荒漠中没有任何动静。夜鸟儿从树上惊醒，啁啾地飞起。他们鸣枪，朝空空的夜天和空空的大漠开枪，以泄愤怒和仇恨。

追踪和搜捕连续进行了三天。

似用篦子梳头般细细搜索了西北的几十里沙坨子，可母狼与小龙如石沉大海般失去了踪迹。尤其第二天的一场秋雨，冲洗了所有的痕迹，爸爸他们完全失去了追踪的方向。

我爸在马背上泪流满面。

我妈在医院几次昏厥过去。

哀伤和悲痛笼罩着我们家族。全村也沉浸在不祥和不安气氛中，各种流言在村民的舌尖上传送。唯恐母狼又来叼走了谁家的娃儿，家家户户关门闭户，看紧了自个儿的娃儿，连出去拉屎撒尿大人也跟着，村里的孩童们受到了从未曾享受过的特殊待遇。

我爸仍然不甘心地远近追寻着。

第五天头上，他从一个外村放牛人的嘴上，听到了母狼脚印出现在大西北七十里外的塔敏查干沙漠深处地带。于是他和爷爷他们七八个人，骑马追进号称死亡之漠的塔敏查干沙漠深处。

第七天早上，日出时分，他们远远瞧见一座高沙丘上，赫然伫立着那只野兽——母狼。绯红的晨霞中，它安详而立，而在它肚脐下跪蹲着一个两条腿的人娃，正仰着头吮吸母狼的奶！母狼微闭双眼，神态慈祥，无比的满足和惬意，任由那人娃贪婪地轮流吸吮三只奶头，一动不动。

我爸他们惊呆了。那吮吸狼奶的小孩儿正是小龙！

我爸无法相信眼前的奇景，无法相信自己的眼睛。小龙，他的儿子在吃狼奶！而且心甘情愿地吃狼奶，以狼为母！

小龙几乎是赤裸着，身上只剩下一件红兜兜裹在肚子上，在灿烂的朝霞中更是鲜艳夺目。身上没有伤痕，沾满泥沙，灰不溜秋的脸，脏兮兮的手脚，全然是个野孩子的模样。唯有吃饱狼奶之后发出咯咯咯的脆生生的笑声，使得这边偷窥的爸爸他们毛骨悚然。有奶便是娘，不管是人或兽，只要是有奶。这句话如今应验了。

咋办？

爸爸把困惑的目光移向爷爷那张凝重的脸上。

"包抄上去，不要开枪。母狼没伤龙娃，咱们想法夺下孩子！"爷爷布置。

于是七八个人悄悄包抄过去，个个猫着腰，保持着高度机敏，紧张得握枪的手沁出冷汗，心都提到嗓子眼上。

那母狼伸了个懒腰。前腿伸出趴地，腰身往下塌陷，然后挺起身躯，浑身使劲晃了晃，那骨节噼啪乱响。

"嗷儿！"它嗥了一声，然后轻轻叼起小龙的红兜兜，似乎对正在靠近的追踪者们不屑一顾，迈开矫健的四腿，拖带着小龙飞速跑下沙丘，向远处的大漠遁去。它眼观六路耳听八方，动物的本能使它早已察觉到了这边人群的动静，身后的沙丘上只留下了它那声长嗥，在灰色天空中久久回荡。

"追！"

爷爷爸爸他们骑上马奋力追过去时，那母狼早已消失在茫茫起伏的沙坨中，不见了。我爸急得嗷嗷叫，把牙咬得嘎嘣嘎嘣响，鞭子抽打得马直喷白沫，可大漠中马怎能跑得过狼？四蹄陷沙，没跑出几里都趴窝儿了，鼻子喷着热气，怎么打也起不来了。

我爸他们再次失去了母狼与小龙的踪迹。

"天啊！"我爸大叫一声，吐血昏倒了。

爷爷一边施救，一边教训爸爸："急管什么用！好在小龙儿还活着！母狼没有吃掉他，而是把他当成了自己的小崽来喂养着，只要小龙还活着，我们就有办法找回来！"

爷爷神色庄重，语气坚定，远视大漠的目光中蕴含着不可动摇的意志。绝望的爸爸重新燃起了希望之火，翻身而起，冲那茫茫大漠深处发誓赌咒地喊："母狼！我会找到你的，我一定要找回我的儿子！你等着！"

大人们这次还是无功而返。在大漠中险些迷路倒毙，几天之后回到家里，只好做长远的寻找打算。

四

小龙变成狼孩的消息，不胫而走。

荒野中出现一只狼孩，这种过去只在传说中听说的事情，现正在身边发生，人们纷纷议论时都不寒而栗，都拿怪异的目光窥视我们家。

不幸几乎击垮了我们全家。

妈妈疯疯癫癫，几次从医院跑向荒野，嘴里念叨着小龙。她悔恨自己不该把小龙带到野外，悔恨自己没能杀死母狼，悔恨和痛苦中她变得魔魔怔怔，完全失去正常的心态，见人就问，你看见我儿子小龙了吗？我儿子小龙出去玩了，不知在哪里，然后是一阵儿哭一阵儿笑。

奶奶往北墙的佛龛前烧香磕头更勤了。早中晚一日三次跪拜礼，每次数108颗念珠的次数，一点儿不错过，万一这天做活儿耽误了时辰，她肯定夜里全补上。她虔诚地祷告佛爷，祷告上苍，把小龙还给我们。坚信善有善报、恶有恶报的奶奶始终不明白，诱杀公狼挑死狼崽的胡喇嘛他们，为何没遭报应，而噩运却降临在我们这户善良人家身上。

爷爷和爸爸带上干粮，再次走进西北大漠，寻找了半个多月，小龙依旧没有音讯。那只母狼携着小龙好像从塔敏查干沙漠里消失了，这回连个脚印都瞅不见了。

爷爷的脸愈来愈凝重。他对爸爸说："先顾活着的人吧，不能为了一个小龙，全家人都这样不死不活地过日子了。"

"小龙还活着，我一定找他回来。"爸爸固执地说。

"现在只好听天由命，看小龙自己的造化了。漫无目的瞎找也不是办法，一切听凭长生天的安排吧。"

爸爸不听爷爷的劝告，又独自闯进塔敏查干沙漠里继续寻找，结果迷路差点又埋在那里，被爷爷他们找回来之后大病了一场。

家人中，其实我的负罪感最重。

我突然意识到，也许我害了小龙弟弟。是我偷偷饲养着那只小狼崽，母狼可能闻到了气息，在无法救出狼崽的情况下，衔恨袭击了我妈和小龙。何况小龙总跟白耳一起厮耍，身上沾染了狼崽的气味，诱发了母狼的哺乳欲念。想到此，我更加忐忑不安。一切祸事皆因我引起，也皆因白耳狼崽引起，我渐渐又移恨起白耳狼崽来。

这一天，我磨亮了我那把蒙古刀，走下地窖。我要杀了这只不祥之物，为小弟报仇，为妈妈报仇。

白耳认出我，亲热地哼叫着，湿湿的嘴拱着我的手掌，还伸出红红的舌头舔我的脸，跟它的妈妈母狼一样。我的心一阵震颤。它何罪之有？它好端端地生活在野外，被人追杀，父亡兄死，自己又历尽苦难，如今仍旧囚养在地窖中，失去自由。它是无辜的。

我的手颤抖着，实在下不了手给它一刀。

"宰了它！"

一声冷冰冰的话语响在地窖口。我爸不知何时出现在那里，嘴里咳嗽着，也下到地窖来。

"全是它招来的祸，招来的母狼！宰了它！"

我爸再次发出诅咒，仇恨的目光死死盯着在我臂弯里拱耍的白耳狼崽。

我犹豫着，看看爸爸的脸又看看闹个不停的白耳，心在矛盾中抽搐，疼痛。

"你下不了手，让我来！"说着，爸爸就走过来。

"不！它是无辜的，不能杀它！"我终于喊出声，紧紧抱住白耳。

"你这孩子怎么了？到了这个时候还护它！快给我！"

"不！我不能让你杀它！"我抱着白耳，一步步退到地窖角落，冲我爸爸嚷嚷起来，"罪魁祸首是胡喇嘛他们！他们杀了公狼挑了狼崽引起的祸根！是胡喇嘛摊派你去修水库不能收秋，妈妈才带着弟弟下地割豆子的！有能耐你找他们算账去！拿一个小狼崽出气，算哪门子好汉！"

爸爸一下子愣住了，如挨了当头一棒似的站在那里，傻傻地看着我，半天一动不动，喃喃自语："说得是啊，这事是全由胡喇嘛他们引起的……可今天，我要先杀了这狼崽，我不能再养狼为患！"

"爸爸，别忘了，那母狼可是还喂养着小龙弟弟！你宰了这狼崽合适吗？再说我们也可以养着这狼崽，将来跟母狼交换啊！"我急中生智，提醒爸爸。

"交换？"爸爸的眼睛一亮。

"对。我们养活小狼崽，有朝一日可以跟母狼交换的，要是杀了，那就跟母狼结的仇更深了，小龙弟弟一点希望没有了。"

"好主意！"爸爸走过来惊喜地抱住我，亲了亲，"我们马上就可以进行交换！我拿狼崽去引母狼出来，好主意啊！你弟弟有救了，好聪明的阿木！"

爸爸说办就办，不由分说从我怀里抢走白耳，骑上马，带着狼崽又走进了西北沙漠。

他把白耳狼崽拴在它原狼洞附近的沙坨顶上，守候起来。等了三天三夜，母狼和小龙没有出现。他又换地方往深处沙漠等候，还是不见踪影。他索性把狼崽拴在马背上，骑着马，让狼崽呻吟尖叫着，走过了一座又一座沙漠，挨过一个又一个的白天黑夜。母狼和小龙依旧没有出现。爸爸的嗓子喊哑，两眼充血，人也快发疯了。还是爷爷出面，制止了疯狂中的爸爸，这样下去爸爸非毁了不可。

爸爸在马背上，抱着白耳狼崽默默流泪。

我深切地感受到爸爸是多么爱小龙弟弟。我突然有了某种预感，只要白耳狼崽活着，小龙弟弟就能活着，他们俩的命好像是相连的。

我对爸爸说："你就把白耳当小龙弟弟吧，它要是好好的，小龙弟弟也会好好的。"

爸爸点了点头。

从此，白耳狼崽在我家的地位，突然发生了根本性的变化。爸爸允许我把它堂而皇之地养在家里，养在我家的土炕上，我们吃什么它吃什么，我们睡炕上，它也睡炕上，真正做到了同吃同住同睡。白耳享受到了人的待遇，于是它很快茁壮成长起来。由于没有我们人的学习和生活压力，它身心健康，活蹦乱跳，有时调皮到夜里钻进爸爸的被窝里不出来，还撒了一泡尿。爸爸多少天来头一次发出笑声。笼罩在家中的阴霾之气，渐渐被小白耳不断弄出的事情冲淡了。

妈妈也出院了，基本恢复了正常，除了偶尔弄错把白耳叫成小龙之外，没有再出现异常情况。谢天谢地。

我也去上学了，伊玛帮我补习功课。

这一天，放学回家时，二秃在路上带几个小孩起哄，齐声高呼："狼孩，狼孩！"

我不理睬，继续和伊玛商量着晚上帮我补课的事。

"拿弟弟换了狼崽，合算哟！"

"人窝成狼窝，还拍了一个'狼婆子'！"

这一下我忍不住了，把书包交给伊玛，从路旁捡两块石头，冲他们走过去，喊："爷劈了你们！"

一看我要拼命，二秃一伙儿作鸟兽散。

正这时，大秃胡喇嘛村主任从乡政府那边回来，满身酒气："乡里开会，酒先喝醉；舞场转转，搂个女睡。"这顺口溜编的很实在。

我噔噔噔走到胡喇嘛前边站住。

"走开，你这臭屁孩儿，别挡路！"胡喇嘛喝叫。

"我有话跟你说。"我大胆地盯着他。

"你？你有话跟我说？哈哈哈……"胡喇嘛似乎听错了，大笑起来，不屑地拿眼角看着我。

"对，我在这儿等你半天了。"

"噢？有屁快放，臭小子！别耽误我回家喝茶！"

"你是大村主任，先管教好你的儿子！"

"我儿子，他咋的了？"

"他骂我，还放狗咬我！"

"哈哈哈……我当是啥大事呢，他骂你、放狗咬你，有啥证据？"胡喇嘛摆出一副难为我的耍赖样子，轻蔑地瞅着我。

我"噌"地脱掉裤子，把屁股对准了胡喇嘛。

"这就是证据，你好好看吧！"

"一张癞疤疤的屁股，这是我们家花子咬的吗？哈哈哈……我不信，我不信，怪你娘没生好你呀！下出了一个花屁股小崽！哈哈哈！"胡喇嘛开心地大笑，摇晃着头挖苦我。

"你是个大无赖！"我气愤至极，冷冷地对他说，"我告诉你胡大秃子，今天我这疤瘌屁股不是白给你看的，早晚我也会扯掉你的裤子，让你的屁股也变成这种疤瘌屁股！让我们校马老师去后林子跟你约会时，笑掉大牙！"

"兔崽子，我打死你！"胡喇嘛一下子急了。

"来呀，你大村主任碰我试试，我爸正找碴跟你算账呢！"

胡喇嘛举起的拳头，停在半空中，终未能落我头上。他怔怔地盯着我。我也翻着眼皮，冷冰冰地盯着他，毫不畏惧。

"你这兔崽子盯人像狼似的，长了一双狼眼睛……好，好，你有种！"胡喇嘛闪避开我的眼睛，耀武扬威惯了的他，也许头一次遇到一个男孩的勇敢的挑战，他软下来。

"你给我滚！"他冲我吼了一句。

"你等着吧，今天我的话绝不是白说！小心你的屁股吧！"

我转身就走。

我能感觉到他那双黄鼠狼般的眼睛，毒辣辣地盯着我后背，一双拳头捏得嘎巴嘎巴响，但他终未追来踢趴下我。那边等着我的伊玛问我，跟二秃他爹说了些啥，我说没说啥，只告诉他小心自己的屁股。伊玛又问那你为啥脱掉自己的裤子，说这话时她脸微红。我说这你也看到了，不好，我将来的媳妇提前看到老公的屁股了。

伊玛骂一句不要脸，谁给你做媳妇呀，满脸通红地哧哧笑着跑走了。回过头又补一句说，晚饭后我才不给你补课呢。我心说，不补才怪呢。

我舒心地朗朗笑出口，惊飞了路边的小鸟。

今天好开心。突然想起家里的白耳，我加快脚步跑了起来，未来咬烂大秃屁股的事，还全靠它呢，赶紧回去喂它，别亏待了它。

第四章

　　白耳已长成半大狼狗。黑灰杂毛长而发亮，双耳竖立，两眼透光，扑咬东西又凶又狠，已颇具狼风。只是受家人的调教管束，它还规矩，不敢胡来，很有灵气，习惯了人类生活的习俗，成为我们家一个不可缺少的好帮手，家里一天到晚吆喝白耳的声音不绝于耳。

一

那头沙豹，伸出红红的舌头，舔了一下嘴边的血沫。

狼孩惊恐地盯着那头豹子。只见豹子撕开那只野兔儿的肚肠，一口一口极有滋味地咀嚼那血淋淋的五脏六腑。那兔子是狼妈妈逮给狼孩吃的。狼孩缩在山崖下的一角，吓傻了，浑身筛糠般地颤抖，忘了逃跑。事情全怪他自己，不好好待在山崖下的洞里，跑到洞外逗玩那只还有活气的野兔子，结果被这只恶豹撞见，招致大祸。

狼孩哀伤地哼叫起来。

这时，那头花斑沙豹懒散地转过身子，伸伸腰，晃晃头，猛哮一声，眼睛贪婪地盯视着可怜巴巴的他。显然，一只兔子未能填饱它的肚子。它拖着铁鞭似的长条尾巴，缓缓向狼孩走来，俨然似赴宴。

狼孩一动不动。当沙豹旋风般地扑来的一刹那，狼孩的双臂便抱住了旁边一棵胡杨树，"噌噌"地攀缘而上。那头恶豹没料到这一手，恼怒了，长尾巴凶猛地扫向狼孩的腿部。狼孩痛叫一声，差点被那根铁尾扫打下来。狼孩的双臂，死死抱住胡杨树不松开。

沙豹的铁尾再次扫向狼孩，带着一股寒风。

突然，一声凄厉的嗥叫，只见一团灰色的影子，如闪电般射向恶豹的咽喉，并牢牢地攀粘在那里。

沙豹一声惊吼，收回尾巴，猛烈地甩动起头颅，前两爪同时击向那灰物。"嗷儿"一声吼叫，那团灰物被击落，就地一滚，蹿出十多米远，拉开距离站在那里。这是那只母狼，依旧体魄健壮，性情凶残，眼见狼孩要被恶豹吃掉，它红眼了。它的偷袭初步得逞，豹子的脖子被撕去一块皮肉，淌出鲜红的血。不过它自己也受伤了，豹子拍伤了它一条腿。母狼龇牙咧嘴，头昂起，"嘶嘶"低哮着伺机进攻。豹子被激怒了，卷起一股风，横空一跃，扑向母狼。狡猾的母狼不跟它决战，向一侧飞速闪开。豹子一连几次凶猛的扑跃进攻都被躲开，气得恶豹"嗷儿嗷儿"狂啸，旁边的树枝枯草被击打得乱飞四扬。

然而，母狼再没有机会进攻沙豹了。一条腿受伤，只靠三条腿闪避恶豹迅猛异常的攻击，已经十分吃力了。它消耗着豹子的气力，腾跃中连连后退，没有多久它被逼到崖下死角，再无退路。

母狼发出绝望的哀号，龇着牙等候最后的决战，尽管明知会被豹子咬断喉咙。恶豹一步步逼向母狼。

蓦地，有个黑影从上边飞落，那是狼孩。他从旁边的胡杨树上跳下来，击向恶豹，不偏不倚正好骑落在豹子脖颈上。他凶狠地咬着，抓着，击打豹子的鼻子眼睛。那豹子连甩几次也未能摆脱。它恼怒地咆哮着，倏地往地上一滚一压。狼孩机灵地跳离豹脖，往旁一闪，躲开豹子滚压。于是，狂怒的恶豹丢开母狼，追击这狼孩。

那狼孩倒聪明，四肢着地跑离这片狭窄的山崖下的角落，三跳两蹿，引诱着豹子跑上了旁边的山崖。

沙豹几个腾跃，尾随追击狼孩。

崖上地窄，狼孩跑到山崖边上，往下一看是几十丈深的山谷，他吓待在原地。后有恶豹，前横绝谷，他可真是一点儿活路都没有了。

沙豹从几米远处凌空跃起扑向狼孩，张着血盆大口，恨不得一口吞了他。

千钧一发之际，狼孩不顾死活顺崖壁往下一出溜。他瞄好的几根藤蔓，迅疾被他抓到，两只手紧紧攥住。这时，恶豹从空中落下来了，可是前身扑空，收不住冲力，一个倒栽葱一头扎进那百丈深谷。无声无息，无痕无迹，深谷里万籁俱寂，唯有冷云青岚升腾飞绕。

半天，狼孩才顺藤爬上来。尽管逃命成功，依旧惊魂未定，浑身打战。母狼瘸着腿跑上来了。它惊喜至极，尖嘴触碰着狼孩的嘴鼻，伸出舌头舔舐狼孩的头脖，以表示关爱和喜悦。

狼孩紧紧依偎在母狼脖下，身子抖颤着，嘴里不停地"呜哇"哼叫，吠哮，表达对母狼的亲昵和相依为命的情感。

片刻后，母狼携领狼孩走下山崖，回到山崖下的狼洞。没有多久他们又出来了。显然，汗腾格尔山深处的这处巢穴，不能继续居住了，已被其他恶兽发现，不得不再转移。他们曾无数次地寻觅新居，为了躲避人类、躲避大兽，最后逃进这远离塔敏查干沙漠的汗腾格尔山深处。如今，不得不又要舍弃这人迹罕至的安宁洞穴了。

母狼仰起嘴，冲天长嚎一声，群山为之震荡回响。

他们迅疾向西北方向的莽古斯大漠奔去。

从此，连接塔敏查干沙漠的西北方莽古斯大漠的野坨中，出现了两只狼兽。他们很奇特：一只是瘸腿的老母狼，一只崽狼，身上却无毛，处处结着甲壳般的硬痂，蹭磨树油等胶质物，他的脊梁和腿臂处都油光发亮。他时而四腿着地迅跑，时而直立在后两腿上歪歪扭扭走路，如同怪兽或野人，在西方大漠中神出鬼没。当猎人发现追捕时，他们又逃得无影无踪，使那一带本来蛮荒的古老野坨子，更显得野性神秘和恐怖了。

那边的人们，都开始谈论这对突现荒漠中的神兽或鬼物，有人甚至向那荒野顶礼膜拜，烧香磕头，谁也不敢轻易踏进那片大漠一步了。

二

今天是星期天，我约伊玛到西北林子里挖野菜。

她很高兴，欣然跟来。自从老叔辍学跟爷爷务农之后，没空跟我一起玩耍，我只好总拉伊玛跟我做伴干些事。可自打那次我跟她开玩笑说要娶她当老婆之后，她的态度显然变得有些忸怩。有时无缘无故地偷看我半天。我心里说，这丫头可千万别把玩笑话当真，我可要把书读下去，离娶媳妇可早着呢。

走进那片林子里，我不挖野菜，捡起干树枝。

"嘿嘿，菜还没挖就想做菜了？捡树枝干啥？"伊玛不解地看着我。

"快帮我再捡点，一会儿你就明白了。"我神秘一笑。

把干树枝堆成一堆，我掏出打火机点燃。

"你想烤火？"伊玛问。

"不。"我把原先和好的一块荞面团从兜里掏出来，递给伊玛，"帮忙，你把这面团埋在火堆里，烤成六分熟拿出来。"

"咋，没干活呢先饿了？"伊玛愈加奇怪。

"不是我吃。"

"给谁吃？"

"给你吃，哈哈哈……"

"我？吃你这脏面团？快告诉我，你葫芦里到底卖的啥药？"伊玛心急地催问。

"喂给二秃家大花狗的……"我悄悄告诉她我的阴谋。

"你这坏蛋！"她的拳头砸在我的肩头，挺舒服。

我从兜里又掏出那根毛爷爷给的黑犄角，放进火堆里烤起来。没有多久，荞面团烤熟的香气和牛犄角烤焦的煳味儿扑鼻而来。我从火里夹出牛犄角，又拿出蒙古刀，把牛犄角趁烤软赶紧削成一条条的。

"伊玛，快把面团馇馇拿出来。"

我手忙脚乱地把长条小块儿牛犄角，一一塞进尚软的面团中，又把它揉得更紧些，重新扔进火堆里埋起来。

"成了。"我拍拍手，吹了吹被烫红的手指头。

"管用吗？"

"毛哈林爷爷的招儿，肯定灵。"

"你真是个大阴谋家。"伊玛又怪怪地盯起我来。

"我不算，毛爷爷才是大大阴谋家。"

"那你是个具体谋杀者。"伊玛咯咯咯笑。

"我谋杀的只是一条狗。"我谦虚地告诉她。

"将来长大了，你会谋杀人的。"伊玛很肯定地下结论。

"谋杀谁呢？"我琢磨未来的谋杀对象。

"谋杀亲妇呗。"伊玛挑逗说。

"谋杀你？"我又拿她开心。

"你！"伊玛的脸顿时飞红，秋阳下更显红亮红亮，挺美。

"我不会谋杀亲妇的，可能你会谋杀亲夫吧？"

"我……要是我嫁的丈夫对我不好，那还真备不住呢。咯咯咯……"伊玛若有所思地看着我，又敞怀笑起来，脑后的马尾巴一抖一抖的。我突然意识到伊玛比我大一岁，姑娘家据说都比男孩成熟早，这丫头想事肯定挺多，挺复杂，往后说话我真得小心点，不能这样胡诌八咧了。

"好了好了，不闲扯了，咱们先谋杀了花狗报仇再说。"我赶紧扯开话题，从火堆里扒拉出那块已经完全熟透喷香的荞面饽饽。

"走！"我站起来说。

"不挖野菜这就走哇？"伊玛噘起嘴，责怪地说，"我回家怎么交代呀？"

"大姐哎，现在可是秋天，哪儿来的野菜可挖，你也不是不明白，装什么糊涂。好啦，把这剩下的干柴抱回去向你妈交差吧，就说野外没有野菜只有干柴。"

"好哇，阿木，今天又逗闷子涮我，早晚我会谋杀了你！"伊玛抱起那捆柴，从我身后笑骂着跟过来。

一句玩笑，但听得我毛骨悚然。这丫头要是心里头真把我当成她未来的老公，那可就麻烦了。我心里头有些热乎乎，又有些不安。我想她未来"谋杀"的"亲夫"，肯定不是我。

快到二秃家门口了，我叫伊玛在后边走得远点。不是怕二秃看见，而是怕大花狗扑过来时保护不了她。

我决定今天采取行动，是有缘故的。

早晨，我看见胡喇嘛和二秃进县城了，是给二秃的那位罗锅哥哥看病。二秃的大哥十八岁，几乎九十度的罗锅，还有羊痫风，好像又犯病了。请庙上的住持和村里的那位土大夫吉亚太都看过，说给他找个女人冲冲，可能会好。可谁家好姑娘会嫁给一个罗锅加羊痫风呢，胡喇嘛就是村主任也不能抢来一个给儿子当媳妇吧。

我利用这天赐良机，大摇大摆走过胡家门口，并吹起口哨。当然握紧了手里的长树条。

果然，狗仗人势咬惯了过路人的花狗，"呼儿呼儿"地从院子里蹿出来，冲我吠叫起来。院内屋门口那儿，又闪动着那一双阴森的眼睛。那肯定是老秃子胡嘎达在偷窥。

我挑逗着花狗且战且退，又装出一副很胆怯的样子。欺软怕硬的花狗变得更凶狂了，我干脆转身逃跑，花狗追过来了。我引着花狗走出老秃胡嘎达的视线之后，赶紧从兜里掏出那块热乎乎喷香的荞面饽饽，扔给了花狗。

　　狗类毕竟是狗类。它摇起了尾巴，并放弃追踪，很客气地走过去闻了闻。辨认出不是土块，而是喷香的食物之后，花狗一口咬住了那饽饽。它的上下牙床猛地张合几下，咽喉那儿咕咚一声，荞面饽饽便被它吞下去了。

　　我拍了拍手，走人。

　　花狗见我不是敌人而是送食物的友人，它也很礼貌地摇摇尾巴，"汪汪"叫了两声，以示送客。

　　走出老远，我和伊玛躲在墙角，回头观望起动静来。

　　吞吃了美食，花狗摇头晃脑回到自家门口。它觉得今天很合算，张大嘴伸开四肢，舒了懒腰。然而，没有多久便哼叫呻吟起来，接着就是往地上打滚。

　　呻吟声很尖利，打滚也较剧烈，引来了老主人胡嘎达。

　　"这狗咋的了？"胡嘎达疑惑地盯着那狗。

　　花狗痛苦不堪。尖叫变成哀号，俩后爪子一个劲儿抓挠着胸肚，显然那里边正在绞肠断肚。胡嘎达温柔地摩挲着狗的头脖，想让它安静下来。嘴里唤着："噢呀，噢呀，花子花子……"

　　我对伊玛说："好啦，大功告成，咱们走。"

　　伊玛说："谋杀者，别急，那狗还没挺腿儿呢。"

　　我笑说："你更狠，非要死见尸，活见鬼。用不了多久了，你就等着晚上二秃家里飘出狗肉香吧。"

　　我怕老秃发现后起疑，拉着伊玛走了。嘴里吹起口哨，一副得胜而归的样子。这两年受尽这恶狗欺凌，如今出了这口恶气，并为全村所有挨咬过的行路人除了大害，我心中有一股说不出的舒坦感。

"别得意过早，还没见死尸呢。"伊玛分手时仍这么说。这丫头，啥意思。

"应该先给你吃一口，试试就好了。"我不无恶毒地逗她。

"你这挨刀的，没娶到家就想先谋杀！"

我当作没听见，赶紧鼠窜回家。

实践证明，伊玛的疑心是何等正确！

花狗果然没死。胡家没有飘出那诱人的狗肉香。

原来，老奸巨猾的胡嘎达及时采取措施，给花狗灌了一肚子麻籽儿油，让狗上吐下泻，排掉了大部分犄角条。那狗好像大病了一场，瘦了一圈儿，蔫巴了许多。

我沮丧至极。该死的狗命真硬。

当晚我又去了毛哈林爷爷家。

"气数未尽啊，孩子。"听了我的陈述之后，毛爷爷望着天说，"狗随主命，胡喇嘛现在当村主任当得挺欢实，流年运还很旺，那狗也不会差到哪里，他们是一荣俱荣，一损俱损。"

我嘟囔说："白忙活了。"

"不是这样，你做得很不赖了，那狗已经伤了，气势已受损。"毛爷爷突然盯住我，"听说你养了一只狼崽？"

"是啊。"

"等你的狼崽长大了，该有结果了。此消彼长。回去吧，孩子，好好侍弄你的狼崽。不会太长久了。"

毛爷爷送我出来时，已是满天星空。他颤巍巍地手指着上空，神神道道地说："你看那三狗星，已呈出暗晕呢，再看西北天狼星，正在南侵。"

我听得稀里糊涂。同时也感到此位毛爷爷真神，不愧是大阴谋家，还会观天象算气运呢。可他自个儿的命咋这么背、这么霉呢。是人算不如天算吗？我想不透。

三

"白耳，把帽子捡回来！"

白耳"腾腾"几下，就赶上被风刮跑的我的帽子，咬住后跑回来递给我。

"白耳，院子里进别人家猪了，赶出去！"

白耳"噌"地从炕上跳下去，按我妈的命令，去赶那只吱哇乱叫的猪。

"白耳，把这舔了！"

白耳伸嘴伸舌便舔吸爸爸洒在桌边儿上的酒，很受刺激地吧嗒吧嗒嘴，像狗式地摇摇尾巴，只是绝不像狗似的往上翘卷起尾巴尖儿，而是总半拖着它的长尾巴。

白耳已长成半大狼狗。黑灰杂毛长而发亮，双耳竖立，两眼透光，扑咬东西又凶又狠，已颇具狼风。只是受家人的调教管束，它还规矩，不敢胡来，很有灵气，习惯了人类生活的习俗，成为我们家一个不可缺少的好帮手，家里一天到晚吆喝白耳的声音不绝于耳。有一次，奶奶的宝贝念珠不见了，做不成佛事的奶奶，翻箱倒柜，没心思做活儿了，本想牵毛驴进磨坊却牵进了家门，整个人似乎一下子失去了心理支撑，惶惶不可终日。

我就领着白耳出马了。

"奶奶，把你另一串念珠借我用用。"

我把奶奶递给我的念珠，叫白耳认了认，又把念珠放在白耳鼻前闻了闻，然后我拍了拍白耳脑袋说："去吧，把那串丢的念珠找出来！"

白耳心领神会地去了。

里屋闻闻，外屋转转，墙角柜底院里院外白耳都寻遍，依旧无结果。白耳不好意思地围着我转悠，显出无奈的样子。

我询问了奶奶这几天的家务活动情况。

我一拍腿，喊："碾坊！"

领着白耳直奔碾坊，奶奶从我后边叨咕："我都找过了。"

果然，一间碾坊，地上干净得掉一根针都能发现。

"白耳，找找。"我不服气地命令。

白耳这会儿显出本领了。跳上跳下，左闻右嗅，最后却放弃寻找，忽然对墙角一个不显眼的耗子洞感兴趣了。我们家的耗子个个膘肥肉厚，白耳显然对肉类动物更有兴趣。

"白耳，别抓耗子了，快找！"我吆喝。

白耳依旧不离开耗子洞，尖嘴伸进洞口，呼儿呼儿地叫。那耗子洞窄小，它又用前爪子扒刨那洞口，很快弄大了，它的尖长嘴伸进得更深了些，几乎塞进去了半个脑袋。

没有多久，白耳的脑袋从那耗子洞里拔出来了。

它的嘴里，咬着一只肥硕如小猪崽的大耗子。

奇迹出现了。那耗子的脖子上，竟然套着奶奶那串珍贵的白色小念珠！

"阿弥陀佛！"奶奶在碾坊门口惊叫。

我们都惊讶得目瞪口呆。

耗子偷念珠戴念珠，简直闻所未闻。

我说，奶奶在碾道压面时无意间掉落了套在手腕上的小念珠，被偷米的大耗子也无意间弄进了脖子，卡住了。

奶奶却说，哪有那么巧，是这只大耗子跟我佛有缘，这只大耗子有灵性。

我从耗子脖子上很费劲地解下那念珠，肥嘟嘟的肉块几乎撑断了套念珠的丝绳子，谢天谢地，要是断了，再有灵性的白耳也找不回散落的 108 颗珠子了。

我把念珠送还奶奶，把耗子丢给白耳。

"别！别！"奶奶尖叫一声，去抢那只肥耗子。

"我说奶奶，白耳卖了半天力气了，该慰劳慰劳它了。"

"这耗子不能喂它吃！它有佛根，我要拿出去好好安葬了它，还要给它念一段超度经。"奶奶说得很严肃正经。

我怕笑出来，捂上嘴。

奶奶的老身毕竟迟了一步，那肥耗子被白耳几下咬碎，吞咽了一半，红红的血顺白耳的嘴边流淌，耗子的骨头在白耳的嘴里嘎嘣嘎嘣碎裂。

"罪孽！罪孽！佛爷饶恕我……"奶奶原地呆站，闭上双眼，两手胸前合十，嘴里念起不知什么经来，一脸惶恐模样。

白耳转瞬间完成了美餐，围着我和奶奶转悠摇尾巴。

奶奶叹口气，说："这孽障，虽然跟我佛有点缘找回念珠，可它杀孽太重，跟佛旨相去甚远。孩子，你还是早早把它送走吧。"

"奶奶，把它送走了，下次谁给你再找念珠呀！"

我领着白耳回东院时，奶奶一直站在磨坊门口出神，她肯定为我这孙子和白耳的孽缘深重而担心。

从此，我们的白耳也名声大振。左邻右舍也不像过去那样恶言相向，开口就骂野狼崽，狼子野心等等了，渐渐拿它当成家狗，孩童们也白耳白耳地叫个不停了。甚至附近村子的人也好奇地来看一看，省得去城里公园看狼。

这一天中午，胡喇嘛村主任突然到我家来找我爸爸。

原来，我们郭姓家族有一位姑娘早年嫁给了胡姓人家，是胡喇嘛的奶奶辈人物，现在过世了，留下遗嘱要葬在她的妈妈身边，也就是说要回埋到我们郭姓家族的坟地里。在习俗里，这可是大事。再说，我听爷爷讲过，咱们家族的这块坟地是三百多年的老坟地，当初开坟时请阴阳先生测看过，说近百年必出人物，家族兴旺，是个极有风水的上好阴宅。故而，多年来家族人员拿这坟地视若明珠，极尽保护和关心，连里边的一草一木都不轻易动。尽管家族人员因生活、脾气和社会环境而无法避免地产生矛盾和隔阂，可在共同的坟地问题上，想法和态度却是高度的一致。

我爸想也没想就说，这事他做不了主，找老爷子说去。老爷子是郭姓家族中最年长者，他说了算。

胡喇嘛的脸上这回堆满笑容，坚持让爸先同意了，再一块儿去找我爷爷。我爸说他得听爷爷的，不能先同意先表态。胡喇嘛最后央求我爸，陪他一块儿去见我爷爷。

我心想，平时那么威风的他，这会儿咋这么害怕见我爷爷呢？

我爸想了一下，就陪他一块儿去了上房。好热闹的我也悄悄跟了去，想看看事态的发展。

当胡喇嘛支支吾吾终于说清了来意之后，爷爷的长烟袋锅往炕沿上一磕，挥了挥说："你回去吧。"

"她可是你们郭家的闺女呀，想睡在妈妈身边，老人的一个临终遗愿啊。"胡喇嘛解释。

"我知道，她是我的一个穷姑姑，堂亲，被你们胡家一位有钱先人花钱买的童养媳。"爷爷的眼睛突然亮起来，盯住胡喇嘛，"可是，嫁鸡随鸡，嫁狗随狗，她早已是胡姓家的人了，这是不能更改的老理儿。她回埋郭姓坟地，那就是乱了坟，乱了姓，破了理，我怎么对得起郭姓祖宗和后人？这是万万不能的。胡村主任，你回去吧。"

爷爷再次下了逐客令。

"老爷子，不要这么无情嘛，都一个村子住着，抬头不见低头见，又是郭家的闺女，哪儿来的那么多说道儿，都这个年代了。"胡喇嘛的口气开始变了。

"胡大村主任，是不是又有高人给你出点子？先以郭家闺女名义挤进来一位，往后再以儿子的名义葬妈妈身边为由，争取在我们坟地里，挤占出一块你们胡姓坟地？你们这套把戏，听说一百年前你们先人也演过一回呢。"

"老爷子，这是啥意思，别扯那么远嘛。"

"无非你们胡家早就看中了我们坟地的风水罢了，可这行不通。天下风水好的地方多的是，你们干吗老盯着我们郭姓坟地，啊？"爷爷有些生气地质问胡喇嘛。

"没那么复杂，没那么复杂。老爷子，你再考虑考虑，人家的后人提出来了，实在商量不通，我们村委会也可以做出决定嘛。"胡喇嘛终于摆出了村主任架子，打起不大不小的官腔，如果村主任这级别在中国还算是官儿的话。

爷爷霍地站了起来，手往门外一指："出去！"

胡喇嘛愣住了。

爷爷的手一直举着，不再说二话。一直到胡喇嘛无趣地溜下炕沿，尴尬地走出门口为止。

爷爷一脸怒气的样子真有些吓人。

"变着法儿想霸占别人家的坟地，天底下还有没有公理了？"爷爷喘着粗气，坐在炕沿上，余怒未消。

这时，从院子里传出"哎哟妈呀"一声尖叫。

我跑出去一看，乐了。白耳咬住了胡喇嘛的脚后跟。胡喇嘛痛得哇哇乱叫，白耳凶狠地咬着，"呼儿呼儿"不松口。我暗暗奇怪，这白耳从来不咬人，如果主人不说它连个鸡狗都不追，今天真的奇了，难道它的脑海里还记着灭它一家的这位大仇人吗？

胡喇嘛挥拳击打白耳的头，腿脚拼命挣甩，可白耳就是不松开。它那尖利的牙齿已经咬透了胡喇嘛的鞋跟，咬进他的肉里。白耳的眼珠在变，渐渐变绿。我可是从来没见过它这种神态。

"白耳，快松开！"爸爸大声喝叫。

"白耳，别咬了，快松口！"我妈也拍拍白耳的脖子。

可白耳依然不听。低着头，前脚挺，后腿弓，紧紧咬着胡喇嘛往后拉扯。

胡喇嘛痛得杀猪般嚎叫。

"你们倒是快拉开它呀！疼死我了！"

爸爸和妈妈干脆伸手，硬掰那白耳的上下嘴巴。

胡喇嘛终于得脱，瘸着腿，一拐一颠地逃出院子而去。

"你们纵狗……纵狼咬人！我要杀了你们这狗这狼！"院外传出胡喇嘛这句威胁的怒喊。

"我早跟你说过，胡大村主任！早晚也要让狗咬烂你的屁股！今天可是小试一把，你等着吧，胡大秃！"我从他后边喊，爸爸却把我拽了回来。

"往后你可小心你的白耳吧。"爸爸说。

第二天开始，我又把白耳关进地窖里拴了起来。地窖上又加了一把铁锁。临出来时我抚摸着白耳的头说："好样的白耳，先委屈几天。记住，那人就是你的仇人，杀父仇人，走到天涯海角也记住他，咬烂他的屁股！千万不要留面子！"

其实，白耳根本不用我教它。

动物也有它的一本儿账，只是人类不懂罢了。

四

三天后的早晨，我们家院里有一些异常气氛。

先是胡老秃胡嘎达为首的胡姓老辈人物出面，带着猪头羊腿、果品布匹，来见我爷爷。

谈判耗时颇久。

最终胡老秃等一干人满脸丧气和恼怒，抬着带来的那些丰礼，原路回去了。

后来，来了一位乡派出所的杨姓副所长。

又后来，来了几位死者的郭姓这边的亲戚。

这些人在爷爷屋里一直待着不出来，间或传出哭泣声、哀求声。爷爷抽着烟袋锅，一言不发，铁了心肠就是不松口。我进去一看，满屋烟气腾腾，爷爷脸色凝重，双眼微闭，对那些游说者、哭诉者和求情者视若无睹。爸爸和二叔以及郭家几位老者也在屋里，陪着爷爷。妈妈和婶婶忙里忙外，给来者们倒水、拿烟。

那位杨副所长是胡喇嘛请出来的，说是来调解民事纠纷，其实是来给爷爷施加压力的。

临近中午，这伙人软磨硬泡还没有撤走的意思。

这时，老叔突然从外边风风火火跑进来，大喊："不好啦，胡家人抬着棺材快进咱们坟地了！"

爷爷霍地站起，说："好一个老狐狸胡老秃！派人在这儿拖住我，想暗度陈仓！走，截住他们！"

顿时屋里乱了套，爸爸和郭姓几位老者们纷纷起身，吵嚷着随爷爷往外走。老叔满达又被派去招呼其他村里郭姓人家，其实他是一早就被爷爷派出去观察动静的，因为胡家今天出殡，怕其玩花样。果然没有出爷爷所料。

我从地窖里放出白耳，牵着它，也直奔村北五里外的郭家坟地。

当我赶到时，爷爷他们已经在坟地外边截住了送葬队伍。十多人抬着褐红大棺材，胡家多人披麻戴孝跟随其后，几个喇叭匠涨红脸吹奏着八大悲调，叽叽哇哇，悲悲切切，悠悠扬扬，场面挺热闹。蒙古人出殡本没有这些礼俗，可科尔沁沙地位临东北，蒙汉杂居，而且胡姓血统混杂，于是有了如今这种不南不北、不蒙不汉的场面。

爷爷对领头带队的胡喇嘛说："胡大村主任，真有你的，想着硬抢我们家坟地，是吧？"

胡喇嘛嘿嘿笑说："别这么说，你老高抬贵手，我们就过去了。"

"没那么容易！"爷爷厉声回答。

"那你是想让我们把人埋在这半路上啊？"

"你爱埋哪儿就埋哪儿，跟我们没关系，想埋在郭家坟地，那可不成！"

双方僵持在那里。胡喇嘛的送葬队伍也不撤走，郭姓人家一大帮人陆陆续续也都聚集起来，横挡在前边，不让其通过，气氛渐渐有些紧张。

这时老秃胡嘎达走到前边，"扑通"一声给爷爷他们跪下了。嘴里哀哀切切地求说："请你们高抬贵手，老人尸骨未寒，都是不远的亲戚，不能眼睁睁着这棺材不进不退停在这里，让已故老人灵魂不安，丢人现眼，请你们接收她这回家来的郭家闺女吧……"

接着，一大帮死者的后人和亲戚，也齐刷刷地跪在胡老秃的后边，黑压压一片，哭泣哀诉声阵阵飘荡。

这一招儿很厉害，爷爷他们没料到，一时有些慌乱。有些心软的郭姓人开始动摇，产生起同情心，相互看看摇摇头，搓搓手，都转向爷爷脸上望去。

爷爷依旧绷着脸，如一尊铁塔般站在那里毫不动摇。他冲下跪的胡嘎达冷冷说道："老胡头，硬闯不成，来这软手，是不是？告诉你，你们还是早早把人抬回你们自己胡家坟地去吧，别浪费工夫！要是今天我放行，对不起郭家祖先，对不起郭家后人！你们这么做，也对不起胡家先人和后人，这等于说你们从胡氏宗谱中剔除了这位女人，甘愿赶走她让她变成孤魂野鬼！你们这是对得起谁！为了不可告人的目的，玩这种把戏，简直是笑话！胡闹！"

一番话，说得胡嘎达面红耳赤，郭家众人也一时顿悟，振作起来，重新硬起心肠。

僵持这么半天，后边抬棺材的十几人受不住了。四六八寸标准的厚重松木棺材，压得他们喘不上气，再耗下去人非得压趴下了不可，那可就麻烦大了。按理，棺材没抬到埋葬地入土之前，是不能再落地的。他们在后边催促起来，咿咿呀呀地喊叫："快溜点哎，我们可受不住了！"

这时，胡老秃霍地从地上站起来，咬牙切齿地冲我爷爷嚷嚷："今天，让过也得过，不让过也得过！你们郭家坟地也不是皇陵王坟，御赐禁地，今天我老头子豁出我这一条老命了！"

说着，老秃胡嘎达低着头，像一头牛般冲前边的爷爷身上撞过去。爷爷没想到胡嘎达来这手无赖手段，赶紧闪身一边，只见胡嘎达收不住冲力，一下子跌趴在地上，哭嚷起来："打人了！杀人了！老天虎杀人了！"又是打滚，又是哭骂。

胡喇嘛冲过来指着爷爷的鼻子，气势汹汹地质问："你为什么打人？为什么打人？我们家老爷子出了啥事，你负全部责任！"

"哈哈哈，哈哈哈……"爷爷一下子大笑出声，那声音洪亮、浑厚、威严，一时间震慑住了虚张声势的胡喇嘛。

"朗朗乾坤，光天化日，众目睽睽之下，你胡大主任还真想跟我老头子赖一条人命吗？软硬兼施不行，又想拿出这撒泼无赖的办法唬人？你老爹在新中国成立前赌输了倒经常用这办法赖账，没想到今天用在我这'苍狼老字'身上，好啊！"爷爷双眼如锋利的刀尖，盯住胡喇嘛，厉声喝道，"不用废话，快抬着你的爹抬着你的棺材，滚出我们坟地边界！别玷污了我们郭家先人的干净圣地！"

胡喇嘛"噔噔噔"跑到他们送葬队伍后边，请出一个人来。

"杨副所长，你给评评理，郭天虎他们聚众闹事，不让我们埋葬死人，还打伤了我老爹！"

乡派出所副所长杨哈尔背着手，踱到爷爷跟前，慢慢悠悠地开口："怎么啦，郭老爷子，打起来了？"

"打没打，你也在后边，没瞅见吗？你这大所长，想一屁股坐在胡喇嘛一边拉偏架？"爷爷反问杨哈尔。

"我们人民警察的责任就是为民秉公办事，合理解决民事纠纷。人家求也求了，跪也跪了，你们为啥不给人家一条路呢？不就是一块巴掌大的地吗，让他们埋了又能怎么样呢？这土地也不是你们郭姓一家的，全是国家的土地嘛。"杨哈尔仍然不慌不忙地明显为胡喇嘛说起话来。

"你老杨能代表这'国家'吗？说得轻巧，我问你，你们杨家坟地里埋进一个外姓人家的死人，你干吗？我们这坟地已经有三百年的历史了，哪朝哪代都没人收过，人民公社、'文革'年代都没人破坏过，到了你这儿一句话变成国家的了，真是笑话！"我爷爷越说越气愤，指着杨哈尔斥责道，"你这号警察，我见得多了，戴了大盖帽儿以为自己就是'八王'（王八），吃了谁家拿了谁家就替谁家办事，跟胡喇嘛家养的花狗有啥区别？"

杨哈尔被骂得狗血喷头面红耳赤，转即恼羞成怒。在乡里作威作福横强惯了的他，哪儿受得了这顿臭骂，"噌"地冲到爷爷跟前喝道："你这大胆刁民，污辱我人民警察，胆敢辱骂我老杨，还在这儿聚众闹事，阻碍他人办丧事，今天我先铐了你！"

说着，杨哈尔哗地掏出了锃亮的手铐。

"你想铐我？好哇，上来吧，看咱俩谁把谁铐上！"爷爷说着，摆出他当年"萨满孛师"的架势，向杨哈尔招招手。

杨哈尔愣住了。他光听人家说过，这老汉当年是有名的"孛"师，踩火炭，舔烧红的铁钳，走锋利的铡刀等，功夫惊人，今天真的摆开架势了，他一时心怯不敢上前铐他了。他又不甘就此罢休，于是那手就摸出了腰上别的枪，伸手对准了前边的我爷爷。

众人一时哗然。

"郭老汉，今天你聚众闹事，辱骂民警，扰乱治安，不与民警合作，我先拘捕你带回所里问话，你老实点！"杨哈尔口气变硬，举着枪命令道。

爷爷不为所动，脸不变，眼不眨，依然摆着架势一动不动，运着气等候杨哈尔走过来铐自己。可是杨哈尔光挥枪比画，也不敢真的上去铐，一时僵在那里。

我附在白耳的耳边嘀咕几句，放开牵绳。

白耳如一条黑色闪电一跃而上，霎时到了杨哈尔前边，一口咬住了他的手枪和手指。杨哈尔吓了一跳，手疼得钻心，"哎哟"一声，便松开了他那把吃饭的家伙。

手枪到了白耳的嘴里，又"腾腾"几下，跑回来把手枪交给了我。

"好样的，白耳！"我手里掂了掂乌黑锃亮的手枪，心有些跳，有些兴奋，"哈！大所长，连手枪都看不住，还想抓人，丢人哟！"

胡喇嘛一见状，大喊："有人抢警察的枪了，大家上啊！"

送葬队伍中一下子冲出十来个人，气势汹汹地向我们这边跑来。我爸他们也带着十几个人迎上去。一场群殴群架就要打起来。

我一急，拍拍白耳："快上，白耳！别让他们上来！"

白耳"呼"的一声，扑过去了。它直奔为首的胡喇嘛，"呜呜"狂噪，狼般龇牙咧嘴，凶猛地张牙舞爪，吓得胡喇嘛扭头就跑。他知道白耳的厉害。白耳几个飞跃就赶上他，狠狠下嘴，"哧啦"一下，胡喇嘛屁股上出了一个洞，裤子撕开一块连着皮肉，血赤呼啦。

"好哇，好哇！真的咬烂你屁股了！"我冲胡喇嘛拍手欢叫。

冲上来的十几个人一下子乱了，群鼠无首，又见这只狼狗如此凶狠，都个个抱头鼠窜，作鸟兽散。

白耳也奇怪，咬几下之后就放弃地上爬滚哭叫的胡喇嘛，转身去追咬另一人。我一看，乐了，原来是娘娘腔金宝。他本不姓胡，可为了拍村主任马屁也加入了胡家队伍，被白耳认了出来。灵性神奇的白耳，转眼赶上娘娘腔，往他小腿处狠狠咬上一口。娘娘腔金宝喊爹喊娘地跌倒了。

白耳撕扯几下金宝之后，又跳起来追踪另一人，也是参加挑杀狼崽围毙公狼的主要猎手之一。白耳神了，一一辨认着仇人，去追去咬，这一下完全冲乱了整个送葬队伍，抬棺材的那十几人本不堪重负，放也不是抬也不是，一见这只狼狗横冲直撞，疯狂追咬，吓得他们"哎哟妈呀"喊着，放下木杠，丢下棺材，四散逃跑。

这一下麻烦了。披麻戴孝的死者嫡亲和几个女人小孩，一下子扑在棺材上哭号得死去活来。他们本死了老人，伤心悲痛，又被胡喇嘛等加以利用，死者变成挟持的工具，无法入土为安，丢在这野外半路，按规矩棺材落哪儿就埋哪儿，这可咋办哪！

"白耳，回来！"我赶紧唤回白耳。白耳跑来余兴未尽地在我胸前又跳又蹿，"呼儿呼儿"直吼。

我爸把我手里的枪拿过去，在手里把玩几下，掂了掂，对杨哈尔说："杨所长，你无缘无故蹚这趟浑水，还拿枪对准无辜百姓，结果连自己枪都保不住，叫一条狗给下了，你回去怎么交代呀？"

"把枪还给我！"杨哈尔冲我爸嚷。

"枪肯定还给你，我也不想当强盗，留它何用，但等明白人来了再还你也不迟。"我爸冷笑着噼啪几下，把手枪子弹很熟练地退下来。

"明白人？谁？"杨哈尔心虚地问。

"我照着老爷子的意思，派二弟去请了两个人。一个是刘乡长，另一个是你们派出所的正所长鄂林太。他们应该快到了。"我爸告诉他，并一二三地数着手枪子弹。

果然，有辆草绿色吉普车像兔子般向这边奔来，扬起的沙土淹没了后边追逐的几个村童。

从车上下来的是鄂林太所长。刘乡长有事没来。

"嗬，这里还真快成战场了！"鄂所长观察周围态势，一边走向爷爷和爸爸他们。

我爸向前走上一步，把手枪递给他说："我还有战利品，缴获了一支手枪，现在上交。"

鄂林太稍有吃惊，看一眼一旁尴尬的杨哈尔，接过枪查看一下，说："咋回事，这枪也不是烧火棍笤帚疙瘩，咋到了你手里？"

"有人拿它对无辜百姓瞎比画，叫我孩子唤狗给下了这烧火棍。"我爸微笑着告诉他。

"哈哈哈……"鄂所长笑得前仰后合，"狗下人枪，奇事，奇事！是哪只狗啊？让咱开开眼！"

"白耳，过来！"我爸呼喝了一声，白耳就"噌"地跃到爸爸身边，立着后腿，前两爪放在我爸伸出的手掌上，"就是它，叫白耳，是我儿子养的狼崽。"

"是它呀，听人说过，你们家养了一只狼崽。嘿，还真有一股狼的样子！"

"它的妈妈母狼叼走了我小儿子，我们留这狼崽养在家里，这事说起来，我自个儿都不相信。"

"这事我也听说过。不过你不能教唆你的狼狗下警察的枪，咬伤他人呀！"鄂所长似批评似逗说，冲我爸伸出手，"子弹呢！交枪不交子弹，啥意思？骑兵同志！"

我爸呵呵笑着，把攥在手里的子弹如数放进鄂所长掌心里，两个人的手同时握了握，挺紧的。哈，他俩关系不错，我心里高兴起来。

"我调来你们乡有两个月了，你也不来看我一下，也不请我到你们家炕头喝二两酒，今天有事了，才派人找我，你好大的谱儿哟，还像当骑兵那会儿那么偏！"鄂所长狠狠捶了一拳我爸的肩头。哦，他原来是我爸过去的骑兵战友。

"嘿嘿嘿,"我爸挠挠头,憨笑说,"你是官儿,咱是百姓嘛。再说我家出了丢孩子这档事,哪有闲心找你喝酒呀。"

"今天可不饶你。"鄂所长回身把手枪扔给杨哈尔,揶揄道,"老杨,快带着你这烧饭家伙回去吧,这事我来处理。所里有个刚抓到的窃贼,你审审,别让他跑了啊!"

杨哈尔欲言又止,看一眼那边摸着屁股的胡喇嘛,啥也不说悻悻而走。

"苏克,你这狼崽是送城里公园呢,还是让我一枪崩了呢?"鄂林太的脸变得一本正经。

"这两者都不行,你除非也把我崩了。它是我的儿子,我拿它当儿子养着呢,谁也别想碰它!"我爸有些慌了,赶紧抱住白耳,又解释说,"幸亏它刚才咬怕了胡喇嘛等几个人,避免了一场打群架,要不有可能出人命呢! 你看看老胡他们的架势,哪儿是在办丧事,分明想武力强占!"

"好吧,先留察看,再出咬人的事,我肯定解决了它!"鄂所长又走到胡喇嘛跟前,询问道,"胡村主任,咋样,叫人家的狼崽咬着屁股了?"

"鄂所长,请你为民做主,还给咱一个公道!"胡喇嘛哭丧着脸,满腹委屈,捂着屁股很是狼狈。

"老胡啊,带着你们胡家的人回去吧,你什么也不用再讲了,听我的,带着你的人走吧,这里可糟透了!"鄂林太语气温和,但意思明确而坚定。

"这、这,我们的死者……那葬哪儿,啊?"胡喇嘛还支支吾吾争辩,"我们这一场……那白、白闹了?"

"可不嘛,你明白人老办糊涂事。这分明是人家的坟地,你瞎掺和啥呀? 快回去吧,再闹出个打架斗殴,出了伤亡事故,别说你的村主任当不上,还可能坐牢呢。快带着人回去吧!"鄂所长依旧用温和的口气哄劝般地说，还拍了拍胡喇嘛的肩膀，可他的口气中透出一股不容置疑的不可违抗的命令意味，"别再耽搁安葬死人吧，抬到该埋的地方去，你也该回去往你屁股上上一上药了，别让它发炎，闹出个狂犬病啥的。"

一场祸事，就这样被鄂林太所长三言两语消弭无迹了。他的口气一直未提高过，矮矮墩墩的身材看着也那么不显眼，一身略显小的旧警服有些裹不住他开始发胖的身体，鼓鼓囊囊的。

胡喇嘛一干人走了。荒野上又响起喇叭匠们吹奏的八大悲调之一《苏武牧羊》，凄凄惨惨、悠悠扬扬。本来死者后人因落棺为由不肯再动，但埋在这路上又不是地方，无奈只好破了规矩重新起动棺材，抬往胡家坟地，他们哭得更伤心了，号啕而去。

鄂所长在他们后边一个劲儿摇头苦笑。

我爸刚想走过去对他说些感谢之类的话，鄂所长一挥手，就匆匆上了吉普车，回头喊："改日再喝你的酒，我的事堆成了山！看好你的狼崽，别再给我惹事，下人家的枪，再出事我可决不轻饶！"

我抱着白耳的脖子，亲昵地说："白耳，记住，这个人不好惹，以后见他远着点儿！今天你可真过瘾，该咬的都咬了，好样的！"

白耳摇头晃尾地舔起我的脸，冰凉冰凉，那舌尖粗粝得像铁刷子似的，让我顿时想起了它的妈妈老母狼，想起了我的弟弟小龙。

哦，小龙弟弟，你在哪里？

我遥望着大漠追问。

第五章

　　母狼艰难地拖着昏迷不醒
的狼孩。雨水淋湿了老母狼的
皮毛，粗尾巴紧紧夹在后腿
间，母狼虽然瘸着一条腿，可
整个身体矫健有力。那狼孩倒
是怪可怜的，前胸后背多处受
伤，淌出的血跟雨水一起流。
他的没有毛的身体，被大雨浇
得湿漉漉，光溜溜，全裸露着，
无遮无盖，在沙地上拖出了一
条沟。

一

咔嚓嚓!

一声炸雷,劈开了大漠的天。那游蛇般的闪电,劈开了一道弯曲的裂缝,铜钱大的雨点从这裂缝里倾泼出来,击打着沙漠的脊背,冒出阵阵白烟。由于干渴一直狂风怒号的大漠,这回满足了,安静了,像一个温顺的乖孩子,安逸地躺在那里,尽情地吮吸着上天的甘露。它最惬意的时刻来临了。

凭着黑夜的掩护,暴雨滂沱的大漠上,潜行着一只老狼。它用尖尖的嘴,叼拖着另一只半大的狼,非常艰难地一步步靠近前边那座黑黢黢的物体群。

这是那对惊世骇俗的狼兽。

母狼艰难地拖着昏迷不醒的狼孩。雨水淋湿了老母狼的皮毛,粗尾巴紧紧夹在后腿间,母狼虽然瘸着一条腿,可整个身体矫健有力。

那狼孩倒是怪可怜的，前胸后背多处受伤，淌出的血跟雨水一起流。他没有毛的身体，被大雨浇得湿漉漉，光溜溜，全裸露着，无遮无盖，在沙地上拖出了一条沟。

傍晚时分，母狼远出觅食未归。无聊的狼孩就在附近沙湾里转悠。在一处长着鸡爪芦苇的洼滩，他意外地发现了美食。好多好多的鸟蛋，有些个蛋里还拱动着刚孵活的小鸟。饿急的狼孩就狂吃起来。稚嫩的小鸟，美味的鸟蛋，吃的吃踩的踩，一片狼藉。突然，一声"嘎嘎"鸣叫，空中出现了一群沙斑鸡，盘旋片刻陡地俯冲下来攻击狼孩，狠狠叼啄狼孩的头背。没有准备，猛不防挨啄，狼孩吓了一跳，左闪右躲，举臂遮挡。可是沙斑鸡们疯狂了。有一首领般的硕大的沙斑鸡，发出一声尖利的长啼，天空中猛然间又出现了黑压压一大片沙斑鸡，像雨点般倾泻下来，轮番攻击狼孩。这一下狼孩惨了，刚开始还能躲闪遮挡，击打或抓几只恶鸟。可面对如此之多的密密麻麻的万千之众，他毫无抵挡能力了，加上他没有尖利的獠牙，没有护身厚毛，也没有硬爪，很快，他浑身上下被啄得鲜血淋淋，伤痕斑斑，痛得他"呜呜"乱号起来。他只好拔腿逃窜。可那些红了眼睛，一心想复仇的恶鸟岂能放走他，呼啸着追击而去，如一支支黑色利箭，拍翅飞冲，很快赶上，重新凶猛地叼啄、拍打、抓挠可怜的狼孩。

狼孩在地上打滚，发出阵阵哀号。

恶鸟沙斑鸡又名叫"傻半斤"，学名雷鸟，因生性傻憨、暴戾，出净肉，不多不少半斤重而得此名。其实这群在大漠中安居的沙斑鸡，个个体肥膘壮，羽翼丰满，每只都足有两三斤重。它们天性的凶狠加上卵巢覆灭，不整死狼孩是不罢休的了。

可怜的狼孩已奄奄一息。

"呜——"一声怒啸，母狼出现了。

它凶猛地加入战阵，跑到狼孩身边保护着他，迎击恶鸟。它可不是狼孩，皮硬毛厚，恶鸟轻易伤不到它，加上狡诈凶猛，连连张开大嘴咬死了几只沙斑鸡。

空中的那只首领沙斑鸡，重新发出尖利的啼鸣，黑压压的鸟们再集结起来，向下发动一波一波的攻击。

这真是一场罕见的鸟与狼的恶斗。

母狼围着昏迷的狼孩战斗。它一会儿跳起来咬，一会儿扬起四爪凶狠地抓撕，沙地上到处飘飞鸟毛鸟翅，血肉横飞。然而恶鸟成群结队，万千之多，母狼有些招架不住了。如此恶斗下去，它非力竭而毙不可。它的嘴边眼眶已经开始受伤流血了。

母狼不敢恋战，叼拖起狼孩撤退。群鸟从后边呼啸而追。母狼放下狼孩再拼斗一气，等鸟群飞上天空再拖着狼孩跑。这样边斗边跑，天色渐渐黑下来。这时，天空乌云密布，一场暴雨不期而至，恰好挽救了精疲力竭岌岌可危的母狼和狼孩。

一声呼啸，沙斑鸡们转眼消失在黑色的雨幕里，不知影踪。

母狼艰难地叼拖着狼孩，冒雨行进在大漠中，直奔前边那片黑乎乎的废墟，他们的老窝就在那里。

二

我们家跟胡喇嘛家的仇，算是结深了。

其实郭胡两家的争斗已上百年了，爷爷甚至说三百年前建村起就开始了。本村叫锡伯·艾里（村），过去曾住着几十户锡伯族人，三百多年前清朝政府一声令下，将居住在东北的骁勇善战的所有锡伯人大迁徙到西北新疆戍边，抵御沙俄入侵，居住在锡伯·艾里的锡伯人也随族群迁走了，留下空址。那时库伦旗正大兴土木建喇嘛庙兴黄教，从内地和内蒙古西部调集众多建筑手艺人，郭姓祖先也是被征调来的画匠，建完庙的手艺人和民工们都就地落户，成为庙上属民，库伦旗也变成清政府唯一的政教合一的旗制，旗王爷就是庙上的大喇嘛。郭姓祖先和另一位毛姓人氏，一同来锡伯·艾里空址上造屋居住，不久又来了一位胡姓人家，他原本是庙上伙房厨师，偷吃了王爷点心被鞭笞后罚下来的。就这样三户开村，起初还算和睦，每户房后都种了一棵榆树，以示三家心心相通如树繁茂。后来胡家恶习不改，挑拨郭毛两家关系，三户开始不和，各家关起门过自个儿日子不相往来。再后来胡家又看上郭家坟地，纠纷愈加扩大，时而争斗时而求和，时而郭联毛，时而毛联胡，二百年来，三姓争斗没有消停过，三户村的锡伯·艾里也发展成如今上百户的大村庄。

有一次，看着胡喇嘛房后那棵至今枝叶繁茂的老榆树，我问过奶奶，为啥我们家和毛爷爷他们家的老榆树都没有了。

奶奶说："毛家老树，雷劈着火死了。"

我问："那我们家的呢？"

奶奶迟疑了一下："土改时叫胡嘎达他们砍倒了。"

我又问："为啥呢？"

奶奶无意间摸了摸右手的大拇指。那大拇指根骨节又粗又歪，皮包着一块大疙瘩。奶奶叹了口气，说："都是往年旧账了，还提它干啥？"

接着奶奶不再吱声，默默地数起她的念珠，似乎把所有旧事或恩仇都化入那几声"唵嘛呢叭咪吽"之中。

后来爸爸告诉了我真相，"土改"时我们家被划为富农，挨过斗，不过那是另一部小说的故事了。

反正我大致搞清了胡毛郭三姓之间的复杂脉络，恩怨情仇，如今已经相斗到我和二秃这辈人身上，真有些可悲可叹。一帮穷农民，大糙子饭都吃不饱，还斗个啥劲儿呃。我可一定要好好读书，永远离开这无聊的村庄。

有一天，从城里来了一辆小车，把毛哈林爷爷接走了。

临走时，毛爷爷把我叫到他的家说话。

他换了一身新衣服，脸色放光，手也不怎么抖了，人精神了许多，似乎重新鼓满了生活的劲头。我十分纳闷。他冲我眨眨眼，指着一位坐土炕上喝酒的大官模样的人说，那人是他过去当胡子时的一位拜把子，他对这人有救命之恩，后来这人参加了八路，当了官儿，现在城里什么院当院长，院里下属一个研究所，要考察大西北莽古斯大漠中的一座古城遗址，苦于找不着向导，于是这位院长就想到了毛爷爷。当年他俩当胡子时，就是在那莽古斯大漠中的古城遗址里做的老巢，那里地势神秘复杂，大漠风云变幻无常，不知地形的人进去会尸骨无存。

我看着毛爷爷那摇摇晃晃的身板儿，问："你行吗？"

毛爷爷摸着我头，"嘎嘎嘎"乐了，说："小嘎子心不赖，放心，不是走着进去，说是坐飞机呢。"停了一会儿，他又盯着我说："你倒要注意呢，尤其你那狼狗，它可成了胡喇嘛的眼中钉，肉中刺，第一个要除掉的对象，你可千万小心哟！"

"毛爷爷，有什么办法吗？"

"走投无路时，你就找那位鄂林太所长，但别告诉你爸爸。"毛爷爷沉吟片刻，又轻声告诉我，"最近胡喇嘛家后边的那棵老榆树，正闹鬼呢，你没听说吗？"

"我知道，一到夜里那老树上边的树洞里冒蓝光，还有鬼叫声，村里好几个人夜里撞见吓出病了呢。"

"对喽，你瞅着吧，热闹还在后头呢。"毛爷爷又"嘎嘎嘎"开心地笑起来。我心想，这毛爷爷别看成天病歪歪的，村里发生啥事可全逃不过他的眼睛。

"还有啥热闹呢?"我追问。

"时候不到,天机不能泄露,你就等着吧,那棵老树快了。"毛爷爷又神秘地冲我眨眨眼。

然后,他把他家门钥匙拿出来交给我,他不在家的这些日子,让我照看一下他的家,还嘱咐说千万别让小偷进来呀。

我差点笑出来,他家还有啥可偷的东西呢。村里有个笑话,有天夜里一个外来的小偷摸进了毛爷爷家,翻箱倒柜弄醒了毛爷爷,他告诉小偷自己找了三天没找到一个铜子儿,你就别瞎耽误工夫了,干脆陪我睡一夜再走吧。那小偷果然睡了一觉,临走想喝口水,可水缸也是空的,气得他骂一句倒了八辈子邪霉了,往他水缸里尿了一泡尿走了。

毛爷爷瞅着我抿嘴乐,说:"你可看好了,我家藏的宝贝丢了,我可冲你要。"

毛爷爷自个儿也乐了。

三

村里相继出现了丢鸡丢猪丢羊羔事件。

村民议论,又出狼害了。可是,村外没有狼的脚印,也没听见狼叫。人们开始瞎猜,出贼了,狗咬了,狐狸吃了,等等。

胡喇嘛村主任背着枪带人巡逻,村里村外,沟沟坎坎,细细搜索如临大敌。有一次,我上学时撞见他们,胡喇嘛阴冷地冲我"嘿嘿"笑两声,一双黄鼠狼眼睛死死盯在跟我一块儿走的伊玛脸上,把人家伊玛吓得赶紧扭头走开。

我想起毛爷爷的话，心中升起一股不祥的预感。

这天一早，我正准备去上学。

我家门口来了一帮人。为首的是胡喇嘛，背枪提棍，杀气腾腾。

"苏克，出来！"胡喇嘛冲院里喊。

我爸正在吃饭，放下筷子出来，一头雾水地问："出啥事了？你们要干啥？"

"把你们家狼狗交出来！"胡喇嘛喊。

"凭啥交给你？"我爸问。

"凭啥？村里丢的猪羊，全是你们家狼狗吃的！"

"胡说八道！我家白耳一直拴养在地窖里，你有啥证据？"

"你出来看看这证据！"胡喇嘛嘿嘿冷笑说。

我爸出院去看。有一行血迹，一直从院外村路上延伸到我家院口，而那鲜红的血迹是随着一行狼或狗的爪印洒滴过来的。

"夜里金宝家的羊羔被狼叼了，我们巡逻队一直沿着血迹，追到你们家门口！"胡喇嘛拉着金宝，言之凿凿。

"不可能！我不信！"爸爸说。

"那好，让我们去看看你们家狼狗！"

胡喇嘛说着走进院子来，那条血迹果然一直延伸到地窖口。我爸打开地窖门，往下一看，登时傻了眼。那里，我们的白耳正撕啃着一只小羊羔！

"苏克，你还有啥说的？铁证如山！"胡喇嘛冷冷地质问。

"这、这……不可能……我不相信……"爸爸慌乱了，沿台阶走到白耳身边，抢过那血肉模糊肚肠流淌的小羊羔查看，又看看拴住白耳的铁链和柱子。

"白耳的铁链没松开过！不对，这里边有问题！"我爸警觉起来，大声冲胡喇嘛们喊。

"好哇！苏克，你纵狼咬人不算，还放它出去偷吃村里大伙儿的猪羊！现在铁证如山，人赃俱获，你还要抵赖！让大家说说！"胡喇嘛冲身后的金宝等人挥挥手，"你们大家也看见了，吃的是你们大伙儿的猪羊，你们说吧！"

"把白耳交出来！"

"宰了这恶狼！"

"你苏克赔我们家的猪羊！"

胡喇嘛带来的这些人吵嚷起来，骂骂咧咧，指手画脚。

我爸一见这情形有些不妙，"咔嚓"关上地窖的门，身体挡在门口，对那些人说："你们听我说，我怀疑有人做手脚诬陷白耳！它的铁链都没有打开怎能出去吃羊羔啊！"

"哈，这还不容易，夜里放它出去，回来后你再把它拴上就行了呗！"胡喇嘛十分恶毒地把我爸也扯进来。

"你！"我爸气得脸发青，指着胡喇嘛的鼻子，"都是你！肯定是你在设计陷害！告诉你，胡喇嘛，你别想一手遮天，在村里想整谁就整谁！这事儿咱们到乡里说去，让乡派出所调查个水落石出！"

"嗬！又想找你那位战友保护你？"胡喇嘛冷笑。

"派出所也不是鄂林太一个人开的！你不放心，那好，咱们到旗公安局说去！只要技术鉴定是白耳干的，别说你们，就是我自个儿也不饶它！"我爸义正词严地说。

胡嘛喇一见他身后的那些人一时不说话了，而且真的让公安部门出面调查进行技术鉴定，那一切都白费心机了。他转动着眼珠，又说："到哪儿都可以，但你得先把这只恶狼交给我们看管，万一你把它放跑了，我们上哪儿找它去！"

"对！先把狼交出来！"

"是啊，别让它跑了，这畜生可长着四条腿呢！"

娘娘腔金宝他们又嚷嚷起来，往前拥挤过来。

"不行！这绝对不行！事情没搞清之前，谁也别想把白耳带走！"我爸双臂伸开，横挡在地窖前。

"大家上啊，先把那恶狼弄死了再说！"胡喇嘛鼓动着大喊。

这些人正要一拥而上，突然"砰"的一声枪响。

人们吓得一哆嗦，回头一看，我爷爷端着猎枪威风凛凛地站在后边，猎枪口上冒着一股淡淡的青烟，显然是他刚才朝天放的枪。

"光天化日之下，你们想入户抢劫吗？真是反了天了，你们再不走开无理取闹，别怪我'老李'猎枪走火啊！"爷爷的眼睛冷冷地盯住胡喇嘛，"胡家大小子，你可真是不到黄河不死心啊！你敢说白耳吃的那羊羔，就是娘娘腔金宝那小子的吗？天下羊羔多的是！我告诉你，那羊羔是我家自己的羊羔，我宰杀后喂给白耳的！"

"你、你胡编……那外边的血迹呢？"胡喇嘛质问。

"那血迹是我杀羊羔时叫它跑出去了，我就放白耳追回来的！怎么着，白耳吃自家羊羔还犯法吗？哈哈哈……"爷爷爽朗地大笑。

"那我家的羊羔呢？白白丢了？"金宝哭丧起脸。

"你问你的胡村主任吧！这村里能吃猪羔羊羔的畜生多的是，你们胡村主任家还有个大花狗呢，它也不是吃素的！"

"胡说，我们家花狗从来不干那事！"胡喇嘛赶紧辩白。

"那可说不准，也许两条腿的狼先逮别人家的羊羔猪崽喂它呢？这些日子，我一直在暗中查找那只真正偷吃猪羊的狼！"爷爷把枪往下一蹾，目光炯炯，扫视众人。

"咋样？有没有结果？"有人问。

"快了，啥事也别想逃过我'老李'天虎的眼睛！早晚叫我逮住它狐狸尾巴的！"爷爷盯住胡喇嘛一字一句地说，"怎么样，胡村主任，你还是想在这儿聚众闹事吗？你再不走人，我可不客气了，我这是正当自卫，你要搞清楚，你当村主任，可不代表法律，我家门口出啥伤亡事故，你这村主任负全部责任！"

胡喇嘛开始有些心虚，看出今天讨不到便宜，只好强打精神说：

"好，我们先走，但这事没完！我们要告到派出所公安局出面解决！不杀了你们这条恶狼，我对不起全村百姓！你可别放走了你们家的这条狼！"

说完，胡喇嘛一挥手带着一干人匆匆走出我们家院。

"胡家侄子，我等着你！白耳也会等着你！"

爷爷"嗬嗬"笑着从他们后边喊。

我们家院落又重新安静下来。

我兴奋异常地说："爷爷，你真伟大！啥难事也难不倒你！爷爷，我问你，那个小羊羔真是你喂给白耳的吗？"

爷爷悄悄附我耳边说："不是。"

我也悄悄问："那……是谁家的羊羔啊？"

爷爷又小声说："我也不知道。但有一点我敢肯定，它不是咱们家白耳偷来的！"

"可是怎么会到了白耳嘴边的呢？"

"很简单，是有人宰了羊羔，让血一路滴到我们家门口，再把羊羔扔到地窖里的白耳嘴边！这是个阴谋！"

"他们真坏！肯定又是胡家老秃子出的鬼点子！"

"不管怎么说，你的白耳可白捡了一只小羊羔吃，开了大荤！他们可真是哑巴吃黄连，赔了夫人又折兵，哈哈哈……"爷爷开心地笑着，摸了摸我头，回他的上屋喝奶茶去了。

爸爸重新给地窖上了锁，对我说："孩子，往后别忘了给地窖上锁，小心再让他们钻空子！"

我分辩说："爸爸，昨晚我是给地窖上了锁的，我没忘！"

"那就奇怪了。"爸爸拽了一下那旧锁，"嘎噔"一下，那锁头没用钥匙就打开了，"妈的，龟孙子们原来把锁头弄坏了！"

爸爸回屋再找出一把大锁，重新给地窖上了锁。

我心里不免担心起来，这锁头能锁住白耳吗？能保证我不失去它吗？我隐隐有个感觉，白耳面临的危险越来越大了，毛爷爷临走时说的话正在应验。

我对一直等着我一起上学的伊玛说："你都看见了，他们盯上我的白耳了，伊玛。"

"叫你的白耳再咬烂他们的屁股，叫他们爬不起来！"伊玛灿烂地一笑，如此说。

"好主意！就这么办！"我也笑了。

四

村里丢猪丢羊的事突然消停下来，好多天很安静，显然爷爷的那番话起了震慑作用。

胡喇嘛他们也没再来捣乱，纠缠白耳。

村里，农民们忙着春季播种，闲逛惹事者也少了许多。

我就读的乡中学突然抓升学率，学习变得很紧张。爸爸妈妈忙着农活儿，不像以前天天叨咕几遍小龙弟弟唉声叹气，可是隔三岔五到沙坨子里转转找找是免不了的。

我也时常遥望大漠出神，小龙弟弟现在在哪里？他怎么样了？一想到他，心里揪作一团，不敢再想。

这天下午，我放学回来时，有一辆警车开进村里来。没有刺耳鸣叫，也没有横冲直撞，扬着一道尘土黄烟，直奔村部方向而去。村里出啥事了？谁家打架斗殴出人命了？或者前些日子偷猪羊捣乱的那只"狼"被抓住了？我胡乱想着加快了脚步。

没有多久，我发现那辆警车从村部开出来，又奔我家而去。

"不好！"我拔腿就往家跑。

我家门口围起了一大堆人。

县里来的警察，由乡派出所的鄂林太陪着，正跟我爷爷和爸爸谈话。

"你们家养着一条狼，是吧？"一个中年警察问。

"只是……只是条狼狗，小狼狗。"我爸说。

"那也是由野狼崽养大的呀。是不是咬过人啊？"警察又问。

"那只是……坟地打架时，胡喇嘛他们抢坟地……平时像狗一样温顺。"

"不要说那么多，是不是咬过人吧？"警察打断爸的解释。

"要是那么说，为了自卫，咬过。"

"咬过几个人？"

"那不清楚了。"

"不是一个人，是吧？"

"可能吧。"

"我是县公安局治安科的。有人举报了你们，也取了证，你刚才也承认过，你们家的确养着一条狼还咬伤过他人。根据治安管理条例，你们不能私自在家里养狼，还咬伤他人给社会造成危害。今天我们带走你们家的狼，进行处理。"那中年警察一字一句很严肃地宣布。

"进行处理？咋处理？"我爸问。

"进行鉴定，如果的确是狼，就送进县城公园饲养管理，草原灰狼也属于受国家保护动物。这一点你们放心，它不会受到伤害。"

接着，那警察拿出一张什么令什么文件递给爸爸看了看。面对这种局面，爷爷和爸爸无话可说了。人家有备而来，胡喇嘛他们已经把文章做足了。

我爸看了看鄂林太。

鄂林太无奈地摊了摊手，说："你们村胡村主任到县公安局治安科报的案，也找了李科长，还带去了好几个证人，现在大家是按章办事。"鄂林太停了一会儿，像是解释劝慰，"不过嘛，这狼狗养在家里毕竟不是个事，它是只野兽，已长成大狼，万一看不住闯出大祸，那后悔也来不及喽。现在把它送进城里公园，这对它对大家都是一个不错的结果。"

我想起毛哈林爷爷的话，可这位鄂林太所长也在打官腔，我的白耳已经走投无路了，送进公园，还不是让白耳离开我们，把它带走？

我伤心至极，谁也帮不上白耳了。

事到如今，我爸也不想费什么口舌了，默默地走过去，准备打开地窖的门。

"不！不许你们带走白耳！"

我大声喊着冲过去，挡在地窖的前边。

"儿子，快离开，咱们已经没办法了。人家是公安局来的！"

"不！胡大秃他们家花狗咬的人比白耳多多了，为啥不去抓它？你们偏心眼！那天白耳是自卫才咬人的，他们把我们逼急了，要不是白耳，不定还出人命呢！"我叫嚷着。

"咋回事？"那个中年警察问。

鄂林太低声向他嘀咕了几句。

"坟地之争乡派出所已经处理，不管怎么说他们家的这条半大狼咬过人是事实，它是一条狼也是事实，我们按治安管理条例办事，今天要带走这条狼。"中年警察又对我说，"你刚才说的胡村主任家花狗咬人的事，你也可以向乡派出所反映解决，但它是一条狗，不是狼。孩子，快离开这儿，别耽误我们执行公务！"

我还是不走。爸爸过来把我拉走。爸爸都不争执不说话了，我心里凉透了。可怜的白耳。

地窖的门一打开，白耳"呼儿呼儿"低哮起来。

它的目光盯着一下子拥进来的陌生人，显得警惕和不安。爸爸轻声唤着"白耳白耳"走过去。

"白耳，他们是来抓你走的！白耳，别跟他们走！"我在人群后边大声喊。

白耳见我急喊，立刻咆哮起来，拽着铁链又跳又嗥，不让爸爸和警察们靠近。它獠牙突露，张开大嘴，两眼射出凶狠的光束，那个狂暴气势，好像谁要是靠近它，就把谁撕碎。它凭着动物的本能，已闻出了来者的敌意。连爸爸也无法再靠近它一步了。

"对了，白耳，谁也别让靠近！别让他们逮住你！"

我继续在后边喊叫。

"这孩子，瞎捣乱！把他弄走！"中年警察回头喊。

有个警察过来要抓我。我一闪滑过，绕开众人，急匆匆几个脚步蹿到白耳身边，跟白耳站到一起。白耳有了我的支援，更有了倚仗，变得愈加凶狂起来，又蹿又跳，又吼又扑，令那些人无可奈何，一步也靠不上来。

我知道这种僵持维持不了多久，趁机松开白耳脖套上的链子，拍它一下喊："冲出去！白耳，快冲出去！"

白耳获得自由，一下子释放出浑身的野性和冲力，它毫不犹豫地向地窖的门和围堵的人群冲过去。

"拦住它！别让它跑了！"中年警察急喊。

可面对张牙舞爪扑跃而来的红眼的狼，谁还有胆量以血肉之躯迎击它？就是他自己——中年警察也下意识地闪开了。

白耳勇猛无比，在人们慌乱中冲过地窖的门。这时，一个守护在外边的警察，抢起手里的棍子，向白耳身上砸过来。白耳的动作比人更敏捷，闪电般扑过去，咬住了那警察的手腕。

就这一下，白耳过于恋战，耽误了时机。

从地窖追出来的中年警察，已经掏出手枪瞄准白耳。

"你躲开!"中年警察冲那位跟白耳厮打的警察喊。

"不要开枪!不要打死它!"我急喊着冲中年警察扑过去。

不过已经迟了,我的速度没赶上那颗子弹。

"砰!"一声不大的闷响,子弹已经射中白耳,打得它趔趄了一下,摇摇晃晃仍跑出几米远后瘫软倒下了。

"白耳!"我疯了般跑过去。

白耳在沙地上抽搐,一双眼睛显得无力睁开,似乎疲倦了般地慢慢闭上,四肢也渐渐停止抖动。

"你打死了它!你打死了它!你这坏警察!"我发疯般地哭叫着,揪打那个得意微笑的中年警察。

"哈哈哈……"中年警察突然大笑起来,同时揪住我的双手摇晃着,大声说,"你这孩子瞎闹腾啥!你的狼没死!你清醒清醒!你的狼没死!"

"没死?可它一动不动!"我疑惑地看着地上死一样安静的白耳。

"我射了一支麻醉弹,它当然动弹不得!"中年警察依旧开心地笑着,用挖苦的目光看我。

难怪白耳身上没流血,也没有伤口。这个坏警察真狡猾,差点急死我了。我赶紧擦掉眼泪。

"快把狼抬到车上去!小孩儿,你还真行,为了这狼还真不顾死活!好吧,以后你想它,星期天你就去县公园看望它吧!"

中年警察指挥着手下,迅速把狼抬进车里。

"把白耳还给我!你们不能带走它!"我向警车跑过去。

警车已起动,车轮弹射出的尘土一下呛住了我。

"别走!把白耳还给我!还给我!"

我继续追赶那辆可恶的警车,拼命地跑着,喊着,跌倒了爬起来再追,冰凉的眼泪流过我的脸颊,嗓子喊哑了。我终于跑不动摔倒了。弥漫的尘土中,我无力地哭泣。

我依旧爬着，嘴里呼唤："白耳——"

可天地间，谁也听不见我这稚嫩的呼唤。

我的呜咽变成微弱的抽泣和哽咽，料峭的寒风吹乱我落土的头发，流进嘴里的泪水咸而苦涩，心中只留下一种无法抚平的伤痛，诅咒那卑鄙的胡喇嘛等人，诅咒夺走白耳自由，不容它生存于地球上的人！

第六章

当太阳西斜，我正要起身回家时，路的尽头出现了一个黑影。那不是白耳，而是一辆小车，车上坐的是穿戴阔绰的毛哈林爷爷。

哦，毛哈林爷爷回来了。

他带回来了一个惊人的消息。

关于狼孩。

一

　　闪电撕开黑色高空，洒下蓝幽幽的梦幻般的光焰，顿时照亮了天和地，也照出了前边矗立的那片黑色物体群。原来那是一座古城废墟，被大漠无情地掩埋多少岁月之后，如今又被岁月的风给吹露出来，暴风骤雨之夜，在电光石火的蓝幕中，看上去更如群魔鬼兽奔舞。

　　母狼潜进这片废墟之后，又转了几个圈，这才走到一堵风化坍塌的半截土墙下，停住了。那土墙下边，有一个黑乎乎的洞口。母狼向四周机警地看了看，漆黑的夜晚里，它那双绿幽幽的眼睛凶狠而警惕地闪动着，又倾听片刻，这才调过屁股，倒退着潜进洞里边，嘴里仍然叼拖着狼孩，转眼消失在那个黑森森的洞里不见了。

　　这里是他们的新窝。

　　远离人类和其他动物生活的坨包平原地区，躲在大漠深处的远古遗址里边，筑挖起一座深深的老洞。这是狡猾而老练的母狼的杰作。这里别说人，连沙漠老鹰也很少飞临这里。除了死静——亘古的死静之外，没有其他东西可做伴。然而，这里安全又温暖，远古灿烂文明的残迹，是他们的天然屏障，而他们则是这片古遗址的发现者和占有者。当然，他们出去觅食是稍远了点，沙漠深处没有什么小动物供他们捕猎。然而，足智多谋的老母狼有办法克服困难。一到夏秋季节，草木长高，野物长肥之后，它就走出大漠狩猎。拖来一只又一只的野兔、山鸡、地鼠，甚至家猪家羊，把它们一一埋进洞口附近的流沙深层。沙漠是最有效地防止肉食腐烂的"万能冰箱"。

母狼拖着狼孩，一步一步后退着走进洞的深处。越往里走，洞越变得宽敞，大约走了二十米，到头了。这最深处的洞窝，大得像间房子，看来老狼把洞窝挖到古城废墟的老房间里来了。地上铺着厚厚一层干草，十分舒适。

母狼把狼孩拖放在干草上，用尖嘴拱了拱他的头脸。狼孩一动不动，老母狼哀伤地低嗥了几声。血仍从狼孩的胸前背后渗淌，母狼伸出舌头频频舔着那些伤口。粗糙而长有针刺的舌头，一下一下舔着伤口，发出了唰唰的声响。舔过前胸再舔后背，一直舔到那血不流为止。可是狼孩仍然没有知觉，浑身缩成一团，颤抖不已。

不一会儿，老母狼站起来，仰脖发出一声长长的号叫。那尖利刺耳的声音，凄楚哀婉，如怨如诉，像冰冷的金属划破洞壁，又从洞口传荡开去，回响在整个古城废墟和这片大漠中。一切都被这凄厉恐怖的嗥叫声击中，沉寂了，胆怯了，更加静谧了。

狼孩被这刺入心脏的尖嗥声惊动，一阵战栗，终于从那死亡的黑暗中回过头，微微睁一下紧闭的双眼。两滴泪般的水，从它那积满脏垢的眼角渗出来。老母狼的舌尖舔了舔那水。狼孩挣扎着，想伸出爪子抚摸一下母狼，但没有成功，只是孱弱地哼叫两下，又昏过去了。

母狼焦灼万分，伸出红红的舌头，在洞里来回疾走，又围着狼孩一遍一遍转圈，频频发出恐怖瘆人的嗥叫。然而，它的召唤，它的尖嗥，始终未能把可怜的狼孩从死一样的昏迷中唤醒过来。

母狼伸出鼻子嗅嗅狼孩那发烫的短嘴，发出一声急促而尖利的吠叫，猛地向洞口蹿去。三跳两蹿跑出洞，犹如一支黑色的利箭，向东方的茫茫黑夜射去。

大漠仍在暴雨中沉默。那如注的雨线好比无数条皮鞭，抽打着大漠裸露的躯体，这头巨兽好像被驯服了。偶尔，闪出蓝色的电光，勾勒出大漠那安详的狰狞时，才使人猛地感觉到那可怖的轮廓。峭峰般的尖顶沙，悬崖般的风旋沙，还有那卧虎沙，盘蛇丘，陷阱滩……都在那瘆人的蓝光中屏声敛息，静等着吸足雨水，待大风起后重新抖落千百万黄龙黑沙，遮天蔽日地扑向东方的绿色世界。征服，永远是它的天职，它永远没有满足的时候，也许达到吞没整个地球的目的之后才罢休吧。

天亮了。黑洞洞的天，从东边裂开了缝，逐渐扩大，密不透风的帷幕终于四分五裂，纷纷解体了。临了，刮过来一阵微微清风，便把它们统统卷走，了无痕迹。天一下子像是被狗舔过的孩子屁股般干净。这会儿，趁黎明的曙色还未来临，老母狼从东方飞跃而来。它紧闭双唇，四肢交梭如飞，身后的那根长而密厚的大尾巴像根旗帜般张扬，又活像一把拖地的扫帚，一边跑一边扫平了自己留下的脚印。看上去，就像是一丛干枯的沙蓬子从此卷过。老母狼全靠这狡猾的伎俩，掩盖了踪迹，躲过了多少次可怕的猎人的追踪，蒙蔽住人类的眼睛，同时保住了古城废墟洞穴老巢的秘密，跟它的狼孩平安无事地生活着。

老母狼照旧倒退着进洞。

它急切地扑向仍处在昏迷中的狼孩，拱了拱他，并张开自己始终紧闭的嘴唇，把含在嘴里的又浓又稠的黏液物涂抹在狼孩前胸后背的伤口上。那是些黑绿的黏状汁液和半嚼烂的草根等物。然后，母狼呆呆看着狼孩，用鼻子嗅了嗅他。歇了一会儿，这只老母狼又蹿出洞，向傍晚激战过的那片沙洼奔去。

回来时，它嘴里叼着三五只沙斑鸡。它走进洞时，那狼孩正翻动身体，发出微弱的呻吟。

母狼欣喜地"呜——"一声长嗥，嘴里的沙斑鸡掉落下来，有一只还活着的扑啦啦拍翅而飞，撞在洞壁上又摔昏在地上。

母狼顾不上它，直扑心爱的狼孩而去。

二

白耳走了已经一个月了。

几次，我从梦里惊醒，白耳关在公园的铁笼子里被打得遍体鳞伤。泪水沾湿了我的枕头。长夜难眠，没有了小龙弟弟的替身，我们全家人都感到空落落的，爸爸的酒喝得更狠，烟抽得更凶了，妈妈去坨子里转悠的次数愈加频繁了。

这个星期天，我去村东五里外的公路边等长途班车。我决定去县城公园看望白耳。跟我同行的还有伊玛，她去城里给她妈抓药。半路上碰见早晨放牛回来的老叔满达，他怪怪的看着我和伊玛，悄悄拉我上一边，笑说："你老跟她出双入对，是不是那个了？"

"老叔你胡嘞啥呀？将来我还进城读大书呢。"

"读大书不影响跟她搞对象呀！"老叔继续逗我，比我大两岁的他已经是正在发育的青年人，看来满脑子幻想。

"搞个屁！"我愤愤而起，"我要永远离开这农村，到看不见胡喇嘛这帮孙子的城里去，也不娶农村媳妇！"

"啧啧啧，我侄儿行，有骨气，可是人家伊玛姑娘多好，人又标致，还能干……"

我推了一下老叔："哈，是不是你看上人家了？那正好，留给你吧，她将来也不念书，正好跟你配对！哈哈哈……"

"你们笑啥呢？快溜点啊！"前面等我的伊玛问。

"没笑啥，我老叔想媳妇喽！"我躲过老叔的擂拳，迅速向伊玛这边跑来。

伊玛听了"咯咯"笑起来，说："你老叔真逗，才多大呀？"

说完伊玛的脸红了起来，在东边初升的太阳照耀下，显得楚楚动人。我怦然心动，伊玛确实越长越漂亮了，将来娶她当媳妇真不赖。可我要去读书，要远离这鬼农村。我收回自己的胡思乱想。

"你在想啥呢？"伊玛看着我。

"啥也没想。"我闪避她的目光。

"是不是也想……媳妇了？"伊玛用手指头刮脸。

"我才不想呢！我要进城读大书！"我几乎喊了起来。

伊玛一路上话也变少了，沉默不语地挤上长途汽车，始终未曾在脸上展露笑意。

到了城里，她去给她妈抓药时我问她怎么了，她只说一句恨自己生在穷家无法读书，便扭头跑走了。

我心里有些惆怅。不能继续跟伊玛一起去读书，我也深深为她为自己感到遗憾。她是我的好邻居，好同学，青梅竹马两小无猜的好伙伴。可我们生活的路，这么早就铁定分岔，各奔东西了。

走了好多路才找到那个公园。我心中的有关伊玛的不快，很快被就要见到白耳的急切心情所代替了。公园里冷冷清清，不收门票，可门口仍然坐着两个打毛衣的中年妇女和三个戴红袖箍的老头儿在闲聊。县城公园就是不收票也没几人光顾，人们逛菜市、家里两口吵架、打骂孩子或养个猪拌饲料，都没空到这公园里消磨时间。公园里也找不到"文化"，水泥搭的滑梯中间有窟窿，成了漏斗，下边还汪着水；一片片荒草没人高，黄鼠狼和花蛇当着人出没，真成了"动物园"，只是不在笼子里；出碱土的那块洼地，公园职工脱的土坯摞起一行又一行，看样子准备盖房垒墙；有两个贼眉鼠眼的狗男女钻进那片荒草不见了，要跟那蛇鼠一窝干他们的好事；在一角小片林子里，有几位中老年男女在转磨磨练功，有一个小女孩向他们兜售瓜子儿和油条。这些人围一棵老树或小树任由身子随意转动的形态，就如碾道的驴被蒙上眼睛围着磨转一样滑稽、荒唐。

我直奔狼笼而去。

有一溜铁笼铁栅铁房子，几只掉了毛儿的锦鸡缩在笼子一角，连眼睛也不睁，脖子缩在翅膀里，红冠子耷拉着；一只正换皮的狐狸灰不灰黄不黄，眼睛贼亮，沿着洞外的阳台般的笼子来回蹿跑，消耗着胃里的食物；还有些盘羊啊骆驼之类的也圈在栏里，没几种像样的珍奇动物。我终于找到写有狼牌的铁笼子。可里边空着，供睡的洞穴有两个，一个是空的，一个似卧有一物，看不太清楚。我着急地冲那有物的窝喝叫，后用土块石子投打，半天才爬出来一只老态龙钟的狼，懒懒地打了个哈欠，伸展了一下腰身，看都没看我一眼，而后又迈着无精打采的步子，后臀上积着一块厚厚的未脱的茸毛，前腿根长有狼疮露肉地红着一块，上边追逐着蚊蝇，令睹者反胃。老狼转一圈未见可食之物，又爬进那处浅穴打起盹来。对世界对生活，它已完全没了兴趣和新鲜感，剩下的唯有等待，漫长的等待，耗尽它生命的等待。

我的白耳呢？我的白耳在哪里？

我跑遍公园，再没有其他动物区，狼笼也就只有这一个。可不见我的白耳，它不在这公园里。

我去问门口打毛衣的两个妇女。

"俺们这儿没养狼崽。"

说完这句，两个妇女再也不理我，头也不抬。

我去问戴红袖章巡逻的三个老汉，他们像看一头狼般地盯着我，反问："你打听这干啥？"

在他们极高的警惕性目光的盯视下，我好像是一个刺探军事机密的间谍般无地自容，语无伦次，最后惶恐地逃走，头也不敢回。

我茫然了。我的白耳送到哪里去了？

我想到了公安局，也只有到他们那儿查问。

在那森严的县公安局门口，我徘徊了好久。门岗也几次来轰我走开，当我是窃贼或流浪儿要图谋不轨。

正巧撞见了从里边出来的鄂林太所长。

他听了我的来意，哈哈笑起来，拍了一下我的头说你这小嘎子真有股子劲头。接着，他拉我站到路边树下，讲起白耳的情况。

原来，县公安局治安科李科长收养了白耳，压根儿就没送到公园去。李科长把它关在铁笼子里，变成向人炫耀和摆谱儿的资本。后来，李科长七岁的儿子拿骨头逗白耳，又不喂它，老拿棍子捅它。这一下激怒了白耳，从笼子里伸出尖嘴咬住了那孩子的手指，嘎嘣一下咬断了。气坏了的李科长要烧死白耳。

"啊？白耳被他烧死了？！"我急问。

"听我说嘛。"鄂林太按住我的肩，接着说了下边发生的事情，我的心提到嗓子眼上。

那位养狼为患气急败坏的李科长，往铁笼子里浇了一桶汽油，正准备点燃，白耳一声怒号，撞断了拴笼门的铁丝，逃脱出来，狂奔而去，李科长拿枪追了半天也没追上。

"谢天谢地！"我长舒一口气。

"这两天我正准备去找你和你爸呢。"鄂林太说。

"找我们干吗？"

"那狼崽有可能回你们家，要是回去了告诉我一声。"

"为啥要告诉你?"

"李科长向我交代了,叫我一看见那狼崽,立即就地正法,打死它。"鄂林太又拍了拍我的头,向我挤了挤眼。

"我会告诉你的。"我也向他挤挤眼,又轻声补一句,"除非我是二傻子。"

"告诉你爸,哪天到你们家喝酒。"鄂林太叔叔把我送到长途车站,又去办事了。

我在车站左等右等,说好一起回去的伊玛不见了,只好一人上车回村。

伊玛这丫头不知道是赌气还是先回了村,不过我心里敞亮许多,我的白耳终于获得自由,我由衷为它摆脱噩运而高兴。

不过它现在在哪里? 它为啥不回家来找我呢?

它会不会又遇到什么麻烦吧?

我又为白耳担心起来。

三

是谁搅得自己不得安睡? 什么声音如此嘈杂如此轰鸣,连深洞里也感到震天动地?

惊醒的狼孩向洞口爬去,动作敏捷,显然已康复。

母狼还在休憩。夜里出去远征觅食,白天它必须养足了精神,一般动静它不会在乎,何况这古城地穴固若金汤秘若天藏。

狼孩趴在洞口,悄悄伸出头窥视。强烈的阳光刺得他双眼半天睁不开。大漠里酷热，一阵阵热浪往地穴洞口涌来。他寻找那发出轰鸣声的地方。

声音来自上边。

狼孩仰脖儿抬头。于是他看见了那个乌黑的家伙。像老鹰般在天空飞翔，投在地上的影子比房子还大，发出震耳欲聋的声音，在这块古城废墟的上空飞来飞去，低飞时卷得地面上飞沙走石，呼天啸地，恐怖至极。

狼孩吓得魂不附体，缩回头脖，连滚带爬地回到洞内母狼旁又推又拱，"呜哇"吠叫。

母狼也已意识到有强敌入侵古城废墟。

它"呼儿"地站起来，向洞口奔去。

它潜伏在洞口沙蓬下，悄悄观望。

那只庞然怪物还在空中飞旋，后来降落在离他们洞口较远的平坦沙梁上。由于沙地软，怪物的支架深陷在沙里，身子也倾斜了不少，不过它上边的翅膀一直在旋转着。

一见从怪物的肚子里走下来的是几个两条腿的人，母狼就不感到恐怖了，原来又是人类。它的脑子里如此意识，随他们去吧，母狼又转回洞内睡觉去了。它"呼儿呼儿"地低声嘶哮，示意狼孩不可出洞玩耍，然后重新安然入睡。

到了黑夜，母狼悄悄出洞。它机警而敏捷。

它去探那只大怪物，还有那些两条腿的人的情况。

可是已不见了那怪物，沙梁上却戳起了一座帐篷。里边有三人酣然入睡，点着一盏昏暗的马灯，门口挂着它最忌讳的猎枪。人类靠这火筒子灭了它们多少狼类！

它没有惊动人，原路退走，依然用尾巴扫平自己的足迹，不留任何痕迹。不过，回洞之后它显然有些焦躁不安。它担心这些人长期居住这里，影响了它和狼孩的生存。他们的正常生活倘若遭到破坏，被新来者占领了此地，他们还得被迫迁徙，重新去寻觅新的巢穴，那是个很麻烦的事情。它企盼着入侵者早早离开此处。

这三人在这儿整整活动了半个月。

母狼都认识了这三人。有一个拄拐杖的老头儿给后两人带路，成天出没于那古城废墟之间，不时传出他剧烈的"咔儿咔儿"咳嗽声，风沙中摇摇欲坠的样子总觉得他就要趴下了。后两个是戴眼镜的一老一少，时而捡到些古陶瓦片哇啦哇啦喊叫，时而挖出些砖头石块嘀嘀哈哈大笑，似若一对疯子般在沙地上又是跳又是唱，好像发现了什么宝藏。

有一次，那位拄杖老者对着母狼尾巴扫过的足迹出神良久，他那双疑惑的目光，说明他没有相信那痕迹是沙地沙蓬草卷过后留下的。他一步步追踪而来，一直走到他们洞穴的口子。在这里他又发现了狼孩留下的似人似兽的痕迹。他"哦"一声惊叫。他叫来了另两个人，比比画画说了半天。年轻的戴眼镜者拿着枪，想走进洞里来，被那位老眼镜拦住了。老者说探寻沙漠怪兽不是此行的目的。

三人冲那深不可测的洞穴端详许久，然后悄悄离开。往后的日子里，他们再没靠近过他们的洞穴。母狼挺感激那位老眼镜，不然又是一场血腥厮杀。

只是那位拄杖老者，仍旧暗暗窥视着他们洞穴这边的动静，等候着看到有何物出没此洞。其实老母狼可以几步扑过去，一口咬断此老汉的喉咙，但它没那么做。它也暗暗观察着此人的一举一动。

白天里，人观察狼洞；黑夜里，狼窥视人的帐篷。好在没有几天，那只会飞的大怪物又飞来把三人接走了。临走时，那老汉冲狼洞这边喊了几嗓子，不知是啥内容，又端着枪朝狼洞上空放了一枪。这一下明白，那是告别，或是警示。

母狼激怒了。它最讨厌的就是人类的这火枪。人类拿它不仅杀害同胞，而且杀害了它们多少荒野的动物！

它蹿出洞口，冲飞走的怪物后边狂嗥了良久，以示抗议。

可是那怪物上的人已经听不见了，远远飞走了。

四

干旱的春季，在北方沙地是灾难性的。

阳春三月，南方花香袭人鸟鸣催眠之时，北方沙地却遍地卷着白毛沙，迷你双眼，灌你脖颈，脏你华衣，吹得你昏天黑地找不着南北，甚至遇上个什么沙暴会把你甩上树梢或扔进枯井，死活由风沙定夺。

而且，这样的春季会引发各种疾病。听奶奶讲"光复"后第二年春天，也是个大旱天，到处刮着白毛风，那年在靠近东北的科尔沁沙地流传了"黑死病"，也就是鼠疫，是日本鬼子走时遗留下的病菌。那可真是村村死人，庄庄抬尸，有一个百十来户的村庄甚至全村覆没，只活下来一个五岁男娃，那也是被当作死人扔到乱坟岗，一场大雨浇活后才爬回来的。除了人还有家畜也在这季节流行各种疫病，如牛羊口蹄疫、马群"三号病"、猪狗狂犬病以及鸡瘟等等。五岁那年我患感冒，妈妈背着我去土大夫吉亚太家，那天风沙迷漫，村路上不见一人，突然妈妈停住了脚步不再往前走。我正要说话，妈妈"嘘"声示意，悄悄躲在一棵树后边。我从妈妈脖后伸过头偷窥，只见路口上迎风站着一只狗，伸出的红红的长舌滴着口水，双耳耸立，长尾撅着，一双眼睛更是血红血红，样子十分可怕。我初以为是狼进村了，妈妈告诉我那是一条疯狗。不一会儿，那只迎风流口水的疯狗被另一只狗引走了，妈妈这才小跑着离开。妈妈说被疯狗咬伤后，人也会变成疯狗一样见人就咬，还咬自己的肩头，血淋淋地咬出骨头为止，比疯狗还可怕。从那次开始我一听疯狗心就哆嗦。

今年开春后一直无雨，沙地村庄成天在迷迷茫茫的风沙中呻吟，农民们日夜翘首企盼着甘霖，等待播种。这时村里出现了一只疯狗。那是娘娘腔金宝家的黑狗，不吃食，老伸出舌头流口水，红肿的舌头上还有水疱，甚至蹿上仓房顶上迎风站立。这是典型的狂犬病特征。娘娘腔是个有经验的猎手，不懂他老婆可懂他的狗，他舍不得杀这只跟老婆一样陪伴他的爱犬，想把它绑捆起后灌药。可是病魔入体的黑狗已经不认主人了，一口咬伤了金宝的手腕，挣脱开绳索，狂吠着蹿出院去，消失在村外的荒野里。

娘娘腔骂骂咧咧地往自己淌血的手腕上压了压热灰止血，然后就蒙头睡觉了，既没去追杀那只疯狗，也没去村上说一声，他没在乎这是个多大的事，等黑子回来再处理就是。

这一夜，村里的狗们闹开了。

先是几只大狗像狼来了一样吠叫，搅起全村的狗呼应，接着狗们来回蹿着活动开了。正好是春季狗类交配闹狗时节，趁着月夜风住，狗们三五成群地"狗连环"，整个是一个"性解放"，乱配乱交媾，把村街谷场搅得天翻地覆，云遮雾盖。当然，这里边娘娘腔金宝的黑狗最起劲，最疯狂，把自己舌头溢出的黏液涂遍了全村的母狗嘴上。狗们寻觅交配对象时，首先是用鼻嘴相互触碰亲吻，这一点跟人差不多。

村民都以为狗闹春没什么。有些好受启发的，也受感染在自己土炕上狠狠闹了一下老婆，然后浑然入睡，不再去理会狗们闹得凶，闹得过头。

第二天一早，村民们也没发现什么异样。等早饭后，妇女们喂猪时发现，不见了平常老来抢食的狗们。

狗们哪里去了？几乎全村的狗们都没来吃食。

狗们都在村外荒野上。

人们见了这情景，肯定会吓一跳。三五成群的狗，在荒野上奔走，或迎风挺立，或流口水追逐，再或光天化日下当着人交媾。那疯狂和自由奔放的样子，一时会把它们错当彻底摆脱人类主宰，丢弃奴性而获得自由，回归荒野的兽类。这些狗里，为首的就是大秃胡喇嘛家的花狗，还有娘娘腔金宝家的那只黑子协从。

人们初见狗们的疯态时，感到惊奇和纳闷。后有好事光棍，追逐着观赏"狗打连环"的交媾，以解干瘾，发出阵阵淫邪的浪笑。到最后当狗们开始追咬围观者时，大家开始惊慌了。尤其是娘娘腔金宝光着膀子跑到野外，迎风流口水，接着把自己肩头咬得血肉模糊时，有人惊呼出声："疯狗病！疯狗病！"

于是，全村笼罩起恐怖的气氛。跟当初闹狼一样，家家户户关门闭窗，足不出户，见狗就躲。乡和县里派来卫生队，穿白大褂的汉子们逮着人就注射，不管是野外还是屋里，见到没登记的逃脱者按倒了就打针，唯恐狂犬病大范围扩散传染。

村外拉起隔离带，只进不出，白色药粉撒得全村哪儿都是，随着春季风沙四处飞扬，呛得人无法呼吸空气。就连家猪家鸡家猫也受到了牵连，不是打针就是宰杀，真正的鸡犬不宁天下不太平。

接着就是屠狗运动。

胡村主任组织了打狗队，村里村外见着狗就打。有些狗偶尔清醒，入家门找食吃，主人则拎棒挥刀打将出来，满街追逐。那可怜的狗"汪汪"哀鸣着，不明白主人为何如此无情。也有怜犬的，将狗藏匿起来，把狗嘴用铁丝拴住或干脆给它套上铁笼头使其张不开嘴。但这也不允许，胡村主任带打狗队闻讯而至，就像当年鬼子进村般找狗打，弄得鸡飞狗跳，村民们一怕狗咬二怕胡大秃查户。有人也敢顶撞胡村主任，说你们家花狗为啥不去打，胡喇嘛支吾说花狗窜到野外找不到。那人又揭露说，花狗被你儿子二秃养在地窖里，谁不知道。胡喇嘛无言以对，吐一句"胡扯"，扬长而去。

当夜，有人带着卫生队的人摸进了胡喇嘛的地窖。

扑空。原先拴狗处扔着那根解开的铁链，盆里的食也是温的，地窖口站着泪眼汪汪的二秃。

胡喇嘛告诉来人，他儿子二秃瞒着他偷偷拴养了花狗，叫他发现后要宰杀时，二秃失手跑掉了花狗。并说那花狗嘴上有铁丝罩，不会咬人或咬狗，安全得很，不会有事。

卫生队的人冲胡村主任摇了摇头，但面色严峻地勒令他，第二天起带他的打狗队必须追杀了花狗。那狗是病源，再让它窜到野外，把病菌传给其他村的狗引出后患，那就拿他是问，依法处理。

这一下胡喇嘛傻了眼。在村里他可以飞扬跋扈，说一不二，但在上边来人面前他可是孙子，尤其这非常时期的卫生队人员，他可不敢惹。人家是代表政府执行卫生防疫法令，不是过去那种计划生育结扎队，专找妇女下手的"宫作队"。

第二天，胡喇嘛带领他的打狗队出发了。

村边树林，西北沙坨，村南河沟，哪儿都没发现花狗的影子。有人来报，村北郭家坟地一带花狗出没，胡喇嘛飞速赶至，可只发现了一堆狗屎，不见狗影。不过，他们有了意外的收获。在坟地北边的沙坨子根，有个兽类般的黑影子蜷曲在那里，一动不动。有人眼疾手快，喊一声有疯狗，便举枪就打。"砰"的一声，铁砂飞散。枪是打中了，可那物一下子给打精神了，枪砂在它身上似兴奋剂一样刺激了它，扑棱一下翻身而起，"哇"一声狂啸着冲人们疯扑过来。

这一下胡喇嘛他们看清楚了。

那不是疯狗，而是失踪多日的患狂犬病的娘娘腔金宝。口吐白沫，两眼血红，赤裸的上身处处伤痕，双肩头被自个儿咬烂后露出白骨，后臀上流着血，那是刚才被砂枪子儿打烂的。蓬头垢面，牙口沾血，张牙舞爪地扑过来的样子实在令人感到恐怖，不寒而栗。

"金宝！娘娘腔！是我们！是我们！"

胡喇嘛大声喝叫。

娘娘腔金宝浑然不觉，依旧疯叫狂呼着横冲直撞，张着大嘴哧哧做咬人状。有两人吓得撒腿就逃，这一下更引发了金宝追咬的欲望，从这两人后边疯追过去。

"金宝！你他妈停下！你醒醒！"

胡喇嘛怒喝着从金宝后边追，回头又喊："大家快上！把他抓回来！别叫他咬着人！"

前边吓跑的两人当中，有一个被树根绊倒了。娘娘腔金宝几步赶上，扑上去就要咬这位吓破了胆的喊爹叫娘的人。正在这时胡喇嘛也赶到，一枪托把他击昏过去了。

当胡喇嘛他们抬着五花大绑的娘娘腔金宝走村过街时，人们像参观动物园的珍稀动物般尾随追看，摇头感叹，额手称庆。这一天村街上很热闹。

卫生队给金宝先打了些针，又灌些药，然后用专车把他送到地区传染病医院继续治疗。

我目睹了村里发生的这一切，心里更为白耳担心了。它从县公安局那儿逃出来已经有些日子了，它此刻在哪里呢？为什么不回我家？难道它真的找不到这里的窝，或忘记我们了吗？

我不相信。白耳不会笨到如此地步，也不会薄情寡义到连回来看一次都不肯。纵然它回归荒野，也不会这样的。

它肯定遇到什么麻烦了。尤其本村和外村都在闹疯狗，都在搞屠狗运动，它可千万别叫人当疯狗打了。我不时地抽空到村外野地转转，当然手里拎着镰刀或棍棒，想碰碰运气。反正我们村的孩子不能去乡中学上学了，被隔离起来，我们都一时失学，闲着也闲着。

今天我又瞒着家人去村外野地。

走之前去找伊玛，想拉她一块儿去挖野菜。可她正在喂猪，也没什么热情去野外。自打上次去县城回来后，她没有像以前那样对我有求必应了。我隐隐感觉到她对我有些冷淡有些回避，眼神幽幽的，嘴巴噘噘的。

我顾不上这早熟的怪丫头，一人去了野外。

风沙中转了半天，毫无所获，站在坨顶一声声呼叫白耳，可茫茫大地空空荡荡，听不见白耳那熟悉的吠哮回声。失望中，我坐在通往县城的路口高冈上，遥望着远方。我幻想着白耳从那迷茫的极目处飞跃而出，伸展四肢，投入我的怀抱。

当太阳西斜，我正要起身回家时，路的尽头出现了一个黑影。那不是白耳，而是一辆小车，车上坐的是穿戴阔绰的毛哈林爷爷。

哦，毛哈林爷爷回来了。

他带回来了一个惊人的消息。

关于狼孩。

第七章

　　最高兴的还数狼狗白耳。它终于摆脱地牢铁链紧锁之苦，松动一下自由之身，驼前驼后地撒欢跳跃，又冲茫茫的荒野嗥叫两声。它已经觉察到要随主人在荒野上远行，这是它十分愿意做的事情。那神秘的荒野一直使它困惑和神往。很多时候它冲那迷茫的远野出神，尽管在人的呵护中长大，可它一跑进荒野中，便有一股抑制不住的冲动和狂喜，不由得长嗥起来。

一

　　狼孩又跟随母狼出征觅食了。

　　自打那只"巨鹰"飞走之后，他们的老巢古城废墟，再没有受到人类的侵扰，又恢复了往日的宁静。风，和缓地吹着细沙；太阳，辣辣地晒着大漠；偶尔飘洒而下的细雨，在洼地也能汪出一片水来，培植出些许绿色藻类或青灰苔藓。

　　耐不住寂寞的狼孩，不愿意独自留在这死寂的古城废墟中，等候母狼回归。母狼也从上次恶斗沙斑鸡之后，不敢再把狼孩单独留在大漠里了，它走到哪儿都带着狼孩。

　　熬过了漫长的冬天，沙漠地带正沉浸在春日的生命复苏中，又遇上了难得的一场大雨，胡杨抽出嫩绿嫩绿的细芽，沙巴嘎蒿从地里拱出绿苗，边缘沙地上处处奔跑窜动着刚从地穴冬眠中苏醒出洞的黄鼠和跳兔。它们忙着筑新巢和春天的交配，繁殖这一年的新后代。

每当到达这片大漠边缘地带，狼孩就不愿离开。它扒挖沙坡上的酸不溜草根吸吮，酸甜的汁液呛得他龇牙咧嘴，两眼冒水。他变得也很好奇，瞪大眼睛，盯着那些一蹦一跳着走走跑跑的跳兔出神。跳兔是沙地特有的鼠类，又不同于一般的鼠类。它前两腿短，后两腿长，尾巴黑白相间，一尺多长，形象虽然小却像澳洲袋鼠，跑起来飞快，全靠后两条腿弹跳着跑，一跳几尺远，像人类武林轻功高手。人是追不上的，狗或狼类一追急它就哧溜一下钻进沙地洞穴中找不见。狼孩追过几次跳兔，那是一个非常令他兴奋而狂热的追逐。一个小动物，一蹦一跳地跑在前边，快要赶上一扑，它却长尾一甩，极敏捷地闪过追逐者的扑咬，弄得你一点办法没有，只好重新再追逐。如果赶进了它的洞里，狼孩更不知道怎么办了。这时候母狼出现，它把尖嘴伸进洞里嗅一嗅，便知此洞深浅，是新洞还是旧穴。如果是较浅的新洞，母狼立即用前两爪扒挖那浅洞，不用多久就挖开几尺深，尖嘴一伸进去，便咬出一只跳兔来，活蹦乱跳，肉鲜血红，扔给狼孩吃。后来狼孩也学会了，把兔子赶进洞里后，不再抓耳挠腮等狼妈妈来了，他自己扒挖沙地上的洞口。而且他还有优势，手臂比母狼爪长，手爪还能攥握东西，挖开一尺左右，他便伸进手臂从洞里直接拽拎出那可怜的跳兔。他兴奋地呜哇乱叫嘎嘎大乐。狼妈妈在一旁，慈祥地观看着会捕猎的他，高兴地呼儿哈儿地拿尖嘴拱他舔他。

　　母狼带着狼孩，不再往远处人类出没的地带去，尽管那边草木农田茂盛，猎物极多，但它不敢带着狼孩贸然前去，它是了解狡猾的人类的。当年公狼和三只狼崽惨死，至今令它浑身战栗，愤怒不已。

　　今天，狼孩随狼妈妈逮吃够了跳兔地鼠之类，暖暖地躺卧在沙地上晒太阳，伸爪子随便薅了一根酸不溜草，放进嘴里吮嚼着。他仰卧着，双眼盯那蓝天白云出神。那白云不停地变幻着，一会儿像虎豹狼狐，一会儿又像树林山河，没一会儿又匆匆忙忙迁移，随着风消逝得一干二净。他一直在琢磨那白色的会动的云是什么。他也奇怪旁边的狼妈妈为什么只会趴卧，从来不像他那样仰卧着伸直了腰休息，仰躺是多么惬意的方式啊。

他也有时像狼狗般蹲坐，前两肢着地，仰着脖颈向天空嚎啸。他的嚎叫虽然没有狼妈妈那般粗犷、高亢、恐怖而远扬，但也稚嫩中透着尖利，如一把锋利的刀子冷冰冰地刺进闻者的心脏，充满一种自由的野性的任意的呼唤。尤其在黑夜，如一种鬼孩摄魂般地尖长哭叫，令人毛骨悚然，而老练的猎人也分不清这声音是狐狼叫还是鬼魂啸。

此刻他还在向着东方的远处凝视。那遥远的地方有什么？他早已什么也不知道，可他为什么时时冲那遥远的东方出神呢？而且眼角也挂着泪珠。他的模糊的大脑记忆中还残存着什么呢？人母的乳汁甘味？兄长的撕碎的课本？严父的挥动的巴掌？抑或是那次掉进厕所捡出的那根胡萝卜？可这些都很遥远，残片般零乱，模糊不清，唯有在这大漠边缘向着东方遥望时，他的大脑中闪过一些远古般的记忆。

他不时地哀鸣般地呼号。那声音似乎在问长天，我是谁？我来自何方？我为何如此不人不鬼不兽？

他有时孤独地徘徊在这片离人类较近的大漠边缘，不愿再跟随母狼，回那寂寞难耐的大漠中去。

然而，他身上出现的这些现象毕竟是很短暂的。当狼妈妈出现在他身边，那亲热的湿乎乎的尖嘴一拱一舔他的身上，狼孩立刻忘却一切忆念，又活蹦乱跳地欢快起来，在软绵的沙地上打滚撒欢，忘情地追逐跳兔或蝗虫。

这时，在这荒凉的边缘地带出现了一位落拓的骑手。他骑着一匹癞巴巴的瘦马，穿着豁口子的皮袄，腰里别着一根"布鲁"，这是一种带铜头的投掷器，胳肢窝里夹着一根拖地的套马杆，歪坐在马背上左右摇晃，显然醉酒未醒。

那匹瘦马突然支起双耳，"咴儿咴儿"地喷响鼻。

骑士醒来，醉眼乜斜。旋即，他的手飞速摸下腰上的"布鲁"，又顺手飞投而出，一切都在转瞬之间。那根"布鲁"呼啸而至，不偏不倚正好击中追逐野兔的狼孩，打得他一下滚出老远，"嗷儿"一声惨叫。那位骑手哈哈狂笑，夹动瘦马，挥动起套马杆急追爬起来逃跑的狼孩，嘴里大喊："怪兽！怪兽！叫我终于逮着这怪兽了！"

　　他从马背上向前甩出套马杆，身姿矫健，手法利索，只是那匹癞巴巴瘦马不得劲，不堪重负地在沙地上扭扭歪歪地跑，四蹄又陷沙里跑不快。不过，套马杆上的套绳仍然准确地套住了受伤的狼孩，然后那位醉骑手掉转马头，拽着狼孩就往回跑。

　　狼孩拖在沙地上，唰唰发响，留下一条沟痕，冒出一溜白烟。狼孩拼命挣脱，嘴里尖叫狂嚎，可无济于事。

　　母狼在不远处沙洼地饮水，听见狼孩的急嗥，扭过头飞速赶来。它一见这状况，怒号一声，便不顾一切地追踪那瘦马。久经沙场的它，并没有进攻马背上的人，而是很狡猾地尾追马屁股后头，很快赶上，一口咬住了马尾巴。然后，母狼便使出浑身的力气往后拖拉那匹瘦马，毫不松口。

　　这是奇特的一幕。

　　马背上的骑手双手攥紧套马杆拖着狼孩，而母狼咬住马尾巴也拼命往后拖拉。瘦马受惊了，往后扬蹄尥蹶子，母狼敏捷地躲闪那踢出的马蹄子，仍旧咬紧马尾不松口。可马背上的骑手有些稳不住了，被颠得前仰后合，摇摇晃晃，险些摔下马背来。那位骑手还算老到，紧蹬着马镫，稳住身子，仍不松开手中的套马杆。

　　母狼咬住马尾巴拼命拽拉着，突然，它松开了马尾巴。这是它最终的用意。这一突变，使得那匹瘦弱的马一下收不住身子，向前倒栽葱地跌了下去，那位骑手也摔出老远。瘦马的脖子已扭断，四蹄在乱踢乱抽，身子颤抖个不停。

　　这是老狼对付牛的招数，用在马身上照样管用。

狼孩从套绳中挣脱出来，母狼迎着他跑过去，亲热地低哮着，然后迅速带领狼孩向大漠深处逃离而去。他们四肢伸展，踏沙无痕，脚爪在沙上飞点着，优美而矫健。

　　在他们的身后，传出那位醉骑手受伤后一边呻吟一边绝望的怒骂："我宰了你们！　我一定宰了你们——"

　　可茫茫沙漠沉默着，毫不理会骑手的咆哮。

　　广袤无垠的天和地之间，他的无奈而失败的恼怒以及他整个的人显得那么渺小，那么虚弱，甚至那么可怜。很多时候，人面对这无穷神秘的大自然的确毫无办法，总以为有了思维便可征服一切的狂妄，害得他们往往忘却了自己在宇宙中应处的位置。

二

　　"快回家告诉你爸爸，我这次出门听到了狼孩——哦，可能是你弟弟的消息！"毛爷爷把我接上他乘坐的小吉普车时如此说。

　　我差点叫出来。

　　我再追问详情时，他不再告诉我，只是笑着晚上让我爸带上好酒去找他。

　　毛爷爷这回神气了。小车接小车送的，穿着一身好看的城里制服，脸也白了许多胖了许多，脸颊的一道道深褶也舒展开来，整个一副城里老爷子派头。我生来头一次坐小汽车，更感觉新鲜，软软的车座，收音机放着歌，在乡村路上兔子一样颠荡着迅跑。可比骑驴骑马舒服多了，就是胃里有些翻腾，中午吃的菜馅窝窝头总想拱出来。

村子被隔离，断了来往人员和车辆小贩，一直像个没有生气的死庄子，这回呜呜开进来一辆小汽车，引起了不小的骚动。卫生队和村里人都以为是上边来视察疫情的大干部，当毛爷爷大摇大摆走下车时，人们"哄"地笑了。从车里再走出一个中年胖子时，人们笑不出来了。只见卫生队的白队长口称包县长，诚惶诚恐地又是握手又是挤笑脸时，那位包县长早已向毛爷爷的两间破土房走去。

我吐了吐舌头，顾不上那热闹场面，下车就往家跑去。

听了我传达的消息，爸爸先是一愣后是大叫一声，拔腿跑向毛爷爷家。我从后边喊毛爷爷说带瓶好酒，爸爸回头说以后再补吧，现在劣等"地瓜烧"都买不到。我这才想起村子现在是被隔离状态。

我按捺不住兴致，也跟随爸爸去了毛爷爷家。

这回毛爷爷家可不同往常了。那个猫不踏狗不进麻雀不搭窝的冷清门院，现在是人声鼎沸，宾客如云，热闹非凡了。歪倒的土墙院口有人把门，轰散看热闹的闲人和村童，卫生队的医务人员正在院里院外撒消毒药粉，白一道黄一道，有些呛嗓子，已经有几只老鼠被熏出来后倒毙在庭院里。

爸爸和我当然被拦在门外，不得入内。

恰好毛爷爷出来上茅房，我喊了一嗓子。他呵呵笑着，冲门口把门的村干部和卫生队人员说，他俩是我请来的，把门的才放我们进去。

我向毛爷爷眨眨眼笑说："好家伙，毛爷爷，见你比朝拜班禅活佛还要难哩！"

"小鬼头，我这叫狗屎台上不了金銮殿！小心你的舌头！"毛爷爷笑眯眯地拍了一下我的头。

两间土房内也客满为患。外屋已有乡厨在准备菜肴，胡喇嘛村主任正跑进跑出地忙活，乡政府那边也来了干部。屋里的卫生队长正动员说服那位包县长打狂犬疫苗，而那位脾气挺大的包县长很固执，就不肯打针，嘴里说我是来送毛老爷子回家的，不是来挨你们一针的。看着那位卫生队长一脸苦笑，又讨好不成的尴尬样子，我心里有些可怜他。

毛爷爷拉着我爸爸走到包县长面前说："他就是我给你讲过的那个郭苏克，当年被咱们土改干部三鞭打下来的娃子，当过解放军骑兵班长！"

胖乎乎的包县长握着我爸瘦瘦的干巴手，上下打量着，笑哈哈说："你应该感谢当时那些极'左'派土改干部，让你早出世个把月，提前享受人间快乐！哈哈哈……"

我爸拘束地苦笑着，不知说什么好，心只在毛爷爷身上想早点打探消息。可那位包县长好像终于等到了老朋友，仍旧不松开爸爸的手，继续说："我可是跟你同岁，也属老鼠，四八年出生！"

"同岁不同命啊……"我爸挤出一句，"你肯定是秋天的老鼠，不缺吃不缺喝富得流油；我可是春天的老鼠，草没长粮没成，成天忙着打洞忙着找吃。"

"你咋知道的？我就是十月初生的，是秋天好季节，哈哈哈。不过命这玩意儿很难说的，其实命就握在你手里哟！"包县长似乎话里有话地晃了晃爸爸的手，终于松开了。爸爸如释重负尴尬地笑一笑，转向毛爷爷刚要张口询问，毛爷爷却打断他说："别急，别急，酒桌上说，到酒桌上唠！"

"酒桌上？"爸爸茫然。

"对呀，我请你来不只是告诉你话，还有个重要任务哩！"

"重要任务？"爸爸更是一头雾水。

"对呀，陪酒！哈哈哈……"毛爷爷拍拍爸爸的肩头。

"陪……陪酒？"爸爸舌头打结，看看包县长又看看毛爷爷，那神情完全变傻显得可笑至极，"叫我陪酒？我？"

"是啊，陪酒，陪包县长，陪我，好好喝一通，你也是见过世面的。"毛爷爷又附在爸爸耳旁悄声说，"是我重点推荐的，我看的人错不了！"

"有村主任，有乡里干部，还有卫生队队长他们，毛叔你拉我陪这么大干部喝酒，你这不是寒碜我吗。"我爸终于真诚地埋怨起来。

"别着急，别着急，一会儿他们都走人，就我和你陪包县长喝酒，这是我的家宴，谁陪谁走，我说了算。"毛爷爷依旧笑呵呵，真真假假，神秘兮兮，回过头冲我眨一下眼，又对爸爸说，"你要是不答应，我可不告诉那狼孩的消息！"

我爸这回没辙了，毛爷爷的要挟很有效果。

包县长也很随和地说道："留下吧，一块儿喝两盅聊一聊。你当兵那会儿，我也在呼市上学，你们部队在'文革'中还到我校'支左'呢。"

"要是再有二两狼肉，这酒更好喝更有味道了，哈哈哈……"毛爷爷突然爆发出朗朗大笑，把屋外忙活的胡村主任他们吓了一跳。我却会意地笑了起来。

毛爷爷送了我一堆故事书，又拿出一瓶好酒，让我带给爷爷，说："回去告诉你爷爷，明天我这老不死的专门找他老'李'喝酒去！"

我知道毛爷爷安排我爸陪包县长喝酒，肯定有别的内容，我始终猜不透。我也不想费心思了，便早早离开毛爷爷那乱哄哄的家。

爸爸深更半夜才回来，醉醺醺的。

我醒来后便听到爸爸在向妈妈说事。

原来，毛爷爷当向导，考察西北莽古斯大漠中的辽代古城时，发现了狼孩的踪迹，当地有些人的确遇见过，一只母狼领着一个似人似兽的狼孩，在那一带出没。另外，毛爷爷留爸爸陪酒的真正用意是，他已向包县长推荐爸爸出任我们村的村主任，今夏开始，村里要调整班子，改选村干部。这事却被我爸坚决拒绝了。爸爸说他现在一心一意想把失散好几年的儿子小龙找回来，其他一概不考虑，自己也没那个本事。这很出毛爷爷意料，也很让毛爷爷失望。包县长是他的那位老朋友的学生，受他的委托照料毛爷爷晚年生活，本打算接到县城住，可毛爷爷不愿意，于是县和乡决定出资出人，给毛爷爷重新盖两间新房，定期发放生活费。毛爷爷又把村主任胡喇嘛他们的情况说给包县长听，想结合今年改选村民委员会的机会，换村班子，没想到叫我爸打乱了他们拟定好的计划。

爸爸连夜做起去西北莽古斯大漠寻找小龙的准备，又和爷爷他们商量他走后家里生活问题，天亮后，他骑着家里唯一的那匹黑马，就要出村去。

他在村口隔离带被防疫人员拦住了。

现在是防疫隔离时期，只进不出。我爸咋说也不行。那几个穿白大褂戴大口罩的白衣战士铁面无情，说这是纪律，放他出去他们担当不起责任。我爸急了，嚷嚷说那包县长也在村里，一会儿他走你们也拦吗？白衣战士说当然不拦。我爸说那你们这隔离是瞎扯的事。白衣战士说包县长有要事在身，又有特殊通行证，你一个平头百姓能比吗？我爸哑口，乖乖地回家。

明着走不行，只好暗行。我爸铁定要走，而且一天也不想多等。白天在家睡足了觉，又把家里事安顿一下，嘱咐我帮着妈妈多干点事，然后在后半夜选择村北大漠和坟地方向"突围"而去。

其实防疫队也只在村口要道等地方设卡，限制来往人员，至于其他地方，一个村子四面八方哪儿都可以进进出出，只不过没有道儿而已，也不是山寨要塞，一夫当关万夫莫开，所以隔离什么的，都是糊弄别人也糊弄自己的事儿。

趁着夜黑星稀，我和妈妈村北送走了爸爸，心中祈祷着他早些找到小龙平安归来。坟地树上有猫头鹰叫，远处野外有狗吠，我和妈妈心中都不安起来。

果然，爸爸一个月没回来，三个月没回来，半年没回来……

后来，爸爸寄来一封信告知平安，说还在寻找小龙弟弟。我们这才稍稍心安，可爸爸何时才找回弟弟，结束他那流浪汉般的生活呢？

我和妈妈在企盼和祈祷中熬着日子。

三

白耳逃出去已有一个星期。

它还是没来找我们。不过眼下村里又是屠狗运动，又是防疫隔离，它想回来也不敢进村。

村里现在听不见鸡犬之声，看不见牛羊之影；狗绝种，鸡空窝，牛羊送到野外窝棚看管；人也如笼中之物，惶惶不可终日，脸无二两肉，眼缺三分神，整个村子在窒息般的气氛中熬着日子。奶奶说这跟那会儿土改运动搞过头时候差不多。不知啥原因，咱们这里搞啥都能搞过头，连这小小的屠狗也搞成个运动，殃及人自己都失去了正常的生活。唉，人啊，老折腾自个儿。

爸爸走后，我的家务活重了。地由爷爷和叔叔他们代种，可烧柴、挖菜、看地等等说不清的农家院事儿，还都得由自个儿去做。

今天我又上坨子上挖猪菜。沙坨子上春季长一种大叶子茴茴菜，要是运气好，一个沙坡下便发现一大片，够装一大口袋，扛回来熬猪食。奶奶说三年大灾那会儿，人天天熬吃这种野菜，脸浮肿后都发绿，手指摁下去就一个大坑，坑里可装一盅水。后来这种野菜也挖净了，就啃树皮草根河泥。从奶奶说的频率来看，"土改"和"三年大灾"是她一生经历的两次人事，每每说起时闭上眼睛，手掌立在双眉中间念一声阿弥陀佛。

我如独狼，在沙坨子里寻寻觅觅。一半儿是挖野菜，另一半是企盼着碰上让我牵肠挂肚的白耳。

放牛的丁老汉见了我吐舌头，这娃子胆儿大，敢一人进坨子挖菜。他从野外窝棚回村取东西，听我说村里还在隔离，他骂了一句，这不是狗闹的是人闹的。

我在远处坨子根发现了一大片大叶苘苘，我骂了一句狗日的便扑过去。蓦然，"汪"一声吠叫，随即从那片野菜丛中蹿出一只大狗来。发红的双眼露着凶光，张着尖利的排牙，嘴边飘滴着黏液，立耳挺尾，正好咫尺之遥地面对了我。

大花狗！

这是二秃家的大花狗，我一眼认出了它。这畜生发疯后逃窜野外，一直没露面，村里打狗队也没找到它，大家几乎都忘掉了它。有人说它被外村人打死，结果它还活着。

真是冤家路窄。它也在这里啃嚼着野菜。

大花狗毫不含糊地向我扑过来。

我一时吓呆。手里只有挖野菜的小铲子，本能地举起来。我心中很恐怖，但也清楚，千万不能转身逃跑，一跑它更凶狂地追过来咬你，只有鼓足勇气面对它。

大花狗凌空一跃，我挥动小铲子击打，同时身体躲闪着它的攻击。花狗扑空，我的铲子也没打着它。我心里打定主意，不跟它硬拼，只跟它周旋，不能让它咬着自己。娘娘腔金宝咬自己肩头的可怕样子，此时映现在脑子里，更使我咬紧牙关，鼓起勇气，勇敢地拼斗起来。

花狗狂态毕露，张牙舞爪，显然仍处在发病期，完全不认识人。一般家狗野外遇人，都不会主动攻击人，甚至夹尾巴逃得远远的，除非有主人唤狗咬人。狂犬花狗此刻如狼般凶狂，血红的眼睛刀子般盯着你，淌着满嘴哈喇子，翻动上下嘴皮露出獠牙，再次"呼儿"一声狂吼着向我扑来。

我一边躲闪，一边挥打，小铲子恰好击中花狗的脑袋，"咚"的一声，小铲子断了，我手里只剩下一尺多长的木把。挨了一铲子，花狗更被激怒了，迅疾侧转身子，一下子扑在我身上，张开了血盆大口。

"来人啊！救命啊——"我恐惧至极，声嘶力竭地呼喊，可这荒沙野外，天空空，地空空，哪有人来相救呢？

那吓人的狗嘴离我脖子只有半尺远，情急之下我将手中的铲柄一下子塞进了狗嘴里，并且使劲别它的双排利牙。

它的黏黏的哈喇子淌洒在我手上，湿漉漉而黏滑，又痒又麻。我一边后退一边跟花狗相峙，可脚下被草根一绊摔倒了，花狗一下子占上风，前爪踩在我身上。幸好我塞进它嘴里的铲柄始终没撒手，依旧别着它的嘴巴。可是因为害怕，加上力薄，我渐渐抵御不住了。

我心想，这一下完啦。

"呜——"突然传出一声狼般长嗥，一个黑影从旁边箭般飞射而出，直扑过来，一张口就咬住了大花狗的后腿。

"白耳！"我惊喜地大叫。

大花狗一声痛叫，放开了我，迅速地转过身子，跟白耳撕咬起来。

"白耳，咬死它！咬死它！"我翻身而起，挥动铲柄，给我的从天而降的白耳壮胆鼓气，围着纠缠在一起的它俩又喊又叫。

白耳已长成半大狼狗，那凶狠劲儿和力道比起大花狗有过之而无不及。

白耳和大花狗斗得昏天黑地。一会儿这个在上边，一会儿那个在上边，狗毛儿一团团掉落，白耳和花狗牙齿上都沾着血，沙地上卷起一团烟尘。

我瞅准机会就拿铲柄狠狠敲击花狗。花狗顾不上我，负痛斗白耳。我心里开心极了，终于等到了今天这报仇雪恨的机会。该死的花狗，几年来狗仗人势欺负我，你也有今天，非整死你不可！

"白耳，咬它脖子！咬死它！"

其实，优秀的狼种白耳不用我教它。作为野兽的进攻和自卫的本能，它知道往哪儿下嘴，哪儿是致命要害。

白耳渐渐占了上风。花狗开始胆怯了，脱出身子，转身就要逃跑，可斗红了眼的白耳岂能放走它。几个跳蹿就赶上它，扑上去就咬住了花狗的咽喉，再也没松开。

"咬死它！咬死它！"我赶上来喊，冲着被压在下边的花狗脑袋又踢又打，发泄几年来的积愤。

白耳的尖牙咬透了花狗的咽喉，鲜红的血，如水一般顺白耳的牙边流淌出来，染红了沙地和绿草。

力竭的花狗渐渐放弃挣扎，瘫软在地上，四肢抽搐个不停。又过了一会儿，咽气了。

白耳仍然咬着它的咽喉，来回晃动它软软耷拉下的头。

"松开吧，白耳，它死了！"我踢了一脚花狗说。

我蹲在地上抚摸白耳的头。白耳终于放开花狗，转过头，亲昵地往我怀里拱着，又舔起我的手。我抱住白耳的头，呜呜哭将起来，心里的苦辣甜酸全哭出来了。感谢苍天又把白耳还给了我。

白耳的腿上也被花狗咬伤，渗出的血洇湿了它的毛。我撕开衣襟，给它包扎。白耳毛色发灰，脏兮兮的，肚子瘪瘪的，显然这些日子它受了不少苦，而且脚爪上钉着一个寸长的铁钉子，走起来一瘸一拐的。我赶紧给它拔出那钉子。这钉子肯定是李科长防它逃跑而钉上的，真他妈的狠。我又给白耳的爪子包扎上。

我带着白耳往家走。突然想起村里防狂犬病，见狗就打，这样带它进村岂不是送死。我踌躇着。

我想等天黑以后再悄悄带它进村。这次绝不再让白耳离开我。我和白耳在沙洼地里等天黑。拿出口袋里的野菜给白耳吃。白耳刚才想撕吃花狗，我没让，担心传染上狂犬病。可白耳对野菜不感兴趣，闻了闻就走开了。

这时，正好有一只跳兔蹦蹦跳跳地跑过沙湾子，于是我就带领白耳捕猎起跳兔来。白耳可是追捕能手，我负责把洞里的跳兔轰出来，白耳负责追击。

白耳很快填饱了肚子，对逃出的跳兔没兴趣再追了。这时天也渐渐黑了下来。我们走回村边，等到天完全变黑，伸手不见五指，我这才悄悄潜回家里，又把白耳关进地窖里，用铁链子拴起来。我决定偷偷拴养它，夜里再牵它出来遛遛。

妈妈数落我一通，嫌我这么晚回来。当我带她下地窖看白耳时，她也惊呼起来。她又拌了一盆丰美的狗食喂它。怕它染上狂犬病，妈妈又把村上防疫队发的预防药预防针剂统统喂给白耳吃。不知是药起了作用，还是狼跟狗不同，白耳身上丝毫没出现狂犬病症状，一切正常，活蹦乱跳。

第二天，我遇见二秃时，说你们家那条疯狗死了。

他不相信，晃着油光油光的秃头说："你瞎扯！"

"不信你去黑沙湾那儿看看吧，尸体快臭了！"

"你咋知道的？"

"挖野菜时看见的。"

"不会的，花狗怎么会死呢……"

"作孽多，天打雷劈的呗！"

说完，我扬长而去。

傍晚，二秃和他爸爸从野外回来了。扛着铁锹，哭得眼睛红红的，耷拉着脑袋，如丧考妣。显然，他们把花狗埋在野外，没敢抬进村里来，连狗皮也没有扒。

胡喇嘛对村人说又出现狼了，花狗是被狼咬死的。

我听后哑然失笑。

四

终于熬过了狂犬病隔离期，村里解禁了。

爸爸还是没有消息。

他走了快两年了，人在哪里，情况如何，都已断了音讯，家里人都十分担心。

我决心去寻找爸爸。我已是男子汉，我不能没有爸爸。晚上去毛爷爷家，询问那个莽古斯大漠中古城废墟的详细地址。毛爷爷一听，嗓眼里抽了一声说，你找死呀。我说自己已经是男子汉了，我不能没有了弟弟再没有了爸爸。毛爷爷说，半道野狼会咬你，坏人会打你。我悄悄告诉他我有白耳保护。毛爷爷一听摇头乐了，那毕竟是一条狼啊，荒野上会遇上想象不到的各种困难的。他不赞成我贸然出行。

可我也铁定了决心，不能这样干熬着等。每天看到妈妈那张愁苦的脸，我的心就疼。我暗暗做起准备。河边碰到伊玛时，我也忍不住把想法告诉了她。她默默地看着我，突然说我陪你去。这可吓了我一跳，也被她的情谊所感动。我说算了吧，这也不是去挖野菜，也不是去野游，一两天又不能回来，你走了，你妈你们家生活咋办？ 她幽怨地说，反正你不想让我沾你身边。我说别说没用的，把你们家的炒米借我一口袋吧，我家的不够路上吃。她高兴了，这丫头，她心里难道真的那么喜欢我？ 我心里也突然一热，赶紧离开河边回家。

三天后，我走时也没跟上房爷爷奶奶他们说。我中断学习，独自一人远赴他乡寻父，这事不用说，肯定遭反对，通不过。我让伊玛第二天才告诉我家里人，可这丫头，在我走后不到一个时辰就报告了。

　　我还没走出二十里，爷爷骑马追上了我。他愣把我驮上了马背，不由分说带回家，还拿鞭子抽了我几下。我后背和屁股上烙上了一道道红印子。我骂偷窥的伊玛，骂她是叛徒，告密者，出卖朋友的小人。她哭着说怕狼咬死了你，怕你埋在大漠里出不来，我也就原谅了她。

　　我对爷爷说，哪天我还会跑出去找爸爸。

　　爷爷又抽了我几鞭。

　　我说，你担心我，那你陪我去找，人家伊玛都说过陪我去。爸爸也是你儿子呀。

　　爷爷一时哑口。

　　第二天，他把大烟袋锅一磕，说一声："好，我陪你去。"

　　我掩饰着内心的高兴，又给爷爷装了一锅烟点上，说："半道走不动了，我会背你走的。"

　　爷爷的烟袋锅敲了敲我脑袋："你当是真的走着去呀？"

　　"不走着去，飞着去呀？你又没有毛爷爷那派头，坐飞机。"

　　"咱们也不坐飞机，也不走着去。这你不用操心了。"

　　两天后爷爷不知从哪儿借来了两匹骆驼。他开始做起充分而细致的准备。毛爷爷被请来喝酒，他向爷爷详告地点时自告奋勇当向带路。爷爷说歇歇吧，你那老气管炎外加肺气肿，我可负不起你这大人物的责任。

　　两个老人连骂带笑，喝到酒酣星斜时才散。

　　妈妈一直很支持我去寻找爸爸。其实在我暗中做准备单独上路时，她就有所发觉。她认为我应该是个有主见敢作敢为的男人，从小婆婆妈妈，畏首畏尾还成什么大器。尽管她从伊玛嘴里知道了我的行踪，就立即通报上房爷爷奶奶并把我追了回来，但她对现在的这种结果很满意，好像这是她意料之中的事。由爷爷领着我去寻找爸爸和小龙，她很放心。

她狡黠地冲我笑，脸上泛着红光。不停地往口袋里塞着干肉、奶豆腐干、炒米等食物，足够我们吃一两个月的。这些食物的好处就是随时可吃，不用起火再煮。当年蒙古人的祖先成吉思汗，就是在马背上携带着这种简便食物，如狂飙一般席卷了欧亚两洲，法宝就是一匹马，一口袋炒米，干肉，外加两把弯刀，这比起那兵马未动，粮草先行的过于文明的阵仗，迅捷而有效得多。

拂晓时我们出发了。奶奶在佛龛前点了三炷香，又合掌念佛绕着我们骆驼走了三圈儿，然后往前行的路上扔撒了些白米，说是吉祥。妈妈亲了又亲我额头，弄得我额头上潮乎乎的，又随骆驼后头走了好长一段路。邻居的柴门口的暗影中，伫立着一个单薄的人影，眼睛晶亮而幽深，无言中透着有声，我的心口又是一热。让青春撞了一下腰，撞了一下胸口透不上气。

最高兴的还是狼狗白耳。它终于摆脱地牢铁链紧锁之苦，松动一下自由之身，驼前驼后地撒欢跳跃，又冲茫茫的荒野嗥叫起来。它已经觉察到要随主人在荒野上远行，这是它十分愿意做的事情。那神秘的荒野一直使它困惑和神往。很多时候它冲那迷茫的远野出神，尽管在人的呵护中长大，可它一跑进荒野中，便有一股抑制不住的冲动和狂喜，不由得长嗥两声。其实它近来始终在荒野和人宅之间，矛盾着、困惑着，如果上次没碰上正遇花狗进攻的小主人，它也许就此留在荒野上。然而，荒野也让它十分畏惧，因为它从小没学会在荒野里生存的本领，很难应付那充满险恶、厮杀、角斗的野性世界。可怜的白耳，在村狗中它是佼佼者，可在荒野上，它还是个弱者，尚不具备防恶豹斗狡狐捕獾熊的本事，尤其防人的枪口追杀。

白耳"呼儿"的一声，冲前边路口的一个黑影扑过去。

"白耳，回来！"我赶紧吆喝，我认出那黑影是毛哈林爷爷。

"哇哇！好厉害！"毛爷爷挥动着手里的拐杖，冲我叫骂，"你这小兔崽子，拿狼当狗养，小心它再过两年连你也不认了！"

"不会的，其实白耳最懂得好赖。白耳，去亲一下毛爷爷！"

白耳前爪搭在毛爷爷肩头，伸出红红的舌头，唰唰舔了两下毛爷爷的脸颊。眨眼之间，弄得毛爷爷又连声嚷嚷："够了够了，再舔两下我的老脸皮非刮下去一层不可！好家伙，多粗硬的舌头，整个脸火辣辣的！"

"哈哈哈……"

爷爷和我忍不住大笑起来。不明所以的白耳还围着毛爷爷转，摇头摆尾的，吓得毛爷爷一个劲儿骂我："兔崽子，还不叫它闪一边去，我有话跟你们讲！哪有这样对待好心来送行的人的！你们这一老一少都昏了头了！"

爷爷笑呵呵地下了骆驼，装了一袋烟递过去。这是个老礼儿，表示对客人的尊重和歉意。

两个老人蹲在路边说起话来。

毛爷爷对我们此行始终放不下心，来送行的同时又提供一个线索。莽古斯大漠的边缘地带有个号称"醉猎手"乌太的人，他常出没莽古斯大漠，熟悉地形，如能找到此人当向导最好不过，上次他们考察古城废墟时也曾找过此人，可惜他正好贩兽皮下朝阳没找到他。

"你这老'胡子'不早点说，差点耽误大事！"爷爷又给毛爷爷装一锅烟，高兴地拍着他肩头说。

"谁叫你上次把我灌醉了，脑子不灵光了。这回看你这老巫'字'的了，你可把苏克那小子找回来啊，他可是包县长看中的村主任人选，咱锡伯村发家致富的希望哩！"

"你还惦记着那事哪？老琢磨着让咱们老郭家斗他们老胡家，你们老毛家在后头看热闹，是不是？你这老狐狸！"

"哈哈哈……"毛爷爷爆发出大笑，"江山轮流坐嘛，他们老胡家也该歇歇了，啥事都讲个气数儿，锡伯村也不是他们一姓之村，还有郭毛两个大家族哩！"

"那你自个儿出来当这村主任算了，朝中也有人。"爷爷逗他。

"我？嗬嗬嗬，可饶了吧，这是年轻后生的时代，我还是享我的清福吧。我不跟你闲扯了，你们上路吧，我也该回去了。"

毛爷爷拄着他的拐杖，脚步蹒跚地走了。晨风中他那孑然独行的身影，尽管显得瘦小而弱不禁风，但顽强地透露出一股不服岁月风尘、不服人间万事的倔强坚韧的精神头儿，令人不胜感慨。

"这老汉真是个人物啊。"爷爷不由得吐露一句，不知是赞叹还是轻慢。他们之间的几十年的恩恩怨怨，我是搞不懂。

树上有小鸟叫，东方正红霞飞，清晨万物复苏。

我们重新上路了。

第八章

母狼趁大蛇分神缠绕狼孩
之际，如闪电般地扑过去。它
的尖利如刀的獠牙，一下子咬
住了大蛇的脖颈处，并使劲往
地上按压下去。负痛的大蛇身
子拱着又甩打着头部，想把母
狼甩出去。可母狼毕竟比它壮
硕，比它狡猾，又瞅准机会咬
住了它的致命之处，只见母狼
犹如粘在大蛇脖颈上，尖牙也
毫不松开。

一

爸爸当时直接穿过村西北塔敏查干沙漠，一直向西北朝那遥远的莽古斯大漠寻去。

他骑着或牵着黑马，穿越着一座座沙坨一片片草地，见村镇就进去打听，遇狼洞就摸过去探寻，可走了几个月压根儿没有发现过狼迹。

有一天，野外遇见了一位扛枪的猎人。

两人点上烟，就坐在沙包上拉呱。

狼？那物儿可是好多年没见着了，那猎人说。一听携带狼孩的母狼，那猎人比见着狼还奇怪地盯起爸爸，以为此人在荒坨子里转悠出了魔怔说胡话。然后那猎人转过话头哀叹，草场沙化得厉害啦，人活着都困难了，都搬迁了。猎物嘛，天上只剩下乌鸦，地上只剩下耗子了。我这是年轻时养下的毛病，不扛着枪野外转转，心里憋得慌。

唉，衰败哟，土地在无法阻挡地衰败。

告别了猎人，爸爸继续向西北进发。他一定要走到那遥远的人迹罕至的漠北莽古斯大漠。莽古斯，意即魔鬼之域，他一定要走进那魔鬼生活的地方，找回儿子小龙。爸爸的脸呈钢铁般的意志，眼含寒冰般的光束。

三天后，他看见了那条沙溪。

流水似蛤蟆尿，可怜巴巴，曲曲弯弯，由上头不远处的一座高沙丘下受迫压而挤出。一路又受太阳酷晒蒸发，还有两边沙岸吮吸，所剩无几的水量依然不屈不挠地寻觅着出路向东南流去。它还要去汇合更大的河，再去奔向大海，那是最后的归宿。因为有了目标，清风吹来它还能翻出涟漪，还能发出嬉笑般的哗哗响声。

那猎人说得没错，还真有这么一条沙溪。爸爸自语着下马。马和人都迫不及待地奔向小溪。水浅，爸爸一口吸进了底沙，呛得他咳嗽起来。黑马的蹄子刨出了坑，然后再伸嘴饮。爸爸乐了，说你倒比我精明。

溪水照出爸爸的头脸。他叫起来，拔出蒙古刀割起长发，还有又粗又硬的长胡子。然后再捧起水，冲洗满脸的污垢汗泥。他重新精神焕发起来，然后他再去梳理黑马。

这一晚，爸爸就睡在沙溪边。在水一方，他要养足了精神。按那位猎人的说法，过了这条溪，就进入无人区的沙化地，那里根本找不到水，甚至活物。

夜里，有几只旱獭咬他脚指头，成了爸爸棒下物。受此启发，爸爸干脆不睡觉，在溪边狩猎。趁夜色来饮水的旱獭们成了爸爸的战利品。第二天出发时，他的马鞍上挂着好几只旱獭，每只足有二斤肉。另外，他的所有容器皮囊、塑料桶等全装足了溪水，他和马又往自己肚皮中盛饱了水，直哐当哐当响。

然后，他和他的黑马大无畏地走进了那片茫茫无际的沙化地域。

其实，原先这里是平平展展的大草地，被人们开荒垦耕之后，失去原先的植被，裸露出下边的黄沙，被季风无情地冲刷后，便形成了如今这固定或半固定的沙丘沙原。怪态百出，犹如群兽奔舞，又似静止凝固的波谷浪峰，怪异诡谲，危机四伏。黑色的枯根枯藤在沙坡上半露半隐，不见一棵绿草。一处沙冈下，矗着几十棵老榆树，全部干死，枯枝干杈七曲八拐地扭结伸展，一个个张牙舞爪，犹如鬼树，神态各异。似乎是正当这些树随意生长时，一场大自然的突变刹那间把它们统统干死枯僵在原地，脱落去所有装饰的绿叶青皮，唯保留或凝固住了这一个个怪态百出的死枝枯干。像鬼妖，像魔影，令人生出恐怖。这是被称为黄色恶魔的大漠热沙暴造就的杰作，是一种百年不遇的奇异的气象现象。只要经它冲卷过的地方，所有植物转眼间全部蒸干水分，晒焦了绿叶，枯干了枝干。就是百年大树也很快干枯而死，无一幸免。它是所有生命的死神。就是人在沙漠里遇到这种干热沙暴，也无法逃脱死难，很快变成一具木乃伊。这是可怕而残忍的大自然的惩戒手段。只有大面积沙化地带才招致这种惩戒，招来这大地的死神。

恐怖之余，爸爸想快快走出这块死神降临过的地方。可越走越深了。前边的沙地上又出现了一个奇特的景象。有好多颓败倒塌的土房土墙，有的埋进沙子里，有的凸现着破旧墙头，有的在沙地上只留下一行行一片片黑色的房基印痕，显示着这里曾是人类生活居住过的地方。一个宽敞沙地上孤零零戳着一个用水泥浇铸出来的墙牌，上边残留着几行刻字：×××建设兵团×××师×××团×××连部等。

爸爸恍然大悟。原来这里是当年知识青年上山下乡时代，成千上万的知青生活战斗过的地方。他们一拨又一拨地被时代的风云卷到草原上，开垦了一片又一片大好草原，后来，他们又被时代的风云卷离开这里回城去了。于是，被他们遗弃的农场，无可挽回地沙漠化了。他们哪里知道，草原植被也就半尺多厚，下边全是沙土，翻耕之后，正好把下边的黄沙解放出来，犹如被打开的潘多拉盒子，头几年还能长粮食，往后就只剩沙化了。在十年九旱少雨枯水的草原，失去了植被，无法保护地下湿气水分，荒漠化后变成寸草不长的死漠，这是必然结局。草原只是"草"的原，并非"农"的原，大自然亘古形成草原，定有它的不可违背的法则，自然的法则，而愚昧而狂妄的"人定胜天"呓语，想征服和改变自然法则，那才是搬起石头砸自己的脚。万千知青用青春和热血浇出了这一片片死漠，这是当初谁也没想到的事情。从西边的巴盟、阿拉善到这边的锡林郭勒盟、召盟、伊盟，以及呼伦贝尔市，处处留有这种被遗弃的沙化地带，而由沙化地带卷起的沙尘暴，源源不断地往北京，往内地运送着千万吨的黄沙黑尘，惩戒着总不长记性的人们。

爸爸发现，这片遗弃的沙地上的某些角落还长着一种植物，那就是碱儿蒿，也称黑蒿子。这黑蒿子牲口不吃，一点儿用处没有，它还蔓延极快，一片片地生长，它一长，别的植物都无法生长，都被它侵灭，一眼望去，满目都是一片片的碱儿蒿覆盖着沙化地，黑压压的，令人生畏。只有沙化和碱化的草地才长这种毫无用处的黑蒿子，象征着死亡，象征着永远的死亡。有人形象地比喻过，开垦后的草地就如失去贞操的处女，一旦失贞永远不会再变成处女了。那黑蒿就是草原流出的初血，只是黑色的。

再过些岁月，沙化地连黑蒿子也长不出了，唯剩下茫茫无际的大沙漠，连着天连着地，消逝了所有生命的痕迹。

爸爸感叹着人类的愚昧所创造的这片沙原，接着继续顽强地穿越这片死亡地带，向西北挺进。

二

母狼好多天不出去觅食了。

大漠外边的世界在闹饥荒。大饥荒。

将近一年的时间，老天没下一滴雨，河水断流，深井干裂。别说庄稼不长，连原先茂盛的胡杨树都一棵棵枯死，天上的鸟雀都飞着飞着便一头扎下来渴死，那血也是干的。惶恐的人们一批批逃难迁徙，走不动的老人和孩子跟走不动的老弱牲畜一起，倒毙在荒野上干河滩上，不说哀鸿遍野，饿殍满地也差不多了。

越是沙漠化越容易干旱，饥荒闹得越凶。

开始时，母狼每次出大漠拖来一具具干尸，有牛羊，有鸡狗，后来它懒得弄了。由于缺水，大漠古城和大漠外边的所有出水的地方都龟裂了，焦渴的它和狼孩胸肺里都燃着火团，干尸啃得越多，焦渴得越厉害，他们再也不敢碰干尸了。

母狼天天冲天上那轮火红的太阳哀鸣。

它几次想携领狼孩走出大漠，尾随人类大迁徙。可它知道方圆几百里都是这样干透燃烧的大地，它自己或许还能挺过去，可日益虚弱的狼孩有可能还未走出大漠就倒毙。

他们只好龟缩在洞穴深处，那里至少还算阴凉。

母狼和狼孩紧紧依偎一起，奄奄一息地等待和企盼着天上电闪雷鸣暴雨骤下。当然是空等。冥冥中，出于生命的本能，母狼一跃而起，它发现洞穴内角有东西在蠕动。

母狼扑过去，顷刻间嘴上叼起一物，那是一条小黑蛇。脑袋早被老练的母狼咬断，一尺多长的身体还在它嘴下动弹着。母狼把蛇丢给狼孩。恍惚中，狼孩终于饮到蛇血，吃到湿润的蛇肉，他又有了活气儿。

母狼在那钻出小蛇的洞角寻觅嗅闻起来。

那里有个小蛇洞，斜着通向地下深处。母狼在那里嗅了半天，然后趴卧在小蛇洞旁等候。它要守洞待蛇。既然有小蛇崽，肯定还有大蛇在里边。它耐心地等候着。

可是那蛇洞里静悄悄的，再没有其他的蛇钻出来。

母狼不甘心，它相信自己的嗅觉，从那小蛇洞里依然还传递着生血气息。它知道，蛇洞中还有活的生命体存在。

于是，母狼开始用前爪子扒挖那蛇洞。

沙质土层被它挖开一大片，又往下挖进几尺深，突然"扑通"一声，那块土便往下塌陷下去了。母狼吓了一跳。它探进头一看，原来地下深层又出现了一个小洞穴。那里大概是古城某人的墓穴或地室。令母狼吃惊的是，那下层洞穴里蠕动和盘卧着无数条蛇！中间盘着一条茶杯粗的大蛇，其他的小蛇都围着它盘绕蠕动，显然那是蛇王。

母狼高兴了，嘴里发出"呜呜"的长嗥。狼孩也爬过来瞅见蛇，高兴的他立即想跳下去捕吃，被母狼马上咬了回来。

此时，那蛇王发现入侵者后，立即从睡眠中醒来，高昂起三角头，发出嗞嗞的声响，冲母狼这边吐着闪电般的蛇芯子。显然，这是一条凶猛狂暴的大蛇，不是好惹的。以往遇到这种情况，母狼一般是不去招惹，远远避之。如今却不同了，为了狼孩和自己活下去，它要把这些活蛇一条一条地变成他们的食物。

母狼和那蛇王远远对峙着，一个在上面，一个在下面。奇怪的是那蛇王只是发出威胁的声响，并不爬离原地来进攻母狼。只见母狼伸出嘴，叼咬起一条无意中靠近过来的小蛇，然后跟狼孩分享着吞嚼起来。

那蛇王仍然未动。

母狼奇怪，为了抓蛇方便，它干脆接着扩大通到下洞的口子，不久它彻底打通上下两洞穴，它和狼孩可以自由出入下边的洞穴了。至此，那蛇王依旧没有离开原先盘卧之处的意思，只是眼睛始终紧盯着母狼的一举一动，不时吞吐着红红的蛇信子。

显然，那蛇王是轻易不动窝了，即便牺牲着不少的小蛇。狡猾的母狼更是放心大胆起来，它也不去招惹大蛇，带领着狼孩专门对付那些游离大蛇控制范围的小蛇们。一条一条地拣吃着，吃够了，他们就跳上上边的洞穴歇睡。几天下来，他们的身体又恢复了往日的健壮，而且比以前更加精力旺盛，体力充沛了。显然这些地下深处的蛇肉，有着丰富的营养和滋补功能。

瞅着自己周围的小蛇日益减少，那蛇王几次愤怒之余，想冲过来与母狼拼命，可最终还是缩回了头脖，死死盘卧着原地未动。

母狼是有耐心的。蛇不攻，它也不动。只是每天逮吃着几条小蛇，熬着这无水的日子，解决焦渴问题。

小蛇终于被他们逮吃光了。洞里只剩下那条大蛇，依旧是岿然不动的样子怒视着母狼。

过了几天，焦渴难忍的母狼和狼孩开始琢磨起大蛇来。母狼多次挑逗，蛇王仍旧不出来进攻，它又不敢贸然扑上去咬，一旦被蛇身缠住那可不是闹着玩的事。

这时狼孩的会抓会伸的上肢起了作用了。只见他捡起石块，往蛇王身上掷打起来。有几次正好击中蛇头，恼怒万分的大蛇终于出动了！

大蛇的前身移动着，"嗞"的一声，张着嘴咬向母狼。母狼赶紧闪避，但那是闪电般的一击，还是咬着了母狼的脖毛，幸亏毛厚不碍事。同时蛇尾如一根长鞭般扫向狼孩，一下子击中了他，狼孩如一只皮球般滚向一边，真是力量千钧。

母狼有些惊惧了。狼孩更是面如土色，浑身发抖。

母狼的眼睛扫向那蛇王盘卧的地方。

啊，那里有个盘子大的浅坑，里边汪着一片水！

原来，全世界闹饥荒干渴缺水，它在这儿却独自享用着一片水，甚至不顾小蛇们的灭亡。这家伙够毒的。

这时那大蛇又游动着长身子，突然间，那尾巴尖如闪电般地缠住了狼孩，而且越缠越紧，蛇的长身也随着紧缩起来。狼孩拼命挣脱着，发出"呜哇"惨叫，可由于蛇的半个下身全缠住了他，狼孩根本无法挣脱，呼吸变得紧促，声音也嘶哑起来。

母狼趁大蛇分神缠绕狼孩之际，如闪电般地扑过去。它的尖利如刀的獠牙，一下子咬住了大蛇的脖颈处，并使劲往地上按压下去。负痛的大蛇身子拱着又甩打着头部，想把母狼甩出去。可母狼毕竟比它壮硕，比它狡猾，又瞅准机会咬住了它的致命之处，只见母狼犹如粘在大蛇脖颈上，尖牙也毫不松开。

大蛇的力量渐渐在松懈，尾巴处开始发软，狼孩终于挣脱而出。见母狼咬住了大蛇的要害处，狼孩的胆子也大起来，骑坐在蛇身上又是咬又是抓，接着又抓过一块尖石，又狠又猛地砍击大蛇的眼睛和头部。这招儿真灵，瞎了眼睛，碎了头骨，咬断了七寸处，这条大蛇王终于彻底软瘫下来，死了。

母狼和狼孩发出一阵嗥叫。

然后，他们走向那个大蛇始终不愿离开的水坑。这是个如盘子般浅的石凹处，里边有个细细的缝隙，那水就从那细缝中一滴滴渗出来，虽然不多，可也足够母狼和狼孩享用，度过这大饥荒了。

这是神奇的大自然所赐。

三

爸爸牵着黑马。

黑马实在驮不动他了，他只好牵着它走。

漠北沙原在他眼前伸展开去，无边无际，苍苍莽莽，几乎是没有曲线的平阔，拓远。站在这样的茫茫大地，人顿时会感到自卑起来，强烈的弱小无助和孤独感油然而生。

这里就是各类史书描述的苦寒之地——漠北荒原。天上几乎没有飞鸟，地上草木凋零，满目不是沙地就是丘陵，几乎是断绝了人和兽的踪迹。

那长满石砬子的平阔地，坚硬得如石夯砸过一样，挖个灰棘根吮吸都困难。平展展望不到边的莽原，苍凉得令人生畏，隐隐生出一辈子也走不出这荒原的恐惧。灰色的天，灰色的大地，静谧得又如临死界，让人满胸的惆怅和悲凉。爸爸吹出一声口哨想排解，结果吹出的口哨声，刹那间被周围的空气吸收消化得无声无息，干干净净，弄得爸爸怀疑自己刚才是不是吹出过那口哨声。

爸爸再也不敢吹口哨。

两腿如灌了铅般的沉重，蹒跚的步履有些难以支撑疲惫的身躯，摇摇晃晃，眼前的景物也变得有些模糊。他已有几天没吃到一块食物了。马鞍上的所有盛器全部变空，干粮袋空了，塑料桶空了，天又无雨，地上又无水，饥饿的他恨不得往自己大腿上咬上一口。

那该死的莽古斯大漠在哪里呢？何时才能走到那里？

爸爸问那苍茫大地。

苍茫大地沉默不语。

足有一个多月，爸爸没见到活人了。其实，他已经迷路，走不出这漠北的苦寒之地了，四面都是一个颜色，一种地形，太阳有时在北边有时在南边，有时从西边升起东边落下，迷蒙中他完全辨不清方向。

可爸爸脑海中只有一个信念：走下去，千万别停下。不管东南西北，认准一个方向坚决走下去。一旦停下脚步坐下来，那就别想再站起来了。

这时，爸爸想起三年自然灾害那会儿吃淀粉的事，那是把烧火的苞米棒子碾碎成粉末和水而成的，吃下去后拉不出屎，妈妈每次用头上的铜簪子为他抠出那硬邦邦的屎球球。哦，现在要是有一口那苞米棒子碾成的淀粉饼子，该多好哇，爸爸这样想。

他身后传出"吧嗒"一声响。

被他牵着的黑马，终于挺不住，倒地不起了。马脑袋贴在地面上，无力抬起，瘦瘪的马肚子半天才鼓上气，呼吸似有似无。四只蹄子全掉了硬盖儿，尖沙石嵌进露肉的蹄掌里，渗淌着脓血。

爸爸几次往上提拉缰绳，黑马的长嘴巴微微抬起，又垂下去。爸爸走到黑马的屁股后头，使了使劲儿，想把它抬起来。那马也理解主人的意思，挣扎着想站起来，可实在无力支撑，又"吧唧"一声趴在地上了。黑马抱歉地拿无神的眼睛看着主人。爸爸知道，这一路它的消耗和付出比自己大得多，只要是有一点力气，他的黑马不会是这样的。

于是爸爸哀伤地想，爱骑的路走到头了。

黑马的眼睛始终望着他，嘴巴轻微地发出了一声"喷儿喷儿"的声响。爸爸知道黑马在表达着一个意思，他明白那意思。他必须在它还有一口活气儿的时候动手，那血才是活的。

爸爸的手哆嗦着，轻轻抚摸马的脸、马的鼻子、马的脖子，最后抚摸那双眼睛，想让它合上。可等他的手一离开，那双眼睛复又睁开，默默地瞩望着他，似乎催促着他。

爸爸的双眼涌满热泪。

他"扑通"一声，给黑马跪下了。嘴里喃喃低语，多谢你，我的好伙伴，下辈子咱们还一起生活，那会儿你当人我当马，我也这样驮着你满世界找儿子。到时候你也这样给我一刀——"扑哧"！说着，爸爸手里的蒙古刀迅疾地切进黑马的咽喉。热而红的血随刀口喷射出来，那咽喉处如解脱了般地发出"咕儿"的一声响，接着，马的双眼终于合闭，同时挤落出两颗大的泪珠，滴在爸爸握刀的手上。

爸爸抱起马头痛哭。

爸爸大口大口饮着热的马血，他又往塑料桶里灌满马血。接着就是切割，把剔好的马肉一条一条地切割，摊在干地上晒肉干。最后点上火，烤熟带不走的马骨头，还有杂碎等。就这样，刚才还活着的黑马，没一会儿被他分解干净，化整为零。

这回真的只剩下自己了，爸爸望着那张空空的马皮想。

身上恢复了力气，他站起来，捡起自己啃过的马骨头，放进那张空空的马皮里包裹起来，然后选个地方挖起坑。可地很坚硬，他就用蒙古刀一点一点地抠挖，很费劲。他不停地挖着，过了很久终于挖成个浅坑，就把马皮连骨头埋在里边。然后又搬来好多石头盖压在上边。

做完了这一切，他跪在马冢前磕了三个头，又守着马冢过了一宿，脑子里回想着黑马从小马驹长成大马，与他们一起熬过的往日岁月。黑马为自己家贡献了一切，最后包括自己的血肉。他觉着自己欠了黑马许多，毫不计报酬，辛辛苦苦任劳任怨为主人付出一切，黑马比自己比人类可高尚了许多。

第二天出发前，爸爸把东西归整了一下。干肉条、马血、猎枪之类是必须带的，还有那副马鞍子。按说没有了马，马鞍子已成多余，可那是祖传的雕花马鞍子，上边镶嵌着银环和白铜圆钉，是蒙古男人最稀罕的东西，他舍不得丢下。于是他又扛起了那副空马鞍子。

爸爸又上路了。

这回精神气儿充沛了许多，肚里有了马肉马血，连眼神也变得明亮许多，已辨清了要走的方向。

回过头看一眼马冢时，有一只秃鹰不知何时从哪儿出现的，落在马冢上正用爪子拨拉着盖压的石头。显然，嗅觉敏锐的它闻到了血腥。爸爸生气了，回过身拿猎枪瞄准它，"砰"地放了一枪，秃鹰振翅高飞，逃得无影无踪。爸爸有些惋惜，要是再靠近点打，或许能打着它解决几顿食用。

漫漫的荒野，依然无穷无尽地延伸到天际线。

爸爸义无反顾地迈开大步。他曾见识过这种地形，那是当年当兵在大北疆，有一次迷路也是走进了这样的大荒野，整整走了七天七夜。此时此景，跟那回差不多，同样是朝哪儿看都是一样单调的灰蒙蒙，令人发愁又泄气的荒野。即便是遇上些小山也是低低的平缓的，上边没有树，没有灌木丛，更没有兔鼠之类可猎物。此时若是胆怯和恐惧，孤独的心灵会滋生出一种莫名的压抑感，觉得空旷的四周紧紧地挤迫着你，勇气一点点地被蚕食干净，那么人就离发疯不远了。

爸爸紧了紧后背上的物品，迈动起坚实的步伐。

他经历过，什么都不惧，心中只有一个信念：找回儿子，没有别的，他早已无暇恐惧。

他走着，不停地走着。

四

第五天头上，爸爸遇见了那位骟骑马背的瘦子。

在这样的荒野上遇见个人，尤其对于多日没有见到过人的爸爸来说，感到很亲切。

从说话中知道那瘦子是贩兽皮的，在北海子那边盘了不少货，可路上遇到劫匪抢了货，同伴也被打死，他是夜里偷骑光马逃出来的。爸爸同情他，递给他一块干肉条吃，他像狼般地撕扯着那块生肉。

那人从鞋壳子里掏出几张十元票子，递给爸爸说再给他一块干肉吃。爸爸说不收他的钱，可以再给他一块干肉，但他得告诉去莽古斯大漠的准确方向和距离。

那瘦子怪怪地盯了一眼爸爸，说去那里找死呀，那边正闹大饥荒，那边的人都往外跑呢。

爸爸告诉了理由。

瘦子就沉默了，半天才说你这当爸的不赖。然后又低头想着心事，一边告诉从这儿一直往西，再走个两三个月就能走进莽古斯大漠的边缘地带了。

爸爸又给了他一块干肉。

瘦子说，其实你不用太着急，那母狼会对你儿子很好的。

爸爸说，看来你对狼类很了解。

于是瘦子讲了一个故事。小时瘦子随父亲到北海子那边贩兽皮，冬天吃的东西少，父亲在冰湖上凿个洞钓鱼，岸边树丛中，有一只老弱的狼始终盯着他钓鱼。父亲每次钓完鱼回去时，从筐里拣一条鱼扔到老狼那边的树丛中，天天如此。有一次，父亲钓鱼不小心，脚下一滑就掉进了冰窟窿里。这一下坏了，冰湖几米深，父亲几次挣扎着想爬上来，可冰窟窿边又光又滑，使不上劲儿，又是大冬天的冰天雪地。父亲冻得已浑身没了力气，根本爬不上来。正在这危急关头，那只老狼从岸边树丛中蹿过来，一口咬住了他的父亲伸出的手和袖子，并拼命往上拉。那老狼可是使了吃奶的力气，咬拉着他的父亲毫不松口。父亲有了着力点，终于被老狼拉出了冰窟窿，捡了一条命。从此父亲再也不干贩兽皮这行当了。

瘦子最后说，大家都说狼残忍，其实狼比人可靠，这是我爸告诉我的。

爸爸咂摸着这故事，半天无语。

过了一会儿，瘦子盯着爸爸的马鞍子说："你就别再背空马鞍了，卖给我，光骑马背磨得我屁股都肿了。"

"你有多少钱？"爸爸问他。

瘦子看着爸爸，琢磨他话的含义。

"我的马鞍无价，要买你肯定买不起。这样吧，我先借给你用，找到儿子后，哪一天我再去找你要回马鞍子。"爸爸这么说时，那瘦子脸色分明有不相信状。

"祖传的宝物，我不会白送给你的，你可要保存好喽。"爸爸郑重地说。

瘦子相信了，又面有愧色地说："我只好先走了，怕劫匪从后边追过来，不好继续和你做伴儿了。其实，我也是急着赶回家见我老父亲，他病得很重。"

走出一段路，瘦子又驱马跑回来告诉爸爸，自己是哪乡哪村叫什么名字，到时一定来，他弄一大缸好酒等他。

爸爸笑了，说一定去。瘦子又详细告诉了一遍爸爸要走的路途情况，离去时有些恋恋不舍的样子。

爸爸望着他绝尘而去的影子，心说这瘦子脸上冰冷，心里倒挺热肠子，可交，没有白送他一副好鞍子。但愿他能躲开那些劫匪。

爸爸继续赶路，背上没有了马鞍就轻松了许多。

又走了几日，他的双脚如针扎般疼痛。

他坐下来查看，脚板上起满了血泡，有的已被挤烂流着脓血。布袜子也磨烂，靴子底干硬干硬，一碰脚板就煞疼。他从背囊中抽出毯子，扯下一角，小心翼翼地包裹上双脚，然后轻轻塞进靴子里。

他只好睡一夜才能走了，让双脚缓缓劲儿。

后半夜，他被一阵急促的马蹄声吵醒了。

他坐起来，往毯子裹着的猎枪装上子弹时，就来了三位骑者围住了他，手电筒往他脸上照来照去。三个人向爸爸询问瘦子的去向。爸爸说不知道，口气不软不硬。

有一骑者骂，不说宰了你。可他的话音未落，"砰"一声枪响，他的毡帽子离开他的脑顶而飞走。

爸爸说，你们别惹我，我当过五年骑兵，你们这几个土鳖劫匪还不是我的对手。咱们井水不犯河水，你们走吧。

三个劫匪面面相觑。可走又不甘心，被一个一直坐着未动的夜宿者，就这么打发走了，未免太没有面子了。其中一个悄悄挪动枪。可是爸爸怀里的枪又响了，那人的坐骑前腿中弹，受伤的马一惊一尥蹶子，就把他掀下马背。可他的脚还套在马镫里没拔出来，于是受惊受伤的马拖着他脱缰飞奔而去。余下的两个人见状魂飞魄散，掉转马头追踪同伴去了。

爸爸重新躺下睡觉，可担心着瘦子，又睡不成觉了。

天亮后，他赶紧上路。

两天后他发现瘦子的尸体，被丢弃在一座山包下。

死得挺惨，被挖去了双眼，剁了十指，肚肠都流出来了，死前受了不少罪。自己的雕花马鞍子和瘦子装钱的鞋都不见了。这帮没有人性的劫匪。爸爸骂。

爸爸后悔不迭。如果知道事情有这么严重的话，自己死活也要劝瘦子跟自己一起走，尽管会有些麻烦和误事，但绝不至于让他丢了性命。唉，现在的人为了钱财都疯了。

爸爸挖坑安葬了瘦子。

他接着踏上征程。

茫茫原野上，又行进着他那孤独而不屈的身影，他那昂然奋进的劲头，好像在说不管发生什么事，即便是天崩地陷、刀山火海，也无法阻挡他前行的步伐。

爸爸就这么走着，走着。

苍凉壮阔的荒原，用沉默来迎接他。

第九章

　　一片白白软软的沙滩上，玩耍着两条狼。一只大狼，一会儿打滚，一会儿躲藏，蹦蹦跳跳，跑来跑去，逗得那只小狼呜哇乱叫，四肢乱颤。尤为令人心惊的是，那小狼像狼又不像狼，前肢短后肢长，扁平的脸，一头灰黑长毛搭在后肩，黝黑的身体上裹满硬茧，似兽似人，似鬼似怪，一会儿四肢着地跑，一会儿还站立后腿走，难道它就是我那位狼孩弟弟小龙吗？我的心扑腾扑腾乱跳。

一

　　终于熬过了大饥荒。第二年起，大漠地带有了些雨水，生命又呈现出复苏迹象。

　　到了秋天，对人和兽来说都是个大忙季节。熬过苦寒少物的大漠冬季，需储备大量食物。母狼近来天天早出晚归，远征近袭，连叼带拖地弄来一只只山兔野鸡，还有些猪崽羊羔甚至还有萝卜白菜苞谷黍子。自打上次遭猎人袭击之后，母狼也不敢再带狼孩出猎了，都是独出独归，神出鬼没。没有了狼孩拖累，它更是行动自如迅捷，大漠边缘的村民拿这只狡猾的老母狼毫无办法。

　　独守空巢的狼孩好无聊。

　　不能远征，他就在近处游逛。

　　古城废墟在沙地里半露半埋如迷魂阵，他就在这迷魂阵里穿梭溜达，时而追逐飞虫时而跟踪沙斑鸡，玩得倒很开心，反正这里无人无兽，不用担心遭遇袭击。

这一天太阳很晒，大漠中如蒸锅般窒闷，狼孩呼哧带喘地追一只跳兔，寻觅一处墙根阴凉地正要趴卧休憩，突然，他发现墙根那头也趴着一只狼兽。他吓了一跳，转身就要逃。可那只大狼兽一动未动，只是嘴里发出"呜呜"的微弱呻吟。显然这是一只受伤或患病的狼兽。好奇的狼孩站在原地观望了一阵儿，又慢慢地跑过来，靠近这只毫无攻击性的需要帮助的同类。

那只大狼，毛色灰白，毫无生气，身体虚弱，似乎爬都爬不起来。尤其令狼孩吃惊的是，这只大狼的样子跟自己差不多，扁平的嘴脸，稍短的前两肢，黑白相间的眼睛，还有长长的乱发，只是他身上多了一张真正的狼皮，更显得不伦不类。

狼孩"嗷嗷"低哮着，围绕大狼嗅嗅闻闻，学着母狼的样子分辨敌友。大狼毫无敌意，随他触摸嗅闻。狼孩接近这只大狼时，也有一种奇怪的感觉，身上发生一种不由自主的战栗，浑身的血液似乎也沸腾起来。

他恐惧身上出现的这种奇特感觉，立刻跳开到一边。

那只大狼又呻吟起来，"嗷嗷"地低声猞嗥。这是狼类相互求助的信号。那狼孩想离去的脚步又止住了。他磨磨蹭蹭又慢慢接近过来，伸嘴拱一拱大狼的头部。那只大狼仍是一动不动，不知是真的动不了还是唯恐惊走了狼孩。

见大狼一点没有恶意，狼孩也在一旁趴卧下来。反正太阳下很晒，这墙根又很阴凉，回去也没意思，空空的地穴中更无聊，还不如陪这病大狼多待一会儿，闲着也是闲着。

不一会儿，病大狼的前爪攥着一块硬食物啃起来。

好香啊！狼孩敏感的嗅觉，一下子被刺激起来，一双眼睛直勾勾地死盯病大狼手中的那块食物。狼孩随母狼出征时，也曾从猎人烧过火的地方，捡吃过这种火烤熟的肉块和面饼，那可是令他流口水的最美最香甜最好吃的食物。

他的眼睛简直流血流水般地盯着。他的整个胃肠都搅动起来，不由得"嗷——嗷——"地发出哀求般的鸣啸。

此时，那只病大狼把烤饼咬下一半儿，轻轻推放到狼孩的前边。狼孩流着口水，看一看病大狼，又贪婪地盯着那块饼，见病狼一脸的慈意，又不再瞧他一眼，只顾啃着自己那份烧饼，他便迅捷无比地伸爪就捡起那块饼，放进嘴里嚼啃起来。一双亮幽幽的眼睛，还不时贼溜溜地瞅一下病大狼，唯恐对方改主意，重新抢回那块香入骨髓的烤饼。他多疑地挪开去，贪婪地咀嚼着饼，不时发出"嗷嗷"的呼叫。

那只病大狼的一双微闭的眼角，这时慢慢流淌出两行泪水，干裂的嘴唇也微微颤抖着，似乎强忍着内心的强烈感情。

狼孩见状觉得奇怪，他怎么跟自己一样眼睛也会流水呢？母狼就从来不从眼睛流水。他又好奇地挨过去，伸爪子抹沾了一下病狼眼角的泪水，放进嘴里尝了尝，很快歪咧了嘴巴，那泪水跟自己的一样咸。

病大狼的一只爪子慢慢抬起来，举到狼孩的脑后，很想轻轻抚摸一下那乱糟糟的头部，可又顾虑什么悄悄收回了爪子。然而这一小小举动引起狼孩警觉，倏地闪到一边去，回过头奇怪地看着病狼。

狼孩的那双眼睛，贪婪地盯视着病狼爪中还没吃完的那半块饼。

病大狼尽管此时还没睁开双眼正面盯看狼孩，可似乎知道他的一举一动。他缓缓地把剩下的半块饼，又放到狼孩的前边，然后再没有去注意他，仍旧微闭着双眼休憩养神。

狼孩感到，这只病大狼跟自己狼妈妈一样，什么都让着自己，尤其是好吃的。他犹豫了一下，禁不住诱惑，还是捡过那块饼啃起来，同时他那双警惕的眼神也彻底安定下来。他"嗷嗷"地哼哼着，表达对病狼的谢意或友好。

而后狼孩挨着病大狼趴卧下来，半瞌睡半养神地静静待在那里，偶尔有只毛虫或飞蚊叮咬眼角时才动弹一下。他们俩一直这么躺卧着相安无事，十分惬意地躺卧在大漠古城的墙阴下。

　　太阳偏西了。

　　他们还是这么躺卧着。病大狼不时用眼角悄悄偷窥那狼孩，他的眼角不由自主地冒淌出些许咸水，静静往下流。

　　太阳要落了。

　　从古城东北处，狼穴那边传出母狼的长嗥。

　　狼孩翻身而起。出猎的狼妈妈回窝了，正在召唤自己，他要回去了。狼孩"呜呜"哼吟着，走近病大狼，用嘴拱了拱他的嘴脸。他感觉病狼的皮肤滚烫滚烫，就像当初自己遭沙斑鸡袭击后发烧一样。他低号两声，病大狼也"呜呜"回应着。

　　母狼的长嗥再次响起。

　　狼孩依依惜别地离开病大狼和凉爽的墙阴，嘴里发出回应的尖嚎，而后向东北狼穴方向飞跑而去。

　　病大狼始终目不转睛，盯送着狼孩消失在远处。

　　过了一会儿，他也慢慢地艰难爬行着离开那墙角，向西南方向而去。显然，他的确病得不轻。

二

　　晓行夜宿。

　　驼背是我们的家。

半年之后，我们终于到达莽古斯大漠边缘的库拉善境内，暂时住宿在库拉善镇上，打探爸爸的消息，还有那个毛爷爷介绍的"醉猎手"乌太。

有人告诉我们，曾有个寻找狼孩的男子来过这里，但不知其下落。

一提到"醉猎手"乌太，似乎每个人都说，知道知道，那"忽鲁盖"（贼小子）肯定在镇西醉不死酒楼泡酒缸呢。

我和爷爷就赶到那个名字吓人的醉不死酒楼。

说是酒楼，其实是几间木结构人字架房戳在沙地上，门口杆上红艳艳的酒幌随风飘扬，宽敞的窗户玻璃被烟熏火燎，变成了花玻璃，但上边贴出的一条条菜价和新推出的特色小吃都是新鲜的，如横写：牛奶一碗五角、包子两个六角。可偏偏有人竖着念，就成了"牛包""奶子"，吵吵着跟老板娘买两个"奶子"，引出阵阵吵骂笑闹。

有人在墙角吐，也有人在墙角尿，还有些野狗在争抢垃圾堆上的弃骨，龇牙咧嘴地相互威胁或追逐。

显然，这是镇边上的一个下等酒店，专供乡下人或闲汉们喝廉价酒吃便宜菜。屋里乌烟瘴气，汗味酒味菜饭味刺鼻呛人，酒徒们划拳行令的喊叫声震天动地。肥肥胖胖的老板娘是麻脸，站在柜台后边满面红光地吆喝着两个骨瘦如柴的服务小姐端这端那。

我和爷爷拣一无人的桌子坐下，爷爷要了二两酒，一盘没什么肉的炖大骨头，我吃着一碗牛肉拉面。结账时爷爷向老板娘询问，"醉猎手"乌太是哪位，是不是在屋里这些喝酒的人当中。老板娘一听火了，别提那个贼王八蛋了，欠我三顿酒钱快一个月了还不还，谁知他死哪儿去了。有人说他贩牛下朝阳被人劫了，兴许狗屁着凉了吧，半个月没见他影了。

爷爷有些扫兴，接着打听爸爸的消息。

老板娘奇怪地打量着问："你们是他啥人？那个人才可怜啊，像个乞丐似的，见人就问狼孩的消息，简直有些魔怔了。后来他在镇上打工，找活儿干，攒了些钱，之后他突然从镇上消失了。他总是隔三岔五地上我这儿来喝个二两，再向那些南来北往的人打听狼孩的消息。"

"那你们这一带真出现过那个狼孩吗？"爷爷问。

"当然，有人亲眼见过！ 那贼小子乌太还差点套住他呢！"老板娘一说起狼孩传闻兴奋起来，一五一十地倒给我们听。别看她一脸麻坑说话挺横，可对人倒挺热心直爽，"你们祖孙俩到底是什么人？ 打听这些干啥呀？"

"嗨，不瞒你老板娘说呀，我就是那个狼孩的爷爷，那个找狼孩的男人是我儿子。老板娘，谢谢你告诉了我们这些。"

爷爷一说出身份，引起周围一片议论和目光。

老板娘嚷嚷起来："诸位，诸位，请安静！ 这位老人就是那个大漠狼孩的亲爷爷，千里迢迢来咱这儿寻找儿子和孙子狼孩，大家谁知道那狼孩的最新消息，快告诉这位老人，多不容易啊！"

酒馆里倒是安静了，可是谁也不知道狼孩的最新消息。有人喊，这事就得找"醉猎手"乌太问，他准知道，而且先前来找狼孩的你儿子，离开镇子之前，就跟乌太接触过。

于是，爷爷就把先找到"醉猎手"乌太当成首要大事，天天在镇子上东问西问，大海里捞针般寻找那位怪人"醉猎手"乌太。几天下来毫无收获，那个该死的"忽鲁盖"——按本地人说法的贼小子，好像真的从地球上消失了一样，没有一点确切消息。也去他居住的镇南一个小穷"艾里"（村），守着他那两间东倒西歪的破土房，除了燕子麻雀自由出入他家之外，屋里没有活口，门上挂着一把一拽就开的坏锁，那可真是防小人不防君子。其实即便进了屋，也没什么可拿的，家徒四壁，水缸是裂口的，炕上是缺席子的，米箱是空荡的，一床被还是没有里子的，唯有的是空酒瓶，门口堆了一大堆，成了蟑螂蚂蚁的巢穴。

"这家伙可真是喝败家了。"爷爷摇头叹息。

"爷爷，就是找到这'忽鲁盖'，也不一定管用！"我踢了踢那些空酒瓶，惊出一条蛇，从瓶堆底向屋角游移而去。

"这小子，要不真出事了，要不就回避着我们，有意不见。"爷爷走出那破院时这么说。

沮丧和失望攫住了我们，回到镇子边上的车马店，躺倒在那统铺土炕上不起来，饭都不想吃了。这是一家专门为来往车马行者开的店，还负责照料你的牲口。可不知为什么，住店的人没几个，这两天几乎只有我和爷爷，在那面大统铺上随便打滚。

老板倒是一位和善的老头儿，脸上总堆着笑容说生意不好，前两年闹饥荒，这地方穷得叮当响，农田和牧场全叫沙子淹没，没有活路等。

这倒是实话。这小镇子三面环沙，有绿地的南部甸子也快被沙子侵了。可也奇怪，镇上的那些酒馆饭店还总是有那么多人，喝酒行乐醉生梦死。好一点的上等娱乐宫什么的，出入者更是些衣冠楚楚的官员或当地权贵名流，三面环沙四面楚歌的情况好像跟他们没多大关系。

这天晚上，爷爷和那位和善的店老板对酒痛饮，不知是心中郁闷还是酒劲太大，爷爷酒后昏然睡去，连茶也没有喝。我躺在大土炕上，翻来覆去睡不着，想着爸爸没下落，又找不到"醉猎手"，困在这破店，何时是个头？烦躁中好不容易入睡，突然，外边一声尖利的长嗥把我惊醒了。是白耳！它拴在牲口棚旁边桩子上的，出啥事了？我一骨碌爬起，推一推爷爷，可他酣睡不醒。我急忙跑出去，到牲口棚察看，只见白耳疯了般又扑又嗥，眼睛发绿，愤怒无比，挣扎着要往外冲出去，只是铁链拴死了它，一次次被拉回来，发出一声声怒号。

"白耳，安静点，出啥事了？"我吆喝着白耳，走进牲口棚，一看便傻了，我们的两匹骆驼不见了。难怪白耳疯叫，显然是被人盗走了。

我转身冲进屋里，猛推爷爷还不醒。往他脸上喷了一口凉水，爷爷这才哼哼着醒来，直说这酒真有劲儿，睡得真香。我赶紧把情况告诉他，爷爷一下子清醒，伸手抓起身边的猎枪便去找老板。

可屋里没有人，老板好像今天没睡在这里。

爷爷的脸上有些疑惑，说我们住的可能是黑店，难怪这儿没有人投宿。我也想起，当初醉不死酒楼老板娘听说我们住这里，说过一句你们怎么住那儿啊。

"追！狗日的不会走远的，骆驼不像马那么快！"爷爷进牲口棚察看后说，然后放开了白耳的铁链，拍了拍它的脑袋，"白耳，先去追，截住他们，我们马上赶到！"

黑夜里，白耳如一支利箭般飞射出去。

我和爷爷迅速跟着跑过去。

白耳知道盗驼贼逃走的方向，直奔北方沙坨子地带，嘴里不停地发出噪叫，引领着我们。

后半夜的天空，挂着下弦月，又布满一天星斗，白色的沙地上倒不怎么显得黑暗，影影绰绰能辨认方向。大约追了一个多小时，前边传出白耳急促的噪哮，同时"砰"地响了一声枪响。

"不好，狗日的开枪了！"爷爷急呼。我的心提到嗓子眼上。接着，又传出白耳更疯狂的吠噪，显然白耳还没事，我们放下心来，加快脚步赶过去。

一座沙丘下，白耳截住了盗驼贼。

两个人。有一个手腕被白耳咬伤，猎枪掉在地上，显然他开枪时受到白耳攻击。有一个大腿被咬烂，扯开了裤子，月光下光着腚。爷爷拿手电一照，哈哈大乐。原来，此人就是那位灌醉爷爷的面容和善的店老板。

"你开的果然是黑店！伊昆老板，你可真是面善心不善啊！"

"大爷饶命……大爷饶命……"伊昆老板跪地求饶。

"那位是谁？"爷爷问伊昆老板。

"他……他……"伊昆老板支支吾吾。

"不许说！说出去我宰了你！"那个年轻一点的贼大声喊。

"白耳！咬他！"爷爷指着地上的伊昆，"不说就咬死他！"

白耳"呼儿"的一声，扑上来就要咬。

"我说，我说，他就是、他就是……"

"你奶奶的！"那个贼一哈腰，动作麻利地捡起地上的猎枪。

可是爷爷的枪已瞄准了他，冷冷地说："扔下你的枪，你一点机会都没有！我老'孛'纵横大漠草原几十年，开枪还从来没有失过手。扔下你的枪！要不我一枪毙了你！"

那贼慑于爷爷的威严和黑洞洞的枪口，丢下了枪。

"说！他是谁？"爷爷又喝问伊昆。

"他、他就是你们找的'醉猎手'乌太！这事儿都是他逼我干的！"伊昆带着哭腔哆嗦着说出来。

乌太转身就往沙漠里跑去。

"白耳，去把他追回来！"爷爷喊。

白耳风般卷过去，几步赶上，咬住了乌太的小腿。乌太疼得嗷儿嗷儿地号起来，乖乖地退回来。

"其实，我已经想到是你了。"爷爷用枪口敲着乌太的脑门儿，从后腰上摸出烟袋锅，一边装烟一边说，"我们进镇子那天，你的贼眼就盯上我们了，一直跟我们捉迷藏。我在想，你躲着我们，不光是惦记着我们的两匹骆驼，还有其他的原因。"

"没有，你胡说。"乌太嘴硬地嚷嚷。

"快老实告诉我，我儿子在哪儿？你把他怎么样了？"爷爷突然喝问。

"谁是你儿子？我不知道！你胡说啥！"乌太有些紧张地狡辩。

"白耳！咬死他！"爷爷的烟袋锅一敲乌太的脑袋，"到这会儿了，还装蒜！今天我非让白耳咬死你不可！告诉你，这白耳是个狼崽，今晚你们输就输在没先杀了它！可白耳也不会让你们得逞的！白耳，上！咬死他！反正他们是贼！"

白耳狂呼着扑上去，疯咬"醉猎手"乌太。

在沙地上打滚的乌太最后撑不下去了，嘴里求饶起来："我说我说，别再咬了，我说……"

爷爷喝住白耳。

"是你儿子雇我当向导，进了莽古斯大漠，寻找狼孩……"

"后来呢？"

"后来，后来……"乌太支吾。

"快说，后来怎么样了？"

"后来，到了古城废墟，我偷了他的骆驼离开了那里。"

"没那么简单吧？你到底把他怎么样了？快说！"

"我、我把他打伤了……趁他睡觉的时候……"

"他是不是死了？"

"没有、没有，我只是打昏了他……"

"可没吃没喝，困在大漠里，他能不死吗？你这混蛋！"爷爷一脚踢过去，乌太在地上打了两个滚。

"我给他留下了些吃喝的……"

"够吃多少天？"

"个把月吧。"

"你离开多久了？"

"快半年了……"

"混蛋！你害死了我儿子！"爷爷又是一脚。

"你这坏蛋！还我爸爸！"我哭叫着扑上去掐乌太。

接着，爷爷详细询问古城废墟的地理环境，对我说："别急，孩子，我想你爸不会那么轻易困死在那里，我们去找他！"

"对、对，他那个人胆大心细，野外生存本事挺强，他不会死的……"乌太赶紧附和道。

"那好，伊昆老板，你也过来，跟乌太这混球一块儿听着。"爷爷深思熟虑后说出他的方案，"你们俩今天当贼栽在我的手里，也不知多少好人住你的黑店被你们抢了的，今天本应把你们送到派出所法办，可我想跟你们私了，你们同意不同意？"

"好好，私了好，私了好。"两个贼都点头。

"乌太，你带我们去大漠古城，寻找我儿子和当狼孩的孙子。你，伊昆老板，给我们准备足够的干粮、盐、水等食物，再准备三匹骆驼。"

"好，好，只要不送我们进局子，啥都好说。"两个人马上表态。

"那好，咱们回店里具体商量。你乌太也别想逃跑，我们家白耳已经知道了你的气味儿，你逃到天涯海角它也会把你找出来的。"

"我不跑，我不跑，我一定帮你找到你的儿子和孙子。"乌太斜眼瞅一眼伸出红红舌头守着他的白耳，赶紧说。这回他彻底老实了。

我牵来两匹骆驼，爷爷带着他们俩。当我们走回车马店时，天快亮了。白耳似乎还未尽兴，在旁边树林里蹿来蹿去。

这一夜尽管惊心动魄，但很有收获。不过我十分担心爸爸，他如今情况怎么样呢？可千万别出事啊。我心里虔诚地为他祈祷，着急地盼着快点出发。

三

狼孩不寂寞了。

他有了好去处。每天母狼出去觅食后，他就活蹦乱跳地直奔那堵土墙根，找那只病大狼戏耍。病大狼的身体也好了许多，每次给他吃烤熟的喷香食物，尤其是烤熟的跳兔肉和沙斑鸡，那简直香得使他几天吧嗒着嘴。大狼还跟他玩捉迷藏，一起追逐跳兔和沙斑鸡。大狼逮沙斑鸡有奇招，用很细的一根丝绳设套捕捉。有一次偷捉沙斑鸡小雏，也遭到群鸟攻击，可大狼并不怕，手里点燃一把蒿草挥击那些傻鸟，结果满天飞舞起燃着的火鸟，不一会儿就纷纷掉落地上，他们就"呜啊"狂叫着捡抓那些半死或受伤乱窜的傻鸟。那可真是个令狼孩兴奋而狂热的游戏，他从未有过如此欢快的经历！而且又是开大荤，每天吃得满嘴流油，傍晚回洞后对母狼叼来的食物都不屑一顾。

病大狼那儿还随时可以饮到水。

古城废墟西南角一个极低洼的凹坑，病大狼在那儿挖出了一个浅浅的沙井，里边汪着清凉透心的水，他随时都能跑过去，趴在那儿吧嗒吧嗒痛饮。这可比跟随母狼，有时几天几夜都喝不着水强多了。原来大蛇盘过的那点石缝水，后来也干了，再不渗出一点水，似乎那儿一直是被大蛇盘吸出来的，大蛇一死，水也不见了。母狼只好每次都带他在沙漠里转悠，或走出沙漠找条河才能饮到水。有一个夜里，母狼还想带他远走找水时，他就把母狼带到这里，母狼狂喜得连嚎了几声，逗咬狼孩，差点掉进沙井里。

不过，狼孩的举动，渐渐引起了母狼的警觉。

有一天，早归的母狼寻狼孩而来，远远地在沙井边发现了狼孩正跟一只大兽戏耍。母狼怒嗥一声便扑过来，到跟前一看，见是一只四肢着地狼头狼尾的同类，它才放弃拼杀，护着狼孩跟那大狼保持一定距离，对峙起来。母狼本能地感觉到那只大狼有些怪异，尽管狼皮狼身狼外形都属同类，可就是有些令它生疑不放心。他的神态、举止、嗥叫的声音，都有些像狼类又不同于狼类，连狡猾老练的老母狼都大惑不解。它几次想接近过去，嗅一嗅气味，可那大狼"呼儿呼儿"低哮着，机敏地转着圈不让其靠近，摆出一副死拼的架势。

狼孩也叫着，不让母狼与那大狼拼杀。

母狼见那大狼对狼孩并无恶意，也没有伤害，而且那沙井水显然也属那大狼领地范围，母狼的敌意渐渐消失。

母狼仰起尖嘴冲天长嗥两声。

那大狼也仰起嘴巴冲天长嗥两声。

狼孩也学着他们冲天嗥叫，声音尖尖的却充满和缓的意味。大漠古城传荡着三只怪狼的嗥叫，并为之震颤。

然后，母狼放弃把大狼赶出古城废墟的打算，暂时消除敌意，转过身携领着狼孩缓缓走离。片刻后，那大狼也有些气喘吁吁，甚至有些摇摇晃晃地向不远处的洞穴走去，显然，刚才他也是万分紧张。

母狼几天没有远走觅食，它天天带领狼孩在自己洞穴附近戏耍、转悠，偶尔也到西南角沙井处饮水。

大狼孤零零地伫立在西南废墟中，远远望着母狼与狼孩一起嬉戏，眼神中流露出掩饰不住的惆怅和哀伤。但他始终忍耐着，等待着，从不主动去靠近他们，以免引起不必要的敌意。他的这些举动，倒使母狼放松了警惕，尤其当母狼和狼孩来饮水时，那大狼远远躲到一边，随他们来去自如。母狼渐渐相信，这只似同类又不似同类的怪兽确实比较友好，也没有抢夺狼孩或进攻自己的意思。

就这样，母狼和大狼在古城废墟中，一个东北，一个西南，各居一方，相安无事地生活下来。而那个狼孩则一有机会就跑过来与大狼戏耍，两边来回跑动窜玩，母狼即便发现了也不以为意。不过狼孩与大狼一起待的时间稍为一长，母狼便长嗥着召唤狼孩回去，或者自己跑过来带走。那大狼做得也很小心很谨慎，而且也极有耐心，他从不激怒母狼，也从不踏进母狼洞穴附近。狼类是极讲究领地范围的。他也从不阻挠母狼带走狼孩。他只是十分安分地闪躲在一边站立着，嘴里发出表示友好的"嗷嗷"的嗥叫。

直到有一天发生了一件事，彻底改变了他们之间这种不敌不友的状况。

大狼三天没见到狼孩过来戏耍，也没见母狼和狼孩来沙井处饮水。他有些焦急了，他担心母狼带着狼孩离开了这里，或出了什么意外，便壮着胆子悄悄靠近母狼的洞穴附近。于是，他听见了小狼孩的啼哭。不一会儿，狼孩跑到洞口向西南方向长嗥不止，显然这是向大狼报信或求救。

大狼知道母狼出事了，同时他也稍稍安心，狼孩无碍。他"噌"地蹿出去，跑到母狼洞穴口。只见母狼受重伤，昏倒在洞口，小狼孩万分焦急地围着母狼转圈嗥鸣，时而进洞时而跑出，时而又向西南长嗥。

狼孩一见大狼，狂喜地揪咬着他，走近母狼。

大狼发现母狼受伤不轻，两处刀伤差点要了它的命。此时，大狼的眼神中闪过一丝凶光，他觉得这是消灭对手的千载难逢的好机会，同时他的右爪中，攥出一柄寒光闪闪的利刃。

他就要动手了。

可狼孩趴在昏迷不醒的母狼身上，又是号哭又是亲吻，那肝肠欲裂的样子，又使他一时无法下手。他知道，当着狼孩面杀了母狼，那将是永远与狼孩为敌，而且可能会永远失去狼孩。

大狼下不了手。

他踌躇着，不用自己动手，那母狼活过来也难。

大狼拿定了主意，转身就要走离此处。

可是那狼孩却跑过来揪咬住了他，死扯硬拽着他不让离开，而且一声声哀鸣着，双眼里淌满泪水。狼孩那一张脏兮兮皲裂的脸，显得那么可怜而绝望，身上滚烫又颤抖个不停。倘若他真的狠下心走了，母狼一死，这狼孩也会活不下去。

大狼又陷入了矛盾中。

不过这是顷刻间的事。面对狼孩那绝望而伤心的样子，他绝不会甩手而去。只见他迅速回到母狼身边，掀开自己的狼皮，从里边扯下一片布条，给母狼的伤口包扎起来，止住那要命的黑血。接着他急速跑回沙井边，用一破罐儿装满水，又走回母狼那儿，掰开狼嘴往里灌水。

母狼的生命是顽强的。经大狼的施救，它渐渐又恢复了活气儿，苏醒过来。大狼施救还很彻底，从瓦片中搅拌好稀稀的食物，给母狼喂灌。

几天后，母狼活过来了。狼孩高兴得狂呼疯嚎，对大狼又是咬又是亲，更有了几分敬畏。

当母狼能起来走动时，大狼便悄然离开了母狼的领地。

母狼在他身后盯视了许久许久，眼睛幽幽的。

四

我们的驼队，行进在茫茫的莽古斯大漠中。

这里可真是寸草不长，一望无际的真正死漠，死亡之海。其实过去这里是辽代腹地，几百年前还是万顷草原，后来契丹族放弃游牧，开发农业，草场变农田。于是经几个世纪的演变，沧海桑田，成了如今这个样子，变成了后人凭吊的历史。有时，不当的经济发展，隐藏着覆国覆族的大祸根大隐患，这是最初人们始料未及的事。可后人往往又记不住这些教训，尘封的历史被人修改了又修改，到后来只保留下了光荣和辉煌。健忘的民族总是重犯同样的错误。

我们艰难而曲折地行进在大漠中，争取尽早赶到"魔鬼之沙"莽古斯大漠腹地的那座古城之中。

当向导的"醉猎手"乌太，这回充分显示了他的才华。他不愧是闯荡大漠的猎手，沙形地貌记得清，尽管大漠无路，可凭借高沙峰、陡坡沙、弯月坨等等特殊的地理特色，准确无误地把我们带进了大漠腹地的古城废墟。而且，面对老练的爷爷那双时刻警惕的眼睛和白耳狼子不时张开的獠牙血口，他也完全放弃了施计逃走的打算，变得一心一意，唯有期盼着快点完成这次使命。好在我们带足了酒，每天有他喝的，乐得其所，比他平时过得还美，只是怕误事，爷爷限制他的酒量而已。

乌太在驼背上喝了一大口酒，驼鞭一指："看，前边就是大漠古城。"

他的那个样子，俨然像一个骄傲的骑驼醉将军。

"爸爸，我们来啦！"我高声欢呼。

爷爷眯缝着眼睛，久久凝视着那片神秘的废墟，什么也没有说。他的脑海里想着什么，谁也猜不透。

大漠中的一片开阔沙洼地，呈露出东西纵横的褐黑色长条断垣残壁。古城废墟在秋末的温和阳光下，显得死寂，一点声响都没有，无风无雨无声无息。这里更像是一片死亡的世界，寂静得令人窒息。

爷爷夺下乌太手中的酒瓶，说："不要再灌了，也不要出声！阿木，你给白耳套上链子牵住它，别让它瞎跑，没有我的话，谁也不许乱说乱动！"

我们一下子紧张起来。我这才想起这片废墟中，除了爸爸以外，还有那条凶残的母狼和当狼孩的小龙弟弟，谁知还有没有其他沙豹之类野兽呢。

我们悄悄潜入废墟南部，寻一处隐蔽的旧墙安顿下来。爷爷让五匹骆驼全部卧好，给它们喂盐巴和豆料，又和乌太一起搭起简易帐篷。我埋好一根桩子，把白耳拴在上边。

爷爷猎枪上了子弹，趴在旧墙上边，久久谛听和观察周围。过了片刻，他滑下旧墙，说天黑以前搜索一下周围，从西边开始，乌太跟他去，叫我留守驻地。

我不大情愿，但也没办法，爷爷的指令是不能违抗的。可他们走了很久不见回来，我又有些害怕。眼瞅着太阳要西落，我实在沉不住气了，解开白耳牵着，就沿着爷爷他们留下的脚印追寻过去。即便挨爷爷一顿骂，我也不想坐以待毙。

沙地上清晰的脚印七绕八拐，停停走走，有时还有趴卧的痕迹，终于把我带进了古城西南的一片古土墙中。

矮墙下角，有个地窖子，就是一半儿在地下，一半儿在地上的窝棚。爷爷他们的脚印走进地窖子，又出来了。我好奇，也哈着腰走进那间狭小的地窖子看了看。我惊奇地发现，里边尽管只有狗窝那么大，不能站只能卧和坐，可这是个活人居住的地方！肯定是爸爸！我差点叫起来。地上扔有土盆瓦罐，地炕上堆着破旧的毯子被子，还有张老羊皮，炕灶里还有慢燃的粪煤火。这粪煤是沙漠地区的土特产，由泥土和草混合沉淀多年后形成，相传沙漠在亘古时代是湖泊或海洋，这才形成泥土和草沉淀的可以燃用的粪煤。当然不是每块沙漠都有。爸爸果然还活着，爸爸真厉害，在如此恶劣的荒漠中还能生存下来。可人在哪里？爷爷他们又去了哪里？

我急忙走出地窖子，仔细辨认爷爷他们的脚印，继续向西北方向追踪而去。没有多久，我便发现了爷爷和乌太趴在一堵墙后头，从豁口子偷偷观看前边。

我走到跟前刚要说话，爷爷瞪了我一眼，向我"嘘"了一声，我便缄口，赶紧也趴到一边向前看。

于是，我看见了终生难忘的一幕。

一片白白软软的沙滩上，玩耍着两条狼。一只大狼，一会儿打滚，一会儿躲藏，蹦蹦跳跳，跑来跑去，逗得那只小狼呜哇乱叫，四肢乱颤。尤为令人心惊的是，那小狼像狼又不像狼，前肢短后肢长，一头灰黑长毛搭在后肩，黝黑的身体上裹满硬茧，似兽似人，似鬼似怪，一会儿四肢着地跑，一会儿还站立后腿走，难道他就是我那位狼孩弟弟小龙吗？我的心扑腾扑腾乱跳起来。

这时，那只大狼蹲立在地上，掀开了身上的狼皮。天啊，他的狼皮是披在身上的，他的手里拿着一块烤肉，逗那只小狼。他张嘴教那小狼学他说话："爸——"小狼开始不肯，后来为讨得那诱人的烤肉块，也艰难地吐出那个字："爸——"

"好。说妈——"大狼的训练继续。

"妈——"

"天——"大狼往上指。

"天——"小狼也往上指。

"地——"大狼往下指。

"地——"小狼也往下指。

"好儿子！真聪明！"大狼终于把手里的烤肉给小狼吃。

大狼也累了，掀开套在头上的狼皮，喘口气。这时我们终于看清楚了。我几乎叫出声"爸爸"，一下被爷爷的大手捂住了嘴。"不许出声！你想吓跑小龙吗？"爷爷低声训我。

这时，从东北面传出一声长长的狼嗥声。

这边的小狼孩也发出嗥叫回应。

大狼——我爸爸一听狼嗥，赶紧套上狼头皮，然后又披上狼皮，四肢着地，似狼兽般在沙地上转悠起来，嘴里也不时发出"嗷嗷"的狼兽叫声。

"快趴下，别伸头！"爷爷也冲我们命令，"阿木，看好白耳，给它套上嘴笼头！"

我照做，自从看见前边的两只怪狼后，白耳一直烦躁不安，几次想冲出去。我拍着它头趴在地上，攥紧了拴它的皮绳。然后我躲在短墙后头，正好有个小洞，就从那里偷窥前边。

转眼间，一只老狼从东北方向似风似箭飞射而出。后腿有些瘸，暗灰色的长毛，拖着毛茸茸的大尾巴，双耳陡立，双眼含绿光，体态依然矫健而优美，四肢在沙面上如蜻蜓点水般轻飘而迅捷，简直是一只神兽。

我心里暗叫：老母狼，是你吗？你还是这样勇猛矫健，你可把我们家害得好苦啊！你还记得当年给你包伤的那个小孩儿吗？你把小龙弟弟快还给我们吧——

白耳听到那声狼嗥后，身体明显地惊颤了一下。它的爪子一会儿刨地，一会儿直立，眼睛里也流露出一种怪异的光束，躁动个不停，几次想挣脱我的手跳出墙去。

"爷爷，白耳有些怪！"我轻声说。

"给我，我看着它！"爷爷猫着腰走过来，接过拴白耳的皮绳。

这时，那只母狼已经来到狼孩跟前，那狼孩也亲昵地和母狼依偎着。而那只大狼——我爸爸悄悄地站在一边，呆呆地看着狼孩和母狼亲热，目光显得无奈而又透出十分的嫉妒和恼怒。但他始终克制着自己，装出不太理会他们的样子，在沙地上寻寻觅觅，停停走走，接着有意无意地把一块烤肉丢给母狼。那母狼倒对爸爸没有丝毫恶意，友好地冲爸爸"呜呜"哼哼了两声，显然它和我爸爸很熟，然后它慢悠悠地走过来叼走了爸爸丢给它的肉块。

而后，母狼领着狼孩慢慢离开。

可我们这边发生了意想不到的事情。

白耳似乎预感到了什么，始终不停地挣动着，想嗥叫嘴又被笼头套着张不开嘴，十分恼怒。只见它猛烈一蹿，终于从爷爷手里挣脱而出，并且从短墙上头一跃而过，直奔那边的母狼而去！

"不好！ 妈的！"爷爷失声叫，可又按住了想追出去的我和乌太，"我们不能出去，一见人又吓走那母狼，带着小龙不知又躲哪儿去！不能叫你爸前功尽弃！ 等一下看看。"

我们只好万分焦灼地继续躲在短墙后头，观察事态的发展。

白耳奔跑当中，用前爪子抓挠掉了套嘴的笼头，冲母狼那边狼般长嗥起来。那声音我从未听到过，十分哀伤和狂烈，含着一种游子归来，与亲人相聚的婉转哀伤的鸣啸。

可母狼并不领情。突然冲出来这么一只似狼似狗的兽类，母狼变得十分警惕，只见它围着白耳转了几圈，闻了闻嗅了嗅，突然冲白耳十分凶残地吼咬起来。显然它从白耳身上闻出了人类的气味，完全不同于野外狼兽的气味。白耳哀怜地狺嗥着，还想靠近，可母狼变得更凶狂，它知道这类猎狗的后边肯定跟着带枪的猎人，于是母狼毫不留情地狠狠地追咬起白耳。可怜的白耳，被它亲生母亲追咬着，哀叫着躲闪。它不是母狼的对手，很快它便狼狈地逃窜而走。

母狼顾忌着身后的狼孩和有可能出现的猎人，发出长长的两声狂嗥后，带领狼孩迅速地向东北方向飞蹿而去。

十分沮丧的白耳呆呆地站在原地，哀伤地目送着母狼远去。它的困惑、它的哀伤也令我有些伤心，我深为我的白耳不平，要是我的亲生母亲不认我还打我的话，我肯定很伤心很绝望。

这一切是谁造成的呢？ 是我吗？ 我可是一直在尽力帮着他们。可我也一直徒劳无功，反而又累及他们和我们。现在，我那位狼孩弟弟，就在我眼皮底下心甘情愿地随母狼走了，我还不能出去相认。这世界，好像一切都颠倒了，什么地方全不对头了，似乎被一只居心险恶的黑手把程序都弄拧对接错了。

我那位装狼的爸爸,披着他的狼皮站在原地,也一时傻了。他被眼前的这一突如其来的变故弄蒙了,不过他很快认出了白耳。

"白耳,白耳!"他呼叫白耳。

白耳却冲他这披狼皮的怪兽吼叫起来,十分冲动。

爸爸赶紧脱下狼装,恢复人形。

"白耳,是我,你怎么不认识我了? 白耳,我是你主人啊!"爸爸十分亲热地呼叫着白耳。

白耳疑惑,对眼前的这位似曾相识又野人般的怪异的人,想认又不敢认,一时处于矛盾状态中不知所措。

"白耳,你怎么跑到这儿来了? 谁带你来的?"

"是我们,孩子!"爷爷从短墙后头站起来喊。

"爸爸!"爸爸在那边惊叫。

"爸爸——"我在这边站起来也冲他喊。

于是,我们祖孙三代相逢在这大漠古城中,相拥而泣,又相喜而笑。然后,爸爸冲一旁尴尬而站的"醉猎手"乌太走过去,吓得乌太直往后躲,可爸爸抓住了他手一个劲儿摇晃着,说:"谢谢你带他们到这里来,要不我永远走不出这里了!"说完,他又一拳打倒了乌太,说:"这是还你击昏我的那一棒子,你差点让我死在这里! 哈哈哈……"

爸爸又把乌太拉了起来,拍了拍他的肩膀。

乌太只是挠着头,呵呵呵傻笑。

第十章

　　"爸，这母狼不能杀，小龙跟它有着生死感情。它这几年待小龙如同亲子，我们杀了它，小龙也活不下去，更不会原谅我们。唉，说起来，造成这一切，也不能全怪这老母狼啊。它更不容易，死了公狼和幼狼，剩下的这白耳狼子，它也认不出来了，也不认了，因为它被我们收养后身上有了人气，不敢认。其实它比我们还苦啊……"

一

　　"老母狼可能有警觉了。"爸爸说。

　　"都怪白耳。"我轻拍白耳头。

　　"怪我没看住它。"爷爷自责。

　　"不能怪你，爸，也不能怪白耳，它也是为了认亲生狼妈妈。事已到这份上，咱们加快行动，多亏你们找到这儿来。"爸爸有些激动起来，抚摸着我的头脖，"不过，我始终相信有一天，你们会找到这儿来的。"

　　爸爸瘦了许多，灰白的头发又长又脏，身上只穿着一条撕裂成条状的短裤，裸露的前胸后背都留有累累伤痕，干裂的嘴唇渗着血丝。由于长期没吃盐，身上都长出了毛，身体也很虚弱，唯有一双眼睛透着冷峻的光，整个像野人。他是全靠狩猎——主要是捕获沙漠地鼠、跳兔、沙斑鸡，甚至虫蛇为生，幸亏在洼处挖出了一眼浅沙井，解决了饮水问题。由于这里毕竟是后沙化的草原，每年有不错的雨水，地下水位也较高。

我们围坐在地窖子外边，爷爷在现搭的小灶上熬着肉粥。

"儿子，你刚才说加快行动，是否有了打算？"爷爷问。

"是的，我当初来这里时就有个方案，后来乌太盗走了骆驼，即便是我的计划成功，也无法走出这大漠，所以只好等待时机。"

"看你这贼'忽鲁盖'，害得我儿子在这儿受苦！"爷爷用烟袋敲击乌太的脑袋。乌太赶紧做出低头认罪的样子，辩解说都是酒害了他，拿骆驼去换酒喝。接着又咕嘟咕嘟灌了几大口酒，说是罚自己三杯。他的荒唐样子逗得爷爷也笑了起来。

爸爸说："不过我独自留在这儿，倒给我提供了机会，有时间多接触我儿子小龙，慢慢建立了一些感情，混熟了。"

"是啊，坏事变好事嘛。"乌太说。

"我也感谢你送我一张完整的狼皮，才得以第一次接近我儿子时就成功。"爸爸拍了拍乌太的肩头，叹了口气，"不过，现在不能再等了，谁知引起警觉的母狼会干什么，我们今晚就采取行动。"爸爸走进地窖子，拿出一包东西，又让乌太搭灶炖一锅我们带来的羊肉，接着把那一包东西倒进锅里。爸爸说那是他当初带来的麻醉药。

后半夜，我们行动起来。

爷爷和乌太按着爸爸的吩咐，把骆驼喂得饱饱的，并往驼背上装好所有东西，做好了出发的准备。爸爸和爷爷提着那一盆炖烂的羊肉，直奔东北方向而去，叫我和乌太原地等候。我心里痒痒，不想放过目睹爸爸他们捕我弟弟的机会，央求乌太自己一人留此看守。他勉强同意又逗我说不怕他逃走啊，我一笑拍拍白耳头，说白耳放屁工夫就会抓到你。他也笑说，放心去吧，往后我做好人。

我带着白耳从爸爸他们身后悄悄跟进。

迷魂阵似的古城废墟中，左拐右绕，多亏白耳天生是一个觅踪跟追好手，分毫不差地把我带到爸爸他们潜伏的地方。黑暗中爷爷爸爸见我都吃了一惊。爸爸弹了我脑门说你这小鬼头，什么也不想落下，爷爷瞪我一眼小声说，乌太要是跑了找你算账。爸爸说这回打死他也不敢跑，有白耳怕什么。

"爸爸，母狼没跑吧？"我担心地问。

"还没有，它刚才出洞来转了转，嗥两声又进洞去了。天亮后就不好说了。"他又把拴白耳的皮绳抓在自己手里，紧了紧它的嘴笼头，"这回你可别再坏我的事。"

我伸头悄悄往前看。朦胧的月光下，四五十米开外一截古墙下，有个黑乎乎的洞口，在洞口一旁置放着那盆爸爸带来的炖烂的羊肉，飘出的香味在这边都能闻得到。爸爸不知往羊肉里都加了什么调料，搅得我的馋虫上下翻动，嘴边不由得流出口水，恨不得我也上去大嚼一通。

可是洞穴里的母狼和狼孩，依旧没有动静。

沉沉黑夜格外宁静，天上月朗星稀。月光在大漠中如水银倾泻，洁白得无边无际。古城废墟蒙着一层明月清光，如同白昼。那些千年的残垣断壁枯树空亭，尽显出怪影奇姿，令人产生群魔弄影、魑魅乱舞的幻觉，亘古的死寂中透出一股令人心颤的恐怖。我不由得挨紧了爸爸的身体。爸爸轻抚一下我的头。

"爸，母狼怎么还不出来吃羊肉啊？"我问。

"看来他们的洞穴不是一般的深，可能连着下边的什么地窖啥的，又没有风，香气飘不进洞里去。耐心点，他们总会出来的。"爸爸沉稳而胸有成竹。

这真是令人心焦的等待。

古城的寂静，更增添了几分压抑。我的眼睛盯得那可恨的狼洞，都酸涨了，可爸爸和爷爷趴在那里一动不动，如两尊凝固的卧石，如同古墙的一部分，完全融入这片地貌。我都以为那是卧石。连旁边的白耳也在爸爸大手的安抚下，进入睡眠状态，一动不动。

我们的耐心等候，终于有了结果。

或许羊肉香气终于飘进了洞内，或许习惯性的出洞巡夜和查看洞口附近有无危险存在，母狼出洞后，机警地围着洞口附近转了转。它又冲高天皓月尖利地嗥了两声，大漠为之震颤，而后它才接近那盆羊肉，嗅了又嗅，闻了又闻，又围着羊肉转了又转。它蹲在羊肉旁，冲西南方向长嗥了起来。

于是，爸爸蹲在矮墙后头，也扯开嗓子喊出了两声长长的狼叫。显然，他们在用嗥叫交流，一种友好的信息交流。

母狼听到爸爸的回应，复而转身进洞，不一会儿带领狼孩出来，他们终于禁不住喷香羊肉的诱惑，一同分享起来，大口大口地撕扯着烂糊糊的羊肉，不时发出"呼儿呼儿"的贪婪而满足的低哮声。

爷爷低声说一声："着！"爸爸则大出了一口气。

我感到提在嗓眼上的心扑通回到原位。我为爸爸作为人类的智慧而感到骄傲，同时也为母狼感到一丝的悲哀，毕竟是四条腿的兽，斗不过少两条腿但多一份思维的人。这兽，尽管它已经很努力，十分狡猾奸诈，在四条腿兽类里已算是翘楚、佼佼者，但到头来肯定都败在两条腿的人类手里。人类很像是被一只不可知的神秘之手捏造出来的破坏者，其实也是不断被这只手鞭打转动的可怜的陀螺。他们的任务就是不停地转动而已。

转眼间，那盆羊肉被母狼和狼孩一扫而光。

只见母狼张嘴打了个哈欠，站起来伸展一下腰，然后身体摇摇晃晃起来。它哀叫两声，似乎有些奇怪身上发生的变化，原地转了几圈，最终像个醉汉不胜酒力般瘫倒了下来。而那狼孩——我弟弟小龙则更惨，吃完羊肉，站都没有站起来，挨着肉盆一头栽在那里，昏迷不醒。可见爸爸带来的麻药的药力，何等强大而有效。

"上！"爸爸一声轻呼，从矮墙后飞跃而出。

爷爷和我紧跟而上。

先到的爸爸抱起狼孩又亲又摸，声声呼叫个不停，我也手哆嗦着抚摸他那粗糙如老树皮的皮肤，眼泪哗哗往下淌。

爷爷狠狠地踢了一脚母狼的身躯，举起手中的枪瞄准母狼的头部。

"爸，不能杀它！"爸爸惊呼。

"它害我们成这样，你还可怜它！"爷爷压不住怒火，推上子弹就要扣动扳机。

"不——"爸爸丢下小龙向爷爷扑过去。

可白耳比爸爸更快，如一条黑色闪电划过，眨眼间一跃咬住爷爷的手臂，并撞倒了爷爷。"砰！"枪口朝天巨响一声。

爸爸也赶到，喝住白耳，扶起爷爷。

"爸，这母狼不能杀，小龙跟它有着生死感情。它这几年待小龙如同亲子，我们杀了它，小龙也活不下去，更不会原谅我们。唉，说起来，造成这一切，也不能全怪这老母狼啊。它更不容易，死了公狼和幼狼，剩下的这白耳狼子，它也认不出来了，也不认了，因为它被我们收养后，身上有了人气，母狼不敢认。其实它比我们还苦啊……"

爸爸说着潸然泪下，轻轻抚摸地上的老母狼，几分敬畏几分哀怜，感情甚为复杂。然后，他轻轻托抱起昏迷不醒的老母狼，走到狼洞处，把它放进洞穴里去。接着他从口袋里又拿出些没有浸药的好羊肉，放进洞里。

爷爷说："好吧，儿子，你说得也有道理，它是够可怜的，可它毕竟是狼啊……算啦，算啦，儿子你说了算，我们快离开这里吧。"

于是，爸爸从袋里拿出原先准备好的牛皮绳，把小龙弟弟五花大绑，结结实实。我问干吗绑他时，爸爸叹口气说："他现在还是狼孩，一会儿醒来后不会情愿跟我们走的。让他变成人，可不是一天两天的事。"

旁边的白耳，冲那边的狼洞哀号个不停。

爸爸看着它摇了摇头，转过头跟我说："儿子，爸跟你商量个事怎么样？"

"说吧。"我几乎猜到了爸爸要说什么。

"咱们已经找回了小龙，老母狼也怪可怜的，咱们就把白耳留给它吧，让他们也母子相认。你看白耳，多可怜，它可是已经认出了亲娘。"爸爸说。

"……"我明知道爸爸会这么说，可心里极为难受，一时无语，天啊，这次我真的要失去我的白耳了吗？

"你不同意吗，儿子？"

爸爸掀开我紧捂住脸的双手，于是他看见了我满脸流淌的热泪。他说："你哭了，孩子，你真是个好孩子，爸很理解你的感情。那这事你自己决定吧，你是个懂事的孩子。"

爸爸摇摇头走开了。

那边，白耳依旧守着狼洞哀鸣。

我跑过去，抱住白耳的头痛哭起来，喃喃低语："可怜的白耳，你就留在这里吧，守候你的妈妈。它一会儿就会醒来的，它没事，它没死，你放心吧。"我亲了又亲白耳的头脸，我的滚烫的脸贴着它冰凉湿润的嘴巴，轻轻解开白耳的皮绳和铜环，心中肝肠寸断地对它说："白耳，再见了，你可好好跟你妈一起过，千万别靠近人类啊——千万！再见，白耳——"

我哭出声来，扭头就往西南方向的住地跑去。

爸爸和爷爷抱起狼孩弟弟，从我后边追过来。

那白耳见我们走了，一时有些慌张，一会儿随我们后头跑一阵，一会儿又回去守那狼洞，但最终还是留在那狼洞旁了。

黑夜的古城中，传来白耳长长的凄楚而哀婉的嚎叫，一声又一声……

二

"醉猎手"乌太这次真的忠于职守。

他一见我们都回来，咧开嘴乐了，说听到枪声，他吓坏了，以为出了啥事，正准备去找我们。

爸爸逗他，我们不回来你不更高兴嘛。

乌太说，他拿这么多骆驼没办法，怕换的酒太多淹死了自己。

大家一乐。不见了白耳，他有些奇怪，听爸爸说白耳就是那母狼的狼崽时，他唏嘘个不停，称这是人兽奇迹，大漠奇闻。

我警告他说："以后你碰见白耳，不许打它啊，尽量保护它们母子俩！"

乌太说："我可哪有胆子打它们呀？它们可是狼精啊，谁敢碰它们！"

我们收拾好东西，匆匆上路。

爸爸点把火，燃着了他的地窖子。熊熊火光中，我看见爸爸的眼里泪光闪动。火光映红了大漠古城的天空。

我骑的骆驼上，架上了柳条筐，里边装着捆绑的狼孩弟弟。爷爷和乌太走前边，爸爸走后边压阵。爸爸手里端着上膛的猎枪，时刻警惕地观察着后边和周围的动静。

我们星夜兼程。

当红红的旭日从东方沙线上升起时，我们已走离古城废墟几十里地。万里明沙浩瀚无穷，壮阔而亮丽。

突然，我右脚侧挎架上的柳筐，晃动起来。

狼孩弟弟小龙醒过来了，药劲儿散失。

"嗷——呜——"他狼般嗥叫开了，不停地挣动绳索。整个柳筐晃动起来，噼啪踢打着骆驼侧肚。

"嗷——呜——"狼孩弟弟又吼又闹。

骆驼受惊了，后背上又是狼叫，又是击打它，它哪儿承受得了这种惊吓。只见骆驼"嗷儿"一声大叫，尥起蹶子上下蹦跳，想把后背上的可怕东西摔下去，接着往前又蹦又跳地奔跑起来。

"爸爸！骆驼受惊了！小龙醒了！"我在驼背上如飘在狂涛上的轻舟，颠荡得头昏脑涨，终于经不住骆驼疯狂的暴跳怒奔，我跟驼架上的东西一起噼里啪啦全掉落下来。

摔在软沙上尽管不疼，可我一嘴一脸的沙子，狼狈不堪。

变得轻松的骆驼，很欢快地向一侧奔逃而去。

狼孩弟弟也如愿地滚出柳筐，无奈手脚被捆绑，但他双脚一起蹦着，如袋鼠般一跳一跃，回头向古城方向逃去。

"快抓住你弟弟！"从后边赶来的爸爸喊。

我醒过神，爬起来就追赶正在前面蹦跳着跑的狼孩弟弟。毕竟四肢自由活动，我奔跑得快，急赶二三十米便追上了弟弟，从后边一下子抱住他，一起滚倒在沙地上。

"呜哇——呜哇！"小龙狂叫怒嚷着，挣扎着又踢又打。

我死死抱住他不放。可他的蛮劲儿非常大，几下把我甩开，又往前蹦去，我又爬起来伸手拽住他的腿，一下子拉倒了他。我上去就骑在他身上，两手摁住他的脖子。小龙"嗷儿嗷儿"叫着，回过头便狠狠咬住了我的手。

他那尖利的牙齿，咬透了我手腕肉，鲜红的血冒出来。

我咬牙忍着疼痛，双手依旧没有松开。

这时，爸爸赶到，把我拉开。我发现爸爸又披上了他那张狼皮，嘴里"呜呜"学着狼叫，出现在狼孩弟弟面前。

突然见到大狼，狼孩弟弟立刻高兴地呼叫起来，暴怒的心态逐渐平和，哼哼狺哮。看看爸爸，又把眼神转向大漠古城方向，那意思很明显，一起逃回古城老巢。

爸爸指着自己对他说:“我是你爸爸——今天，带你回家——回真正的家——”

“爸——”狼孩弟弟虽然也学叫一声爸，但显然听得一头雾水，嘴巴和头固执地甩向古城方向。

“爸爸今天再也不能让你回那儿去了，你是人，人的孩子，不能这样不人不兽，在荒漠中当狼孩了。”

爸爸伸手抱起狼孩弟弟，嘴里“呜呜”地安抚他，重新走回驼队旁。

这时爷爷已经追回那匹逃走的骆驼，重新整理和绑牢了驼架。

狼孩弟弟一见大狼爸爸又把他放进柳筐，又“呜哇”地狂叫起来，又踢又闹。爸爸说一声委屈你了儿子，便把一块毛巾塞进他的嘴里，又用皮绳把他牢牢地跟柳筐和驼架绑在一起，再也无法挣脱和摔落。

“孩子，爸爸带你回家！”爸爸跟我换骑了骆驼，自己照料小龙弟弟，依旧穿着那张狼皮，让小龙有个起码的安全感和亲切之意。小龙鼓突了双眼，恼怒和愤怨全表现在那双布满红血丝发绿光的眼睛里，可也无奈，全身动弹不得，嘴巴也无法张开呼嗥，那双眼睛滚落出两行委屈的泪水，吧嗒吧嗒往下掉。

过了一会儿，他渐渐平和了，显出一副听之任之的神态，好在驼背上还有那位大狼爸爸做伴，他也就闭上双目随遇而安了。

这回乌太和爸爸走前边，我随后，爷爷背枪殿后。

我们的驼队重新上路了。

三

第二天上午。

我们的驼队，依然跋涉在茫茫瀚海中。

我催骆驼赶上爸爸的骆驼，嗬，我那位狼孩弟弟正在酣睡。驼背上长时间的摇晃，又舒服地卧在柳筐里，的确催人入眠。

披着狼皮的爸爸，傲然稳坐驼背，显得知足而冷峻。他歪过脸冲我眨眨眼睛，又低头看一眼重获的小儿子，嘴角流露出一丝知足的微笑，轻轻说："以后好好待他。"

我感到爸爸很了不起。他的父爱如海般深。他那野人般的灰白长发在脑后随风飘逸着，黑灰色狼皮披在他身上，更显野性和雄猛，更有些不人不兽，偶尔风掀开他胸前，裸露出道道伤疤，还有雄健的肌肉，才使人感到他是一个了不起的人中豪杰。他为小龙弟弟的确做了很多。

我从内心里佩服爸爸。

这时从后边传来爷爷的喊叫："你们快看！有东西跟来了！"

我和爸爸赶紧回头。

一个兽影，从我们后边飞速赶来。它在沙梁上起伏跳跃，一会儿又没入沙湾子，时隐时现，伸展四肢迅疾地奔跑着，眼瞅着就要赶上我们。

"不好，那母狼追来了！"乌太紧张地说。

"别紧张，我来对付它。"爸爸从驼背上拿下横插的猎枪，跳下驼背，把驼缰交给我说，"看好你弟弟。"

"爸，你别打死它……"我看着小龙，低声对爸爸说。

"放心吧。"

爸爸往回走到爷爷那儿，两个人都端着枪，远远观看那只正一步步追近的兽。爸爸不知跟爷爷嘀咕了些什么，接着两个人举枪朝天放了两枪。

"砰！砰！"枪声在大漠上空回荡，传得很远，整个大漠都回响着震耳欲聋的枪声。

那兽听到枪声迟疑了一下，昂起头向我们这边长嗥两声，接着毅然决然地继续追踪而来。

"白耳！爸爸，那是白耳！"我听出那熟悉的声音，冲爸爸大喊一声，滑下驼背，惊喜得我不顾一切向后跑去。

果然是白耳。

雪白的耳尖，黑灰色的皮毛，年轻而颀长的身躯，跃迈着轻快而灵敏的步子，转眼间跑到我们跟前。

我一下子抱住白耳亲热起来。嘴里不停地说，白耳你可回来了，回来得好，咱们一起回家，一起回家，这两天真想你呀。白耳也叫着，伸出湿漉漉的舌头舔起我的脸颊来，又围着爸爸和爷爷撒欢跳跃。

"这畜生，还真有点通人性了，不跟亲母亲，愿意随我们走。"爷爷抚须大乐。

"等等，你们看！"爸爸抱住白耳，翻开它的毛，看见它的大腿和后背上显露出斑斑伤痕，凝结着血块。

"母狼还是不认它，而且把失掉狼孩的愤怒全撒在白耳身上，可怜的白耳。"爸爸轻轻抚摸着白耳头说。

"该死的母狼，真狠！"我愤愤起来。

爷爷从驼背上拿出药粉，往白耳身上的伤处涂撒，又扯出些布条给它包扎。

白耳却毫不在乎身上的伤痛，摇头晃脑地在我们中间穿梭，又蹦又跳，十分欢快，好像久别的游子回到亲人中间一样。

"也好，既然狼妈妈不认它，还是我这人爸爸领它走，它可是我的干儿子。"爸爸呵呵笑着，拍了拍白耳头，"我们上路吧！大家警惕着点，母狼可能随时会出现！爸，别打死它，吓跑就行了。"

"好吧，我心里有数。"爷爷说，他依旧在后边压阵。

爸爸骑上他的骆驼，见柳筐中的小龙已醒来，而且鼓突着眼睛似有事的样子。他抽出他嘴里的毛巾，狼孩弟弟就"呜哇呜哇"叫个不停。爸爸觉得奇怪，抱起他一看，哈，从柳筐中冲出一股腥臭的气味，原来这小子憋出了一泡臭屎！

"哈哈哈……"爸爸大乐，赶紧下驼清理，怕他再憋出屎尿，往柳筐底垫了厚厚一层软沙。爸爸轻轻拍了拍他的脑袋，笑说你小子往后拉屎撒尿先告诉我一声。可小龙弟弟并不在乎拉屎的事，嘴巴一张一合地又呜哇呜哇乱叫起来。

"这小子要吃东西，哈哈哈，刚拉完就要吃，你还真忙活！"爸爸笑着，从驼背上拿出一块烤熟的羊肉块喂给他吃。这一下狼孩弟弟高兴了，大口大口咀嚼着，吞咽着，而他那双贼溜溜转动的眼睛，总是不时地往后观看，显然他一直在等待和期盼着母狼来相救。

我们又开始了漫漫征程。

为了甩脱母狼追踪，我们日夜兼程。三天后的傍晚，"醉猎手"乌太引领驼队，走进了一面水泡子旁边。这叫月亮泡子，我们来时曾经过这里。爸爸和爷爷商量，决定在水泡子旁边住宿一夜，人乏驼累的，该好好休息休息，再补充些用水。

我拿木碗端来清凉的湖水，喂给小龙弟弟喝。

他奇怪地盯着我。那目光野性而浑噩。

我指着自己的胸口，对他说："哥哥……"

他依旧怪怪地盯着我，不叫。

"你小时，我背你上学，你掉进厕所，手里还攥着胡萝卜，胡萝卜……"我耐心地说给他听。

他似懂非懂地盯着我，眼皮往上翻，嘴里无意间喃喃吐出："胡……胡……萝……萝……卜……"

"对，对！胡萝卜！胡萝卜！"显然，他的脑海中始终牢记着那根胡萝卜。他终于从遥远的遗忘的脑海中，追回这点关于胡萝卜的意识，可他依然对这一切浑然不觉。恢复他的记忆以及人性，看来真要经历艰难而漫长的过程。

我把他的一头乱发束在脑后，用水擦洗他那张皱皱巴巴的长了毛的脸。

他感到了快意，呜哇嚷叫。

我又喂给他热乎乎的香美的肉粥。他吃得又香又甜，又馋又贪，总盯着我手里的木碗，唯恐我偷吃他的肉粥。

爸爸他们喝起了酒，围着篝火聊天，爷爷高兴之余，唱起一首古老的民歌《腾格林·萨力哈》。

天上的风哟
——无常无序；
娘生的我哟
——无法永恒；
趁生命还健在——
让我们吟唱吧……

我在旁边陪着弟弟，陶醉在爷爷浑厚的歌声中，小龙也变得安静了许多。

爸爸没忘了四周巡看。他提着枪转一圈回来，说："奇怪，我那老伙计到现在没露面，真是怪事。"

"它找不到咱们了，也可能不来找了，知道来也白搭，喝酒喝酒，放心喝你的酒。"乌太举着木碗，劝着爸爸喝酒。

"不，我知道它始终在我们周围，只不过不让我们发现它，它可不会轻易放弃的。这么多年了，我了解它的脾气，咱们可别掉以轻心。"爸爸说着，干了一木碗酒。他可是好久没有喝着酒了，尤其是心态如此轻松和欢快地喝酒。

夜里，爷爷和爸爸轮流放哨。后来爸爸也让年迈的爷爷睡觉了，自己一人守夜。

我和乌太安稳地睡觉。快天亮时，起来撒尿的乌太见爸爸还在抱枪巡逻，突然良心发现，要替换爸爸站岗，让爸爸睡一会儿觉。一看天快亮，也没啥动静，爸爸就答应他了，倒在一边合眼。

可这乌太又贪杯，耐不住寂寞，一边坐守，一边灌酒，不一会儿也昏然睡去了。

我在睡梦中，似乎听见细微的"嘎吱嘎吱"声响。我当是在梦中，没有理会，继续酣睡。可那声音愈来愈急促愈来愈大，还带有一种呼哧呼哧的声响。我感到这不是做梦。

我翻身而起。

于是，看见了那母狼。它已经咬断狼孩弟弟和柳筐连绑的绳索，接着又在嘎吱嘎吱咬啃绑住弟弟手脚的绳索。

"母狼！爸爸，母狼！"我急呼起来。

母狼一见被发现，叼拖着小龙就往外逃去。

爸爸和爷爷都惊醒，纷纷拿枪，唯有放哨的乌太还在昏睡。还有奇怪的就是，一向机灵的白耳目睹着母狼偷小龙，也一声没吭。

"放下我的儿子！母狼，放下我的儿子！"爸爸大声喊着，光着脚追过去。爷爷尾随其后。

母狼拼着老命逃。可是小龙弟弟毕竟已不是婴儿，而且手脚被绑不能自如，只能在母狼叼扶下蹦跳着走，速度不快。

爸爸很快赶上了母狼和小龙。

爸爸的枪对准了母狼，严厉地喝叫："放下我的儿子，他是我的儿子！不是你的！"

母狼"呼儿——呼儿——"低哮着，依旧不松开小龙。

爸爸朝天"砰"地放了一枪。

母狼这一下惧怕了，身上明显颤抖了一下，终于松开了小龙，可依然不走开，眼睛愤怒地盯着爸爸。

"你走吧！我不打死你！咱们以后井水不犯河水，不许你再来骚扰我们！"爸爸说着，又朝天放了一枪。

慑于火枪的威力，母狼冒血的眼睛死死盯视片刻，长嗥一声，终于无奈地掉头，向大漠深处飞跑而去。

狼孩弟弟小龙"呜——呜"嚎着，还想跟着母狼身后而去，结果被爸爸几步赶上抱住他，慢慢走回住地。"孩子，你不能跟它走，我才是你爸爸，真正的爸爸，爸爸——"爸爸对小龙耐心而温柔地诉说着。

被枪声惊醒的乌太揉着眼睛，迷茫地问："出什么事了？"

爸爸一脚踢过去，骂道："你这孙子，又差点坏了我的事！狗改不了吃屎！"乌太明白发生的事，惭愧地低下了头。

收拾好东西，骑上骆驼，我们又出发了。

但愿往后的路程，一切顺利。

四

从此，我们甩不掉母狼了。

白天根本看不见它的影子。可一到夜晚，我们驼队后边不远处，便闪动起两点绿光。我们停，绿光停，我们走，绿光走，远远尾随着，简直像两点鬼火般缠住我们不放。

爷爷恼怒地冲绿光放枪，可在射程之外，绿光一闪而没。我们一走，它又即时出现，顽固地跟随而来。

"不用管它，夜里别让它靠近过来就成。"爸爸说。

于是，三个大人每到夜晚住宿时轮流放哨，也不再喝酒贪杯。尤其是乌太，为弥补上次的失误，变得很积极很热心，再也没有出现问题，人也变好了许多。我爸许诺他，出了大漠好好答谢他，留两匹骆驼送给他，他更是乐得合不拢嘴。爷爷劝他从此改邪归正，娶妻生子，过正常人的生活，戒掉酗酒恶习。他满口答应。

我们在大漠中已经走了二十多天。

而那对绿光始终尾随着我们。

有一次，我们在白天看到了它的身影。沙梁上，它走得摇摇晃晃，已没有了往日矫健的雄姿。显然，长途奔袭，大漠中又找不到足够的猎物和饮水，它渐渐支持不住了。

"哈，这畜生快完蛋了！"乌太指着孱弱不堪的母狼，幸灾乐祸地喊。

"它可真顽强，令人佩服，人有时对自己孩子也没它这样爱至骨子里。"爷爷也不禁感叹。

"回去吧，别再跟随了，你会倒毙的……"爸爸冲那母狼挥手喊，他眼里充满同情和爱怜。白耳也有时冲母狼"呜——呜"地嗥叫两声，但它不再敢回母狼那儿了。

由于小龙变老实了许多，爸爸又把他交给我照顾，他好腾出手来对付母狼的袭击。

不过，我渐渐地发现了一个秘密。

我每次喂小龙弟弟肉块或者烤饼，他很快就吃完，"呜哇"叫着还要。一开始我不以为意，以为他肚量大能吃。后来我突然发现，他趁我不注意把塞进嘴里的肉块又悄悄吐出来，压在屁股下边。我暗暗纳闷，他这是干什么？野外生活的习惯，怕不够总要积攒点？我装作不知，不去管也不看他，这时候他把屁股下边的食物，从柳条筐底边的一个小洞悄悄拨拉出去！好家伙！原来，他不知何时在柳筐底边抠出了一个小洞，从那小洞往外丢送着食物。显然，那是留给母狼吃的！

真有你的，狼孩弟弟！

难怪那母狼这么多天在没有食物的大漠中，一直尾随着我们，原来你在做内线搞里应外合。真是聪明至极。

我甚至有点为小龙的举动感动。

我决定保留住他这一秘密，不揭破他，也不告诉大人。反正那母狼体弱不堪，也无法靠近我们，构不成什么危险。继续让小龙弟弟尽他的孝心，悄悄喂他的狼妈妈吧。

后来我们又走了几日，遇上了沙暴。

一早，看着东南的那轮带黄晕的太阳，乌太有些紧张，说今天可能起风，早点找一个安全地带宿营。我们就紧催骆驼赶路。到中午时大风追上了我们，遮天蔽日，飞沙走石，天和地浑黄一片。呼啸狂卷的风，把一座座沙丘抛上天空，又在一片片洼地上堆起沙山，风卷沙，沙助风，转眼间改变大漠中的地形地貌。风沙击打着骆驼，让人睁不开眼睛。

"不好，咱们不能赶路了，会迷路的。我知道附近有个沙山洞，咱们去那儿躲一躲吧。"乌太用手把着风镜，对爸爸他们说。由于张口说话，他灌了一嘴沙子，"噗噗"地吐起来。

"好，那咱们快去，避过这大沙暴再走。"爸爸和爷爷都同意。

我们费了很大劲，在风沙中搏斗到傍晚，才找到那个山洞。这是一座离地面才几十米高的砂岩山，周围也有些从沙地上露出尖峰的砂岩沙山，可山的大部分都埋在黄沙下面。山洞里还宽敞，洞壁全是风化风蚀的岩石。爸爸他们把骆驼上的东西全卸下来，搬进洞里，骆驼无法进洞，就把它们拴在避风的岩洞附近的枯树上，在风沙中极艰难地喂给它们豆粮和盐巴吃。

沙岩洞里很舒服。风沙在洞外肆虐，如千军万马奔驰沙场；洞内却安宁而温暖，心中的惶恐和身上的疲倦都一扫而光。爸爸拍着乌太的肩膀说，你真是个好向导，大漠中的活地图，今晚咱们不赶路了，好好喝几盅。一听有酒喝，乌太高兴了，跑出去抱进来一捆枯树枝，点火弄吃的。

外边的风沙依旧怒吼着。

大人们嚼着烤肉喝酒聊天，唯有狼孩弟弟小龙情绪抑郁，闷闷不乐，我喂他东西他也似乎一下子没有了食欲，不理不睬，目光始终盯着洞外。这么大的风沙，那母狼可不好熬啊！我也不由得担心起来。白耳则守在洞口，它不知何因不愿靠近狼孩弟弟。它呆呆地望着洞外，眼神怪怪的，吐着舌头趴在那里一动不动。

酒足饭饱，大家要歇息。爸爸出洞察看了骆驼，回洞后又搬些石块半堵了岩洞，然后把小龙弟弟抱出柳筐，放在地上睡得舒服些，但把他的腿和自己的腿绑在一起。

我们就这样很安稳而放心地睡过去了。

不知睡了多久，按我的计算应该是天亮了，我被尿憋醒，而且旁边的小龙弟弟也不知何时醒来的，"呼儿呼儿"叫个不停。洞口那儿白耳也猖猖地呻吟。大人们过分疲倦再加上喝酒，依旧鼾声如雷。

洞里此刻听不到外边的风沙呼啸了。我奇怪，难道风停了？我迷迷糊糊地走向洞口，想出去撒尿。可我找不到洞口了，摸摸索索到原先洞口的位置，一摸一看，顿时吓出一身冷汗。原来，洞口被流沙堵死了！

"爸爸！爷爷！"

我赶紧跑回去，推醒爸爸和爷爷他们。

大人们跑到洞口一看也吓呆了，动手搬开原先堵的石块，流沙哗哗往里流进来。爸爸他们拼命挖沙，可挖多少流进来多少，洞口外头不知堆积了多少吨流沙，有可能填满山洞还是打不通。

洞内空气渐渐变得稀薄了。大家都感到呼吸困难，胸口窒闷。

挖沙子的爸爸不敢再挖下去了，一是呼吸不畅浑身乏力，二是再挖下去非把自己埋葬在沙里不可。

"天啊！为什么这样？这是老天绝我们活路啊！"爸爸拍打着沙子，又爬回洞里，抱住我和小龙绝望地喊叫，"孩子，爸爸对不起你们，爸爸把你们带进了这绝境！"

乌太也在一旁，喘不上气地自责："都怪我，都怪我……"

爷爷盘腿坐在原地，好像在调匀呼吸，可又像处在昏迷状态。白耳狂哮着，也拼命往外扒沙子，可滑流而入的沙子差点把它埋住，它恐惧地退回来，原地打转，哀叫呻吟。

爸爸张着嘴，呼吸困难地伸手解开小龙的绑绳，一边低语："孩子，爸爸给你松绑，这会儿了，应该还你自由了……"

小龙一获自由也扑向洞口，扒起沙子来。可很快跟白耳一样，被流沙冲回来不敢再碰沙子，呆呆地蹲在原地，向外哀号起来，尖利而长长的刺人心肺的号声，在山洞内绵绵不绝地回荡，也透过流沙和洞壁向外传扬出去。

我依偎在爸爸胸口，困难地一字一句说："爸爸，不管怎么样，我们找回来了弟弟，我们死在一起，也挺好……"

爸爸仍摆不脱痛苦和自责，抚摸旁边的昏迷中的老父亲，看看洞口哀号的小龙，击打起自己的头自语："我千辛万苦，九死一生，谁想到结局会是这样，害了小龙，害了你，也害了老父亲，害了大家，我是个罪人！呜呜……"爸爸伤心地号啕。

"爸爸不要这样，我挺佩服你……你是我和小龙的好爸爸……你已经尽了力，尽了做爸爸的责任……"

我喃喃自语着，渐渐失去了感觉，眼前一片黑暗，那个大脑袋涨裂般的疼痛，和胸口上压着块石头般的沉重窒息，一时全部消失，我如一只飞腾的蝴蝶般轻松……

是的，一切都结束了。

时间这会儿是停止的。也许过了千年，也许是转瞬之后。突然，我的鼻孔和胸肺之间有一丝清凉的感觉，是空气！我大口大口呼吸起来，啊，新鲜而充足的空气，正源源不断地流进洞里来。我活动着四肢，坐起来。旁边的爸爸也正在苏醒。有一道亮光，刺得我睁不开眼睛。

是洞口那儿。我终于看清楚，堵死的洞口那儿，从外边挖出了一个洞，空气是从那儿流进来的。

同时，我也看见了一个黑影，正叼着狼孩弟弟小龙往那打开的洞口爬去。是老母狼！啊，这个不屈的精灵。

我推了推爸爸，轻声说："爸爸，你快看，是它，是老母狼救了我们……哦，它又要带走弟弟了……"

"别走……放下我的儿子……放下……"爸爸还很虚弱，有气无力地喊着，冲母狼爬过去。

"爸爸，要不算啦……小龙属于它的，让它带走吧……小龙跟我们在一块儿多痛苦……就让他们回归荒野吧……"我不知是被母狼的这种不屈不挠的精神所感动，还是为了报答它的救命之恩，不知不觉地如此说道。

"混账！小龙是我儿子！不能让它带走！不！母狼你站住，快放下我儿子！"爸爸怒叫着，还不能站起来的他，情急之下就一边爬着跟出去。

可是已晚。

母狼叼拖着开始苏醒的狼孩，已从那亮晃晃的洞口爬出去，在洞外发出了一声长长的欢快自由的嗥叫。可转瞬间，它那号叫声，变成了一阵短促的猖獗狂哮。

我们都奇怪。出了什么事？

爸爸第一个爬出那洞口，我和已醒的爷爷、乌太随后。

于是，我们看见了奇特的一幕。

我们的五匹骆驼围住了母狼。驼绳都断了，拴它们的枯树已埋进沙子里，显然它们早已挣断拴绳，躲开了风沙。母狼左冲右突，可五匹骆驼就是不让它走。母狼怒极，进攻一只老骆驼，张开大嘴咬过去。可老骆驼更有经验，抬脚便踢翻了母狼，另一匹骆驼也踢了一脚。几个回合，那母狼便被踢昏过去，倒地不起了。而可怜的狼孩弟弟小龙，趴在母狼身上号哭起来。这时白耳也蹿过去，围着母狼来回乱转，狂哮不停。

传说家畜中牛马驴骡都怕狼，唯有骆驼不怕狼，这回我真信了。五匹骆驼齐心协力，轻而易举地制服了这头难缠的老母狼。

爸爸跑过去，抱住了痛哭不止的狼孩弟弟。

爷爷仔细检查了母狼的伤势，只是踢断了腿骨，头部也有些伤，生命无碍。此时的爷爷变得非常心善，扯下衣襟扎好母狼的断腿，又包好流血的头部，然后往它嘴里灌起水来。

这对于一直仇恨这只母狼的爷爷来说，真不容易。

连狼孩弟弟小龙，也感激地瞅着爷爷的一举一动。

乌太把骆驼们都牵到一处，又从山洞里搬出驼架等物品。爸爸也重新绑好小龙弟弟，放进柳筐中。

大难不死的我们，再次准备上路。

爷爷默默地拖着那老母狼，走进山洞里安置好，又从驼架上拿下足够的生肉还有一桶水，放进洞里去。

"它一会儿就会醒过来的……"爷爷低语，轻轻摸了摸狼孩弟弟的头。

然后，爷爷骑上骆驼。

这会儿，晴空万里，阳光明媚，昨夜肆虐猖狂的风沙都已销声匿迹，茫茫大漠宁静得如熟睡的婴儿，经过大风一天一夜的梳理，那沙线更显舒展优美，那沙峰沙丘变得更为清丽而庄严肃穆，倘若没有经历昨夜的疯狂和死难，人们真以为这大漠从未发生过什么，一直这样亘古的宁静。

哦，大自然，如此神秘而伟大。

- 狼从东北方向似风似箭飞射而出。双耳陡立，眼含绿光，体态矫健而优美，四肢在沙面上如蜻蜓点水般轻飘而迅捷，简直是一只神兽。

• 一场鏖战后，小龙依偎在母狼怀中。

• 恐惊吓小龙，爸爸身着狼皮与他在沙上玩耍。

- 绯红的晨霞中，老母狼安详而立，而在它肚脐下跪蹲着一个两条腿的人娃，正在仰着头吮吸母狼的奶！母狼微闭双眼，神态慈祥，无比的满足和惬意……

• 母狼穷追驼队，意欲夺回小龙。

• 白耳狼闯公园，机智救母。

• 小龙大战群犬

• 白耳狼敏捷地左闪右跳，躲避着老鹰的爪子和利喙，不时地上蹿横跃着张嘴咬老鹰。

- 水晶般透明的冰层下，朝上仰面贴着两张脸，一张是母狼毛茸茸的长脸，一张是狼孩小龙似人似兽的圆脸，都紧紧贴着冰层，冻结后固定在那里了。

- 那次我们把狼孩小龙和母狼从冰窟里刨出来，安葬在悬崖上的鹰巢之后，白耳狼就跑走了，身旁相伴着一只美丽的小母狼。哦，我的白耳狼子。它是唯一代表母狼和狼孩活着的荒野精灵。此刻，它在哪里？

第十一章

我是谁？来自何方？你是谁？你的泪水为何跟那大狼爸爸的泪水一样是咸的，我的眼泪也是咸的，为什么？你为何用脸蹭我？也是一只用脸的蹭动来表示亲热的母狼吗？他接着伸舌头舔舐起那手腕上渗出的血迹。妈妈泪如泉涌，紧紧地抱住他，亲吻个不停，嘴里不停地低语："孩子，我是你妈妈……我的儿，认出了吗？我是你妈，妈妈……"

"妈、妈……"狼孩艰难地吐出这个字，当初大狼爸爸教的记忆突然又恢复。

非常理解马拉多纳,"狗仔记者"的确很是讨厌。

狼孩弟弟小龙,更是一直在反抗。

自打把母狼放进山洞离开后,他就变得沉默,再也不吭声。回到家后,面对摄像机的闪动,他几次冲上去抓碎了机器,有一次甚至咬住了一个女记者的咽喉。

他不信任任何人,包括披着狼皮来照料他的爸爸。

妈妈自打见到小龙后就哭,高兴也哭,伤心也哭。有时被小龙咬伤后哭,我真不敢相信妈妈怎么会有那么多的眼泪。

奶奶就不一样,她不哭。先也挤了挤皱皱干巴的一双老眼,是干的,没有泪水,就说,唉,这辈子眼泪都哭干了。她放弃哭,就为小龙念经做法事。

她先做的是为小龙招魂。

清晨,我见奶奶郑重地捧着一个木碗,里边盛满清水。我纳闷,问:"奶奶,这是啥水,这么珍贵?"

"圣水,孩子。一半是草尖上的露水,一半是今天第一碗沙井水,珍贵着哪。"

"干啥用?"

"招魂,给小龙招魂。"

"招魂?"我一笑。奶奶的迷信最多,老传统也最多,为看个究竟,我也跟着她进了东下屋。

狼孩在酣睡。趴卧在让他暂时栖身的铁笼子一角,像一条狼,两前肢向前伸着,头和嘴贴在上边,后腿和腰身蜷曲着。虽然在静睡,一双眼睛却半睁半闭,好像偷看着你,那飘出来的余光是寒冷的,使人不禁惊惧。铁笼子旁,妈妈正襟危坐。屋里弥漫着一股又香又苦的奇异呛鼻的味儿,也飘荡着一层淡淡的青烟。我看见,青烟起自放在铁笼门前的一个洋铁盆子里,那里边烧着一堆谷糠,旁边还插着三炷香。谷糠慢慢引燃,不起火苗,一缕青烟冉冉上升,散发出浓烈的闷香。

奶奶把那碗"圣水"递给妈妈拿着，自己从一边又拿起一个木碗，上边罩着一层黄色窗户纸。奶奶让妈妈往那黄纸中间的低凹处洒了一些"圣水"。然后，奶奶把手里的木碗轻轻摇动起来。她一边顺时针有规律地缓缓摇动，一边绕着铁笼子转圈，同时嘴里低声哼唱起一首招魂歌，那旋律幽远而感伤。

归来吧——
你迷途的灵魂，
啊哈嗬咿，啊哈嗬咿——
从那茫茫的漠野，
从那黑黑的森林，
归来吧，归来吧——
你那无主的灵魂！

天上有风雨雷电，
地上有牛头马面；
快回到阳光的人间吧——
你这无依无靠的孤独的灵魂！
倘若有蟒蛇缠住你，
我去斩断；
倘若有虎豹拦住你，
我去驱赶。
你的亲娘在声声呼唤，
你的亲爸在声声呼唤，
归来吧，小龙的灵魂！
你的亲人们在呼唤，

归来吧，小龙的灵魂!

　　啊哈嗬咿，啊哈嗬咿……

　　啊哈嗬咿，啊哈嗬咿……

　　奶奶哀婉而悠扬地吟唱着，手里捧着的木碗也不停地摇动着，每转完一圈，都停在守护者妈妈身边，庄重地问一声："小龙娃，归来了吗?"

　　妈妈也庄重地回答："归来了。"

　　转了三圈，奶奶手上捧的木碗摇动得更加缓慢了。那滴洒在黄色罩纸上面的"圣水"，这会儿被摇晃后渐渐积在中间的凹坑里，形成一大颗水珠，晶莹明亮，好像一颗透明的珍珠在那里滚动。这颗晶莹的水珠便是被招回来的"灵魂"。如果形不成这样一颗晶莹滚动的水珠，说明那魂还在外边游荡，招魂者仍须不懈地一边唱歌一边摇动下去。这是个古老的风俗，咱们这一带人人都信，据说灵验。我小时被吓着了发烧了，也曾被招过魂，挺灵的，当时心里感到很神圣。我站在一边，听着那哀婉如泣的歌，心里直想哭，似乎有一种什么东西直撞着直揪着我的心。

　　奶奶目不转睛地看着那颗水珠，感动得一双浑浊的老眼都要滚出泪水。妈妈更是上牙咬着下唇，硬是控制着自己不再哽咽出声，以免破坏了如此庄严的场面，但那如断线珍珠般的泪水，已沾湿了衣襟。我这时也受了感染，嗓子眼哽哽的，鼻子尖酸酸的，真诚地祈祷着那颗水珠果真是小龙的灵魂，赶快归位，结束我们家的不幸，结束小龙遭遇的悲惨的不人不兽的命运。

　　这时，奶奶从那燃烧的谷糠里抓一把火灰，撒在木碗上面，然后把那颗晶莹透明的水珠，滴洒在狼孩小龙弟弟的嘴唇上。

　　这样招了三次魂。低沉、幽远的招魂歌在小屋里回荡着，那缓慢、哀婉、充满人情的旋律，久久地在人的心头激荡。我感到，这确实是一首征服人类灵魂的古歌，倘若那迷途的灵魂还不归来，那肯定不是人的灵魂了。

二

我离村寻父的这一年，村里发生了不少事。

摆脱狂犬病隔离，村民刚喘口气，村里又"闹鬼"，弄得人心惶惶。起因是大秃胡喇嘛家的老树，一到夜深人静时，那棵老树上就冒蓝光，还传出婴儿般的啼哭声。有人说那是磷火，老树下边埋着死人骨头或牛羊牲口骨；也有人说老树有黄鼠狼栖身，出怪声。一个大雾的傍晚，有位披头散发的女子跑出那老树的洞，疯疯癫癫地狂笑着，老树洞中又跳出一男人追赶那女人。房后解手的毛哈林爷爷认出了那女人是村小学的马老师，追她的人是胡喇嘛村主任。第二天，有人看见马老师家的人把马老师送往县城精神病医院。后来不少不小心挨近那老树的村里女人，都像马老师那样染上歇斯底里症，又哭又笑，村人说那叫魔怔，而且怪就怪在传女不传男。老人们断言，那是闹黄鼠狼，专门迷女人。

胡喇嘛家的老树，成了不洁和鬼怪的象征。

老秃胡嘎达承受不住了，大骂儿子混账，在老树洞里淫乱，污辱了祖宗栽下的神树，引来祸灾。无奈之下，他带人伐树，可没想到电锯引出的火星弄着了老树棉花般的糟树心起火，顿时那棵老树成了火树，在黄昏的夜空中熊熊燃烧，几十里外都能看得见。

从老树顶飞出了数千只蝙蝠。有的也在燃烧，成了火蝙蝠满天空乱窜。

树下洞内，果真蹿出十几只黄黄的长条鼠类，吱儿哇啦乱叫。人们惊惧地看着这些会迷人的黄鼠狼，谁也不敢碰它们。

看着那棵老树渐渐烧成黑乎乎的焦炭，毛哈林爷爷在自家房顶上拍手大乐，口称气数尽了气数尽了。旁人看着他在房顶上手舞足蹈的样子，都捂嘴乐，称这老汉也被迷着魔怔了。

胡老秃又命人彻底砍倒了老树残留的黑树桩。

怪事接着发生。十天后，胡嘎达进县城回村时，搭坐在村供销社拉货的三轮拖车后货箱顶上，过桥拐弯时拖车甩尾，把货箱顶上的人也甩出去了。按理来说，下边都是软软的沙地，甩下去也没事，有个抱婴儿的妇女掉下去后，还哈哈笑着坐在沙地上依旧喂奶。可咱们的胡老爷子却倒霉了，他摔下去后偏偏打了个滚，脑袋正好撞在路边水泥路标上。其实那一公里埋一个的小牌路标，被村童们敲掉的也差不多了，剩下的那块偏偏那么寸劲儿，撞破了胡老爷子的天灵盖，一命呜呼，夺走了咱们村的一代风云人物。

伊玛把这些说给我听时，笑得浑身乱颤，双颊飞红。停学在家干活儿，这丫头发育得更快了。胸挺得老高，辫子梳得黑亮，眼睛看人时也勾勾的亮亮的。

"快嫁汉子了吧？"我逗她。

"嫁你个头啊，我们家你管啊？"她还是那样风风火火。

我要上县城高中接着读书，她十分羡慕。

"你好福气哟，家里供得起，不像我。"

"我们家也够倒霉的，你看我弟弟，人不人兽不兽的。"

"他现在怎么样？回来后还习惯吗？"

"难啊。我看得出，我弟弟现在很痛苦，根本不接受我们的照料和爱护。唉，不知要过多久，他才能有个人样。"

"是啊，说起来，他可是最不幸的。"

各想着心事，我和她坐在河边土坎上，一时无语。

"最近，胡喇嘛村主任老到我家来串门儿。"伊玛突然说。

"噢？干啥？"

"他说俺们家困难，照顾我爹多看林子每月还给现金补助，还答应明年开春土地重分时，再给我们家分几亩河滩好地。"

"那可是旱涝保收的黑土地，一亩能打上七八百斤苞米，那你们可脱贫了。他做这些干啥？黄鼠狼给鸡拜年，没安好心。"

"当然了。"

"他心怀啥鬼胎？"

"你猜猜。"

"我可猜不着。"

"他们家要冲喜。"伊玛眼睛望着天边。

"冲喜？"

"说他们家老出倒霉事，老爷子又死了，不知往后又发生啥事，所以要冲冲喜。"

"他家冲喜跟你们家啥关系？"

"你这傻瓜蛋。"伊玛骂我一句，低下头去，幽幽地说道，"他要给他大儿子说媳妇。"

"他那羊痫风的罗锅儿子？说媳妇？谁家姑娘这么倒霉？"我依旧傻呵呵地询问。

"就是我。"

"你？天啊——"我这才恍然大悟，拍打脑袋，"你周岁才十七！不够法定年龄哎！"

"他说先定亲喝喜酒冲喜。"

"那你、你——同意吗？"

"同意个头啊！我把他骂出去了！咯咯咯……"伊玛又爆发出爽快的笑声，踢一脚土块四散，"姑奶奶一辈子不嫁，除非……除非你娶我。"

"我？"我吓一跳，这丫头越来越口无遮拦。

"哈哈哈……吓得你！"伊玛又大笑，笑得眼泪闪动，接着又说，"你是读大书成大器的人，咱们可不配哟。"

说完，伊玛挑起水桶，头也不回地走了。

我愣在原地，一时心里也酸酸的。

晚上，我去看望毛哈林爷爷。他现在的心情特别好，口称快了快了，是动员你爸爸坐天下的时候了，机不可失，时不再来。弄得我很无聊，这老头子成天琢磨事，整个一个名副其实的村里老政客、老谋划家，总想把这个百户人家的村子纳入他安排的轨道内运转，他要当那个太上皇或者垂帘听政的老太爷。胡家的败落迹象，更使他按捺不住，跃跃欲试。

我真不明白，一步三晃的他哪儿来的这么大精神头。以前他们把我爸提前从娘肚里打下来，可现在又惦记着把他扶上台去，变成他们手中的一个工具。世道真滑稽。

回到家时，白耳在地窖里吠鸣。从大漠回来后，可怜的白耳又被关进地窖拴起来，怕松开散放后咬坏来往生人，给家里添乱。

妈妈又忘了给它喂食。

妈妈和爸爸整个心思都在狼孩弟弟身上，常常忘了这只狼子白耳——他们的干儿。而且白耳也怪，一见小龙就吠哮，一点也不喜欢他，好几次冲上去就咬，如见了仇敌般地狂吼，弄得爸爸很生气，拿鞭子抽了它好几次。

白耳开始受冷落，令我不安。我几次跟爸爸吵，不能这样对待白耳，我宣布往后谁再打白耳就等于打我一样，我跟他没完。可爸爸来火了，连我也摁倒了打。我等于没说。

我一边给白耳拌食，一边心想，往后我去县城上高中不在家，它可怎么办啊？谁照顾它？我抚摸着饿极后贪婪吃食的白耳，心中哀伤起来。

三

不知是招魂起了作用，或是铁笼环境使然，狼孩弟弟不像刚开始那样狂躁疯闹了，几天来始终安静地盘卧在笼子一角，半睡半醒，对周围冷漠得令人心寒。

笼子里摆着丰盛的食物，一角扔着原来给小龙穿上此时已撕成条状的衣裤。他还是喜欢赤裸着生活。

妈妈在铁笼旁搭了个地铺，陪小龙睡。

这一晚，妈妈痴痴盯着缩在笼角假寐的小龙，不禁动了感情，身上微微战栗。那灰土色披肩长发，那像胳膊又像腿的粗手臂，那结着硬皮的赤裸结实的身躯，那阴森野性的目光，难道他就是自己几年来日思夜想的儿子吗？是当初自己拼死拼活与母狼搏斗还是被抢去了的小龙吗？一股热潮滚滚涌上心头，这深沉而绵长的母爱的冲动，整个地控制了她的情绪。她一时忘却了那还是野性未改的半兽，站起来懵懵懂懂地拉开铁笼子门闩，身子钻进笼子，嘴里轻轻呼唤着："我的儿子！儿子……儿子！"便抱住小龙亲吻，泪如泉涌，滴洒在狼孩小龙冰冷的硬脸皮上。她脱下外衣，盖在小龙那赤裸的身上。

狼孩受惊了。鼻翼翕动，嗓子眼里发出阵阵"呼儿呼儿"的声响。那一双阴冷的眼睛，射出两道绿幽幽的寒光，只见他猛地"呼儿"一声，张口就咬住了妈妈的手腕。

妈妈没叫也没抽回手，任狼孩咬着。

尽管那尖利的牙齿深深咬进肉里，殷红的血顺着他的牙齿渗出来，她仍然没有动，反而伸出另一只手轻轻地抚摸狼孩的头和脖子，嘴里无限温存地低语："孩子，你咬吧，妈妈对不起你，妈妈当初没能保护你，是妈妈害了你……你咬吧，这样妈的心里才好受点啊，呜呜……"她伤心地抽泣起来。

妈妈的发烫烧红的脸，紧紧贴在狼孩的头上，亲切温柔地蹭动，两行热泪"吧嗒吧嗒"往下掉。

一道温柔的清泉水，一丝和暖的春风吹。崇高的母亲充满挚爱的召唤：迷途的孩儿，回来吧！

两排如刀的尖齿渐渐放松，最后从那柔嫩的手腕上移开。也许，母亲脸庞的亲切蹭动，使他想起了母狼那尖嘴的拱动；也许，亲生母亲的慈祥的召唤，唤起了他遥远的沉睡已久的幼儿时的忆念。奇迹就这样出现了。他抬起脸，兽性的目光变得迷惘，两个鼻孔一张一翕，伸出舌尖舔舔滴落在他嘴唇上的泪水，那张昂起的痴呆愚鲁的尖长脸，就像一个大问号：我是谁？来自何方？你是谁？你的泪水为何跟那大狼爸爸的泪水一样是咸的，我的眼泪也是咸的，为什么？你为何用脸蹭我？也是一只用脸的蹭动来表示亲热的母狼吗？自从自己的眼里第一次流出咸水起，他每每用舌尖去吸吮，获得一种乐趣。这会儿，他又伸出长长舌头，舔起这个蹭自己脸的人的泪水，一时间他那焦躁不安的心灵，得到了某种安抚。不知出于一种什么情绪驱使，他伸出舌头舔那手腕上渗出的血迹。妈妈泪如泉涌，紧紧地抱住他，亲吻个不停，嘴里不停地低语："孩子，我是你妈妈……我的儿，认出了吗？我是你妈，妈妈……"

"妈、妈……"狼孩艰难地吐出这个字，当初大狼爸爸教的记忆突然恢复。

一直在笼外目睹这一幕的爸爸愣住了。

当妈妈扑进笼子里时，他失声叫着不好，心就提到嗓子眼上，尤其是妈妈的手腕一挨咬，以为狼孩就要上去咬断她的脖子，爸爸做好了冲进笼子抢救妈妈的准备，可眼前的事，使他有些不敢相信自己的眼睛。小龙今天不同往常，开始认人了。苍天在上，这真是个好兆头。也许，小龙娃真的会很快就恢复人性，回到我们中间了。他的心顿时热烘烘的，自己几年来的千辛万苦的寻觅和受的罪，终于将获报偿，爸爸喜上眉梢。

爸爸拿一块熟肉，递给妈妈说："你喂喂他，接着教他说话，跟他交流。"

妈妈默默接过熟肉，送到狼孩子嘴边，亲热地说："妈妈来喂你吃肉，好香的鸡肉哦，小龙来吃哩。你的名字叫小龙，我是妈妈，你是妈妈的小龙……"

狼孩或许真的饿了，咀嚼妈妈塞进他嘴里的肉，迷迷茫茫地听着妈妈的唠叨，似懂非懂，直哼哼。

过了几天，他又完全不认妈妈了。

妈妈三天后再次钻进笼子里，想给他喂东西，谁料，狼孩小龙"呼儿"一声一下子撞开妈妈，猛地向前一蹿，张牙舞爪地跳出了笼门。幸亏，拴在他脚腕上的铁链子没有松开，他"叭"地扑倒在笼门外边。

当时，正好爷爷守在下屋。家里的男人们都轮流守下屋，爷爷爸爸叔叔们互相替换，因为不能耽误了地里的农活儿。爷爷怕小龙挣脱铁链逃出去，扑过去从后边抱住他。狼孩弟弟机敏地一翻身，随即一只长臂伸过来，狠狠往爷爷脸上抓去。爷爷一偏头，"哧啦"一声，肩头被抓，衣服扯破，尖指甲划破了皮肉，留下几道血痕。爷爷急忙跳开去，气喘吁吁。狼孩弟弟在地上暴怒地蹲跳，"呼儿、呼儿"地发出吼哮，龇牙咧嘴，一张粗糙脸变得更加狰狞恐怖。那架势，好像谁要胆敢接近他，就咬断谁的喉咙。

妈妈的脸变得苍白。

"娘的儿，别胡闹……听话，妈妈来了，这成啥样子……"妈妈钻进铁笼子，仍想以母性的温柔来感召他，一步步靠近过去。

"呼儿！"狼孩小龙一声低吼，红着眼向妈妈扑来。

我一把拽回了妈妈，就差一瞬间。不然，那张开的大嘴、两排利齿，定是咬住了她的咽喉。妈妈惊骇了，望着又完全像野兽的儿子，痛苦得咬破了嘴唇，呜呜哭将起来。

　　爷爷从铁笼挂钩上拿下那根常挂那儿的皮鞭，在空中挥动，咻咻作响。

　　"啪！"一声脆响，皮鞭抽在狼孩弟弟身上，疼得他"嗷嗷"嗥叫。

　　"回去！回笼里去！"爷爷威严地指着笼门吆喝，那根黑皮鞭像条蛇在空中舞动，发出"咻咻"的声响。

　　"不要打他！不要打他！"妈妈哀叫着扑上来，想夺下爷爷手中的皮鞭子。

　　爷爷一把推开了她。

　　"不用皮鞭，不拿住他，他永远是一条狼！"

　　爷爷怒吼，把皮鞭飞舞在狼孩头上，咻咻发响。狼孩小龙弟弟恐惧地盯着那根可怕的鞭子，两眼贼溜溜转动着，一步步后退。当鞭子再次要落下来的一刹那，他一个蹿跃，仓皇逃进笼子里去了。爷爷跟上两步，关住了笼门，插上门闩，上了锁。

　　狼孩弟弟关进了笼子里，真成了困兽，吠哮着东撞西碰，尖利的牙齿咬着那脚上的铁链，嘎嘣嘎嘣直响。他狼般蹲坐在后腿上，愤怒地撕扯起裹在身上的衣服。那是妈妈费了半天劲才给他穿上去的，眨眼间，一条条一片片布料扔满了笼子里。他已经扯坏了好几身衣服了。

　　爷爷看一眼妈妈无血色的脸，向我示意扶她出去。

　　我搀扶妈妈时，她那瘦弱的身子瑟瑟发抖。善良的母性的感化遭到失败，对她打击不小，绝望的情绪攫住了她，几欲倒下。我安慰她说："妈妈，这事不能性急，弟弟现在还是半人半兽，兽性多人性少，千万急不得。他在荒野上跟母狼待了好几年，又正好是他开始懂事的年龄，天天又吃狼奶长大，哪能一下子变成乖儿子呢，得慢慢来。"

妈妈稍稍心绪好点，说："还是阿木懂事，幸亏妈还有你这么一个好儿子在身边，唉。"妈妈叹口气，垂着头，伤感地回房休息。

爷爷默默观察片刻，也退出了下屋。没有了人，狼孩弟弟吠哮了一阵，渐渐安静下来，卧伏在笼角。

我也一直关切着狼孩弟弟。这些日子里，我从县城图书馆、新华书店找来许多有关动物学、人类学方面的书和资料来读。资料表明，新中国成立前我们这一带出现过两次狼人踪迹。五十年代印度原始森林捕获过一位狼婆婆，四五十岁，几十年与狼群一起生活，抓回人间后很快就死了。美国和加拿大也发生过多起与狼共度的狼人事件。

可狼人的结局一般都不妙。

我真有些暗暗为弟弟的命运担心。咱们真能够完全恢复他的人性，让他完整地回到人间来吗？我模模糊糊地感觉到，这不是简简单单的人性和兽性的搏斗问题，小龙弟弟身上体现着一种更深层次的生命意义。我还暂时不理解，不懂得那意义和道理，但那肯定是一个惊心动魄的人性和兽性哲理。因为我们人类的原因，导致母狼完成了小龙弟弟的入世道理——以牙咬人，咬这世界，咬这人的世界。

其实，弟弟已经是人类的叛逆者。

他现在拒绝人类文明。

四

爷爷端着他的烟袋，几次过来催促爸爸赶紧送我去县城继续学业。家族把希望都寄托在我这个还算健全，又够聪明的后辈身上，盼着我将来光宗耀祖。

我去上学的日子愈来愈临近。

可有三件事，使我放心不下。一是狼孩弟弟，二是白耳，三嘛，就是那丫头——伊玛。不知怎么，近来不知不觉老惦记她的事，她会不会嫁给胡家的那个羊痫风呢？大秃胡喇嘛盯上她了，真能像她所说"嫁他个头啊"就能完事吗？

这一天中午，她在门口拦住我说："我有话跟你说，晚饭后河边见。"还没等我吱声，她又扭头走了。

我一头雾水，这丫头又有啥事了呢？

黄昏的河边静悄悄。

我如期来到我们两家一起挑水吃的河口，找个土坎坐下，秋天的艾蒿散发出一股沁人心脾的清香。夜鸟啁啾，归入河边树林，小河偶尔翻出一两朵哗哗水花，不知是河鱼嬉戏还是夜燕掠水。远处突闻狼嗥，似曾相识，我不禁一抖，不会是那只老母狼吧？它应该放弃了。当时它身受重伤，或许压根儿就没能活过来。我兀自笑了。多疑。

这丫头咋还不来，整个一个敖包相会。别是涮我吧，我这哥哥可没那么大的耐性，我正想拍屁股走人，只见她沿着小路急匆匆地赶来了。

我拿根草放进嘴里咬着，跟电影上的无聊男人一样，歪着头看她，说："小姐，你怎么跟那些电视上的嗲女一样，考验我的耐性啊？"

她看也不看我，坐在土坎上，嘴里说："烦死人了，他又来了，还在我家呢。"

"谁烦死你了？谁来了？"

"你这死脑瓜，一到这时就犯傻。还能是谁，大秃子呗！"

"来了又怎样，你一说嫁你个头哦，就行了呗。"

"可我爹同意！"

"那管啥，让他嫁去。"

她扑哧一乐："可他给我下跪，又打我……你看！"

伊玛撸起衣袖，胳膊上青一道紫一道。

"这一下麻烦了，你爹还是挡不住糖衣炮弹的进攻，腐败分子有权有势，无孔不入。唉，一个小小的普通农民，哪能承担起这反腐败的历史重任呢？"

"你胡嘞个头啊。人家急死了，你还寻开心！真是白当一回好同学了，狼心狗肺。"伊玛白我一眼，眼泪汪汪。

我这才感到事态严重，连声道歉，听她详细诉说。

考虑到一家的生活，伊玛的爸爸妈妈铁了心，要拿女儿的青春和一生，换取家里的生活奔小康，投靠胡喇嘛这棵大树。

我跟伊玛想来想去，想不出一个好主意。出逃，她舍不得病娘；想嫁个理想中的男人，可除了我她似乎还没有考虑过其他小伙儿。我当然不能为了她，把自个儿撂在这沙坨子里，那爷爷和爸爸不打断我的腿才怪。其实她都知道我的处境和状况。

"算啦，不去想它了，我死也不嫁就是了。到时候，真逼我，我就拿刀抹脖子。"伊玛的手掌往我脖子上划了一下。

"别、别，这不是你的脖子。就是你的脖子也别轻易乱抹，你如花似玉，多可惜。"

"你这油嘴滑舌的小子，是不是你也觉得我漂亮了？"

说着，大胆的伊玛一下子抱住我脖子，狠狠地亲了一下我的脸。顿时，我的脸像烙铁烫了一样，火烧火燎，奇妙无比。

"你约我来，就是为了亲我一口啊？"我的心怦怦跳着。

"不止这些，反正我早晚是人家的人，不是嫁大秃，就是二秃三秃，还不如先让我自己喜欢的人摸我碰我呢……"这个大胆的村姑伊玛整个疯了，愣在我不知所措中拽过我的手，塞进了她那半敞的内衣里头。

于是我的手抓到了两只活蹦乱跳的小兔，软软的，绵绵的。我的手一开始哆嗦着，几次想抽回来，没有成功，后来就如被磁铁吸住的矿石一样，粘在那两只小兔上不动了。

天啊，女人的胸原来这么软，这么烫，这么……

还没来得及往下想，我的嘴唇上又贴上了两片嘴唇，滚烫滚烫，又湿漉漉，这疯丫头啥都会，电影电视真没有白看。我这十六岁的少年就这样一生中头一次触摸了女人，吓得我心扑腾扑腾乱跳，有一种犯错误的恐惧感袭上心头。

可我的血液却是沸腾着。

身上有一股奇妙的感觉，简直万箭攒身。

伊玛更是如醉如痴，喃喃低语，不停地催促着："我的一切都给你，拿去吧，都给你，快点啊……"

我不知道她催促我干什么，但我的手被她的手牵着，从她胸上移向小腹，再往下。

正这时，河的上空飞过一只猫头鹰。"咕——咿——"两声瘆人的怪叫，吓得我一哆嗦，发热的头脑一下子清醒过来，我的手也像被蛇咬了一样，猛地抽回来。

"对不起，伊玛，咱们不能这样……对不起……我会永远记住你对我的这份情……"我慌乱地说着站起来，如小偷逃离现场一般，拔腿就逃向家里。

我身后传出伊玛抽泣的声音。

我已经没有勇气回头再看她一眼，头也不回地跑着，如被狼追着屁股一样。

回到家时，妈妈看见我气喘吁吁，上气不接下气，说："撞见鬼了，孩子？吓成这样，刚天黑啊。"

"撞见了活鬼，女鬼，舌头又红又长，差点活吞了我。"我定了定神，走向屋里。

"那女鬼不会是西院的伊玛那丫头吧？"妈妈神秘兮兮地说。

"你咋知道？"我一哆嗦。

"知子莫若母嘛。你刚去河边，她也过去了嘛。你可当心点啊，人家可是胡大村主任看上的儿媳妇哟，你别蹚这浑水。你的媳妇啊，在大城市楼里住着呢……"妈妈冲我刮刮脸，径自进下屋看狼孩弟弟去了。

几天后，我就离开村庄去了县城。

一个月后，家里人来县城看我时说，伊玛疯了。

我的心猛地一抖。唉，伊玛这丫头，没能扛过去，真命苦。

我心中几多怅然，一丝酸涩，还有股说不出的痛。

第十二章

夜还是那么黑，伸手不见五指。此时，那座荒坨上孤零零戳着的窝棚板门，黑暗中被悄然推开，走出一人，轻手轻脚走到狼狗窝边。这人的手摸索着，摩挲一阵一直不安稳的白耳头脖，然后哆哆嗦嗦解开了拴住白耳脖颈的铁链。白耳自由了，"呼儿呼儿"嘶吼着，围着那人打转，爬上爬下，亲密无间。那人拍了拍白耳屁股，低语一声。

狼狗白耳舔了一下主人的脸和手，而后"噌"的一下利箭般射出去了。义无反顾，直奔胡老爷子消失的大漠苍茫处。

一

有个周末，我从县城回村探家。

刚进院，就听见从下屋传出咿咿呀呀的叫声。

推开下屋门，见铁笼是空的，而狼孩弟弟则站在笼旁一个硕大的塑料盆里，爸爸妈妈正忙着给他洗澡。当然脚镣和铁链还没松开。

"阿木，你回来得正好，快帮我抓着点，这小子调皮，不让洗小鸡鸡。"爸爸招呼我。他脸上身上溅满水，妈妈抓不住弟弟的两手。也许见水高兴，小龙在水盆里又蹦又跳，又叫又闹，弄得爹妈狼狈不堪。

"我来啦！我来给他洗鸡鸡！"

我从带回的兜里拿出两个大红苹果，洗了洗，过去塞进小龙弟弟乱抓的手里，又做出放进嘴里嘎嘣嘎嘣嚼的样子，说："小龙，吃吧，吃吧，好吃着哪。"

或许对和我在大漠里一块儿生死相依有印象，或许对我小时背他上学掉进厕所有烙印，小龙见我不怎么认生和反感，嘎嘎嘎乐着，把手里苹果放进嘴里咬起来。左咬一口，右咬一口，果汁横流，人也老实多了。

　　于是，我就给他洗起小鸡鸡和两条腿根来。

　　其实狼孩弟弟身体器官都过于结实而显得麻木和迟钝，包括他的小鸡鸡。我怎么揉扯抻拉，洗洗涮涮，他似乎浑然不觉，随我玩弄。那时他的兴趣全在两个苹果上。

　　"嘿嘿，他这小鸡鸡还变硬了嘿！"

　　我刚叫出口，"哧"的一下，那变硬的小鸡鸡刺出一股尿水来，正好灌进我张开的嘴里。

　　"哇哇！"我大叫着，丢下他逃走。

　　爸爸妈妈笑得前仰后合。可撒尿的小子似乎全然不觉他的小鸡鸡在喷射，依旧吞嚼着苹果。

　　"真是个大尿仙！"我咔儿咔儿地漱着口，清洗满嘴的腥臊味儿。

　　洗完澡，爸妈又给他身上涂起一层层黄油来。

　　"嗨嗨，家里都舍不得吃黄油，涂他身上干啥呀？"我问。

　　"村里吉亚太老喇嘛说了，涂黄油能软化他这一身铠甲似的硬皮。"爸爸说。

　　我一想，有道理。老喇嘛行医半辈，就这次可能说对了。小龙身上处处结着厚厚一层硬茧，有些地方像蹭了一层松油桐油更是刀枪不入，可这些厚甲全封闭了它身上的汗毛孔，影响新陈代谢，影响发育，影响血液循环，容易患病，这是从人类学的角度说的。可这些年，弟弟不照样活得挺好的？

　　小龙现在浑身油光闪烁，赤裸着身，挺着鸡鸡，毫不逊色于老在电视上露脸的黑人健美先生。我拿出向同学借来的相机，"咔嚓"一下拍下了他的这一绝世尊容，后来真成了绝版珍品。相机的闪光刺激了小龙，"嗷"一声叫，向我扑来抢相机，我赶紧逃，又从兜里掏出一个苹果朝他扔过去，他猴子般灵巧地接住，这才平息了他对相机的追缴。他真爱吃苹果。

狼孩弟弟显然正在适应新生活。

也许，他感到这里不比原来的大漠古穴差，更具有丰富的食物，不再遭受饥肠辘辘之苦。他按照爸爸安排的规律生活，尽管很被动，却也很惬意。只是被牵出来放风时，他总是跑到墙角或树根下，抬起一条腿斜里撒出一汪臊尿，使得爸爸不得不当他面示范一番。狼孩弟弟果真模仿，可把那玩意攥得紧紧的，疼得自己嗷嗷叫。爸爸妈妈让他模仿的项目不止这些，如端碗拿筷子吃喝，穿衣戴帽穿鞋穿袜；如两条腿走路，恢复上肢、手的功能。另外就是，教他咿呀学语。他也能简单掌握一些单词，见圆的说"蛋蛋"，见鸡便喊"鸡鸡"。有一次喊完"鸡鸡"便拔腿追过去，凶狠狠，眼红红，爸爸抓得迟了点，他早已逮住那只倒霉的鸡，咬断鸡脖子，生吞活剥。在家里，狼孩弟弟跟妈妈比较亲近，让她挠痒，让她梳头洗脸，喂饭喂水，喜欢由妈妈领他出去玩。有时，他的性情也变得很温和，不乏调皮，往往把裤子套在脖子上急叫，或者揪着妈妈的头发，比画自己的光头，大有惊惑之色。有一次，弟弟趁爸爸不注意，拿过他的酒壶灌了一大口，辣得连连吐舌打滚，逗得爸爸妈妈笑出了眼泪。他的活动范围一般限制在两间下屋和院里，只要到外边玩，都由大人牵着拴他的链子。

有一次，弟弟正在院里散步时，院角的地窖里传出白耳长长的狼般嗥叫。

弟弟昂起头来，侧耳倾听。熟悉的嗥叫，亲切的呼唤，顿时令狼孩弟弟热血沸腾。他猛地一蹿，拖着妈妈直奔地窖而去，同时他的嘴里也"呜呜"地发出长长狼嗥。

顷刻间，狼孩弟弟冲进了地窖。

拴着铁链的白耳也许饿极，也许无法忍受这寂寞难耐的牢笼生活，高扬起尖嘴狼般嗥哮着。

狼孩"噢、呜"亲热地呼应着，又蹦又跳地靠近过去，大有他乡遇故知，或老乡见老乡两眼泪汪汪的感觉。

可白耳不领情。它双耳直立，眼睛变红，似见了异类或怪物般，"呼儿"的一声吼，扑上来就咬狼孩弟弟。狼孩弟弟"嗷儿嗷儿"惨叫，在地上打滚。一是没有防备，二是他还不是白耳的对手，顿时肩头后背被抓咬得鲜血直流。

"白耳！不许咬！快松口！"失魂落魄的妈妈惊叫着扑上去，又踢又打白耳，好不容易把狼孩从白耳爪下拽出去，抱着儿子痛哭起来。

闻声而至的爸爸，拿鞭子狠狠收拾了一顿白耳。

可怜的白耳从此更是每况愈下，在家里受尽冷落。

听完这些，我扭头就跑向地窖。

茕茕孑立，皮包骨头，毛色污秽。我已认不出白耳了。我那雄健秀美、毛色亮丽、修长身材的狼子白耳不见了，换成了一只脚脖被铁链磨破渗血，瘦弱不堪的癞皮狗。我抱起白耳热泪盈眶，嘴里喃喃自语："他们不能这样对待你的，他们为什么这样对待你……"

"孩子，白耳快成大狼了，它越来越野性了……"爸爸不知何时出现在我的身后。

"不，你们待它不公！你们心中只有小龙弟弟，欺负我的白耳！"

"孩子，它毕竟是狼崽，其实就是一条狼了，看不住就会出事的……"

"不，你说过，它是你的干儿子！对我也有救命之恩！它不是狼，它是在我们家长大的好伙伴儿！"

爸爸摇头，走出地窖。

我抱着白耳哭够了，起来给它拌食。白耳狼吞虎咽，风卷残云。看来这么多天来，它头一次吃到这么丰美的肉骨头和面汤。它不停地

"呜呜"着拱我的腿和胸口，舔我的脸。

我这回真正地犯愁了。拿白耳咋办哦？我还要去上学，不可能老守在家里保护它。家里人又不愿管它，还随时提防着它去咬伤狼孩弟弟。他们几次劝我把白耳送到县城公园，要不放回荒野。

可我知道，这两条路对白耳都不合适。

不过我对家人宣布，不解决好白耳问题，我再也不去上学。

爸妈的眼睛瞪得溜圆溜圆，看狼一样看着我。

二

"阿木娃，我们没办法啊。"伊玛的爸伊尔根说。

"家里穷啊，我们两口又没本事。"伊玛的娘萨仁花说。

伊玛的爸瘦小猥琐，像个大烟鬼，四十多岁的人像个小老头儿；伊玛的妈咳嗽着，双颊有两块粉红晕，双眼深陷，眼珠似从脑顶冒出来，肺和气管儿的毛病害得她不像个活人，像只有一口气的坟坑边的痨病鬼。我一向不大喜欢伊玛的双亲，过去很少到她家串门儿，有事都是隔墙喊伊玛出来。这次无奈，到她家来看望一下变魔怔的伊玛。

可伊玛不在家。

"阿木娃，你可好好劝劝她呀……"伊玛的爸继续唠叨。

"她听你的话，你给她个痛快话，让她死心……"伊玛娘的话刺激得我差点跳起来。他们当是我在勾着他们女儿的"魂"，甚至因为我而不嫁胡家，以致发疯。

"大叔大妈，你们胡说啥，我跟伊玛只是好同学好邻居，没有别的……"我尽量压着内心的厌恶解释道。

"那更好哇，你就劝劝她……"伊尔根说。

"劝她啥呀？"

"嫁胡家呀！"

"伊玛不是魔怔了吗？ 还嫁啥呀？"我奇怪地问。

"唉，那是一时的失心疯，时好时坏，嫁人没问题，人家胡家也不嫌弃，反正他们的儿子也不是什么正常人，正好配对。"伊尔根说时歪歪嘴乐了，我真想一巴掌扇向那张猥琐的脸。这哪儿是一个为人父者。

"你还说只是个好同学，我女儿可不一定这么看。"伊玛的娘瞥我一眼，阴阳怪气地接着说，"她得病前，天天跑到河边哭，就是魔怔了以后也天天坐在那河边土坎上发呆，一坐就几个钟头，你说怪不怪？"伊玛的娘嘿嘿乐了，笑声像猫头鹰叫。敢情这痨病鬼啥都知道。我心中也不禁一颤。

"她现在人在哪儿，我去劝劝她。"我不想再跟他们纠缠了，站起来告辞。

"还能在哪儿？ 河边土坎呗。"两口子同声说出。

我逃跑般走离伊玛家，到外边大口大口喘气。

我先回家，从地窖牵出白耳，正好带它去河边放放风，又可给我做做伴儿。伊玛这疯丫头，别见我又犯病。

我远远看见她呆呆地坐在那土坎上，呆呆地望着秋水出神。

"伊玛……"

她不看我，依旧呆望凉寒的河水。

"我是他们捡来的养女，养女……"伊玛自个儿叨咕。

"什么？ 你是他们的养女？"我不知道此时的伊玛正常不正常，观察她的脸和神态，除了憔悴变瘦外，现在她还算正常，只是眼睛阴冷阴冷。

"是啊，他们去通辽看病，从医院板凳上捡回来的，我是人家丢弃的私生女。我娘压根儿就不能生育。他们瞒了我这么多年……"

"难怪他们对你这样狠！你是咋知道的?"

"我不答应他们，他们就又打又骂，说捡回你这野种，养了十七八年，该报答他们了……"

"原来真是这样。唉，伊玛，你真命苦……"我不知说啥好，也望着那秋水满肚酸楚。面对这种命运，她不魔怔也难。

白耳围着伊玛转，嗅嗅闻闻，又拱拱她的膝头。过去我常带白耳约伊玛一起去野外挖菜打柴，它跟伊玛很熟，一点儿不认生。

伊玛突然抱住白耳的头，"呜呜"痛哭起来。

白耳摇着尾巴，任她搂抱亲热和发泄，显得很大度和理解。我暗自纳闷。不过，白耳在家里的待遇也跟伊玛差不多，真是一对苦命人兽。白耳伸出舌头，舔着伊玛流泪的脸颊，更令她感动不已，抽泣不止。

"把白耳送给我吧！"伊玛突然对我说。

"这……"我一时惊愕。

"我想有个伴儿……白耳又理解我。反正你不在家，也不需要它，你们家人也老打它，我跟它同病相怜，在一起还有个照应。连这一点要求你都不能满足我吗?"伊玛站起来，瞪大眼珠面对着我。

"好好，先别急，咱们好商量……"我怕她又犯病，安抚着，"你这主意，倒不失为一个两全其美的办法，我也正为白耳的事头疼呢。可你那爹妈同意吗?"

"会同意的。我就带着白耳嫁胡家，白耳是我的嫁妆。这是条件。"

"你还是同意嫁胡家?"

"不同意你让我嫁谁? 守着这对狼心狗肺的爹娘，还真不如嫁出去，找个汉子过自个儿的日子，嫁谁不是嫁呢? 咯咯咯……我一个疯子，还能嫁谁? 咯咯咯……"

听得我倒吸一口冷气。

我拗不过伊玛铁了心的请求，最终咬咬牙决定，暂时把白耳交给伊玛照料。我担心不答应她又让她伤心，我再也不想伤害她那破碎的心了。而且，白耳还真有了个好着落，我不必再牵肠挂肚。一想，这还真不赖。

"好，白耳就送给你照料。你好自为之。"我由衷地说，此时此刻说什么也多余，我一个文弱少年也无法改变伊玛的命运，唯一送给她的就是祝福了，还有白耳。

伊玛高兴至极，抱着白耳滚倒在地上，发出"咯咯咯"的爽朗笑声。白耳这么多天头一次在河滩地上如此自由地跳跃撒欢，似乎听懂了我们的决定，跟未来的女主人无拘无束亲亲热热地玩闹着，把欢乐和快意洒满河边沙滩。

"伊玛，将来要是你真去了胡家，他们谁欺负你，就叫白耳咬他们！"我说。

"我会的！"伊玛说得咬牙切齿，两眼又变得阴冷。

我不寒而栗。

我此时真拿不准我的决定是对还是错。

第二天返校之前，我好好喂了一顿白耳，再跟家里人打了招呼，然后就把白耳牵到了伊玛家，亲手交给了伊玛。奇怪的是两边都没什么反应。我们家好像早就等待着我把白耳牵走，管他是公园、荒野或是别人家；而伊玛家，也好像早已达成协议，默默地看着伊玛把白耳牵进一个新搭的狗棚居住。

从此，人们常常看见河边沙滩上，有个孤女牵着狼狗溜达，或坐或躺或笑或哭，或瞅着那流逝的河水哼一曲哀伤的歌。人和狗日趋亲密无间，形影不离，相互照应。有时人犯病变得疯疯癫癫时，狗忠诚地守护着她，不让顽童或不轨者靠近半步，甚至把他们追得嗷嗷乱叫。

又过了一段时日，这孤女和独狼的身影从河滩上消失了。唯有那河水日夜奏着哀婉的曲调，哗哗啦啦地唱，如泣如诉。

三

伊玛果真嫁到胡家，带着白耳。

不久，她和羊痫风罗锅丈夫胡大一起，承包了村里塔敏查干沙坨中的野外窝棚，远离了村庄，当然也带着白耳。住进离村二三十里外的窝棚，看管村里的闲散牲口，淡出村中烦人的环境，倒也不失为一个好出路。

但事情也没那么简单。

下边是伊玛和白耳后来遭遇的故事。

有一天，他们的爹爹胡喇嘛突然跑到他们搭建在野外的窝棚，躲进了关白耳的狗窝。

可那白耳狼狗盯得他发毛。

屁股下的干草尚软，胡喇嘛往后蹭了蹭。白耳狼子依旧盯着他，冷冷地。他真有些发毛。莫非这东西还记得我，记得几年前的事？那一双眼白占多又绿光闪闪的圆眼，阴冷阴冷，似是两条寒极射线，把他钉在冰凉的墙角，不敢动一动。

一条铁链噼里啪啦拴在白耳脖颈套环上，他壮着胆挥了挥手里抓到的树枝。嗞——白耳毫不含糊地冲他翻起上嘴唇，白牙利齿连红红的牙床一并露出来，发出吠哮。他身上一抖。

他不再惹它，知趣地远远躲到白耳够不到的墙角。

"胡大！胡大！"他开始喊叫。

长子胡大应声出现在低矮的狼狗窝前边，嘴边还残留着白沫。显然刚犯完病，后背上鼓出的小山包，挤压着他上身几乎成九十度地面朝大地，手里的拐棍是唯一的支撑以防跌落。

"爹又咋了？"

"牵走这狗东西！"胡喇嘛说。

"它是个好狼狗！"

"牵走！我看着烦！老冲我龇牙，它肯定还记着以前的事！"

"不会吧，好几年了，伊玛现在训练得它像个家狗，老实又听话。"

胡大跨进土坎，摩挲了一下白耳的脖颈。那白耳伸出红红的舌头舔起他的手。"你看没事吧，白耳老实点啊。"胡大说着紧了紧白耳的皮脖套，还有那链子。白耳现在愈发矫健，黑灰杂毛长而硬，尾巴毛茸茸的拖在地上，被伊玛调理得更具狼风。

"爹，你们到底犯啥事了？"

"你不要管，我肚子饿了，一会儿叫你媳妇送饭来！"

"出去上屋吃吧。"

"不成，那帮'雷子'万一找到你们这儿咋办？"

胡大拄着拐棍走了。

随着一阵大咧咧的脚步声，胡大的媳妇伊玛来到狗窝前边，手里捧着一钵饭菜。人胖了许多，可魔怔得更厉害，人总处在精神恍惚状态，似醒非醒，似明不明。她有些胆怯地低着头，往低矮的狗窝里瞅。

"爹……吃、吃饭了。"伊玛说话也变得结结巴巴。

"送进来。"胡喇嘛盯着白耳，不敢动窝。

伊玛不大情愿地猫着腰走进狗窝。这是由原来的小羊圈改建的，上有篱笆顶，四面是土坯墙，后墙有透风的方口子，下边还铺着干草，有股刺鼻子的腥臊气。那白耳用头蹭一蹭伊玛的大腿，蹭得她好痒痒，咧开嘴露出已经黄锈斑斑的大牙，扑哧乐开了。一双丰满的大奶，自由地颤动着，隔着单花褂子明显感觉出那波峰浪谷。老公公胡喇嘛的双眼如狼眼一样变绿了几许，死死盯着伊玛的丰乳肥臀，燃起火一样的光芒。他就欣赏儿媳的这堆赘肉，还在她小姑娘刚发育时起就喜欢。

伊玛放下饭钵子，慌乱地转身离去。

"等一等。"

"爹。"

"过来。"

"爹……"

伊玛向外瞅一瞅，眼神中闪过一丝畏惧。像所有魔怔病人一样，胆儿很小，也许魔怔的病根大多就是恐惧所致。她猫着腰站在原地。那惊恐的眼神期盼着什么呢？盼羊痫风加罗锅的丈夫及时出现，喊她出去喂羊？其实她什么也没有等到，也不会等到。这她心里清楚，嫁到这一家的第一天就知道。所以，她鼓动胡大承包了村里野外窝棚，看管村里放进坨子里的散牲口，以躲避她所害怕的半年来重复过多次又无法抗拒的那事儿。

"不听话了是吧？明儿个回村，我就撤了你爹的护林员，收回河滩地，再把你送进通辽的疯人院，让好多人干你。"公爹胡喇嘛说得很平常，像是说着玩，嘴角歪斜着挤出一丝微笑，眯缝起一双眼睛。

"别，别，爹……"平常的话在伊玛听来却像惊涛骇浪，前边的威胁倒无所谓，后边的送疯人院这招，可是致命的。伊玛面如土色，乖乖地，猫着腰凑在公爹胡喇嘛身边。

胡喇嘛的大手准确地抓揉伊玛胸前的乳房，嘴里发出满足的嘿嘿嘿的笑声。

"当初娶你过来，不是娶给胡大，是娶给我自个儿的。嘎嘎嘎，这你心里清楚。"他把她压在身下时说道。

她当然清楚。入洞房那夜，胡大不知紧张还是兴奋，突然犯病，吐着白沫不省人事。公爹进来说不用管他，过一会儿就好，然后上了她的床。她犯魔怔了，外加害怕去疯人院，只好随其摆弄，以后是一发而不可收拾了。

此刻，伊玛也只有在胡喇嘛庞大的躯体下蠕动的份儿。她闭上双眼，随胡喇嘛折腾，脸木木的，被扯开后裸露的乳房也木木的。身下的干草有些扎屁股，她也没有感觉。她这会儿只盼着快完事。没有别的，灵魂都木木的，还能有啥呢。

胡喇嘛没完没了地弄着。

此时，有一双眼睛正从狗窝外边阴冷地窥视。这是一双奇特的目光，幽深幽深，阴冷中又透着一股漠然。要是仔细看，尚能发现那隐藏在深处的两点弱弱的似有似无的火苗子，可又被强大的忍力压迫着。火苗子稍纵即逝，变得又冷漠的目光，毫无声息地欣赏着那翻江倒海的一幕。惟双手攥得生疼，尖指甲掐进手掌心渗出细血。他何尝不想像个真正的男人般在女人身上直着腰推波助澜！可自打第一夜在媳妇身上想办事结果犯病失败起，他一碰自己的女人就心颤，产生莫名的恐惧。后来不知啥原因，自己的腰愈加支不起来，后背变得更驼，无法直趴在女人身上。他整个成了废物，不是男人。不人不鬼，成为名扬沙乡的一代罗锅、羊痫风人。他当初不知老爹为何给他娶来一个如花似玉的魔怔病人当老婆，还虚报她的岁数办了登记手续，后来他明白了。他受的折磨不仅是肉体的，而且是灵魂的。他拿自己的身体没办法，拿自己后来干脆挺不起来的"水枪"没办法，惟有躲在一旁观战。起初还心惊肉跳，后来就麻木了，能够跳出事外观赏而不动心。

魔怔女人伊玛鼓动他躲出村去住窝棚，他着实疑惑了半天，原以为这傻女人多么需要那事儿。从此他另眼相看她，两个人在无人的荒沙坨子中，搭帮过起相对安宁的日子。

白耳狼子却受刺激了。

"嘶——呼——"

它一口咬住了褪到它脚边的胡喇嘛的裤腿儿，往后扯拉。

一边忙活着，胡喇嘛一边往上提裤子，想从白耳嘴里拽出那裤腿儿。受刺激的白耳毫不松口，低着头咬住裤腿儿使劲往后退。"哧啦——"胡喇嘛的一只手没有抓住裤子，黑瘦黑瘦的屁股便光溜溜地全部裸露出来。白耳有了战利品，撕扯起来，爪子尖牙将那半条裤子转瞬间撕个稀巴烂。白耳还不够，一下子咬住了滑到它嘴边的脚后跟。

"哎哟妈呀！"胡喇嘛疼得杀猪般叫了起来，翻身而起，可脚后跟还被白耳嘴里咬着。

"松口！救命啊！胡大！罗锅儿！快来呀！"

外边的胡大罗锅儿漠然，默默地悄然而走，装作没看见，也没听见。

白耳"呼儿呼儿"地嘶哮着，尖利的牙齿连鞋带肉咬个透彻，咬个结结实实，毫不松开的样子。胡喇嘛的另一只脚踹那白耳的头，踹那鼻子。嘴里嗷嗷叫着，疼得他钻心，发颤。

"伊玛！你这臭娘们儿，还躺那儿不动，快起来叫它松口啊，疼死我了！快溜儿点呀！"

伊玛这才懒洋洋爬起来，一手提上裤子，一手拍拍屁股上沾的草，然后才猫着腰走过去拍了拍白耳的鼻子。

"松口……白耳。别咬了，你、你咬坏他，他可又咬坏我……"

白耳果然松口。

胡喇嘛收回那只自由了的脚，抚摸那滴出血的脚后跟。

"我宰了你，狗日的！"他恶狠狠地冲白耳叫骂，白耳又带着铁链扑上来。他慌乱地往后闪，躲回白耳够不到的远墙角。

"该死的罗锅儿，死哪儿去了？胡大！罗锅儿！"

"爹，在这儿哪。又咋了？"

胡大毕恭毕敬地站在狗窝口那儿，十分孝顺地耷拉着耳朵听老子教训。

"快给我打死这畜生！打死它！"

"不能，爹。它帮我们看家，看牲口。它又是伊玛的命根子。我们都离不开它。爹，你的裤子咋扯碎了？你的家伙可全露了……嘿嘿嘿……"

"还不给我拿条裤子去！"

胡喇嘛嘴发紫脸发青，身上狂抖，双手适时地挡在双腿前边。

"伊玛，你去拿你的裤子吧，我的裤子爹没法穿。"胡大冲从自己身边匆匆走过的伊玛说，说得认认真真，平平常常。

伊玛低着头去了。罗锅低着头去抚摸白耳的脖毛，嘴里唔唏唔唏地低声怪叫着，从怀里掏出一个窝窝头给它吃。那白耳吃得很快很干净，连他掌心的细屑儿也舔个干净。好了，别没个够，别贪得无厌，明儿个带你去追跳兔，也开开荤，别闹了。胡大如孩子般地哄着白耳狼子。

胡喇嘛的那双闪着火光的眼睛，如吃人般地盯着胡大和白耳。他有些不认识自己唯唯诺诺的罗锅儿子了。

"你当真不宰这畜生了？"

"不能。"

"那我连你也一起宰了。"

"你不会的。我是你儿子，你又是村长，不能杀人。再说，还有个更重要的……"

"啥？"

"杀了我，可留不住伊玛了。除非你娶了她，可你是村长，不会娶自己的儿媳妇的，你不会干那种不光面的事儿。"

"你！"

胡喇嘛头一次感到罗锅儿子确实变了，变得不认识了，这么多年他养活着他，对自己言听计从的儿子，怎么突然变得如此桀骜了呢？

这么多年，他也头一次正眼死死地盯着如行尸走肉般的罗锅儿子。

"爹，我吃饭去了，你也吃饭吧，忙活了半天也该饿了。这一夜长着呢，且熬呢！"

嘟、嘟、嘟，罗锅胡大的拐棍敲着地面走远了。

胡喇嘛缩在墙角下不寒而栗。要是平时，他肯定追过去一脚踹趴下了他。如今他不敢动窝，倒不是挡路的狼狗白耳，而是那些县城里正到处找他和二小子二秃的警察们。他不能走出这隐身的狼狗窝。他扒拉些干草盖在身上，只露出脑袋，眼睛贼亮贼亮地盯着外边，支棱双耳捕捉着远处的动静。

伊玛扔进一条女人的花裤，又扔进一床破棉被。

虽然是初秋，可沙坨子里的夜晚很凉。一抹晚霞，从西墙通风口子飘进来，落在狼狗窝里的干草上，活似跳动的火焰。那白耳也安静了，可那双绿眼始终没有离开过他的身上，或许它不高兴与别人同宿一窝儿，要不它瞅准机会想报仇雪恨，一口咬死了他。他心里有些凄凉。堂堂一村之长，受人尊敬威风八面的土皇上，如今落得如此下场，如此狼狈，同狼狗共宿，备受羊痫风罗锅儿子的奚落。他忍不住叹气。拽过被子蒙上头，伸手抓些干草胡乱遮在被子上。熬过这一夜，熬过这档子事再说吧。

趁着渐暗的晚霞，散放的大小牲口三三两两回到窝棚前边的土井边，等着饮水。

魔怔女人伊玛摇动辘轳把，撅着屁股，将提上来的水倒进长长的木槽子里。牛们羊们驴们抢着伸脖伸嘴，挤到槽子边吱吱痛饮清凉的沙井水。挤不进去的在外边转圈，急慌慌地寻缝觅隙，嗷嗷乱叫乱嚷。

胡大挥动棍子嘿哈地吆喝，击打贪饮者的鼻梁，扶推着弱小者。围着土沙井饮水的牲口有几十头，每月每头牲口交纳两块钱的管理费。沙坨子里种不出庄稼，可以放些牲口，但得有人住窝棚管理，饮水了，下犊了，防狼叼了，生病了，事儿不少又麻烦。村民们一般都不愿意离开村庄住进这几十里外的荒野坨子里，白天伴牛叫，黑夜听狼吼。而村子周围全是庄稼地，无法放牲口，闲散牲口还必须放进远处沙坨子不可。这活儿很适合伊玛和胡大，每月百十来块钱的收入能让他们维持生活。

伊玛露出黑红结实的粗胳膊，晃动着松塌的胸，吱扭吱扭地摇辘轳把，眼角偷窥一眼那边的胡大。

胡大啪嚓啪嚓打牲口，打牲口时咬肌鼓突鼓突的。

"你、你那爹……是一头狼……"伊玛说。

胡大罗锅光顾打着牲口，不看她。天渐渐黑下来，牲口们在挨打中挤挤攘攘饮完水，啪啦啦晃动一下脑袋，摔落嘴边脸面上的水珠，然后习惯地懒洋洋走进一旁的木栏圈内。胡大走过去，闩上栅栏门，然后抬头往远处眺望了一会儿，那是村子的方向。似有顾盼。他嘟嘟敲着地面走回窝棚。伊玛提着一桶水跟在后面，嘴里还含混不清地说着你爹是一头狼。

进屋前，胡大罗锅又回头看一眼远处村庄的方向，那夜色苍茫处。

"你，看啥呢？熊、熊样儿，看啥也没用。"伊玛提着水兀自走进窝棚，哗地把水倒进缸里。

胡大阴冷地看一眼媳妇的背影，又往远处巴望。

老头子到底捅了啥大娄子呢？他这一辈子怕过啥，今天竟躲进狼狗窝儿不敢出来。胡大默默琢磨着心事，回屋上炕，搓搓脚便兀自倒下睡了。

后半夜，他们的窝棚前来了辆警车。倒没有刺耳的警笛叫，悄悄驶来，从车上下来了两三个胡喇嘛所说的"雷子"。戴着大盖帽儿，别着小手枪，却笑嘻嘻的，手里提两三只沙斑鸡。也没有张口就骂，动手就推搡。

油灯下，站起了胡大罗锅，拱着他的山包，后边是找半天找不着裤子的伊玛，裹了一条毯子哆嗦着。三个警察一进来，小窝棚就满了，手电筒刺眼地照来照去。有一个跳上土炕，翻开炕角的被摞儿和板箱子。有一个走到墙角，揭开水缸盖儿看了看。简陋的窝棚里再没有其他可隐身的地方。

"没有。"负责搜索的一民警向头儿说。

领路来的村民兵连长问胡大："你爹呢？"

"俺爹？我不知道。"胡大想了一下，平静地回答。

"你老子没上这儿来吗？"那头儿和颜悦色，拉家常似的问，弄得胡大莫名其妙，摸不着头脑。他的态度怎么像个来串门儿的人，他们是警察呀，他们应该正言厉色，拍桌斥骂。见他们态度好，胡大打算继续装不知道。

"秋收大忙，他跑到俺这个野窝棚里干啥？"

"你弟弟二秃说，可能在你这儿躲着呢。"那头儿仍微笑着。

这该死的混蛋，把自个儿的爹给卖了。从小爹就宠那小子，可白搭了。胡大想着心事，不搭腔。

"喂，问你话哪！"捺不住的一个警察，终于提高了嗓门。

胡大明显感觉到，依偎着他后背山包的伊玛悸颤了一下。他依旧默默地看着那盏如豆油灯，不吱声。一张始终漠然的脸上，既看不出慌乱，也看不出高兴。他思谋着啥，只有天知道。

"你们……找他……干啥？"伊玛不知是出于恐惧还是好奇，或者其他，魔魔怔怔地问了一句。

"把藏起来的胡村主任交出来，你就知道了。"那头儿笑呵呵地侧过头，想瞅清楚躲在胡大罗锅身后裹着毯子的伊玛。

魔怔女人伊玛歪着头想了想，到底说不说？这些人是来抓公爹的还是找他去吃席喝酒的？过去在村里时，常常见有小车接走公爹吃酒。胡大的后山包有意无意拱了一下靠着的伊玛。于是伊玛咽了咽口水，没再吱声。

那头儿和他的手下耐心地等待着。

"俺爹没来过这里，你们还是上别处去找吧，二秃他胡说。"胡大依旧漠然地说。

警察好像准备走了。

"噢——呜——"此时，窝棚外边传出狼狗白耳的嗥声。那恐怖的狼嗥，令几个警察吓得手都摸上了腰间的枪。

"外边有狼？！"

"嘎嘎嘎……咯咯咯……"伊玛见警察们的样子，终于开心地乐了，"那不是、不是狼，是俺家养的狼狗、狼狗……"

"到外边去看看！"头儿若有所悟，立即命令道。

警察呼啦啦跑出去了。

狼狗窝那儿，手电筒照出了数条光柱子，狼狗白耳咆哮着冲出来扑过去，不让警察靠近自己的窝儿。

"狗窝里有团黑东西！"一警察向头儿报告。

"胡大，看住你的狼狗！要不以妨碍公务为由把你也抓走！"这回头儿变了脸，严厉了许多。

胡大看了看那头儿，走过去搂住狼狗的头脖，他身后寸步不离地跟着媳妇伊玛。伊玛有些幸灾乐祸地朝窝里那团黑东西看。黑暗中，别人看不见她的表情。可胡大内心中看得见，又用后山包拱了一下伊玛。

伊玛不理他，依旧低声咯咯乐。

几把手电筒齐照那团黑东西。

"胡大村主任，你自个儿走出来吧！"

那东西还是不动，没有一丝反应。

"进去，请出来。"那头儿又命令。

一个警察猫着腰走进狼狗窝里，手里的电筒照住了那团东西，是一床旧棉被。掀开了棉被，下边是一堆干草，不见人影。

"是一床棉被，没有人！"

那警察的手电筒，照在后墙上那个通风口子。

"这儿有个通风口子，掉了两块土坯，好像有人从这口子逃走了！"那警察报告。

警察们都跑到狼狗窝后墙外边察看。那边是苍苍莽莽的大沙坨子，夜里黑沉沉迷茫茫。人若走进那里，就如石子掉进大海里一般。警察头儿摇了摇头笑说："他跑个啥劲儿呃？真逗。算啦，咱们回去吧！"

警车呜呜长鸣着，在黑夜的沙坨子里威风八面地开走了，惊得圈里的牛羊乱跳，坨子上的野鸟乱飞。那狼狗白耳，冲黑茫茫的荒坨子嗥了很久。

胡大和伊玛又钻进了土炕上的被窝。凉了半天，被窝里没有一点热乎气儿。经历了这阵折腾，这时夫妻俩丝毫没有了睡意。萦绕在他们脑海中的疑问有许多。老头子够精，可人跑到哪里去了？这么多警察兴师动众，老爷子究竟干了啥傻事？

"公爹他、他躲哪里去了？"伊玛捅了捅胡大的山包。

"你担心他？"

"我担心他？咯咯咯……俺想看看警察抓走他的样子……"

"光秃秃的沙坨子里，白天一只耗子都藏不住。"胡大自言自语。听见白耳的磨牙声和噼里啪啦的拽动铁链声，又说："除非他钻进那个……"

"钻进啥？啥？"伊玛急忙问。

"钻进那个黑沙坨子的狼洞！"

"你、你知道那狼洞、洞？"

"有一次，我找牛遇暴雨，就钻那狼洞避雨的。那狼洞，听说就是咱们家狼狗白耳原先的老巢，被咱老爷子挑了，眼下正闲着。嘿嘿嘿。"胡大罗锅干笑。

伊玛听完无话，黑暗中眼睛有些亮晶晶的。接着他们不再关心老爹和狼洞，睡意终于袭击了他们，蒙蒙眬眬中昏然睡去。

夜还是那么黑，伸手不见五指。此时，那座荒坨上孤零零戳着的窝棚板门，黑暗中被悄然推开，走出一个人，轻手轻脚走到狼狗窝边。这人的手摸索着，摩挲一阵一直不安稳的白耳头脖，然后哆哆嗦嗦解开了拴住白耳脖颈的铁链。白耳自由了，"呼儿呼儿"嘶吼着，围着那人打转，爬上爬下，亲密无间。那人拍了拍白耳屁股，低语一声。

狼狗白耳舔了一下主人的脸和手，而后"噌"的一下利箭般射出去了。义无反顾，直奔胡老爷子消失的大漠深处。

窝棚窗口那儿，一双阴冷阴冷的眼睛一直盯着这一切，后背上的山包一耸一耸的。由于牙咬得铁紧，嘴边又流出黏液体白沫儿，但他终未出声。

狼狗窝边的那人伫立在黑夜中，朝白耳跑走的方向凝视了很久。此人的牙也咬得铁紧，亮晶晶的眼睛深处似燃着火，又不时地发出一阵阵"咯咯咯"的疯笑，似哭似泣。随后步履有些摇晃地走回窝棚里，一切又归于沉寂。

第二天清晨，胡大罗锅照常早起，打开牲口栏的栅栏门，伊玛也照常撅着屁股，摇辘轳把提水饮牲口。两个人都默默地，若无其事地干着日常的活儿，也没有人往狼狗窝那边看一眼。双方也都回避着对方的目光，似乎都很专心地干着自己的活儿。

放出牲口，接着弄早饭。至此，谁也没有开过口，似乎都一下子变成了哑巴，都默默地扒拉着苞米楂子饭和咸菜头。

中午时分，昨夜的警车又来到他们窝棚口。还是那个警察头儿，却只带着一个手下，自己开车。

"你老子还没回来？"

"没有。"

"你知道他躲在哪里吗？"

"……"

"不吱声说明你知道，快带我们去！"

"你们抓他到底出啥事了？"

"谁告诉你我们要抓他？真是的！"

"不抓还深更半夜来堵他，现在这样心急火燎的？"

"咳！没有他签字，一个小案子结不了案。告诉你吧，你老子和你弟弟二秃昨天在县城喝醉酒，胡村主任骑摩托车后边带着你弟弟，撞倒了一个老太太，他俩以为撞死了老太太便逃之天天。其实那老太太被人送医院的路上就醒过来了，开药也没花几个钱，老太太的家人也没啥索赔要求。我们找你爹，一是让他在事故调查报告上签个字，二是要教育教育他，他们俩撞人后逃离现场，性质有些恶劣，但不至于抓他坐牢呀，他瞎逃啥劲儿呢！瞎耽误我们的工夫，现在上边抓办案效率挺紧的，我们这才急着了结这小案子。"

胡大无言，旁边的伊玛也无言。

"怕是……"胡大嘴里嘟囔，瞅了一眼已空了的狼狗窝那边。

警察几乎是半拖半拉着胡大上了警车，伊玛见状也挤上了警车，魔魔怔怔地表达着，一定要跟随丈夫一块儿去。

越野吉普车在胡大的准确指点下，迅速地接近黑沙窝子地带。车如奔跳的兔子般颠荡，从未坐过小汽车的伊玛兴奋中眼睛睁得好大，可不一会儿哇哇呕吐起来。警察赶紧让她把头伸出窗外，让喷涌如注的污秽倾泻在外边，也有些残渣溅在警察的衣裤上和汽车上。伊玛也不想这样，不好意思地"呵呵"傻笑了一下。为了结案，警察只好忍着。

黑沙坨子一带全是硬沙丘组成，长有稀稀拉拉的沙蒿子、酸枣棵子、野山杏之类耐旱耐沙植物和灌木丛。在一座背阴高沙丘下，他们找到了那个旧狼窝。洞口上方往下垂挂着一丛茂密的沙蒿子，不知地形的人很难发现这里隐藏的狼洞。洞口外边沙土上留有人的脚印，还有一行狼狗类动物进出的爪印子。黑乎乎的大洞，上高约一米，也较宽敞，人只要猫一下腰便可自由出入。

"就这个狼洞吗？"

"这沙坨子里没有别的狼洞。"

"有狼吗？"

"几年前从北边罕山那边来了一对狼，在这儿安家下崽，后来被灭了，这就是那窝狼的巢穴。"

警察头儿胆子大了些，走到洞口，手握着枪朝里喊话。

"胡村主任，你出来吧！我们是县里警察，有话跟你说！"

狼洞里没有反应。

"胡喇嘛村主任！"

"爹！警察不抓你！"胡大扬起的黄脸愈加阴郁起来，眼神有些怪异，声音也抖抖的，空空荡荡，干干巴巴。

狼洞中依然寂静。

"我进去看看。"胡大走过去，察看狼洞前的乱爪印儿，嘴里不知嘀咕着什么。他不用猫腰，很从容宽绰地走进那黑乎乎的狼洞里去，不一会儿便消失了。

"啊？！"从狼洞传出胡大的惊呼，人们紧张起来。

胡大拖着一具尸体从狼洞里爬出来，那是胡喇嘛村主任的尸体。胸前被撕烂，血肉模糊，衣裤呈条状，人已经停止了呼吸，触目惊心。致命伤是被兽类尖牙咬断了咽喉。外边的人们一阵忙乱。警察头儿没想到会遇上这种事，乱了方寸，嘴里直说这怎么搞的，这怎么搞的。

"爹——"胡大的脸色苍白如纸，牙关又咬起来。

"你不是说这一带没有狼吗？"警察头儿擦着额上的汗。

"那兽……俺能……能说得准吗……"胡大咬着牙关吐出这几个字，又怪怪地看一眼伊玛，接着嘴角流淌出白沫，浑身颤抖着，终于挺不住昏迷过去。

"胡大！胡大！"伊玛又掐又拍胡大，紧张万分，厌恶而恐惧地看一眼那具乱糟糟的还穿着她花裤子，不成人形的公爹的尸体，然后转过头又呼喊起她的胡大。

"现场只有胡喇嘛和狼爪子印儿，搏斗得很凶，太可怕了。"进去察看狼洞的警察头儿摁灭了手电筒，拍着身上的沙土。死亡原因显而易见。

"唉，一件小事，咋整的。这胡村主任……唉。"警察头儿不胜感叹。见胡大在伊玛的推掐喊叫下已经醒来，就对他们说："你们两口子，把你们老子抬回去埋了吧，我们从这儿直接回县城了。"警察头儿开着车，一溜烟消逝了。

胡大和伊玛相拥蹲地半天未动，也不说话，一旁躺着惨不忍睹的胡喇嘛。此时，晚霞如血红，从西天漫洒出无数道血线，网住了这东方的天和地，大漠、横坨、沙洼子，都沉浸在这血光般红影中，并失去原色，升华为幻影。

拖着那具尸体，他们夫妻俩半夜才回到窝棚。把尸体暂放在那间空了的狼狗窝里等候，人死后尸体不能再进正屋。

二秃带着村里的干部和亲属们来了，马车上放着褐红漆棺材。哭声一片。这是死人后的惯常现象，当然多数人眼眶是干的。胡喇嘛被拉回去隆重安葬，村干部待遇。全村人吃一次酒席，村上支付开销，所以没有不吃撑的，没有不喝醉的。普通百姓死人也小范围吃席，何况这么老资格的村主任，不吃个天昏地暗才怪，而且不吃白不吃。农民们难得吃上一次公家嘛。有个农民醉后笑说天天死个干部多好，那农民天天有好日子过了。

唯一没有吃喝的人是胡大两口子，他们早早回了野外窝棚。胡大的眼睛红红的。

后半夜，旷野传出一声孤零零的狼嗥。

接着便沉寂了。

不久，淡淡的月光照出一只野兽，正贴着地面，伸展腰身，悄悄接近狼狗窝而来。

"砰！"胡大的猎枪响了。那狼狗的腿上中了猎枪铁砂子，趔趄了一下，却红了眼，"嗷儿"地叫一声，向胡大扑去。胡大的眼睛含着阴冷的光束，再扣动扳机，可他的手被突然冲出来的伊玛死死抱住，子弹朝天"砰"地射出去。伊玛急嚷："别打它……别打它……"

狼狗白耳扑上来，一下子咬住了胡大的咽喉。胡大那单薄而不灵便的身体禁不住白耳的冲撞，倒在白耳脚下，于是他放弃了挣扎。

他霎时感觉到那冰凉而尖利的狼牙，嵌进自己喉咙里，再横向咬动，他的喉咙便可被咬断。那么一切就结束了。他的双眼安静地凝视离他脸很近的一双闪射绿光的狼狗眼。他等候着那一刻。

伊玛的巴掌拍在狼狗的鼻梁上，喝道："松开！白耳，松开！"

于是两点绿光突然闪避了，接着咬住胡大咽喉的尖牙松开了，取而代之的是粗粝的狼舌舔起他正在渗淌的热血。

"你咬哇！快咬！咬死我，咬死我——"胡大狂喊。

伊玛抱起白耳的头，亲了又亲，双眼滚出热泪，魔魔怔怔地唠叨："去吧，白耳，去吧，回到你的荒野去吧，不要再回来……我会永远想你，再见，走吧——"

伊玛狠狠地拍打了一下白耳的屁股。

白耳立着后腿，又舔又拱伊玛，然后瘸着一条腿，"噢——呜——"长嗥两声，转眼向黑夜的荒野奔去了，没有再回头。

胡大呜咽着，无力地瘫在地上抽搐着。那背负的罗锅一耸一耸地动，依旧挤压着他，使他无法舒展。这真是个很无奈的事情。

四

我回村后，听到胡喇嘛被狼咬死的惊人消息，赶到那野外窝棚上看望伊玛和白耳。伊玛和她丈夫依旧住窝棚，不愿回村来。

伊玛像看陌生人一样看着我。

"你……你干啥来啦？"

"来看看你，看看白耳。"

"白耳走了。"

"走了？"

"走了，公爹出事以后它就走了。"

我很吃惊。我的白耳回归荒野，回归大自然了，这我可没想到，心里一阵怅然。我还想细打听，可是伊玛显然不想再说这事，态度也很冷淡。

不过，她有意无意把白耳出走与其公爹出事联系起来说，使我心中疑窦横生。本来黑沙坨子压根儿再没有出现过狼的踪迹。我忽然想起伊玛以前曾开玩笑说过的"谋杀亲夫"这句话，白耳的出走又透露着某种疑点。难道那个咬死胡喇嘛的狼就是白耳，它终于完成了使命回归荒野？

世界上的事情，本来什么都有可能。而且又隐藏着许多永远揭不开的秘密，我又何必去探究那些牛犄角羊尾巴尖呢？

伊玛的精神看上去不错，魔怔病也显然好了许多。脸色红润，身体健壮，只是肚子有些鼓突。他们的窝棚生活也井井有条，胡大里外忙活着张罗给我弄一顿饭吃，不时跟妻子交流着意见，看上去关系也不错。

"你在这儿，看来完全适应了。"我找话说。

"不适应咋办。"伊玛拍了拍肚子，"我不想把这杂种生在村里。"

"哦?"我的惊诧不亚于听到白耳出走的消息，盯着她那沉甸甸的肚子，一时不知说啥好。杂种，谁的杂种?

"我也不知道是老公的还是老公爹的，反正受罪的是我。"伊玛的手轻轻抚摸鼓突的肚子，那眼神变柔和了许多。

我心中暗暗叫佛。可怜的伊玛，苦命还远未结束，把苦根苦汁又传到了她那尚未出生的不明身份的孩子身上。天哦!

那天，我被那个胡大灌醉了，他还非得让我当他儿子的干爹不可。

我苦笑。

这孩子未出世便有了三个爹，尽管我是"干爹"。

伊玛在一旁偷偷看我的尴尬神色，直乐。

我感觉到，这人间也被一只什么看不见的手，恶作剧地颠倒了程序，弄混了善恶黑白。难怪现在的孩子看漫画看动画片都喜欢坏蛋和恶人，不喜欢善良好人。

我祝福伊玛当个好妈妈。

第十三章

狼孩小龙早在听到第一声狼嗥时就惊醒了。虽然随之而起的枪声使他胆战心惊，但连续不断从四面涌来的母狼嗥叫声，使他再也无法安宁了。他开始烦躁地东张西望，两只眼睛滴溜溜转动，后来猛地跃起，噼里啪啦拖着铁链在屋里来回乱窜。妈妈见状，吓得魂不附体，急忙爬起扑向小龙，嘴里温柔而轻缓地呼唤着："娘的儿子，安静点，听娘的话，不要胡闹……听话，娘的心肝……"

一

　　我永远失去了白耳。

　　我把地窖的门敞开着，又放了一盆美食。可它再也没有回来，那盆美食酸臭在那里，招来了一群老鼠。过去老鼠闻到白耳的气味都躲得远远的，哪敢来抢它的食。

　　我又跑到荒野沙坨上寻找过，一声声呼唤白耳。

　　牧马人说没看见过狼，白耳尖的狼。

　　牧羊人说他放的羊群很安全，从未受到过狼的滋扰。

　　白耳远远躲离了我们这一带。

　　我坐在沙冈顶上黯然神伤。遥望着西天漫沙，心想，或许它又回到那莽古斯大漠中的古城废墟了吧？去找它真正的母亲，那只母狼，那只充满灵性的狼精。

　　我为之一振。这种归宿当然很好。

难掩心中的伤感，去毛哈林爷爷家时他奚落我。

"魂儿没了？猫叼走了，狗叼走了，还是叫你的狼狗白耳带走了？"

豁牙齿的毛爷爷依旧精神头儿十足。

我欣赏着他新盖的房和屋内摆设。有个十八九岁的姑娘进进出出忙活着，有人说是远房亲戚，又有人说是城里包县长派给他的保姆。

"毛爷爷，你现在可神气了啊，还有人侍候你！"

"唉，没辙呀，老眼昏花，又快走不动道儿，咱这种孤寡老人活着难啊，活着真是个累赘。"

我听着他的言不由衷的话，差点笑了。咱中国人就爱说反话，活得如此滋润，还说是难。成天琢磨着村里的权力再分配，操纵着小小沙村的生杀大权，还称累赘。我有时真搞不清这个老爷子属于哪类人，用简单的好人或坏人标准无法给他下定义。不过我倒很喜欢他，因为他啥事都跟我说，不把我当一个甚事不懂的无知少年。

"你还惦记着你那狼狗哪？"

"我跟白耳生死之交，亲如兄弟。"我远望窗外天际说。

"你还是趁早忘了它吧，也千万别再把它找回来。"

"怎么啦？找回来怎么啦？"我奇怪。

"有人也惦记它呢。"

"谁？"

"还能是谁，胡家的人呗。他们怀疑白耳逃走后咬死了胡喇嘛，他们派人满沙坨子找你那个'兄弟'呢，呵呵呵。"不出家门便知村中事的毛爷爷抚须笑着说。

"有这种事？难怪白耳再也没有回来过，原来是他们吓走了它。人都死了，还扯这哩咯儿棱。这叫恶有恶报，就是白耳咬死了他也是为了报复。"我生气地说。

"哈哈哈，你这小子，净胡说八道。你这话可别让胡家的人听见。"

我们正说着，爸爸却来到毛爷爷家。我吃了一惊，以为他是来找我的。只见毛爷爷满脸笑容，又是泡茶，又是拿烟，十分热情地招待着爸爸，把我撂在了一边。

爸爸看我一眼，没说话，跟毛爷爷聊起话来。显然，他是有事应约而来。

"苏克，咋样，想通了吧？"毛爷爷笑呵呵地问。

"毛叔，这事，我还是没法答应你。"爸爸为难地答复。

"你身为党员，我也是咱村支部一个老委员，你应该尊重和服从村党支部的意见，一个党员嘛，应该有使命感。过去你说要寻找儿子，现在儿子找回来了，该出来干事了。"毛爷爷试图说服爸爸。

我暗暗替爸爸难过，好可怜的爸爸，他算是摆不脱毛爷爷这老狐狸的纠缠了。我也好生奇怪，别人都哭着喊着争抢村主任这个位子，可我爸爸躲都来不及，视若粪土，甚至瘟疫。为何毛爷爷又看上他，揪着不放呢？真是一对儿怪人。

"毛叔，我这人就不能当官儿，在当兵那会儿当个小小的班长，我都搞得乱七八糟的，后来他们又要让填表提干什么的，吓得我赶紧要求脱军装复员。唉，我这人天生怕官儿，也怕自己当官儿。"爸爸挠着头向毛爷爷诉着苦。

"你这人啊，说你傻吧不傻，说你聪明吧又傻得可以。你当村主任这差事是下油锅跳火海哪！"

"我看比那还厉害。多一个官儿多一个腐败，现在的人只要混上了官儿就想着法儿捞。不捞不贪吧，又被看作是没本事的窝囊废。或者装着清廉，又是审又是查的，搞得死去活来。你说何苦，我耽误不起工夫，我还要花时间照料我那狼孩子，恢复个人样，哪有心思给大家办事，或者去'腐败'呀！"爸爸说着自个儿乐了。

毛爷爷像看动物园的怪物般看着爸爸，他这回真是看走了眼。

"你真是不可理喻，一根朽木。"他最终下了结论。

爸爸满头大汗仓皇而逃。我待下去，也无趣，赶紧跟随爸爸出来。外边是自由的空气，小鸟、阳光、蓝天、白云都让人舒畅。

"爸爸，你可是把老头儿给得罪了。"

"谁说的，其实他把我得罪了。"

"咋讲？"

"三番五次地搅和我，还想要挟我。说穿了，他把我扶上台，不就是为了把我变成他的马前卒，利用我压制胡家吗？然后再把他供起来，一把年纪了，还那么大瘾，从'土改'起跟胡家争权，现在看到胡喇嘛突然意外死亡，他更有些迫不及待了。我才不稀罕呢，想当官，早留在部队里混了，这会儿不定啥衔呢。"

"嗬，爸，你还有这段光荣历史哪？你真是太不应该了，不把我给耽误了？"我佯装牢骚。

"我要是留在了部队，你是不是我儿子还不知道呢，傻小子，世界是靠自己闯的。我就愿意当个自由自在的不听人管也不管别人的农民。"

突然，爸爸让我背他走一段，我就背他走了一段。

"行了，腰板儿挺结实。以后做人也要腰板儿结实点。"爸爸拍了拍我后腰这样说。

我记住了爸爸的这句话，心里挺感动，热乎乎的。

回到家时，院子里正热闹着呢。

狼孩弟弟正追赶着邻居家的一个小孩儿，张牙舞爪。

二

那个头戴狐皮帽的小孩儿吓得没了魂，哇哇大哭着满院乱跑。原来妈妈牵着小龙的手在院里溜达，后院的这小孩冒冒失失地跑进院里来，要借铡刀铡草。

狼孩弟弟一见那小孩头顶火红的狐皮帽子，眼睛顿时发亮，"呼儿"一声吠哮冲过去了，妈妈没抓住。

那小孩脸无血色，光嘎巴着嘴在前边逃，狼孩弟弟四肢着地地在后边追，龇牙咧嘴，双眼露出凶光，不停地狼般咆哮着。小孩绊倒了，狐皮帽甩出去，小孩自个儿捂上脸，等着小龙扑上去撕咬。

狼孩小龙没去顾小孩，直扑火红色的狐皮帽，上去就是又撕又抓又咬，转眼间那顶漂亮的帽子被撕成稀烂，棉絮乱飞。小龙的嘴上脸上沾着狐毛狐皮，手脚依旧不解气地撕抓踩踩，野蛮而凶狂。

爸爸赶紧关上大门，跑过去抱住狼孩弟弟。

妈妈摸着胸口松一口气，扶那孩子站起来，哄着他。说赔他的帽子，往后到咱家来先喊门，不要这样愣闯，小龙不高兴。那小孩抹着眼泪跑出院了。

狼孩小龙最近有些反常。

喂给他熟饭熟肉，全扔了。给他穿的衣裤，全撕了。教他说话，他紧闭嘴巴不张开，或者"哧——"一声冲你吠哮。妈妈烧好了一盆热水，想给他泡澡，他把水全倒在妈妈身上，使妈妈成了落汤鸡。一到院里玩，追鸡猪猫鼠，有一次，院里刚出世的小羊羔遭了殃，愣被他抓住咬断了脖子，吸血又掏肚。

他在拒绝人类的生活方式，拒绝文明。他内心深处似乎有个什么叛逆的意念，顽固地要保留兽类的野性。

每当夜深人静，大家都睡熟时，他那双眼睛就绿幽幽地亮起来，支棱着耳朵，似乎谛听着什么，捕捉着微小的动静。

狼孩小龙真有些异样。

过了些日子，他又稍为安静下来，显得老实了些，跟随妈妈院里院外活动，只是一双眼睛始终阴冷地观察着周围，那瞳眸深处有两点似隐似现的绿光不时地闪动。

这一天清晨，妈妈带他去茅坑。

那茅坑挨着猪圈，就隔一堵矮墙。闻着屎臭，饿了一夜的几头壳郎猪在矮墙那边哼哼唧唧叫嚷起来。

狼孩弟弟的耳朵立刻支棱起来，眼睛变冷。

他"噌"的一下跃过那堵矮墙，妈妈没留神，手中的牵绳早被挣脱。狼孩弟弟就这样闯进了旁边的猪圈。他追咬那几头壳郎猪，狭窄的猪圈里顿时一片慌乱。受惊的壳郎猪四处乱窜，恐慌中一起挤出圈门，有一只被狼孩弟弟咬住了后腿，发出了宰杀般的吱哇尖叫。

猪们终于挤破圈门，冲了出去。被狼孩咬住的那头壳郎猪，也回过头狠咬了一下狼孩，终于也跑掉了。这一下狼孩被激怒了，"呼儿呼儿"咆哮着，从壳郎猪后边追赶着，也跑向村街。

妈妈目瞪口呆，霎时醒悟，冲屋里急喊："小龙跑了！快来人啊！孩子他爸，快出来，小龙跑啦！"妈妈边喊边追过去。

正要下地的爸爸闻声跑了出来。上房的爷爷奶奶、叔叔婶婶们也放下饭碗和手里的东西，纷纷跑出屋。

村街上更热闹。一群壳郎猪在前边没命地逃窜，后边紧追着狼孩弟弟小龙，嘴里不停地发出"呜呜"的狼般嚎叫。早晨，村街上有上学的学生、下地干活的男女、出门的闲人，都瞪大了眼睛，驻足观望，好奇中带着几分恐惧。当猪和狼孩冲过来时都纷纷闪躲在一边，嘴里失声喊叫："狼孩！狼孩追猪，狼孩追猪！"

这时爸爸和老叔他们追过来了，嘴里不断喊叫："小龙！站住！小龙，别跑了，别追了！"

兽性大发的小龙不肯听他们的话，四肢着地，狼般飞窜。他嫌妈妈给他穿的衣裤别扭，边跑边撕扯着，不一会儿就扯掉了上衣，又撕烂了裤子蹬到地上，这一下他又赤条条光裸着全身了。只听他嘴里发出极为痛快又自由的欢叫，重新投入了极度兴奋而刺激的追逐中。只见那几头壳郎猪呼哧带喘，跑得嘴角冒沫，简直吓蒙了，绕着村街没命地逃，喉咙里发出"呵儿呵儿"的短促的低哼，也不知道往哪里逃才好。

村街两旁和前边围观的人越聚越多了。

爸爸冲他们喊："乡亲们，帮帮忙，前边堵住他！别让他跑出村口！"妈妈也哭喊着说："求求大家了，帮俺逮住龙儿！别让他再跑掉了！"

于是，有几个胆大一些的年轻小伙加入了追赶的行列，也有些男人堵在前边，"嘿哈"地哄赶前边跑的猪回过头去。那几头猪又踅回来，朝村前街跑去，狼孩小龙也尾随其后紧追不舍。这一下把前街的人们也搅动起来，人们纷纷跑出屋观看或参与追逮狼孩的行动。

这是一个什么样的情景哟。曙光初照的清晨，尘土暴起的村街，一个浑身赤裸的狼孩，时而四肢着地，时而两腿站立，疯狂地追逐几只黑色的壳郎猪。在他的前后，围追堵截着全村百姓，男女老少都有，呼喝着，吵嚷着。不甘寂寞的村狗们也参加了追逐，只是惧于狼孩小龙的凶狂不敢靠近，围着乱叫乱窜。这真是一幕奇事奇景。妈妈羞愧中暗暗哭泣。爸爸顾不上那些，唯恐又跑掉了小龙，左呼右喝着，鼓动大伙儿一起逮住小龙。好在爸爸和爷爷在村里都有些人缘，还有些面子，大家还都没有取笑取乐的意思，也都知道狼孩的情况，因而都真心诚意地帮着追赶，都想出把力帮着逮住狼孩。

人多力量大，大家终于在村口围住了狼孩小龙，放走了那几头壳郎猪。得以逃命的猪几乎都跑不动了，歪歪斜斜地没了魂似的蹿向家园。

　　狼孩小龙冲周围的人们龇牙咧嘴，也蹲在那里喘气。他不让人靠近，雄健的身体在晨光中更显强壮，尖利的长牙向前鼓突着，十分凶狂而野性地怒视着紧逼围困自己的人们。

　　"小龙！我是爸爸，快跟爸回家去，咱们别闹了！"爸爸轻声唤着，哄劝着，慢慢走过去。

　　"呼儿。"小龙张牙舞爪地扑过来，他不认爸爸。

　　爸爸不想激怒他，没有硬上，也拉住了走过来的妈妈。这时的小龙好像谁也不认，嘴里不停地"呼儿呼儿"怒哮着，谁走过去冲谁龇牙，恨不得一口咬死人。

　　这时爷爷来了，手里提着那根长皮鞭。

　　"你们闪开，我来收拾他！这会儿就得用这个对付他，他又成了一条狼！"爷爷说着，从人群中走过去，手里挥动着那根皮鞭，在空中"咻咻"发响。

　　"回家去！回去，回去！"爷爷冲狼孩小龙喝叫。

　　"嗯。"狼孩一跃而起，扑向舞鞭的爷爷。

　　"啪！"爷爷的鞭子一下抽打在狼孩的光身子上，声音很响亮。可这回狼孩毫不在乎，那赤裸的身体上没有感觉，似乎是抽打在黑褐色的岩石上一般。狼孩的眼睛闪射出绿幽幽的凶光，盯着爷爷和他手中的皮鞭。显然他非常仇恨这皮鞭，目不转睛地怒视着。当爷爷的皮鞭再次抡起来抽向他时，已没有了脚镣的他手脚都很灵便自由，飞速腾跃中一下子抓住了空中的皮鞭头儿。只见他"呼儿"一声怒哮，猛力往回一拽一拉，那鞭子整个儿就到了狼孩手中，爷爷被拽得差点跌倒。

　　这回那狼孩小龙舞起皮鞭子，学着爷爷的样子。那长鞭在空中舞动得如一条黑蛇在游动，发出"唿——唿——"的声响，显然，他在咱家东下屋牢笼中挨爷爷鞭抽时，学会了爷爷所有挥动鞭子的姿势和动作要领。此刻，他完全模仿着爷爷的动作，挥舞着那皮鞭，"叭"的一声抽打在爷爷身上。那野性而蛮横的臂力全贯注进皮鞭上，力大无比，可怜的爷爷那一把老骨头，如只皮球般滚倒在地上。周围的人们"嗷"的一声惊呼，全家族以及全村最有权威的长者就如此被狼孩孙子抽了一鞭，人们都没想到，都惊呆了。在野性而又获得自由的狼孩眼里，此刻没什么权威尊贵之分，谁侵犯他他就冲谁龇牙。爸爸赶紧扶起爷爷，当狼孩再次挥动起皮鞭时，爸爸大喝一声："住手！小龙，不许打！"便冲上去了。小龙被爸爸的喊声惊得愣一下神，闪开爸爸，那皮鞭向爸爸挥舞起来。他的眼珠闪射着仇视的怒火，似乎照样挺恨这位"大狼爸爸"。当初是他披着狼皮，伪装成狼，把自己骗捕回来，过着这种牢笼链锁生活，非要跟他们人类一样生活，失去自由，失去荒野，生生地跟母狼分离，都怪这"大狼爸爸"！于是，他"嗷嗷"狂吼，那挥动的皮鞭也"叭"的一声抽在爸爸身上。爸爸硬挺住那入骨疼痛的鞭打，他抓住了鞭梢，跟狼孩争抢起那根鞭子来。爸爸有些急了，双眼迸出怒火，牙咬得铁紧，一步步抓住鞭子向狼孩靠近过去。爸爸毕竟是一位身强力壮的蒙古汉子，狼孩见争不过鞭子，干脆撒开手，转身就向后边围着的人群张牙舞爪地冲过去，吓得人们赶紧躲闪。狼孩从一条让出的空子里钻出去，向村西北的荒漠那边飞跑而去。

"快追！别让他跑了！"爸爸喊叫着追去。

这时正好二叔骑马过来了，手里提着一个抓猪的网子，他帮镇上的猪贩子挨家挨户收猪，刚从外村回来。

"快把猪网给我！"爸爸从二叔手里抢过猪网，又骑上二叔的马，"二弟，你也快骑一匹马追过来！"

二叔没骑马，就手接过那位猪贩子骑来的摩托车，"呜儿呜儿"

加着油，冒出一股青烟，飞速追过去。

狼孩在前边，四肢着地，一颠一颠地像狼一样跑着，后边骑马的爸爸、骑摩托车的叔叔，以及众多村民们穷追不舍。那些闲不住的村狗和顽童们，如同赶上了百年不遇的热闹场面，呼喝着，吹着口哨，争着奔跑在乡村路上，就如去赶马戏场。

毕竟是现代化的摩托和四条腿的骏马，爸爸和叔叔没有多久就赶上狼孩小龙。他们二人联手扯开了那个宽大的猪网。距离愈加近了，村西北那片平阔地没什么阻碍，就差半步时，爸爸大喊一声："上！"便跃下马背，叔叔跳下摩托车，两人甩出大猪网，一下子罩住了狼孩小龙，并死死摁在地上。

狼孩小龙在网中左冲右突拼命挣扎，他疯狂地又撕又咬，双眼充血又发绿，两个鼻翼不停地翕动着，喷出热气，尖利的牙齿咬着猪网嘎吱嘎吱响。无奈那网绳有大拇指粗，网眼小碗大，是套三四百斤的大猪用的，狼孩再有猛力狂劲，也咬不断挣不开，只在网中做着无谓的挣扎，喘着粗气龇牙咧嘴做吓人状。

爸爸叔叔紧紧扣住猪网，合伙用膝盖顶压住疯闹的狼孩，二叔拿出拴猪的麻绳反绑起狼孩的手臂，捆死他的双脚，又拿块布塞住了狼孩的嘴巴。

这一下狼孩一点反抗力也没有了，连个愤怒的嗓声都无法发出，唯有一双眼睛在冒火、冒血、冒令人不寒而栗的冷冷绿光。他仇视这些人类，仇视这些想让他回归人类的最亲的人们。在他的脑海里，已不存在爸爸妈妈、爷爷叔叔这样的人类称呼和辈分，他身上流淌着从小吃狼奶的野性的血液，心中只有荒野中茹毛饮血的生活养成的完全狼类的生存准则。他不需要文明，他只想回归荒野，回归狼类的自由生活，没有别的。

遗憾的是人类不允许，狼孩违背了人类的准则。他毕竟是人的孩子。他那直射的目光十分不解。真不知这是谁的悲剧，不知从谁的角度看才是正确的。这恐怕唯有苍天或上帝才知道吧。

狼孩的眼角滴下了泪水。

三

狼孩小龙弟弟，就这样又被关进了咱家东下屋那个铁笼中。他的这次逃跑和反抗还是没成功，而且，他这次的行为大大刺伤了爸爸爷爷他们的心，刺伤了他们的自尊。唯有妈妈依然无微不至地关怀照顾着他，慈心不改。当爸爸把小龙扔进东下屋地上，和爷爷一起抡起那根皮鞭重新抽打教训这不肖子孙时，妈妈哭着喊着扑在小龙身上护挡着，又跪在地上哀求。爸爸拉开妈妈，由着爷爷抽打，他在一旁默默地看着。

每次那鞭子落下去时，爸爸的脸上都会抽搐一下。

狼孩则一点反应都没有。那啪啪响的鞭声，好像是抽打在没有感觉的死硬岩石或木头上，唯有那双眼睛随着一上一下的皮鞭转动怒视。

爷爷丢下皮鞭走了。抽打一个没有感觉的皮肉没有反应没有痛叫的对象，似乎也没什么意思。而且对皮鞭的权威、对人类靠皮鞭的威慑能不能拿住狼孩，似乎也产生了怀疑。若是那样，继续鞭打下去还有什么意思呢？

这次风波过去了一段时日。

狼孩的神情安稳了些，跟往常一样，在他的铁笼子里还算老实地待着，不再疯闹。不过妈妈再也不敢带他出去溜达了，只在笼旁陪他抽泣。

狼孩小龙的精神上再没有什么明显的反抗表现了，可他的身体上开始出现了反应。尽管吃喝不缺，有色香味俱全的熟食，还有不经风吹雨淋雪压日晒的温暖的居室，可他的肌体功能在明显地衰弱。

他躺在笼子里一动不动。

爸爸牵着他到外边见见风，他也没有兴趣。

他好像病了，可身上不热，也没有明显症状。

他一天天衰弱下去，变得瘦削，萎靡不振。

家里人先是请来村里的喇嘛大夫吉亚太。老迈的土大夫闭着眼睛号脉，又是摸又是问，折腾了半天说他没病。可为了卖药，留了不少三不拉·诺日布等蒙医中百病都治的"老三样"蒙药，妈妈就一碗一碗让狼孩灌下去，或拌在食物中喂下去。可狼孩依旧不可阻挡地消瘦下去，这回躺在那里连眼睛也不睁一下。

喇嘛大夫又来瞧过后，说，奇怪呀，他还是没有毛病啊。

吉亚太摸着自己额头说，送医院吧，我是没有辙了。显然，狼孩弟弟难住了这位摸过全村所有人脉搏的老大夫。

家里人就忧心忡忡地把狼孩弟弟送进县医院检查治疗。这是万不得已的事情。这一下又惊动了新闻媒体，有关专家学者又纷纷从大城市赶来，观察研究做学问，并号称这是抢救当代史上少有的狼孩行动。

成立了专门的治疗研究小组。有医学家、人类学家、动物学家、遗传基因学家，反正能够沾上边的各类学科专家们全部出动，集中了人类所有智慧，来对付我那可怜的小龙弟弟。

抽血检测、验尿验便、挂水输液，十八般武艺全用上。

药是吃了一堆又一堆，水液是输了一瓶又一瓶。

过了多日，狼孩弟弟依然如故。可专家们的报告一沓又一沓写就，文章一篇又一篇发表，成就了好几位评上硕士博士职称的人。可怜的小龙的身体变成了他们功成名就的试验地，成了挖不空的金矿。

我从鸟市买了一对野鹌鹑，夜里陪床时偷偷塞给了小龙弟弟。第二天护士小姐见了满地的鸟毛，满床的血迹，吓得尖叫起来。专家们来了，见狼孩比往日精神了些，满腹疑惑，不得其解。又是急诊，又是检测，开始了新一轮的研究攻关。

我对爸爸说咱们带小龙回家吧。

"为啥？"爸爸问。

"小龙没病。"我说。

"没病还成这样？半死不活的。"

"小龙只是思念荒野，思念血性，还有思念他的狼妈妈。"

"胡说。"爸爸冲我瞪眼。

我就给他讲书刊上看到的印度那位狼婆婆的情景。荒野上与狼群一起生活了二三十年的狼婆婆被人类抓回来后，也是这样被人类折腾来折腾去，成了供人研究的对象，又失去了原先的生活习性，就像给人输血时那血的型号不对一样，那狼婆婆没有半年就死掉了。

爸爸不信，让我找来那个资料给他看。

当天夜里，爸爸拔掉了所有插在小龙身上的管子针头，背着儿子就回家，我拿着猎枪赶走了所有尾随而来的专家学者们。任凭他们好言相劝、名利诱惑，甚至苦苦哀求，爸爸也不为所动。

小龙又回到了咱们家的东下屋。

不过这回他没有被关进铁笼里，也没有带上铁镣铁链。他那极虚弱的身体，已完全没有能力逃跑了。

妈妈成天看着他哭泣，奶奶天天在佛龛前念佛。

小龙一动不动地躺在东下屋的墙角，下边铺着一堆干草。我们把他放在铺好的舒适棉褥上，他坚决挣扎着爬过去，依旧趴卧在那堆干草上，狼般蜷曲着身子，眼睛呆呆地望着空中的什么，一动不动。我们大家拿他一点辙也没有。

我隔两天从野外逮来些野兔野鼠野鸟之类的，偷偷给他吃。这时候他才稍稍兴奋起来，然后复归沉寂，万念俱灰般地闭目静卧。他这个样子真让人伤心，他这是慢慢地走向死亡，或者静静地等待死神来带走他。他的肉体毫不抵抗，甚至背叛生命本身，一分一秒地消亡。

　　尽管这样，我发现小龙的耳朵始终保持着一种灵敏。只要外边传出野狗叫野狐吠或者什么野鸟鸣啼，他的耳朵立刻竖起来，神情专注地谛听，良久良久地追寻那声响，一直到一点动静都没有了，荒野恢复了死寂他才罢休。这种现象最近几日连续发生。

　　他好像又等待着什么，不死心地期待着什么发生。

　　果真，他的确等到了。

　　有一天早晨，爷爷放驼回来，跟爸爸在院里说话。

　　"西北坨子根有个脚印，挺怪。"

　　"什么脚印？"爸爸问。

　　"比狗的大，四个爪印儿中后边的一个似有似无，好像是跛脚。"

　　"那不是野狗就是狼了。"

　　爷爷望着西北沙坨子，若有所思："难道是坨子里来狼了？ 要不阿木养的白耳回来了？"

　　"白耳不是跛脚。"爸爸说。

　　"备不住受伤了呢？"

　　"那它应该先回家里来。"

　　"可能是老胡家到处找它，它不敢进村吧。"

　　两个大人说完话，各自忙活去了。

　　爸爸背着猎枪出门时，对妈妈说："这两天少带小龙在外边溜达。"

　　爸爸去察看爷爷说的那兽印儿。

　　其实，爸爸压根儿不相信那印儿是白耳或野狗留下的。冥冥中他一直有个预感，它应该来的，只要它没死。自从大漠古城回村，爸爸心中的那根弦一直没有放松过，总觉得有个阴影跟随着他。这个潜在的不祥的预感时时警告他，每当夜幕降临，他都不声不响地院里院外悄悄巡视一下。他不止一次地问过自己：狡猾的老母狼此刻在哪里？为啥到现在还不来？它应该来的呀，或许，被猎人打死了？或许，被沙豹野猪击伤？要不它是不会轻易放弃的。然而，爸爸从未抱过侥幸心理，把两眼瞪得溜圆等待着。

小龙弟弟的异样状态，更引起了爸爸的警觉。

老母狼果然来了，像个幽灵。

这是一个明朗的早晨。村西北的大沙坨子脚下，有一团沙蓬草正慢慢移动。无风无沙，草尖都不摇，可这团沙蓬草却悄悄贴着地面移挪。缓缓地，小心翼翼地，这团草就靠近了那两匹在坨根吃草的骆驼。到了这时，身体蜷缩在这棵硕大的沙蓬草下边的母狼，悄悄走离头顶的沙蓬草，收腰缩肢，屈腿收尾，又挨近骆驼。它后腿稍瘸，尾巴又短了一截，可两眼阴冷而警敏，不时闪射凶光，身体依然矫健而凶猛。

两匹骆驼，一白一褐，此时已跪卧在沙地闭目反刍装进胃里的青草。吃了一早晨的嫩草，它们现在正处于最惬意的时刻，根本没有注意这只母狼在它们身旁出现。当惊愕地发现时，这条狼又像家狗那样友好地摇摇尾巴，晃晃头脖。于是两驼信以为真，真把它当成家狗，不再去理会它，又微闭上总是流泪的眼睛反刍起来。母狼对它们确实没有恶意，只是围着它们转来转去，嗅嗅这儿嗅嗅那儿，闻上闻下，然后把嘴仰起来冲天呼吸起来。它似乎在辨认似曾相识的这两匹骆驼，或者进一步在辨认一种细微的气味。

然后，母狼久久地注视起东南不远的村落。

它又顶起那棵迷惑人的沙蓬草，离开骆驼，朝村子潜行而去。不久，它走到了那片小树林附近。这只大胆的老母狼丢开头上的沙蓬草，跑上一座小沙包上，冲村子方向发出一声威风凛凛的长嗥。

这嗥声传得很远，并传达着一种信息。

恰在此时，还没等它发出第二声嗥叫，突然"砰"的一声，从附近的树毛子里传出一声枪响。子弹从它头顶上部呼啸而过。尽管它狡诈，却没料到会有猎人早等候在这里伏击。它吓了一跳，急速蹿下沙包，夹起尾巴掉过头向西北大漠方向飞蹿而去。

不过，它身后再没有传出第二声枪响。

当然，它那双机敏的眼睛也刹那间捕捉到了草丛后的枪口，和那双熟悉的目光以及那熟悉的身影。

那是它的老冤家，老朋友。

随后从身后传来一声高吼："快滚吧！不许再回来！"

四

当母狼的这一声嗥叫响起来时，我正在东下屋跟狼孩弟弟一起玩耍。隐隐约约听到那声音，小龙身上明显地抖颤了一下，顿时静立在原地，木呆呆地谛听和捕捉起那嗥声。可是那熟悉而亲切的声音再没有响起来，代之而起的是一声震撼心魄的枪响。他的眼神变得迷惘起来。我立刻警觉到什么，想着法儿去逗他，转移他的思绪，但他再也没有高兴起来。当妈妈端来他爱吃的肉粥时，他才稍稍恢复正常。可他的耳朵始终没有放弃谛听远处的动静。

他已经有某种预感。

爸爸回来了，脸色阴沉。他先去上房，跟爷爷商量着什么，回来又跟妈妈交代几句，然后抚摸了一下情绪不太稳定的小龙头脖，说一句："还得委屈你几天。"而后又把铁链套在小龙的脖子上。

小龙极不愿意，呜哇叫着扯拉锁链。爸爸硬起心肠不管他。我也取消了返校的打算，留在家里几天看看。

第二天傍晚。

村西北的小树林里，又传出母狼的嗥叫。

当爸爸急匆匆赶到那儿放枪时，已经响起它第二声嗥叫。那会儿，小龙正在院子里，坐在妈妈的怀里吃肉粥。一听到那第一声嗥叫，狼孩小龙浑身一哆嗦，传出第二声嗥叫时，他伸头伸脑烦躁起来，两眼射出异样的光，急不可待地要从妈妈怀里挣脱出来。妈妈吓得紧紧抱住他，又攥紧他身上的铁链，三步两步跑回屋里，我赶紧关上门插上闩。幸亏没有响起第三声嗥叫。过了一会儿，狼孩弟弟在妈妈的抚慰和我拿东西逗弄下，渐渐定下神来，似是暂时淡忘了那两声嗥叫。但不时瞅瞅门，眼神像等待像期盼，又像莫名的惆怅和失望。

这时，爷爷提着枪从上房出来，守候在院门口。

我紧张地瞅着暮色苍茫的门外，跟爷爷聊起话来。

"咱们的老朋友真顽强，像爬雪山过草地，还是找来了。"

"这个鬼东西，真缠死人，没完没了，真是死认准了咱们的小龙。"

"它老了嘛，不能再下崽，小龙是它唯一的孩子，没有他，它可能活不下去。唉，要是可能，我真想把它也养在家里，让小龙给它做伴送终。"我说。

"净胡说。你这孩子，咋越念书越有点念歪，老心疼那些吃人的野兽啥的。"爷爷训话。

"不是吃人的野兽，而是吃野兽的文明人。野兽被咱们文明人吃得快干净了，这大漠就剩下这只不屈的老母狼了，爷爷。"

"混账话，人不吃兽，叫兽吃人啊？"

"凭啥你吃行，它吃不行？早晚会有更大的兽来吃咱们这人兽的。"

"歪理歪理，你这孩子脑子里净是些古里古怪的东西。让你那更大的兽等我入土后再来吧，我可不想变成它的下酒菜。"爷爷也笑了。

老板着脸的爷爷，回过头摸了摸我的脑袋："你这孩子从小挺仁义，那大兽不会吃你这样人的。好好读书吧，会有出息的，我的爷爷埋进咱郭家坟地前对我说过，咱们坟地有风水，好好读书吧。可是我的书没读成，你爸的书也没读成，他更没出息，连兵都不愿当跑回来了。你两个叔叔还不如你爸，都是些只瞅鼻子尖侍弄土地的主儿。咱们家族就看你的了。"

爷爷意味深长地说完这些，沉默了。

我后来才明白这次谈话的含义不仅在谈话的内容上。

我说："爷爷放心吧，我会好好读书的。可你们别把几代人的希望全放在我身上，那会压得我喘不过气来的。爷爷，这次你和爸咋对付老母狼？打死它吗？"

"嗯——"爷爷犹豫了一下，"要是它不伤人，当然赶走它最好。可它这次铁了心再来，很难轻易赶走它，再说它在暗我们在明，我真拿不准会有啥结果。"

我的心沉重起来。去赶母狼的爸爸还没回来，村外还很安静。

第三天深夜。

这是个沉闷的黑夜。从大漠那边飘过来黑压压的一片乌云，把天上的星星抹去了，把月亮也吞没了，很快在头顶上织成一个纹丝不动密不透风的黑绒罩子。人们以为，大概要下场暴雨了。天这么热，这么闷，云又这么密布厚实。可是等到午夜，这黑绒罩子竟是没掉下一滴雨点子，也不见电闪也不闻雷鸣，只是一味地沉默着，一味地压迫着这大地这沙漠这村落。

咱们家的下屋里，燃着一盏油灯。昏暗摇曳的光线，朦胧地照着安睡的狼孩小龙，照着睡在他身旁的妈妈和我。我的两眼望着房顶，一直没有入睡，脑子里净是些上天入地的幻想。

爸爸此时不知在何处守夜巡逻。村西北小树林，家院门口，还是村中某个角落？他好像跟爷爷有分工，爸爸守西北咽喉要道，爷爷守候咱家院口。他们都辛辛苦苦地暗中跟母狼较着劲。

人和兽都智勇双全。

屋里屋外，天上地上，村内村口，一片沉闷的死寂。这死寂，似乎又掩盖着一种不祥的祸端，掩盖着即将来临的暴风骤雨。

到了后半夜，果然发生了那场惊心动魄的事件。

黑夜的使者，那只凶残野性的兽类代表——老母狼又出现了。它先是在村西口发一声嗥叫。这声冲破黑夜突然发出的嗥叫，凄厉瘆人，像一把锋利的刀子刺伤人的喉咙，尤其在这死寂阴森的黑夜，愈发显得恐怖惊魂。暗夜中，整个小村子被这恐怖的嗥声击中了，震颤了。村里的狗们叫了几声，便威慑于这嗥声，很快沉寂了。惊醒的村民们，谛听着外边那可怕的嗥叫，谁也不敢贸然走出屋去面对黑暗，面对凶恶的兽类，人们默默地龟缩在各自的小窝里闭上眼睛。

唯有我爸爸苏克，这个勇敢而大胆的孤独猎手，端着枪猫着腰，在伸手不见五指的茫茫黑夜里守护在小树林那一带，寻找着目标。他机警而悄悄地循声接近狼嗥处，"砰"地放了一枪。然而，老母狼的叫声转眼又从村北头坟地那儿传出来了，这是母狼的第二声嗥叫。爸爸一惊，急忙赶到村北头，可是这会儿，从村南河边传出了母狼的第三次嗥叫。爸爸惊惑不已，觉得这条诡计多端的老母狼正在有意跟自己玩捉迷藏，利用黑夜的掩护，东奔西窜，捉弄自己，使他疲于奔命。

爸爸心里突然一颤。不好，老狼会不会是正在实施着一个什么意图？自己不能再跟着它的叫声傻头傻脑地瞎转了，万一它是声东击西怎么办？

此时，那狼嗥声已经停下来。老狼现在在哪里？还在村外吗？爸爸转身就往自家门口跑，老爷子一个人守护门口，黑灯瞎火的，别叫老奸巨猾的母狼给骗了。今夜，母狼不会简单地在村外兜圈子就完事。

果然，一个黑影从南边河岸那儿向我家潜行而来，早于我爸悄悄来到我家院门口不远处的牛粪堆后头，无声无息趴伏下来，与黑乎乎的牛粪堆无异。离粪堆不远，趴着那两匹骆驼。

此时此刻，没有了枪声，也没有了狼嗥，浓浓的黑夜一下子沉寂下来，使得气氛更显压抑、恐怖和危机四伏。

黑暗中，老狼的眼睛在粪堆后头闪着绿幽幽的光点，阴冷阴冷地注视着前边的院落。它等候着院子里的动静，以便判断院门口有无人把守。等了良久，仍没有枪声，院门口也没有动静。老狼依旧耐心地等待着时机，冷冷地观察着院子。

"该死的畜生，还不至于敢进村吧？"爷爷对赶到门口的爸爸说。

"今夜它有些怪，好像不想耗下去了。"

"那它是摸准了狼孩在咱们家喽？"

"有可能。它嗅觉灵敏，从空气中都能闻出目标在哪儿。"

"那它现在躲在哪儿？它真要是胆敢闯我们家，今晚我就不客气了，见真章吧。"爷爷拍着手中的猎枪说。

快天亮了，那母狼依旧没动静。

熬了快一夜，爷爷和爸爸趴在院门口有些精神恍惚，双眼迷糊，困顿和睡意阵阵袭来。

粪堆后头的那双绿光却始终没有合过。

见时机已到，那母狼避开门口，躲在房后的暗处，突然仰起脖，张开嘴，冲天发出一声长长的嗥叫。这是一声奇异的嗥叫，没有了原先那种瘆人的狂野和恐怖，声音变得细而长，如泣如诉，犹如一根根银针穿过神经，刺进人脑子，又回过头来刺进心脏深处。那战栗的声音充满了阴柔的哀鸣，充满了某种母性的凄恻缠绵的感情。可以说，这是一种兽类对兽类的呼叫，也就是母兽对小兽的召唤。凄厉而悲切，哀婉而强烈。

母狼一边哀号，一边围着房子飞速跑动，绝不停留在一个地方。它防着门口的猎枪，趁着黎明前的黑暗不断变换着位置，像个黑色的幽灵。

狼孩小龙早在听到第一声狼嗥时就惊醒了。虽然随之而起的枪声使他胆战心惊，但连续不断从四面涌来的母狼嗥叫声，使他再也无法安宁了。他开始烦躁地东张西望，两只眼睛滴溜溜转动，后来猛地跃起，噼里啪啦拖着铁链在屋里来回乱窜。妈妈见状，吓得魂不附体，急忙爬起扑向小龙，嘴里温柔而轻缓地呼唤着："娘的儿子，安静点，听娘的话，不要胡闹……听话，娘的心肝……"

一声声亲切感人的呼唤，犹如一道道清凉甘甜的泉水，注进狼孩小龙那颗骚动不安的心灵，他稍许清醒了一些，控制了心灵的黑暗，压抑住浑身鼓荡的兽性的热血。

妈妈走过去，轻轻搂抱住那个瘦小的身子，亲切地抚摸着那瑟瑟抖动的肩膀。

接着是漫长的沉默。狼孩小龙再也没有合过眼，他呆呆地盯着门口，要不就拽动着身上的铁链。当从很近的房后，突然传出那声奇异的召唤般的长嗥时，狼孩似乎终于等到了期盼的东西一样，身上冷不丁一抖，翻身而起。他微微张开嘴，鼻翼翕动，脸颊如兽类般向上仰起，一双眼睛闪射出奇异的光，整个神情似乎正在驰向遥远的荒野世界。妈妈慌了，她把嘴附在他耳边，一声声温柔而急切地呼唤充满人性的母爱，召唤着那个受到诱惑的灵魂。并以此抗衡着那无孔不入的兽类的长嗥，她想用人类母性的善和慈爱，来战胜那兽类的野性的召唤，保护自己失而复得的爱子。

妈妈把小龙不断向外张望的脸扭过来，让他面对自己，听自己说话并不停地抚慰着他。可是她发现，那双眼睛变得陌生，虽然对着自己，眼神却一片茫然，那正在扩散变大的瞳仁，似乎极力捕捉着那来自外边的野性的呼唤。

那魔鬼的嗥叫又响起来了。从房后，从房西，从房东，从四面八方，一声比一声激烈地传荡出来。爷爷和爸爸的枪声也随之响起，可那声声令人魂飞魄散的嗥叫始终在响着，枪声赶不走它。

妈妈的温柔的母性召唤，也一声比一声亲切地响在狼孩小龙弟弟耳旁。

此时，狼孩——小龙弟弟的脸，痛苦地扭曲起来。极度的内心痛苦和矛盾，使他的牙咬得嘎嘣嘎嘣响，双手不断地扭挣铁链，身上火烧火燎地发烫，脸孔憋得通红，眼睛开始充血。那股潜伏在身上的野性的血，重又鼓荡起来。他的身子一阵阵激烈地颤抖。

"娘的儿子，别害怕，娘在这儿，娘守着你，安静点，一切都会过去的……"妈妈哭泣起来，哀伤地哽咽着，紧紧抱住小龙那发烫发抖的身躯和头颅不放。一阵恐惧感，莫名的恐惧感从脚底升到心头。她的心在发冷，发抖。

我站在妈妈身旁帮着哄着小龙，又安慰着妈妈。我的心也一阵阵地猛烈跳动，一种不祥的预感阵阵袭来。

母狼再次发出了凄厉哀婉的尖嗥。狼孩小龙终于忍不住，张嘴便发出一声尖利的嗥叫，回应了母狼的召唤。有什么办法呢，他是吃它的狼奶长大的，那狼奶已变成了热的血液，流动在他的身上，而且他也是跟随着母狼学会生存走上厮杀征途的。对母狼，他比对这位人类母亲还熟悉。于是，他内心的防线，那个经爸爸、妈妈、家里所有亲人辛辛苦苦垒筑起来的人性的堤坝，一时间全线崩溃了，倒塌了。他凶猛地嗷嗷大叫，一跃而起。那根拴他的铁链，平时由于他不断地磨挣拉拽，一个环已有裂缝，经这次狂烈无比的挣拉，终于嘎嘣一声彻底断裂，小龙脱困而出！

他挣脱开抱住他的人类母亲的怀抱，四肢着地，飞速地扑向门口。

"儿子！小龙！快回来！"妈妈声嘶力竭地喊着，也疯了般地冲过去，从小龙后边抱住他的腰，泪流满面，绝望而撕心裂肺地呼叫着，"儿子，你不能走啊，你不能撇下娘走啊……"

狼孩小龙猛回头，呆愣了一刹那，但他此时已经不知自己是谁，也忘却了抱住他的人是谁，只当是要逮住自己的敌人，一张嘴便咬住了妈妈的右肩。眼睛血红，张牙舞爪，凶恶得令人望而生畏。

"小龙，快松开！别咬妈妈！她是咱们的亲娘！"我喊叫着冲过去。

可是变疯狂的小龙毫无顾忌，狠狠咬撕着妈妈的肩头，再用头猛一撞，妈妈像个草人般倒下去了，肩头的一块肉连单衣一起被撕裂下来，鲜红的血涌流出来。接着，小龙转身又扑向门去，想打开门闩。

我一时气极，又被眼前这一幕惨景惊呆，迅速操起墙角一根木棍冲向小龙。我挥舞着木棍，想把他赶离门口。可小龙一个跳跃，离地几尺高，扑过来正咬住了我的手腕。我"啊"一声痛叫，木棍掉地。当狼孩正要再咬我喉咙时，外边又响起了母狼的嗥叫。于是，小龙放下我，再次冲向门口，撞开门，闪电般扑进那茫茫黑夜中去了。

外边更紧张。

爸爸端着枪，房前房后地追赶母狼。爷爷守护在院门口，以防母狼冲进来。他们不知道屋里正在发生的事情。他们觉得老母狼也就是这样捣乱而已，房前房后或近或远地嗥叫，不会傻到冲进院里来挨枪子儿。爸爸开了几次枪，可那黑影飘忽不定，忽左忽右，像黑夜的幽灵，根本打不中它。

这时，他们听见了屋里狼孩发出的一声嗥叫，并与外边的母狼相互回应。爸爸的心一下子提起来。转眼间，随着"咣"的一声响，下屋的板门被撞开，守在院门口的爷爷还没有回过神来，一个黑影从他头上一跃而过，犹如一支飞射的闪箭投向门外。

"小龙跑了！快拦住他！"我冲出门大喊。妈妈也呻吟着爬出门口，呼喊："小龙回来！你别走，别撇下娘走啊！"

为时已晚。

当爷爷明白过来从其后边追过去时，一直不现身的母狼这回从粪堆后边跳蹿而出，迎接狼孩，狼孩小龙也"噢呜"亲热地叫着，狂喜无比，连蹦带跳，急切地扑向母狼。

这时从房后追出来的爸爸看见了这一幕，气愤至极，眼睛鼓突要爆裂开来，咬紧牙关，端起枪就朝那一跃而出的母狼开了一枪。

"砰！"

"砰！"

这是极其浑浊沉闷的爆响，好像用棍棒击打装满沙子的麻袋一样。两声枪响，后一声是爷爷放的，划破黑沉沉的夜空，震撼了寂静的村庄，震撼了空旷蛮荒的漠野，也震撼了村民酣睡的心灵。

子弹是击中了母狼。

可也击中了狼孩小龙。

不知谁的子弹击中了狼孩，他战栗了一下，又向母狼踉跄着走两步，终于像一头中弹的小鹿"噗"地倒下了。只见他四肢抽搐了几下，痉挛着，喉咙里"呼噜呼噜"发响，叫不出声，呻吟着。

母狼腿部和肚子被击中。

但母狼并没逃走。它依然跑向狼孩，又亲又拱久别的狼孩，伸出舌头舔起狼孩脖颈处汩汩冒流的鲜血，叼起狼孩就往野外奔。

爸爸和爷爷从惊愕中醒过来，急追过去，嘴里同时喊着："放下我们的孩子。"

母狼拖着小龙唰唰地走，很艰难。鲜血也从它的伤口咕嘟咕嘟流出来，染红了沙地。血一路洒，它一路走，不屈不挠，不死不休地走。不时还停下来舔舐小龙脖颈上的流血处，唯恐狼孩流干了血。

终于，它拖不动了。

狼孩已处在半昏迷状态，可他并没有痛苦之色，而依旧很欣喜地望着母狼，并固定在那里。他的头一歪倒向母狼颔下便不动了。那双未来得及闭上的眼睛，仍留有一丝狂热的野性的余光，凝视着远处的漠野，凝视着前方的黑暗。那黑暗的尽处，黎明的曙色正在显露，当然，那黎明已不属于他了。他那张野性未改的脸向上微扬着，嘴巴也翘着，于是整个这张脸部又变得更像一个拉长的问号：我是谁？来自何方，去向何方？

那老母狼偎着狼孩那瘦小的躯体，似乎像是用自己身体温暖他保护他，又伸出尖嘴嗅嗅那浸血的头颈，粗粝的舌头轻轻舔两下狼孩那张问号似的脸，突然发出一声肝胆俱裂的哭泣般的哀号。它抬起头，扭转脖子，久久盯视着提枪正在靠近的爸爸和爷爷，那双绿幽幽的光点，咄咄逼人地燃烧着，穿透人的心肺和灵魂，同时含着一种骄傲的狂态，向世界宣示：他——狼孩，永远属于自己，谁也别想夺走，谁也别想让他们分离！

那母狼就这样把尖长嘴贴在狼孩头脖上，安安静静地闭上了双眼。它那一下变得老态龙钟的身躯没有再动弹一下，任那红红的鲜血从其身上流淌，浇润那同样属于它的大地。

一切好像就这样结束了。

第十四章

　　在大西北，它终于寻到伤愈的母狼。然而，老母狼还是不认它，追咬它，不让它靠近自己。白耳很哀伤，也很无奈，可它始终不放弃暗暗跟踪，尾随着老母狼。经过漫长的寻寻觅觅，转战荒野，当老母狼出现在白耳所熟悉的锡伯村附近时，白耳的双耳陡然竖立起来，两眼闪出惊异的绿光。这地方，它可太熟悉了！

一

　　我冲出院子，看到眼前这一幕，吓傻了。

　　父亲和爷爷也没想到会是这样，射向母狼的子弹会击中了小龙。他们一时惊呆，慌乱中慢慢靠近过去，仍举枪瞄着，唯恐母狼会有反扑。

　　"小龙！"我不顾一切地扑过去，也不担心母狼。

　　"小龙！我的儿！"我妈从院里跑出来，也发疯般地扑向小龙。

　　小龙的脖颈那儿还在流血，眼睛微闭着，已处于昏迷状态。妈妈拨拉开受重伤的母狼，抱住小龙，见小龙的惨状，冲父亲他们喊叫起来："你们杀死了小龙！你们杀死了小龙！你们这些恶人！"

　　父亲和爷爷无言以对，拖着枪呆站在那里。

　　我摸了摸小龙的胸口，心脏还有微弱跳动。

　　"小龙还没死！心还跳着呢。爸爸，快送小龙去医院抢救吧！"

我冲父亲和爷爷大喊。

父亲顿时醒悟，旋风般地转身回院子套胶轮马车。我撕下汗衫包扎小龙的脖子，想止住似水般溢出的血，毛手毛脚的，手上身上沾了不少小龙的血。妈妈一直在哭泣着，哀伤地呼叫着小龙。爸爸套好胶轮车赶来了，他让妈妈抱着小龙坐上车，那只母狼挣扎着，虽然站不起来了，可随小龙爬过来，顽强坚韧地向马车爬来。爷爷怒不可遏，一脚踢过去，还要举起枪托砸死它。我情急中一下子抓住了爷爷的枪托，哀求起来："爷爷，饶过它吧！它也是为了小龙啊！你打死了它，小龙更不会活了！"

"不能饶过这畜生！它永远是祸根！"爷爷推开我，重新举起枪托。

"爷爷，你不能杀它！你是'苍狼老孛'，你拜的主神就是一头狼，你怎么能亲手杀害狼呢？你不能杀死自己拜的神兽！"我大声嚷道。

爷爷的枪托在半空中停住了，身上也微微震颤了一下。他怪怪地看我一眼，片刻后说一声"罢了"，便把枪扔在地上，把头扭过去。

我跑过去拖那母狼，很费力地把母狼往爸爸的马车上拖。

"你要干什么？"爸爸喝问。

"想救小龙，同时也得救母狼！他们俩的命是连在一起的，要不然小龙没个救！"我坚定地说着，愣把母狼拖上车，扯下布条给母狼包扎伤口止血。父亲想了一下点点头，他比爷爷明白其中的道理，他在荒漠废墟中跟他们一起生活过。

"啪！"父亲的鞭子一甩，套了两匹骏马的胶轮车如离弦的箭般向县城方向飞驰而去。黎明前的黑暗中，传出一阵狂风骤雨般的马蹄声和车轮滚动声，然后暗暗黑夜复归沉寂。被狼嗥和枪声闹腾了一夜的村庄人，知道我们家这边发生着什么大事，但都没有过来探问，唯恐有什么不祥之气沾染上他们，远避还来不及呢。当然，胡家的人是暗中幸灾乐祸的。

我们赶到县城医院时，天已大亮。

县医院全力抢救狼孩。过去他们那里曾为狼孩治疗过，知道怎么弄。尤其是他们视狼孩若宝贝，岂能轻易放弃如此好的送上门来的研究机会。他们动员所有专家，甚至要火速从省市请学者专家来会诊和抢救。而且，把狼孩送进了医院高干病房进行特护。

母狼的待遇就差了许多。

他们草草看了看，止了止血，然后把母狼推给县里的兽医站去了。我去交涉，他们称这里是给人看病的医院，不是动物兽医院。兽医站的两个五大三粗的兽医倒很欢迎，称这的确是属于他们的事情，是该他们管，笑嘻嘻地把母狼抬上了他们的救护车，呜呜叫着开走了，似乎捡了一个什么大便宜事，不赶紧拉走怕有什么变故。我心里放不下，万一母狼出了什么差错救不活，关系到小龙的安危，于是我跟爸爸打了招呼，尾随兽医站的车赶到县兽医站。我走进那间阴暗的动物诊治室里时，母狼被扔在地上呻吟，一个穿白大褂的兽医模样的人，正忙着给外界打电话通报，眉飞色舞地描述喂养狼孩的那只老母狼正在他这里抢救，叫报社、电视台等新闻媒体快上这儿来采访、拍摄等等。天啊，他把这事当成出风头做广告的大好机会，甚至不顾母狼的死活！

"快抢救母狼吧！它死了，你们什么风头也出不了，狼孩也不会轻饶了你们！"我气不打一处来，冲这个兽医冷冷地说了一句。

"你是什么人？出去！出去！"他冲我下逐客令。

"我是来看母狼的，我是狼孩的哥哥。"

"啊——是你呀！快坐快坐，我们马上抢救，它死不了……"他这才放下手机，开始给母狼检查伤势，呼叫护士拿这拿那。止血，打针，做手术取子弹，一通乱忙活，看得出医术倒不差，有两把刷子。

我向他说明救活母狼的重要性，并一再拜托他之后，又放心不下小龙，急忙赶往县医院那边。

高干病房手术室门口，爸爸妈妈坐在椅子上，四周围满了人。话筒、闪光灯、摄像机如一杆杆枪一样伸向他们。爸爸铁青着脸一言不发，妈妈则不停地掩面低泣擦眼角。她肩头的伤还在渗血，有个护士正在为她包扎。有位纤弱的小护士，劝这些闻腥而来的记者们离开手术室门口，不要喧哗，可谁也不听不理睬她的话。劝几下无效后，小护士也随他们去不管了。我挤过去，站在门口从门缝里往手术室内瞧了瞧。小龙弟弟身上插着各种管子、钳子之类的，手术正在紧张地进行。

"狼孩的爸爸，请你讲讲好吗？你们是怎么打伤的狼孩？是误伤吗？"

"请讲讲，请讲讲好吗？"

我身后的吵嚷声，弄得人心烦意乱，从手术室内走出一个护士，几次"嘘"声警告也无济于事。我瞪了一眼那位不尽职责偷懒的小护士，见她无能为力，想出个主意在她耳边嘀咕了几句，然后我冲那帮"狗仔"记者们说，我是狼孩的哥哥阿木，我知道你们想知道的内幕，但在这儿太挤太乱，你们跟我到门外头去吧，来吧。

说完，我头也不回地向外走去。

其中有人认出了我，于是呼啦一下子拥向我，纷纷攘攘都随我走出了手术室走廊的那扇大门。我回头向小护士使了个眼色。她倒很机灵地迅疾关上那扇走廊大门，并且"咔嚓"一声从里边上了锁。

"狼孩的哥哥，你快讲一讲，狼孩到底怎么受的伤？"

"你们真想知道吗？"我提高了声音。

"是啊是啊，快讲讲——"

"我操你妈！"我大声骂出口，又冲他们做个鬼脸，而后撒腿就往院外跑。

"狗仔"们一时愣住了，没想到我会这样，恍然大悟，知道中了我的调虎离山计，纷纷骂着我小痞子小流氓之类的，吵吵嚷嚷着又要重新进手术室走廊，可那一扇门已从里头上了锁，他们是进不去了。他们这些人干着急没办法，像一群热锅上的蚂蚁，又拍又敲着那扇门。

我哈哈大笑，扬长而去，奔向县兽医站。

二

几天前，当老母狼头一次在村西北出现时，几乎同时有另外一只野兽也出现在村庄的附近。它更隐蔽，更机警，而且更显得神秘。村里任何人都没觉察它的出现，包括富有野外狩猎经验的我的爸爸和爷爷。

这野兽就是白耳狼子。

显然，它是追随母狼而来的。自它咬死胡喇嘛，离开伊玛家之后，便彻底摆脱人类控制，直奔大西北莽古斯大漠而去。它要寻找自己的亲妈妈——老母狼。它无法摆脱内心的呼唤，它不想放弃回归狼类族群的努力。似乎它认为得不到母狼的认可，它永远不属于真正的野狼家族，不属于荒野。

在大西北，它终于寻到伤愈的母狼。然而，老母狼还是不认它，追咬它，不让它靠近自己。白耳很哀伤，也很无奈，可它始终不放弃暗暗跟踪，尾随着老母狼。经过漫长的寻寻觅觅，转战荒野，当老母狼出现在白耳所熟悉的锡伯村附近时，白耳的双耳陡然竖立起来，两眼闪出惊异的绿光。这地方，它可太熟悉了！

它无声无息地潜伏在村北郭家坟地那茂密的草丛中，不露声色地静静观察着村庄这边的动静，观察着老母狼的动静。令人费解的是，它既没去找后来的主人伊玛，也没去投奔老主人家相认，只是在坟地里静静潜伏着，谛听母狼不时发出的长长嗥叫声。它极有耐心地等候着将要发生的什么事情。

经过荒野上的浴血厮杀，经过时间的变迁，它现在已经长大了，完全变成了一只大野狼。黑灰色的如箭刺般的长毛，刀子般陡立的双耳，还有雪白色的耳朵尖，以及拖地的如铁帚般的雄伟长尾，两排刺出嘴角的长长獠牙，处处显示出它已长成了一只凶猛威武的大狼。

唯有一双眼睛异常冷漠，偶尔有些温柔地注视着前边的村庄，那个熟悉而陌生的村庄。

这一天黄昏，有个人影出现在郭家坟地里。这是个年轻人，大热天头顶上捂着一顶被汗浸透的帽子，帽檐下都挂出了一圈白色汗碱，秃头下的脖颈上连汗毛都没长，真是一位绝世大秃子。他肩上背着一杆猎枪，手里拎着一把砍柴刀，鬼鬼祟祟悄悄走进坟地深处。

白耳潜伏在草丛中一动不动，静静观察着这位秃头青年的举动。不久它也认出了这个人。

只见秃头青年先是左顾右盼，确定坟地内无人之后，又往旁边树毛子那儿撒了一泡尿，接着就放下肩上猎枪挥刀割起坟地柴草来。

原来，这小子来这里偷割郭家坟地的青草！

正巧他选了这片白耳藏身的茂密深草，挥臂开割起来。一般按习俗来讲，人家坟地的一草一木，别人不能随便动刀动镰，这是不吉利的，说是血光之灾的预兆。可这位秃小子不管这些，反正大沙坨子里找不到一片喂牲口的好青草，只好在这很少村人光顾的草木葱茏的郭家坟地下手偷一把了。懒惰而好投机取巧的他，以为这么做既可给村中仇家带来不吉利，还可解决自家牲口的肚子问题，两全其美，神不知鬼不觉。

他"呸呸"地往手心吐着唾沫，撅着屁股挥刀割着，一步一步往前伸展着，压根儿没有发现几米远的草丛中，闪动着绿绿的一对狼眼，始终盯着他的一举一动。

过了几分钟，他终于割到了那双绿光闪动之处。

"呼儿——"一声大吼。

一只硕大的狼兽黑影，几乎是从这秃小子鼻子底下蹿了出来，扑向他。

"哎哟妈呀——"他吓得魂飞魄散，急忙往后闪，举起砍柴刀向前抵挡。那白耳躲开砍刀，头一伏一伸，张口便咬住了秃小子的小腿处。顿时，那小腿处血光闪烁，被撕下一片皮肉来。疼得鬼哭狼嚎的秃小子挥刀砍下来，白耳又闪过，一甩头便咬住了秃小子握刀的手腕处，"啷嘡"一声，那砍柴刀掉落下来碰在一块石头上。然后简单了，白耳张开血盆大口，迅疾咬向秃小子的咽喉处。

"救命啊！"

秃小子狂叫着脸无血色，双眼鼓突，惊恐万分地往后躲闪，脚下一滑绊在自己割倒的草捆上，摔了个四仰八叉。

白耳的两只前爪子狠狠踩在他的胸脯上，两排獠牙再次咬向他的喉咙。

秃小子已经喊不出话，闭上双眼就等着被咬断脖子。

"砰！砰！"

正这时从村西北方向传出两声枪响，同时也传出母狼那一声尖利的长嗥。顿时，白耳停住了进攻，支棱起双耳谛听着远处的枪声和狼嗥。接着，那枪声和狼嗥再次响起。于是，白耳对爪下秃小子的咽喉没有了丝毫的兴趣，跳开去，毫不犹豫迅速向村西北方向飞跃而去。那矫健的身影在草尖上如蜻蜓点水，白色的耳尖如星光闪动，眨眼间没了踪影。

"是它！是白耳狼——崽！"苏醒过来的秃小子摸着自己脖子跳起来，冲远去的白耳后边喊叫起来。他的裤子已被溢出的屎尿湿了一片。

捡了一条命的他，如一条丧家之犬，向村中狂奔而去。一边提着裤子，一边号丧般地哭喊着，惊飞了路边的鸟和杂草上的蝈蝈。

三

不知是当代医学的奇迹，还是一对不死的精灵，狼孩小龙和老母狼双双"死而复活"。

医生们从狼孩脖子和脑袋里捡出三四粒铁砂子，并又完整地缝合了他的脑壳儿。

那边，兽医们也打开了老母狼的胸腔，往外捡铁砂子。一粒粒小而圆的铁砂子落进瓷盘里时，发出叮叮咚咚的悦耳声响。

"幸亏是普通的猎枪打的，杀伤力不强。"人医和兽医都这样感叹。言外之意，换了别的快枪什么的神仙也救不活他们，因为击中的全是要害部位。

依我的见解，除了人医兽医都尽力、枪砂偏弱之外，最主要原因，应该归功于狼孩和母狼顽强坚韧的生命力以及求生的欲望，还有他们在荒野中练就的无比强健的体魄。总之，上天不准备太早把他们召回去，让他们继续演绎这段悲情故事。

狼孩小龙在特护室病床上，昏迷了好多天。

高干病房隔壁住着一位当地的"高干"，一位云姓副县长。他也对这位享受跟自己同样待遇，甚至在医疗措施和请来的专家等方面都超过自己的"不速之客"颇感兴趣，几度过来探问，好奇地以示关怀，甚至不无醋意地说："他这是正县长待遇，正处级。"

当小龙睁开眼睛醒来之后，做的头一件事就是两眼滴溜溜乱转，四处看看。接着哼哼唧唧低吼着，往外挣扎。几个人都摁不住。幸亏他流血过多，体力还未完全复原，无法挣脱后逃出去。

"他这是要干什么呀？"医生护士不解地问。

始终守护在门旁的爸爸妈妈不语。

我告诉他们："小龙在找他的妈妈。"

医生就冲我妈妈说："他在找你，你过去安慰安慰吧。"

我妈苦笑着过去了，温柔地眼泪汪汪地劝慰和安抚。没有用，狼孩小龙依旧往外挣扎，两眼不时地闪出凶光，野性毕露。

"他不是在找妈妈。"医生判断说。

"他找的是狼妈妈，那只受伤的母狼。"我说。

"啊——"医生护士都提高了嗓门，"他跟母狼比亲妈妈还亲呀？"

"眼下暂时是这样。"我回答，"你们想让他安静下来，还想给他治病做研究的话，最好是——"

"什么？"

"把那只母狼从兽医站搬过来，给他做伴，在这里给它治疗。"我大胆地建议。

"这哪儿成！这里是县人民医院，给人瞧病的地方，哪能让一只母野狼住进来治疗！"医生护士齐声否决我的提议，似乎我提了个愚蠢而不可理喻的建议。

"那就随你们的便吧。"我冷冷地说。

似乎听懂了我的话一样，那狼孩又闹腾起来了。这回他用手拔掉身上所有的管子卡子，还"扑通"一声从床上滚落到地上，张牙舞爪地往外扑奔。弄得那些医生护士手忙脚乱，在爸爸和我的帮助下才擒住小龙，医生只好给他打了一针麻醉剂。

也许，小龙太有价值了。

医院后来还真的采纳了我的建议，破例在医院的高干病房挨着狼孩的病床，又加放了一张特意从兽医站借来的动物病床。还请来了兽医站的兽医，为母狼继续在这里治疗。

这一下，这间特殊的"高干病房"可热闹了。

狼孩小龙"呜哇"嗥嚷着扑向老母狼，又是拱又是抓挠，嘴碰嘴鼻碰鼻，好一顿亲热。那种由衷的惊喜之情暴露无遗，围着看的我们这些人都不禁为之动容。母狼被结实的尼龙绳绑着动弹不得，医院为了防止意外，对它采取了预防措施，尽管它还没有伤愈不会伤人。虽然无法动弹，那母狼翕动着嘴鼻，"呼儿、呼儿"亲热地低吟着，又伸出它那粗刷子似的红红舌头，"嚓嚓"地舔着狼孩小龙的脸颊和脖子来。

隔壁的"高干"，那位云姓副县长过来看了看，摇了摇头，说一句："成何体统！母狼也成了高干！"便背着手回自己病房去了，显然，他心中的不悦和不平已压抑不住了。

过了几天，病房里传出了长长的狼嗥。深更半夜，病人们都进入了梦乡，整个病区和医院阒无声息，那一声声的狼叫就从人们的身旁骤然响起，顿时如利刃刺破耳膜，刺痛心肺，吓得病人们纷纷惊醒，站起，有的赶紧关紧门窗，有的则寻找防身的家伙。

老母狼伤势恢复得很快，又浑身捆绑后十分不舒服，加上漫长的黑夜中耐不住寂寞，就一声一声地长嗥起来。

那位从梦中吓醒的云副县长忍无可忍了，连夜叫来医院的院长训斥起来。他浑身哆嗦着，咆哮着："这里不是动物园！不是野狼窝！这里是给人民看病的人民医院，而这里更是高干病房！你再不把那该死的母狼弄走，我撤了你的职，关了你的医院！"

这一来谁也挡不住了。

捅了娄子又想保官的医院院长，马上叫人给惹事的母狼打了一针麻醉剂，连夜送回了兽医站，也不顾狼孩小龙的嗥哮叫闹了。他们惹不起这位当地的"高干"父母官。

母狼到了兽医站更不安静了，一是看不见了自己的狼孩，二是伤势日益见好，有了精气神儿，于是它不停地发出一声声的狼嗥，搅得那兽医站也不得片刻安宁了。左邻右舍的机关单位和居民纷纷提抗议，叫骂，有的甚至拿石块投砸兽医站的玻璃窗，有个老兵干脆拿出老猎枪闯进来要杀了老母狼。无奈，兽医站只好把老母狼送进了县城南那个破公园的狼笼里，与那只掉毛儿长着狼疮的半死不活的老狼做伴去了。

这边的狼孩小龙失去做伴的母狼，开始时也疯闹过几天。医院只好把他绑起来治疗，实在闹得不行就打麻醉剂，再不行就拿警察用的电棍来电击一下他。这很有效，小龙非常惧怕那个让他浑身激颤的短粗电棍子，医生一举起那玩意儿，他马上就闭上嘴，眼睛里闪出恐惧之色。

爸爸笑说："等小龙回家后，我也得备一个电棍。"

"那可不好。"我说。

"有啥不好，这东西能拿得住他。"

"当初，你和爷爷也用过鞭子，结果只是更增加了他的仇恨心理。再说，老用那电棍子可能对小龙的心脏和大脑有影响。"

爸爸不吱声了。

过了些时日，爸爸妈妈就回村去了。家里有一大堆事等着他们，农活儿不能耽误，不能这么长时间耗在医院里陪着小龙。反正小龙已经脱离危险，身体正在慢慢恢复，医院不管出于什么目的对小龙也不错，治疗也十分认真负责，不用家人太操心。反正我也在县城中学读书，可以常过来看望和照料。

有一天，去医院之前，我先去了一趟县城公园。

还是那样的冷冷清清，门口或站或溜达着几位妇女和老汉。我正准备大摇大摆往里走，一个麻脸老汉拦住了我，喝问："站住！干什么，干什么？"

"逛公园。"我说。

"买票！"麻脸汉脸一横喝令。

"以前可是不买票的。"

"那是以前，现在不同了。"

"为什么？有什么不同？"我不解地问。

"现在公园里有看头，有了一个稀罕物——老母狼！"

"母狼有什么稀罕的！原来也有一条狼嘛。"

"狼跟狼不一样，这只母狼可是有来头的！它可是用自己狼奶喂养过狼孩的那只母狼！来看它的人多的是，你瞧瞧那边贴的告示吧！"为了让我买票，麻脸老汉不厌其烦地解释起来，又指了指大门上的彩色招贴广告。上边赫然印着老母狼的巨幅彩照，文字说明如下：最后一只大漠母狼，喂养人孩好多年，通人通神的一代狼精，千载难逢的世间奇闻奇狼。我看着差点笑破肚子，敢情老母狼成了他们的摇钱树！这世人一个个都这么精明，不放过任何赚钱的商机。

一问票价，居然十元之贵。我咋舌。

我可不想当这冤大头，那母狼我闭上眼睛都认识它。我原路退回，绕着公园外墙走了一圈，终于发现了一个豁口，于是我便从那里逾墙而入。那口子下边堆着一堆带刺儿的树毛子，就是防人偷入，我小心翼翼地穿过那堆刺儿树毛子，尽管刮破了手臂还有裤腿儿，我还是觉得值。十块钱，我能买一本好看的书，还可换十张肉馅饼，或者买一件假名牌 T 恤衫。

狼笼那儿，果然人挤人。

闻讯而来的好奇者，把狼笼围得里三层外三层。

我费了好大劲才挤到前边。大狼笼里边，又增搭了一个新窝，显然那是给老母狼特意准备的。那边的旧窝里，依然趴卧着那只长疮的老孤狼，无精打采，对外边人群的吵吵闹闹依然表现出冷漠无兴趣。新窝里的老母狼也正安安静静地躺着，胸口上依旧包扎着绷带，窝里食盆里盛放着丰盛的肉食。那边旧窝老孤狼那儿则食盆空荡，老孤狼不时地抬眼偷窥这边老母狼的肉食，可又不敢过来争抢。显然它们狼有狼道，不轻易侵入别人的领地。

老母狼把头埋在前两腿中间，对嘴边的肉食和外边的喊叫无动于衷，连眼睛也不抬一下。

"老母狼！老母狼！快出来！"儿童们在喊叫。

"老母狼！狼孩怎么样了？"

"老母狼！叫一个！"

"老母狼，这儿有人想给你当狼孩，你要不要？"

大人小孩"哄"地乐了。

笼子里的老母狼张了张发麻的大嘴，又慢慢合上，瞅都不瞅这边的热闹场面。

我默默地看着它，心中不免发酸。难道它就这样在铁笼子里熬过它的残年吗？最后变成和那边的老孤狼一样，身上长着狼疮，拖着掉了毛的尾巴，无精打采，无甚欲望，整日浑浑噩噩呆头呆脑地熬日子吗？那可就太悲惨了，对这样一位有过轰轰烈烈的经历的英勇无比的老母狼来说，这太不公平了。

我一声叹息。

只听"呼儿"的一声，老母狼拔地而起，从笼中向我这边扑来。它认出了我。我一惊，赶紧往后闪。

老母狼仰脖发出一声长啸。

人们都奇怪地看着我，不解老母狼为什么对我如此亲热。

正在这时，有个公园的管理人员冲我跑来，一边喊："就是他！没买票跳墙溜进来的！"

我扭头就跑，顾不上母狼了，一边跑一边喊："老母狼，放心吧，狼孩他在医院挺好的！"

公园的人还是抓住了我，但知道了我是狼孩的哥哥之后，不但没有罚款，反而送给我一瓶矿泉水，解完渴给他们讲讲狼孩和母狼的事情。

我这可是有生以来头一次，沾了狼孩弟弟的光。世道啊，俗。

四

二秃子胡伦带胡家的人在村北一带细细搜索了几遍。他们很是兴师动众，扛枪的扛枪，舞棍的舞棍，呼朋引类，吆五喝六，虚张声势地开进郭家坟地，显然想借机践踏一下坟地，正好被下地的我老叔满达看见，在坟地前拦住了他们。

"你们要干什么？凭啥闯我家坟地？"满达老叔喝问他们。

"闪开！我们要搜白耳狼！"胡伦一瘸一拐地冲老叔喊。

"白耳狼？白耳……它怎么会在这儿？"老叔疑惑。

"就在这儿！我看见的，它还咬我一口差点要了我的命！"二秃子伸出包扎着的小腿说。

"白耳怎么会在我家坟地咬了你？啊，我明白了！"老叔满达的手指一指胡伦的鼻子，嚷嚷开了，"原来是你这小子闯进我家坟地，偷割了我们的坟地草！我正在找这人呢！"

"没……有……不……我……"理屈的二秃子涨红了脸，支吾起来。

胡家有一位岁数大一点的小老头开口说话了："满达，你也不要这么抓着理儿不放，二秃他割你们坟地草可以赔，可以认错道歉，这是小事，现在杀死那个吃人的白耳狼是大事！"

"说得轻巧，这是小事？我去你们胡家坟上割草，又拉屎又撒尿的，你们干不干？二秃子割完草还在我们坟地上拉了屎撒了尿，这不是糟践我们郭家先人嘛！"

"没……没，我不是有意的，是叫那白耳狼吓出来的……"二秃子红着脸申辩，他身后的那些胡家的人也"哗"地乐了。

老跟在胡家人后面起哄的娘娘腔金宝，在人群中开口说："割草拉屎的事完了再说，现在抓紧时间追杀那头白耳狼是大事！"

满达老叔冲他一撇嘴："谁的裤裆没夹紧把你给露出来了！哪儿都有你的份，是不是还想去通辽的疯人院啊？"

"你！"娘娘腔金宝闹得满脸如紫茄子。他得狂犬病，在通辽市整整住了一年多的医院，好不容易病好出院，闲不住的他又瞎掺和起村中的事，难怪老叔数落他。

"你们老说白耳是吃人的恶狼，谁见着它吃人了？啊？"老叔问那些人。

"它就吃了我家老爷子！"二秃子喊。

"你看见白耳吃来着？野外的恶狼多得是！"

"你在袒护那恶狼！"

"我当然为它说话了，它是我侄儿阿木养大的狼狗嘛！你们又没有人证物证来证明我侄儿的白耳吃了人，凭什么要杀它！"老叔的话明显在强词夺理，瞎起哄斗嘴玩。

有人喊道："别理他！我们大伙儿冲进去，找出那条恶狼！"

"对！咱们先过去！"胡家的人倚仗人多势众，簇拥着要进坟地。

这时，从坟地深处踱出一个人来，背着枪，冲众人威严地说："站住，你们又想在我家坟地闹出点事，是不是？"

胡家众人顿时愣住了。黑铁塔般矗立在前边的这个人，正是全村人都畏惧三分的"苍狼老亭"郭天虎，我爷爷。

"告诉你们，我在坟地搜索过了，白耳不在里边。夜里又是打枪又是狼叫的，闹腾到天亮，那白耳还能老老实实待在坟地里吗？而且还叫二秃子撞见过。你们动脑子想一想，那物儿一夜能跑几百里，还在这儿老实等你们过来打它？它也不是呆猫！你们这是又在故意找碴儿想糟蹋我们祖坟！你们快给我滚！我家发生的事已经够多的了，你们不要再来烦我，再胡闹我就不客气了！"爷爷义正词严地一顿训斥，又"咔嚓"一声，给猎枪上了子弹。

众人吓得赶紧后退，知道自个儿是无理取闹，谁还敢往前上？都纷纷掉头走人。

"二秃子，先别走，你给我站住！"爷爷喊住正悄悄溜走的二秃子胡伦。

二秃子撒腿就跑。

老叔见状哈哈大笑。

那天傍晚，二秃子胡伦提了两瓶酒几盒罐头点心之类的，走进了毛哈林老爷子的那座挺排场的新宅大院。

进屋就跪下了。

"这是谁呀？"毛哈林老爷子正半躺在炕上新被摞前，照顾他的那个女孩正给他捶背，手里还端着一根挺长的烟袋锅，淡淡烟气从他的嘴角徐徐地往上冒。毛哈林老头儿如今在村里很神气。自从胡喇嘛死后，村里选不出合适的村主任，我爸死活不干，毛哈林老头儿只好自己担任了村支书，大小事全由他说了算。别看他身子骨日益不中用了，可心思一点没有退化，算计这算计那的，心里十分清楚。

"我是胡喇嘛的二小子，二秃子胡伦。"二秃子连自己绰号一起禀报。

"干什么来啦？"毛哈林依旧不冷不热，阴阳怪气。

"孝敬您老来了。"二秃子把带来的东西一一摆放在炕沿上。

"起来吧,现在也不是大过年,跪什么磕什么呀?"老头儿赐坐。

"是,是……"二秃子规规矩矩地把屁股搭在炕沿上。

"送这么多礼,有什么事吗?"

"有点小事,请您老给我做主……"接着,二秃子就把咬死他父亲的白耳狼出现在郭家坟地,而郭家人又不让进坟地打狼的事叙说了一遍。

"你的意思是,要进郭家坟地打狼?"

"是。"

"你保准那白耳狼,还在郭家坟地里吗?"

"说不准,我怀疑它的老窝可能就在里边。"

毛哈林老爷子沉吟起来。这可不是小事,又关系到三姓之斗,牵扯面太大太广,他实在不好马上表态。

"你先回去吧,这事我考虑一下,还要跟天虎老宇商量商量。"二秃子走时,他客气地让二秃子把礼物拿回去,可二秃子没有那么做,毛哈林也没有再强求。不过,毛哈林老头儿冲二秃子身后端详了良久,心里说,这傻小子长成大小伙子了,好好拨弄拨弄,倒是个会发响的玩意儿。郭家的大儿不听使唤,这胡家嫩崽倒也是块不错的材料。

毛哈林老爷子的一双眼睛眯缝起来,从那细缝中闪出两道阴冷的光束。

这老爷子,脑子里又盘算出长期治理锡伯村的新点子。

第十五章

　　母狼回头，温柔地看我一眼，绿点一闪，发出一声"呼儿"的低吼，然后纵身跳出窗外。我抱住小龙亲了亲，摸了摸他的脸，似乎他也觉出这一别，不知何时才能相见，冲我"啊——啊——"地低叫两声，眼中泪光闪动，而后毅然决然地随母狼扑进那茫茫黑夜中去了，转眼间无声无息，如一颗从天空中划过的流星。

一

　　每天放学后我就匆匆赶往县医院，三个多月来几乎天天如此。

　　小龙弟弟基本康复，身上插的管子少了好多，头上扎的绷带也已取下，只是由于身体又变得强健，不太好管理，经常弄出些事给医院添乱。

　　那天我走进病房时，他正在"嗷嗷哇哇"地乱叫。

　　原来他一口咬伤了给他换药的女护士的手腕，粗壮的男护士正用电棍击打教训他。可怜的小龙一边躲闪一边叫唤着，两眼惊恐地盯着男护士手中那根可怕的短棍，一触到全身就激灵，麻酥难受。男护士身后站着好几个省市和本县的那些专家、学者、医生，人人都很是双手冷漠地抱在胸前观察着小龙的反应以及他的神态，不插言不劝阻，木木的呆呆的，有的还往小本子上记录着什么。

　　小龙一看见我，像见了救星一般，嘴里发出"啊……啊……"的呼叫，他把我当成唯一能袒护他的亲人。

我见状气不打一处来，冲上去挡在小龙的前边，向那个男护士喝问："你干什么老电击他？"

"他咬人！"

"这是你们自己不小心！你们不知道他不懂事，身上还有野性啊？挨咬了就拿我弟弟出气，老这样电击他，你们这是什么医院？是黑社会牢房啊？！"

"嗨，这小嘎子，怎么这样说话！"男护士说。

"我就这么说！我弟弟现在成了你们取乐消遣的对象了！"

"嗨嗨，不要这么说嘛，我们辛辛苦苦为你弟弟治疗，抢救，你还这样胡说八道可不对呀！"有个医生模样的人，终于放弃他的冷漠，这样插言。

"我还不稀罕你们治疗！我这就带弟弟走人！"我也越说越来气。

"走？哪有那么容易！说来就来说走就走，你当我们医院是车马店啊！"那医生冷冷地说。

"怎么？你还想扣留我们？"

"没那个意思，你们要走也得把这几个月的医疗费交齐了呀！"那医生当我是中学生，大有为难我的架势。

"医疗费？哈哈哈……"我大笑起来，"大夫，你别搞错了啊！各地捐来的赞助款、赞助物资，我们还没跟你们医院清点呢！我还听说上边有关部门拨下了一笔可观的专项研究资金，也是专门跟踪治疗狼孩用的，是不是？另外，我们还应该向你们医院收取广告宣传费呢！你们可是靠我弟弟出了大名赚了大钱！"

那位医生被我噎得一时无语。

他还想接着狡辩点什么，身后的人抻了抻他的袖子。这些人当然担心，真的把事情搞大弄砸了他们的研究课题，那可是关系到职称、论文、待遇以及分房等一系列的问题。他们必须息事宁人才是上策。

这时，闻讯赶来了一位院长。

他了解了情况后，批评了那个医生，还有那爱动电棍的男护士，并转身向我道歉："阿木同学，对不起，我们医生护士有责任，他们不对，我向你道歉！我希望你的弟弟还继续在我们医院住院治疗。"

"继续住院治疗可以，但你们得保证不再用电棍电击我弟弟！他什么状况你们不是不知道，老电击他更加刺激或者弄坏他的大脑，你们这是治疗还是刑讯啊！"

"是，是。我保证，往后不让他们再用电棍。"

我也就见好就收，没跟爸爸商量也不好贸然带走弟弟，只好这样借坡下驴，结束这场小风波。

一干人都走了，病房里只剩下我和弟弟。我从背包里拿出路上买来的苹果给小龙吃。小龙对我很是亲热，长毛的大手不是抓我就是摸我，有时还龇牙咧嘴地伸出嘴巴拱我的脸颊。我越来越喜欢我这位弟弟了。他的思维和感情很纯朴，不会拐弯，不会掩饰，爱就爱恨就恨，认准的东西从不改变或放弃。这点不像人类。他往往把复杂的问题简单化，可人类是把简单问题复杂化而乐此不疲。

有时，我静静地观察着弟弟，我犯愁，为他的将来犯愁。未来的日子他可怎么度过啊？在这个复杂而功利的人类社会里，他能够融入并能够生存下来吗？我真不敢保证。目前看他与人类社会实在是太格格不入了，不过我打定主意，这一生一定尽全力保护我弟弟，让他有个好的结局好的生活。然而，目前他这种处境，被人在医院里锁着，成为一帮无聊人的研究对象，这可是我极不愿意看到的。现在，家里人，爸爸妈妈他们为他操碎了心，伤心至极又拿他没办法。他无意中已成了公众人物，将来他只要生活在人类社会中，面对的将是那些永远摆不脱的好奇、探究、异样的目光，也许至死都成为人们研究和追踪的对象。这可真是弟弟小龙的悲哀。我深深叹口气。

这一晚，我陪着小龙在医院度过。

半夜，从县城公园那边传出狼嗥。那是母狼在嗥叫。

本来睡梦中的小龙，立刻支棱起双耳翻身坐起。接着，小龙也学着母狼的叫声，发出一声长长的狼嗥，我轻轻安抚着小龙。

这一夜小龙和老母狼对嗥了好久。

我有某种预感，我怕出什么意外，连续三夜都守护着小龙弟弟过夜，弄得我很疲惫。也不知道担心着什么，或者更准确地说期待着什么。

其实，那三天夜里什么事也没发生，只不过狼孩小龙与老母狼不停地嗥叫，似乎相互通报彼此的情况和表达相互思念之情一般。

那一夜，县城里很安静。小小的几万人县城，也不似大都市那般通宵灯火通明，只要电影院第二场电影散场之后，整个县城就基本安静下来，小酒馆也劝走最后一两个酒徒打烊关门了。已入秋了，北方的天气早晚凉爽了许多，不像前些日子那么窒闷，傍晚时令人喘不过气来。

晚自习结束后，我躺在宿舍土炕上翻来覆去睡不着。静静的黑夜中，耳朵捕捉谛听着什么。一开始自己也没什么意识，后来才知道自己是谛听母狼和狼孩小龙弟弟的对嗥。这些日子，这一声声瘆人的狼嗥成了我的催眠曲。

奇怪，这一晚没有狼嗥。

我终于找到自己睡不成觉的原因，猛然翻身坐起。再仔细辨听捕捉，除了小火车站笛声长鸣外，加上附近谁家巴儿狗叫，根本没有了那一声声刺人耳膜令人振奋的狼嗥。

我匆匆穿上衣服，摸出枕头下的手电筒。被弄醒的同学问我干啥去，我告诉他去看一下弟弟，没听到他的嗥声心里不放心。同学说，不叫说明他安静入睡了，他不闹腾了，你闹腾啥呀！

我苦笑一下说，你不懂，睡吧，今晚不用等我回来。

我急急忙忙赶到医院时，那位值班的男护士见着我如见到亲大舅般乐了，说太好了，你来今晚我就解放了，隔壁正三缺一，我先过去了，有事你就喊我。

我见小龙弟弟还算安静地半眯着眼睛在床上趴卧着，也没有什么异常迹象，就点头同意替那男护士在此守护小龙。男护士乐得屁颠屁颠地端着茶杯消失在走廊尽头。

我兀自笑了。怪自己多疑，让这位赌徒护士捡了便宜。

其实不然，事情是后半夜发生的。

我几乎是睡着了。坐在靠椅上，把双腿搁在小龙的铁床上，挺惬意地处在半梦半醒之间，迷瞪着，心里琢磨着老母狼今夜不嗥的原因，渐渐完全睡过去了。不知何时，有一个什么微小的动静，或者什么东西碰了一下我的腿。我微睁眼睛扫视，这一下完全吓醒了。

门口有一双绿绿的光点，死死盯着这边。床上的小龙早已有了反应，正在悄悄地咬啃着绑他的绳索。原来是他的轻微动作弄醒了我。

"老母狼！"我叫出了声，随即闭上嘴缄默了。我干吗要喊叫呢？

室内暗淡的灯光下，老母狼静静蹲坐在门口，并没有向我进攻。它的后背和腿肩上都有刮破的伤，渗着血，显然是它钻出狼笼时刮的，不过并不影响它勇敢而机警地潜进这里看望狼孩。哦，这个不死的荒野精灵！显得那么威风，那么精明，又那么沉稳！它见我已醒，也丝毫不慌张，既不逃走也不进攻，挺挺地蹲坐在后腿上，机警地观察着我的一举一动。也许，它早就把我算作它的同党了，只不过现在再做一番观察或考验罢了。这个老狼精！

说真的，我该怎么办呢？

我所预感的，或者说我所期待的事情终于发生时，我一时手足无措。我是报警发出喊叫呢，还是静静等待由他们去呢？或者其他什么呢？小龙弟弟依旧不管不顾地低头啃咬着身上的绑索。他随母狼走的决心早已定下，也许他一直等待着这一天。所以一见母狼出现，他也变得十分精明，并没有喊叫，而是急急地咬绳索。

我估计笨手笨脚的小龙这么个弄法，天亮前也未必能咬断那绳索。只听"呼儿"的一声，等急的老母狼一步蹿到小龙床上，帮着咬起来。

我怔怔地看着他们忙活，一动未动。

小龙弟弟又急又可怜巴巴地望着我，"啊——啊——"地呼叫，我的心猛地震颤了一下，随着血一热，我的最后心理防线便彻底崩溃了。我毅然扑过去，替我的小龙弟弟解开那绳索。我只有一个想法：与其让小龙在这里忍受捆绑电击之苦，成为他们研究探索对象，也许一辈子都会如此，还不如让他随母狼回归荒野，过他喜欢过的自由自在的欢乐生活！

我不再考虑自己行为的对与错，只想着赶快还我弟弟一个自由！

如果有错，让上天惩罚我吧。

我的加入，事情就变得十分简单而快捷。

我打开了小龙的绳索，又打开了那扇窗户。窗户外是小花园，花园外围是短墙，然后墙外就是郊外菜地连着荒野了。县医院位于县城最边缘，连着不远处广袤的原野和大漠。那是属于小龙和母狼的地界。

外边，黑夜沉沉，天空星光闪烁。

母狼回头，温柔地看我一眼，绿点一闪，发出一声"呼儿"的低吼，然后纵身跳出窗外。我抱住小龙亲了亲，摸了摸他的脸，似乎他也觉出这一别，不知何时才能相见，冲我"啊——啊——"地低叫两声，眼中泪光闪动，而后毅然决然地随母狼扑进那茫茫黑夜中去了，转眼间无声无息，如一颗从天空中划过的流星。

我低低祝福："小龙，保重！"

我重新关好那扇窗户时，热泪落在手背上，内心涌出一股莫名的惆怅、失落，还有感伤。

也许，从此我永远失去我弟弟小龙了。

接着，我也行动起来。悄悄走出那间特护病室，关好门，然后飞也似的逃离了县医院。回到学校宿舍躺在炕上，用被子蒙着头哭泣起来。

同学问我哭什么呀。

我如实告诉他我放走了狼孩弟弟，让他随母狼走了。

同学说我做得好，还拍我一掌，又说他认你这哥们儿朋友。我哭得更厉害，没想到他的见解也如此豁达，跟我一样，毕竟都是新时代青年。我"扑哧"一声破涕为笑，也回敬同学一掌，两个人的手紧紧握在一起。世界上，能找到一位知音，也是很愉快的事情。

二

那一夜，白耳目睹了老母狼与自己的老主人斗智斗勇的全过程。

它在暗中看见，老母狼和狼孩终于倒在两位老主人的枪口下，它差点也冲出来参战，帮助老母狼。但畏惧于那两杆无情的火枪，又不敢公开跳出来扑向过去的老主人，白耳始终隐伏在附近的暗处没有露面。

后来，它也跟随那辆飞驰的马车，赶到了县城。

从此，县城西南一座废弃的旧菜窖成了它临时的巢穴，它在县城落下脚来，继续关注母狼的命运。它昼伏夜出，成了黑夜的精灵，开始时围着县兽医站转，后来母狼转移到县城公园之后，它也就夜夜光顾那里。其实，大多时间它也不怎么回避人类，从小崽起经人的手受过训练的它太熟悉人的习性了。它可以大摇大摆地从公园门口进出，遇到值班守门的老汉时，它就摇摇尾巴，晃头晃脑，弄得老汉啧啧赞叹，说这是谁家带来的大狗哎，这么懂事，真叫人喜欢。说着很想过来摸一把，可白耳身子一闪，就如躲避男人抚摸的精明女人一样，滑过老汉的手和门口，直奔园内狼笼方向而去。

它比我强，进公园看望母狼根本不用花十块买那冤枉的门票。

公园里的人们谁也不把它当野狼，都拿它当作随主人来闲荡的家狗宠物。而且它从来不冲人吠叫龇牙，从来不咬人，只会冲人摇尾巴，很绅士。对一只十分懂礼貌的宠物狗，谁还会留心注意它，当它是野狼呢？

白耳每夜在老母狼的笼窝附近守护着，几个月来天天如此。

当然，它不是白白空熬这漫长的黑夜。

狼笼后边有一片树毛子，很茂密。一到夜黑，白耳就躲进那片茂密的树毛子中的草丛中，轻轻咬啃那个狼笼铁栅栏的木头桩子，夜夜如此。果然，功夫不负有心"狼"，它终于咬断了那木桩子，有天夜里，它用尖嘴拱松了铁丝网，从下边钻进了狼笼里去。

可是那只绝情的老母狼依旧不给它脸，发现白耳侵入了自己的领地，毫不客气地追着咬它，赶它出去。

白耳"呜——呜——"地低吟着，不跟母狼相斗，在笼子里跟它捉迷藏般转圈。转着转着，白耳把母狼领到那个被自己弄开的小口子那儿，当着母狼的面从那小口子钻了出去。

母狼的眼睛顿时放亮。

那根挂铁丝网的桩子埋在外边，若不从外边咬，母狼无法从笼子里下嘴咬松，够不到。不咬断木桩子，铁丝网也不会掀开一个口子。

老母狼轻吼一声，那庞大的身躯有些费劲地也从那小口子钻了出去，当然刮破了皮毛，腿肩受些轻伤。这都不要紧了，它再次获得自由，身上滚动的热血沸腾了。它十分舒展地伸了一下粗腰，伸了伸四肢，然而并不去理会救它出笼并且频频回头顾念它的白耳，犹如一股狂急的旋风，直奔县医院而去。

白耳在它身后很是哀伤地嗥了两声，但也缓缓尾随着跑去。

大狼笼那侧的老孤狼，一直漠然地对待新来的老母狼，它们俩之间始终井水不犯河水。等老母狼逃出去之后，似乎突然感到寂寞了的那只老孤狼，也慢慢踱到那个逃往自由之路的小口子那儿，看了看，嗅了嗅，而后这只老孤狼居然退了回来，重新爬回了自己的笼子里，目光里露出一种不屑一顾的神色。它可不要走。走干吗呀？到了外边谁给你按时吃肉侍候你？这里可是铁饭碗公务员待遇，又上了养老保险，它认为逃走的母狼十分傻十分笨。

多年来习惯了牢笼生活，一旦面对外边的自由世界，老孤狼显出恐惧和退缩态度，这真是有些悲哀的事。不管是人和兽，要永远保持自己原有的个性，保持原有的追求和风貌，是一件很不容易的事情。

环境和时间，是个无情的杀手。

无论如何，总是有勇敢的叛逆者。老母狼就如此，它永不放弃，永不服输，勇敢地追求着自己想要的东西。它是苟且者的楷模。

三

丢了狼孩，医院炸了窝。

那位好赌牌的男护士成了倒霉蛋。他想拿我垫背，我一晃脑袋，来个一推六二五，一口否认那个晚上曾去医院替男护士看护过我弟弟。反正那晚我去得晚，无人看见我，这一下那个男护士跳进黄河也洗不清了。

闻讯而来的爸爸妈妈，冲进医院要儿子。妈妈更是哭天抹泪地揪着那个院长嚷叫还我儿子，我们辛辛苦苦费尽心机找回来的儿子，你们又给弄丢了，你们赔我儿子。到后来我妈又听信我的蛊惑，咬定医院把她儿子卖给了国外科研机构发了横财，弄得医院哭笑不得，哑巴吃黄连。

与此同时，县城公园那边也传来消息：老母狼逃走了。

于是，我父亲基本断定，是老母狼救走了小龙，从而排除了其他的怀疑。他相信老母狼有这能力，有这胆识。他压根儿没想到，我是主要协从犯，没有我的帮助他们不可能逃得掉。爸爸是不会想到，谁能相信自己的儿子，会把亲弟弟还给母狼让他回归荒野呢？这是个匪夷所思的事情。

父亲立刻骑马带人追向西北大漠。他熟悉老母狼逃跑路线。医院因为负有不可推卸的责任，出资组成猎队协助我父亲追踪。

又一场新的追逐开始了。

我遥望着沙漠中跋涉的马儿，心中暗暗祈祷。不知是祈祷爸爸他们抓回小龙弟弟，还是祈祷小龙成功逃脱不再落入人类手中。

西北大漠那边没有发现任何踪迹。搜寻了半个多月，爸爸他们连母狼和狼孩的脚印都没见着。弄得人困马乏，兴师动众，大家渐渐都失去了信心。

爷爷说："那老东西，肯定又远走大西北，回莽古斯大漠中的古城老窝了。"

爸爸长叹一声："真要是那样，找回来可不是三五天的事了……"

显然，爸爸又可能在心中筹划着远征莽古斯大漠的事。我一想起那段艰难的经历就不寒而栗，也替爸爸担心起来。然而，爸爸也是永不放弃的蒙古汉子，他跟母狼之间的争夺不会这么轻易结束。

过了几天，从县城那边传来一个惊人的消息：有个黑帮团伙绑架了小龙和母狼，准备卖到香港那边赚大钱。

一听这消息，爸爸他们都急了，立即找到医院领导，又让他们报案，以便公安部门侦破。公安局调查半天，那消息是子虚乌有的事。然而，爸爸妈妈他们的担心却无法消除了。似乎他们不怎么担心小龙跟母狼在一块儿，倒更害怕小龙真的落入两条腿的人手中。那可不是闹着玩的事，人比狼可怕。

有个周末，我从县城回家，见爸爸妈妈他们被这消息折腾得茶饭不思，就对他们说："放心吧，小龙和母狼不会有事，也不是叫黑帮团伙弄走的。"

"你怎么这么肯定？你知道？"爸爸立刻问我。

"我……爸……"

"那晚，你真的没有去医院看护你弟弟？"疑窦丛生的爸爸开始质问我。

"爸……我……"

"你好像有什么事瞒着我们？快说，你知不知道小龙的下落？"爸爸的提问更急迫了。

已经到了这地步，为了让爸爸妈妈和整个家族心安，我一咬牙把真实过程全给他们抖搂出来。

"你干的好事！"爸爸一巴掌扇过来把我打倒在地，然后是一顿鞭子。

"你没看见小龙弟弟在医院受的痛苦吗？你没看见他受电击时的可怜样吗？你想让他一辈子过那种被人研究的犯人一样的日子吗？爸爸，他更需要自由，需要母狼，需要荒野，你没看见他死也扑奔母狼的韧劲吗？离开了母狼，离开了荒野，他永远不高兴，也不会活得长！你怎么不明白呀爸爸！"我一边遮挡着如雨点般落下的皮鞭子，一边这样争辩着喊叫。

爸爸的鞭子停住了。他丢下鞭子，蹲在那里抽泣。

家里出了小龙这么个异类，一个叛逆者，使全家族人蒙羞，不得安宁，我又成了第二个叛逆者，竟然帮助母狼带走弟弟，简直有些大逆不道，这一点更令爸爸伤心。我可是他最喜爱最抱有希望的长子。然而，我说的那番话，也具有无法回避的道理和实际情况，这使得父亲陷入左右为难的思想矛盾中，打我也不是，不打也不是。

　　唉，我的可怜的爸爸。为小龙，为我，他可真是伤透了心。一张刚毅黑红的脸膛上也已开始布上皱纹，拳曲的鬈发中出现数根白发，刚四十出头的男人已有衰老迹象。

　　"爸爸，你不要伤心，"我走过去抱住爸爸的肩头，轻轻安抚他，"其实，小龙跟母狼在一起，比待在医院安全多了，好多了。你想想，他更适合在荒原上生活，母狼又那么爱他保护他，他俩相依为命，不受人类欺侮，自由快活，多好！这就等于你把我送到外边读书一样，你就当成把小龙送进荒野这个大学读书不就行了！"

　　我这种不恰当的比喻，有些胡搅的味道，却把我爸给逗乐了，妈妈也停止了哭泣。

　　"净胡嘞！那荒野哪里是'大学'呀，那里是血腥的战场！"爸爸的大巴掌往自己脸上抹了一把泪水，也拍了一下我的头。

　　"战场也比牢狱强啊！小龙适合在那里战斗。可他一点不适合医院或研究部门那类牢狱之苦，成天检查这儿检查那儿，不老实就电击一下绑一下要不打麻药，周围都是猎奇的目光，冷漠、嘲讽、探究，把他当成异类怪兽不人不兽的蔑视的目光，你想想，又远离了母狼，小龙能有好日子过吗？他不早死才怪呢！"我继续演绎发挥着我的思路，说服爸爸妈妈。

　　"敢情你还当真是办对了这件事情？"

　　"那当然，我可以向你保证，爸爸，等老母狼死了，没有了荒野的依恋，你的儿子我的小龙弟弟肯定会重新回到我们中间来，到那时，他再也不会离开我们了。"我下了这样的果断的结论，结束了我的演讲，同时心中暗暗祈祷小龙真的按照我的推论，如期回到我们中间来，彻底恢复人性的一面。

"真要是照你说的能够实现，那可真是阿弥陀佛，我就供奉那老母狼。"我爸爸似乎有些相信了我的推理，那颗焦灼而悬着的心也放了下来，脸上露出了笑容。

妈妈则完全被我的演说给说服了，抱着我夸说还是俺家阿木聪明懂事，说什么事都一套一套的，这样她就放心了。

然而，唯一让我捉摸不透的是，那对宝贝——老母狼和我的小龙弟弟究竟躲到哪里去了？真的是逃回大西北莽古斯大漠去了，还是双双被人活捉拿去当怪兽卖掉了？为什么至今毫无踪迹？几乎出动了全县的人在搜寻，电视广播上发布消息，几路人马正在追踪，可他们连一丁点消息和痕迹都没有留下，简直像是从地球上蒸发了。这真令人费解。

其实，老母狼和小龙根本没有逃远，他们就在县城里，就在人们的眼皮底下。这是老母狼的狡猾之处，当然还有白耳。

那夜，老母狼带着小龙从医院窗户跳出去之后，外边接应的是白耳。

聪明的白耳把他们领引到县城西南那座自己藏住的废弃的旧菜窖里，然后它自己躲出去了，它知道母狼不喜欢自己。老母狼根据自己多年与人类周旋的经验，它一下子相中了此处。它已经猜到，人类的追踪肯定是在县城外边的荒野和大漠上展开，那里肯定很快会布满陷阱和危险，随时都会被人发现和追捕。与其那样，还不如在这人迹罕至，却又在人们眼皮底下的旧地窖里最安全，最隐蔽，最出乎人们意料。这可真是小隐隐于林，大隐隐于市。老母狼也是此道中的高手。当然，还有白耳。

老母狼对白耳开始另眼相看了。尽管对它仍然有些敌意，还存有提防，但通过这两次的行动，母狼似乎渐渐在转变态度。白耳进出菜窖，以及白耳占据窖内门口一角歇息，老母狼一改往日作风不去赶咬它了。只是一双眼睛依然不时地闪出警惕之光，监视它的一举一动。老母狼对人类从根本上甚至永远的不信任，导致了对由人类饲养长大的白耳也如此不信任，这真是一件无奈的事情。

就是这样，白耳——无辜的白耳也已经很是感动。它更加卖力地配合母狼的行动，向它示好。靠自己的机警和更熟悉人类生活不引起人们怀疑的特殊身份优势，它夜夜叼来丰美的食物如活鸡、活鸭，还有羊腿猪脑之类。

老母狼暂时没有撤离的意思，它还要继续避避外边紧追不舍的风头。于是，白耳源源不断的物资供应更不可缺少。有时，老母狼自己也趁黑夜出去转转，但不是出去觅食，而是在观察和侦看逃离的时间路线地点。它每次出去时间很长，到天亮时才回来。一只狼一夜可奔四五百里。这漫长的一夜时间，老母狼到底去了哪里，干了些啥，准备怎么样呢？ 只有老母狼它自己才知道。

狼孩小龙最高兴。

他终于如愿以偿，又跟母狼生活在一起，这是最令他开心的事情。几乎是经历了九死一生、拿生命换来的这种相聚，对他来说太珍贵了。他与老母狼形影不离，老母狼走到哪儿他就跟到哪儿，甚至老母狼夜里出去他也要跟着去，无奈被母狼咬了回来。

母狼不在的夜里，他就跟白耳亲近。

白耳却不怎么搭理他。在白耳眼里他不怎么纯粹，既不是纯粹的狼，又不是纯粹的人，不伦不类得令它疑惑。而且就这么个怪物，却夺走了它的母爱，弄得它无娘可认，孤孤零零，成为荒野上的不被狼群认可的孤狼。

每当狼孩靠近过去与它玩耍时，白耳都闪开去，实在逼得无法时，它就冲狼孩龇牙。有一次母狼回来撞见白耳在龇牙威胁狼孩，它毫不犹豫地扑过去咬走白耳。

可怜的白耳，感到不公平。伤感地逃出菜窖，在县城里瞎逛闲荡，到了晚上才幽幽地回到地窖。它对自己仍然回来也莫名其妙。有时它们都很固执，这是动物的普遍个性。

四

"罗锅！罗锅！快拿酒给我喝！"

二秃子胡伦冲歪斜的两间窝棚喊，这一天他和娘娘腔金宝骑马挎枪来到他大哥胡大的野外窝棚上。他们这些日子一直在追踪白耳狼，尽管他投靠毛哈林想得到支持在郭姓坟地里闹腾，后来娘娘腔金宝对他说，夜里他搜查过那坟地，白耳狼的窝确实不在那里，劝二秃子先别去惹郭家的人，悄悄追杀白耳狼才是头等大事。于是他们有空就到荒野上来转悠，寻找白耳狼的蛛丝马迹。

"谁……谁呀？这么、这么……装孙子，瞎……瞎狂啊？"从窝棚那扇板门后头大咧咧地走出伊玛，结结巴巴地答话，怀里抱着婴儿，敞开的布衫后头裸露出硕大的奶子，毫不顾忌地给娃儿喂奶。

"是咱漂亮大嫂子呀，胡大罗锅呢？"二秃子胡伦从来不叫胡大为大哥，从小就叫罗锅，一见魔怔嫂子伊玛一个人出来，高兴了，两眼邪邪地盯着那对白而肥的丰乳，笑嘻嘻地凑过去。

"胡大……他……赶、赶牛……去了……你、你来……这儿……干啥？"伊玛尽管魔怔，可爱憎好恶鲜明，她从小就讨厌二秃子，冷冷地问。

"来看看你呀！看看我这漂亮嫂子过得咋样！"二秃子伸出爪子

捏了一下伊玛怀里的娃儿脸，顺便蹭了一下那奶子，"我叫他侄子好呢，还是叫他弟弟好呢？嘿嘿嘿……"

"你、你应……该叫、叫他……叔叔！"伊玛口吃着但清晰地告诉他。

"为啥？"二秃子没有明白。

"告、告诉……你，你爷、爷……胡嘎达也、也……睡、睡过我！"伊玛说得更恶毒。

"你！"

"咯咯咯……"伊玛开心地大笑，又托住自己的大奶往二秃子嘴边送了送，"你爸，他、他……吃、吃过，你摸、摸……它……不、不如……也吃、吃一口！"

二秃子臊红了大茄子脸，闪避着，如躲避马蜂般躲着那堆肉奶子，嘴里骂着："操你个傻娘们儿，净胡说八道！"

伊玛放下奶子，两眼刀子般的狠狠盯一下二秃子，然后转身走回窝棚里去，肥臀一扭一扭的，犹如两座相连的小山在移动。

二秃子和娘娘腔跟在伊玛的后头，走进窝棚里。沙坨子里赶了一天路，怎么也得歇歇脚喝口水。见伊玛爱理不理的样子，二秃子说："我们大老远地到你这窝棚上，好赖我们也算是亲戚，你怎么也给我一口水喝吧！"

"水、水……在水缸里，自……个儿……喝、喝呗。"伊玛说。

又饥又渴的二秃子支使娘娘腔烧水做饭。这是野外窝棚的规矩，来的人想吃想喝，都要自己动手，窝棚主人不侍候，何况来的又是二秃子。

二秃子那双贼眼珠转来转去，还是不由自主停留在伊玛的丰胸上，乜斜着，盘算着如何才能制服这个从小就令他心动的傻女人。没想到如今得了魔怔，她依然这样桀骜不驯。

"你知道我们为什么这么大老远到你这窝棚上来吗？"二秃子继

续和伊玛纠缠。

伊玛不理他。

二秃子自顾说下去："告诉你，你养过的那只白耳狼又出现了，差点咬死我！我们现在正追杀它呢！"

这句话终于起了作用，引起伊玛的注意，她转过脸来看着二秃子："白、白耳？它、它……回、回来啦？"

"是，我亲眼看见，在郭家坟地差点咬死我。这狗东西，我早晚杀了它！"二秃子愤愤地发誓赌咒。

"就你？你、你……杀不了……它的！咯咯咯……"伊玛轻蔑地奚落二秃子。

"妈的，你小看我！告诉你，妈的，那白耳狼没什么了不起！我早就知道，你他妈的还惦记着那条恶狼，惦记着它的老主人，那个小白脸阿木！我也知道，那晚，就是你放走白耳狼咬死我爹的！"

"胡、胡说！你……你胡说！"伊玛顿时变了脸。

二秃子终于抓住伊玛的把柄，继续进攻道："往后你可老实点，对我也好一点，要不然我把你送到公安局，关进大牢！"

精神不健全的伊玛，就怕别人吓唬她关进大牢送进疯人院之类的，顿时显得惶恐不安手足无措的样子。二秃子趁机贴上来，伸手抓揉她的大奶子，伊玛魔魔怔怔地也没什么反应。

"那狼狗是我放走的！你别吓唬伊玛！"罗锅胡大突然从外边走进来，带铜箍的拐杖"嘟嘟"地敲着地面，"你给我滚出去！把你的脏爪子从我老婆胸上拿开！"

二秃子没想到罗锅会闯进来，有些尴尬，讪笑着说："开个玩笑嘛，开个玩笑嘛……"

"滚！"胡大罗锅的拐杖往外一指。

"我们还没吃饭呢！"

"吃个屁！"胡大罗锅的拐杖，一下打翻了娘娘腔金宝撅着屁股搅动着的粥锅。

伊玛高兴地笑着，依偎在自己罗锅丈夫背上那个小山包上，虽然不怎么浪漫雅观，可也踏实有厚度。她觉得自己罗锅老公很伟大，很雄壮、很气派、很英俊，是天下第一男人。

二秃子和娘娘腔有些悻悻然，也只好乖乖地走出那个不欢迎他们的小窝棚。

天已黄昏，他俩只好像两只野狗一样到外边找食儿了。

第十六章

其实那个新巢，既不在大西北莽古斯大漠中的古城废墟，也不在北方罕腾格尔山中的老岩洞，它就在锡伯村西北塔敏查干沙坨中的黑沙坡那里，就是它早先生养白耳，白耳又咬死胡喇嘛的那个旧巢穴！老母狼又搞了一次出乎人类意料的举动。当大家都认定狼一般不会重居被人类发现过的旧巢时，它偏偏这么做了。

一

　　一个乞丐，闲荡在县城里的一个乞丐，在一个熟肉店门口发现了
一个奇特的现象。

　　有一只白耳尖的大狗，蹲坐在那家挂羊头的熟肉店门口摇尾巴。
老板的小儿子把皮球踢进了旁边的阴沟，这只白耳大狗居然跳进阴
沟，把那个小皮球叼咬出来还给了哭闹的小孩儿。老板和那小孩儿大
加赞叹，老板扔给它一个骨头，那大狗闻了闻并不感兴趣。老板说这
狗不饿，又懂规矩，便不再管它，回内屋取什么东西去了。就这会儿
工夫，白耳往上一跳就咬住了挂在高处的一只烤羊腿，扭头便逃走。
踢皮球的小孩儿发现后，哧哧哧乐起来，说这大狗爱吃烤羊腿，跟我
一样，又哧哧哧乐个不停。老板出来见少了一只烤羊腿，问儿子，儿
子告诉他叫白耳狗叼走了。老板恼火，扇了儿子一巴掌，可那白耳狗
早已无踪无影。

那老乞丐目睹了这全过程。

于是，他打起了白耳狗叼走的烤羊腿的主意。他远远地跟踪起白耳狗，走过服装摊，跑过菜市场，又越过一片荒地，一直走到县城西南的旧菜窖那里。

"啊哈，我今天可把你堵在窝里了！烤羊腿归我！"老乞丐挥动着打狗棍钻进了那个菜窖。

霎时，从地窖里传出老乞丐的鬼哭狼嚎般的喊叫。

片刻工夫，老乞丐血肉模糊地爬出地窖，魂飞魄散地向外逃命，同时嘴里喊叫："狼孩！狼孩！还有老狼……老狼！"

县城里的人见怪不怪，都以为从乡下来了个老疯子，谁也没有理会他的疯言疯语，反正前一阵儿闹腾过狼孩的事，老疯子在学舌罢了。后来，也有好奇者，半信半疑地随老乞丐去了那个地窖，可里边空空如也，只有满地的骨头鸡毛鹅爪子，臭气熏天，污秽不堪。

"真是个老疯子，说瞎话骗人！"好奇者踹了一脚那个老乞丐，扬长而去。

老乞丐似乎不相信自己的眼睛，重新钻进那地窖察看了良久，自言自语说我活见鬼了，身上的皮肉肯定是被饿鬼撕扯了，一边摇头一边蹒跚着走离这恐怖之地。

其实，这又是老母狼的鬼精之处，它咬走老乞丐之后，马上就转移了。被人类发现的巢穴绝不可继续留住，那是最危险的事情。老母狼当即带领狼孩悄悄钻进了城西南的小片灌木丛中，再从那儿潜进西方大沙坨子里。他们的后边，远远跟随着白耳狼。

老母狼这些日子昼伏夜出，早准备好了第二处隐秘巢穴。现在，它带领着狼孩直奔那个新巢穴而去。

其实那个新巢，既不在大西北莽古斯大漠中的古城废墟，也不在北方罕腾格尔山中的老岩洞，它就在锡伯村西北塔敏查干沙坨中的黑沙坡那里，就是它早先生养白耳，白耳又咬死胡喇嘛的那个旧巢穴！老母狼又搞了一次出乎人类意料的举动。当大家都认定狼一般不会重居被人类发现过的旧巢时，它偏偏这么做了。凭它的嗅觉和观察，它已发现老巢这边很久没出现人的足迹了，而且很多人的足迹都远远绕过这一带走。原因就是，自从胡喇嘛在这狼洞被白耳狼咬死后，传闻这里经常出现鬼哭鬼叫的声音，成了一个常闹鬼的可怕不祥之地。人们宁可绕道而行，也绝不靠近这老狼洞一步。经验丰富的老母狼当然要利用这一大好机会和极佳藏身之处了。

它毕竟老了，受过致命枪伤之后，体力精力也大不如从前，所以它放弃了远赴大西北莽古斯大漠的最佳选择，暂时躲进此处旧穴，准备与人类周旋下去。

等把狼孩安顿好之后，老母狼又原路走过去，用尾巴扫平了他们来时留在沙漠上的足迹，再老练的猎人也无法追踪过来。它怕白耳留下痕迹，又冲它扑过去，这回它又改变了主意，又咬又赶起一路跟来的白耳，让它远离自己的势力范围，不让它再靠近一步。白耳真是倒霉透了。它只好又开始了孤独的流浪生活，反正它在外边比母狼和狼孩好混，容易蒙过人类的眼睛。

自从母狼和狼孩在旧洞穴中居住下来之后，最先倒霉的是伊玛和胡大罗锅了。

这一天，罗锅胡大从坨子里把牲口赶回窝棚上饮水，点数时发现少了一只新下的小牛犊。他很懊丧地又走回沙坨子里寻找。他以为贪吃的小牛犊，不知落下在哪处坡下草丛中没有跟上队伍，或者贪吃贪玩躲进哪片洼地树毛子没有出来。然而，他寻遍了附近大小坨子和沙洼地，就是不见小牛犊的身影。

"见了鬼了！娘的！"胡大罗锅一屁股坐在沙井井台上，沮丧地骂。

"是、不是……狼、狼叼了？"伊玛担心地问。

"这坨子里哪儿来的狼？自打老爷子灭了这片沙坨中最后一窝狼，这里连个野狗的影子也没出现过。"

"会、会不会……是……白耳？"伊玛想起前些日子二秃子说的事。

"不可能！白耳不会动我们俩的牲口！我知道它是个通人性的狗，它只会帮我们护畜群！"罗锅一口否定，而且白了一眼老婆，意思是不该怀疑白耳，不该把这种坏事安到白耳身上。

伊玛知道自己说错，立刻闭上嘴不吱声。

"我倒发现了坨子里小道上，有不少人马的脚印。"罗锅接着说。

"都、都是些……什么人？"

"还不知道，有可能来了穷黑勒大沟的盗牛贼。"

"前几天……不、不是……来、来过……二秃子吗？他、他们……天天在、在……坨子里、里转……"

"也有可能这两小子干的，或者他俩勾结盗牛贼干的。这俩混蛋不干正经事，成天琢磨邪门歪道，心眼都长到屁股上去了。我得报告给村上！"说着，罗锅一拍腿站起来，拿起他的铜头拐杖"嘟嘟"敲着地，回村报告去了。走时嘱咐伊玛关好门窗，护好牲口圈，在他回来之前不要放畜群出去了。

伊玛一个劲儿点头答应着，在头脑方面她十分信服丈夫，她现在对罗锅丈夫的安排百依百顺。

村上派出几个人，还有小牛犊的主人吉亚太老喇嘛的侄子，一起来到窝棚上，寻找了几天，依然毫无头绪。二秃子和娘娘腔金宝更是拨浪鼓一样晃动着脑袋，矢口否认此事跟他们有关，还推到曾在村北出现过的白耳狼身上。可窝棚这一带根本没出现过白耳的足印。此事只好不了了之。这种事谁家摊上谁家认倒霉，责任也怪不到罗锅两口子身上。这种荒野上的怪事谁能说得准？

事情远没有结束。又过了半个多月，一头老弱的黑驴在较远的水泡子边，被什么野物掏了肚子，还叼走了两条后腿。

这一下，胡大罗锅大惊失色了。不用说，这肯定是"张三"干的好事，坨子里肯定来狼了。

恰巧，那水泡子另一边出现了白耳的身影。它正静静地在湖边舔水。

"真是它！真是这昏了头的畜生，祸害自家主人的牲口！"胡大一拍腿站起，抄起手边的猎枪向白耳走过去，一边嘴里骂骂咧咧，"这该死的东西，越活越野了，我先把它崩了算啦，省得它继续祸害牲口！"

伊玛从后边抱住了他。

"你、你……不要、不要…杀它！"

"它已祸害了两头牲口了！不能再饶过它了！"罗锅喊。

"你、你……怎么肯定……是它、它……干的？"伊玛结结巴巴争辩着，"你看看……它、它的肚子，瘪瘪的，嘴、嘴巴上……也，也没有……血，血迹！"

果然，那白耳的肚子细长而干瘪，根本不像饱餐一顿后的样子，而且掏过牲口内脏的狼狗的头和嘴脸，都应该血迹斑斑，可白耳的嘴脸干干净净，根本没有碰过血腥的样子。它只是远远瞧着那剩余的老驴残骸。

罗锅这才住手，也觉得傻媳妇说得有道理。

"白耳！白——耳——"伊玛冲白耳亲热地喊叫起来，同时叫丈夫把猎枪收起来。

白耳认出了过去的女主人，摇摇尾巴，犹豫着。但也不逃走。

"白耳！白——耳！不、不……认识……我了？快、快……过来！"伊玛继续挥手召唤过去相依为命的爱犬。

白耳判定出老主人没有恶意，便一路小跑地过来了。

伊玛抱住白耳又是亲又是摸，掩饰不住内心的狂喜，回想起以前一起度过的艰难日子，她的眼角溢出两道泪水。

胡大罗锅细细地看了看白耳的嘴角、齿缝，摸了摸它的肚子，确认白耳的确是无辜的，而且肚里空空如也，肯定好多天没有正经吃过东西。罗锅赶紧拿出窝窝头喂给它，只见白耳狼吞虎咽地一口吃了那窝窝头。

"唉，别的狼掏牲口肚子，我的白耳背黑锅！"罗锅感叹，抚摸着白耳的头脖，"你宁可饿着肚子守护驴的残骸，也不动它一口，你真是一条好狗，兽有兽道啊！"

白耳似乎听懂了罗锅的夸奖，一个劲儿摇尾巴。

这时候，那边的沙坨子中的小路上，出现了两个猎手身影，他们一直追踪着白耳的脚印而来。两人是二秃子和娘娘腔。

二

我在县城街头，遇到了那位成天疯言疯语的老乞丐。

谁也不信他的疯语，可我有些起疑。于是，我给他买了个馒头，叫他领着我去那个菜窖。一下到地窖，我便闻到了那种熟悉的气味，有白耳的，有狼孩和母狼的。我甚至捡到了一小片从小龙身上掉下来的硬痂皮。

我立刻回家把这消息通报给家人。

家人也振奋起来，爸爸一个劲儿摸我头说："儿子哎，你判断得对，他们很安全，也没有走远！他们就在附近跟我们捉迷藏呢！"

加上二秃子遇白耳的消息，我们甚至分析这三个东西有可能搞到一起去了。

父亲又产生出去寻找小龙弟弟的冲动，被我劝阻住了。

不过，我担心二秃子他们带人追踪白耳不放，一心想为其老子复仇，我感到不能由他们随意去追杀白耳，需要想法阻止他们。这事爸爸不会太上心的，还是得我自己出面摆平，保护我那可怜的白耳。

　　听到窝棚上的伊玛他们最近丢牲口，而且二秃子又进坨子，于是我也选个星期日赶往伊玛的窝棚探个究竟。

　　这一天，风和日丽，秋季的沙坨子里十分凉爽宜人。蝈蝈在草上叫，野燕在头上飞，远处蓝天上白云朵朵，近处沙坨顶上耸立着一只歇翅的老鹰，乍一看，像一位坐歇的老人。其实，无风不起沙的秋日，沙坨子里是十分迷人的。一切那么明亮透远，那么安宁广阔，只要爬上沙坨顶上极目远眺，你会顿时感到心旷神怡，所有烦恼随风而去。

　　我正站在伊玛窝棚附近的沙坨子上欣赏美景时，"砰"地传来一声枪响，一下子破坏了我所有的好心情。世间真不安静呢，即便是在这偏僻的荒沙坨子。

　　不远处坡下的水泡子边，正发生着一场追逐。

　　"白耳！"我大喊一声便撒腿跑过去。

　　原来，二秃子和娘娘腔金宝在水泡子边堵住了白耳。

　　只见仓皇中伊玛飞速推开白耳大喊："快跑！白耳，快、快跑！"

　　可是二秃子和娘娘腔早有准备，分两头围堵过来，并且堵死了白耳的逃路，三面陆地上的逃路都进入了他们俩的射程之内。

　　"别让它跑了！抓住它！"二秃子大喊着飞马驰来。

　　白耳发现没有了逃路，情急之下回转身纵身一跳，便投进了身后的那片小湖水中，迅速向对岸游去，水面上只露出它的头。那雪白色的耳朵溅湿水珠之后在阳光下更加鲜亮。

　　"拦住它！别让它跑了！"二秃子和娘娘腔狂叫着，同时向湖中的白耳"砰砰"开起枪来。不知是中了弹，还是潜进了水里，白耳突然沉入水中不见了踪影。

"你、你……打死……它了！你他妈的……打、打……死它了！"伊玛急了，哭嚷着向二秃子扑过去。她平时傻吃嗜睡，身胖体壮力大如牛，一下子撞倒了瘦猴子般的二秃子。

"你干啥？你这傻老娘们儿！"二秃子翻身跃起，又摸枪瞄准水面。

这时我赶到了，一把抓住二秃子的枪把，喝问："你为啥打我家的白耳？为啥要杀害它？"

"它偷吃牲口，刚又掏了老葛头的黑驴肚子！"二秃子指着一边的半拉驴尸说。

"那不是白耳干的，白耳的肚子里是空空的，饿了好几天了。"胡大罗锅在一旁证实说。

"你听听！你二秃子无凭无据滥杀无辜！"我更加气愤地指责起二秃子。

"它过去咬死过我老子！"

"这更胡说！你看见它咬死你爹了？啊？！"

"反正我一定要打死它！它是一条恶狼！"

"嘿嘿，搞清楚了，恶狼就打死它呀？你这是在犯法！你懂不懂？"

"我犯什么法了？我在消灭害兽！我现在是村里的小组长，有权杀这只恶狼！"

"告诉你，狼是国家二级保护动物，你知道吗？随便枪杀它，你是犯了国法！别说你这芝麻粒大的小组长，连县长也没有这权力！你还真把你的小组长当成个事了！"

这一下，二秃子被我逼住了，一时理屈词穷。这时，湖水对岸的边上露出了白耳的头，不一会儿爬上岸，抖落抖落身上的水珠，晃得身上啪啦啪啦响。白耳没事，我心里的一块石头这才落下来。二秃子更急了，转身就上马背，想继续追击白耳。

伊玛"噌"地蹿过去，挥起手中的棍子，使劲往二秃子马的后臀上捅了一下。

那马受惊了。"嗷"的一声狂嘶，尥起蹶子高高跳起，又狂奔狂颠，没有几下便把二秃子从马背上摔落下来，来个狗啃屎。随后那马发了疯般四蹄扬起，向沙坨子中飞驰而去。

"哈哈哈……"

"咯咯咯……"

我和伊玛开心地大笑，罗锅也在一旁偷偷乐。

此时，那白耳早已蹿进对岸的大沙坨子中，无影无踪了。

二秃子哼哼唧唧呻吟着半天才爬起来，揉着腰胯喊上娘娘腔，追他的逃马去了。

我冲娘娘腔金宝身后喊一句："娘娘腔，你再跟着二秃子这么鬼混，早晚再发疯患狂犬病，到那时你等着住一辈子通辽疯人院吧！"

娘娘腔回过头不阴不阳地笑了笑。

我留下来，帮助罗锅和伊玛处理死驴的事情。我细细验看了一下死驴状况，其实不用看我也清楚这是怎么回事，谁干的。心里也暗暗高兴，显然老母狼带着狼孩在这一带出没了。这真是个好消息，终于有了他们比较准确的信息，说明他们现在很安全，没出什么事情，而且还丰衣足食。只是老驴的主人老葛头和那头小牛犊的主人吉亚太老喇嘛倒霉了，这对他们有些不公平。

胡大罗锅在死驴附近码脚印，皱着眉头，那后背上的小山包显得更高更大了，倘若没有他手中的拐杖支撑着，他如今更是难以立足，只有爬行了。然而，他的脑子却异常地好使。

"看来，这坨子里真的来了一对儿野狼了呢。"罗锅码脚印码到坨子根后又回来，这么说。

"怎么不接着跟踪下去？"我问他。

"那物的脚印一进坨子就消失了，就像是拿扫帚扫过，又像是刮过一阵风卷走了一丛沙蓬子一样，真奇怪。"胡大罗锅艰难地抬一下头，看了我一眼，若有所思，有意无意地接着说一句，"再说了，我这模样是追踪野狼的主儿吗？能把狼笑死！呵呵呵……"他自嘲地笑起来，那笑声很空洞但很洪亮。

"是啊……是……啊……我、我们……追、追它干啥呀？那……那不是我、我们……的事！我、我们……只管放、放牧……"伊玛从旁边也这么说。

我心里猛地一阵震颤，有股热流上涌。

"你们没听说，母狼和我弟弟狼孩小龙，可能逃进这边沙坨子里来了吗？"我有意挑开话头。

"听是听说了，但我们没见着过。这头老驴，也不一定是他们干的，谁也没有亲眼看见过是不是？这荒野坨子里，听说最近从北边罕腾格尔山那边，常下来些野狼，谁说得准呢！"罗锅胡大干脆这么说。

"谢谢你，老胡大哥。"我握了握胡大往上抬起的手，那手很有劲，掌心老茧硬邦邦。

"谢啥呀，真是，我也没有为你做啥事！老郭家的人叫我大哥，还头一回呢，呵呵呵……"胡大受宠若惊的样子有些可笑，一笑后背的小山包乱颤乱抖。

"我回家跟爸爸商量一下，尽量给死驴和小牛犊的主人家做些赔偿，我不想让你们两口子为难。"我看了一眼伊玛，这样补充说。

"要是这样，更是没人吵吵追究了，我们倒没啥。还是读大书的人，办事说话有条有理的。"说着，胡大罗锅招呼上媳妇，收拾起老驴遗骸，抬回窝棚上去。

我目送着胡大几乎成九十度的驼背身躯，心里想，胡姓家人中就数他头脑够用心眼还算正，只可惜残障的身体影响了他成为一个人物。要不然，锡伯村的大权肯定落入他的手中，哪里还有毛哈林老爷子的份儿。

我一想起那个总想在舞台上常留的老人，不由得心里说，该去找一次这老头子啦！

三

白耳暗中目睹了母狼和狼孩相互配合，进攻小牛犊和老驴的全过程。

那真是奇妙的一幕。

出生才几个月的那头花牛犊，因贪玩一步步远离了母牛和畜群，走进了沙洼地的一片芦苇丛中就迷了路。

老母狼悄悄跟踪而至。它对小牛犊观察了好久，时机一到，老母狼无声无息地扑上去，张开大嘴一下子咬住了小牛犊的咽喉。小牛犊拼命挣扎，但它毕竟幼小无助，又加上惊恐万状，立刻四肢发抖发软。然而，老母狼并不马上就地咬死它，而是要把小牛犊活着带回它的巢穴去。接着便是那神奇的一幕：狼孩在前边揪着小牛犊的耳朵，老母狼从侧旁嘴里咬着牛犊的咽喉，甩动着尾巴如鞭子般赶打着牛犊的屁股往前走，迅速离开那片芦苇滩。而那小牛犊则乖乖地按照老母狼的意思，跟随他们小跑。没有多久，他们便把小牛犊顺利赶回了黑沙坨子的老巢穴。

一到洞口，老母狼就不那么客气了，一口咬断了牛犊的脖子，任由狼孩把它拖进洞穴里去。老母狼则顺原路跑回去，从芦苇滩开始用它毛茸茸的长尾巴一路扫平了自己的痕迹，于是沙坨子上顿时消失了他们赶牛犊的所有痕迹，经一阵风吹过，更是变得踏沙无痕，了无踪迹。茫茫大沙坨子显得那么安谧而原始,似乎在这里没发生过任何血腥杀戮追赶。

对付那头老驴则不是这样。

毛驴个头高体积大,不好如牛犊山羊般咬其脖子赶走。那就得先弄死再吃肉。

那是一头比较老弱的驴,也是经老母狼多日精心观察后选定的目标。由于驴一般不合群,尤其是驴不愿意与牛群为伍,脾气又偏强,往往单独地离群索居,找一处草地独自活动。这点正好给老母狼提供了袭击的机会。

先是由狼孩从正面出现。站在老黑驴的正前方,一动不动。一见这不人不兽的怪物,老黑驴的双耳立刻陡立起来,鼻孔呼儿呼儿地出气,两眼死死盯着狼孩一动不动。趁这时刻,母狼悄悄地从侧后方进攻。它一跃而上,稳准狠地往老驴的大腿根处下嘴,闪电般地撕下一片肉来,然后退回去。没有防备猛然受到进攻,大腿根的血脉又被咬开,鲜红的血如注般喷射而出,惊慌中老驴使出唯一的防身功夫,抬起后腿尥蹶子,拼命地后踢。不管有没有击中目标盲目地后踢。事情就这样,驴越踢,那血喷射得越狂激。这会儿,前边的狼孩又开始逗弄它,吸引它的注意力。踢累了的老驴停下来又开始注意起狼孩,一边喘口气。趁这工夫,老母狼从潜伏处再次一跃而起,撕咬下另一条后腿一片血肉来。于是,老驴再次重复起上边的动作,拼着老命往后踢起来。这样它的两条腿都喷射着鲜血,染红了它整个的两条腿,洒满黄黄的长有稀疏蒿草的沙地,踢着踢着那老驴的两条后腿渐渐软下来,整个驴的后半身便趴在地上站不起来了。

在老驴后踢过程中还是出了点小意外。老母狼毕竟老了,而且受重伤刚好不久,还是不小心被老驴的后蹄子踢着了一次,正好击中了它受过伤的前胸,一下子把它踢翻过去了。老母狼趴了半天才爬起来,幸亏前边有狼孩吸引老黑驴。然后,老母狼重新站起抖擞精神,从正面扑上去，一下子咬住老驴的咽喉不再松口了。就像粘贴在驴脖下的驾套一般，尖利的獠牙咬透老驴的喉咙，老驴此时已失去了挣扎的能力，任由老母狼收拾了。接下来事情就简单了，咬断老驴的脖子，再去掏开老驴的肚子，饕餮起那可口的内脏。最后是，老母狼和狼孩各叼拖一只分离开的驴后腿撤回巢穴。老母狼最后再演绎一次打扫足迹的动作。

老母狼回巢穴之后，挨着洞壁软软趴卧下来。

挨老驴一蹄子的胸口剧烈的疼痛，使它呼吸都有些困难。更要命的是，老母狼咬断老驴肋骨时，它的两边獠牙居然都松动了！

老母狼微闭上双眼，它有一种深深的哀伤。没有了刀子般尖利的獠牙，没有了充沛的胸肺气力，它可如何在荒野上生存哟。那一场场的血腥厮杀，那一夜夜长途奔袭，全靠这两样支撑呢。这真是，生老病死，在大自然的法则面前，再举世无双英勇无比的老母狼也无可奈何，无法超越。

老母狼微闭的眼角余光，静静地观察着狼孩。也许，它唯一放心不下的就是这个晚年的养子了。自己不能战斗，不能征服，不能保护，它可怎么活下去哟。老母狼似乎有些不服命运般地"嗷——"一声长嗥。可又牵动了胸部的内伤，一阵疼痛让它闭上了尖长嘴不再出声。

狼孩不解地看一眼母狼，走过来静静地靠着母狼趴卧下来，两只爪子抓弄着老母狼的耳朵。

老母狼这次躺了将近半年才出窝。

然而它更加衰老了。一双锐利无比的眼睛变得浑浊，箭刺般的黑灰长毛褪色后显得灰白暗淡，那双毛茸茸的长尾巴老是有气无力地拖在地上，几乎完全挺不起来了。尤其是，两排尖牙掉落得没剩下几颗，一张嘴便只是个空空洞洞的大口，露出两排牙床，毫无威势可言。

这一天，老母狼突然往外轰赶起狼孩来。

它咬得很凶，尽管没有了尖牙，可气势可怕，威猛犹存。狼孩躲闪着，实在不行便跑出洞去。老母狼也追出洞，怕他再回来，继续追咬他远离这洞穴回到村里去。

狼孩"呜呜"地哭般叫嗥着，他似乎明白了老母狼的用意。

等老母狼半夜回洞之后，狼孩又原路回来，悄悄爬进洞穴中，挨着老母狼趴下来。老母狼重新又追咬狼孩，狼孩又逃走。过一会儿又回来。就这样反复了多次，最后老母狼实在赶不走狼孩，便仰天长啸一声，就此放弃了赶走狼孩的举动。其实它已经无力赶走狼孩了。它在衰老，狼孩却几乎日新月异般地迅速茁壮成长。双臂如猿般粗长，长满灰色毛发的头脸更加野性化，双腿矫健，体魄胆识也比过去生猛了许多。他已经成长为一个令人一见就心生恐怖闻风而逃的半人半兽！

事情就这么颠倒了过来。

现在是由狼孩出去狩猎，带回食物给老母狼吃。当然，狼孩开始时只带回来些跳兔、野鸡、山果子之类的食物。他还没有能力去进攻牧人的牛羊驴之类的大牲口。不过，偶尔也能偷回来伊玛养的鸡鹅。

有一天夜里，狼孩又出去找食儿了。他们已经好几天没正经吃到血腥食物了。黑夜的坨子里，狼孩先是遇到了一只狐狸。月光下，那狗般大小的兽类也正在觅食，追捕沙滩上的跳兔。狼孩猛扑过去，红狐尾巴一甩，他便扑空。跑出几步远，那狐狸又回过头来逗他，狼孩又扑过去，这次只见那狐狸撅起屁股冲它"哧儿"放出一股臭气。狼孩似乎被什么气浪撞击了一般，一股入骨的臊气灌进鼻子里，使他顿时变得懵懵懂懂，不知东南西北了。等他清醒过来时，那狐狸早已不知跑到哪里去了。狼孩十分气恼，误打误撞，闯进了伊玛和胡大罗锅的畜栏里去了。他选中了一只最小的山羊，可整个畜栏的牲口全骚动起来。当他刚抱住那小山羊，突然屁股上有股钻心的疼痛，原来有只老公羊从他后边用尖犄角拼命顶了他一下。他被顶翻在地，接着其他的尖角的公羊和大牛都向他顶来。他匆匆跳出畜栏，往沙坨子里逃窜。

这时罗锅胡大早就端着枪站在门口，观察着畜栏里的动静。

见狼孩空着手逃走，罗锅胡大也没有向他开枪，只是摇了摇头，拍了拍站在他身后的伊玛，而后回屋去了。

"唉，入冬了，他们的日子不好熬呢。"罗锅叹气。

"是啊……这、这……什么……时候是个头啊？唉！"伊玛也叹气。

"看来母狼老了，不能出来觅食了，要不然狼孩不会自己单独跑出来的。"两口子这么说着便各自睡去了。

当狼孩两手空空逃回洞穴，正一脸沮丧地要钻进洞时，他发现洞口有一只受伤的活物在挣动。他走过去一看，原来是一只刚刚被咬断了脖子的山鸡。不远处，有个白影一闪。那是白耳。狼孩感动不已，冲白耳摇头晃脑，"呜呜哇哇"地乱叫乱嗥了一阵儿。然后叼起山鸡爬进洞穴里去，送给正饿着肚皮的老母狼吃。

白耳冲黑夜的天空，嚎啸了良久才离去。

洞穴内，老母狼贪婪地喝着山鸡胸腔里的热血。它没了牙齿，先喝喝热血。只见狼孩从山鸡身上咬下一小块肉，放在母狼的嘴边。母狼把那小块肉含在嘴里，用牙床磨咬了好久，半天才勉强吞咽了下去。

母狼就这么艰难地进着食。旁边蹲坐着狼孩，很是孝顺地看着老母狼生吞活剥，慢慢地填饱肚子。何时老母狼放弃进餐，离开了那堆食物，狼孩才走过去下嘴啃吃那剩余的鸡骨头什么的。其实，兽类的规矩更严格，更死板。

四

二秃子胡伦躺了半年炕。

伊玛捅他马屁股把他撞下马背，回家后才发现断了几根肋骨，还闪了腰。当时趁热乎劲儿还爬起来追赶马，可没跑多远，他就杀猪般号叫着趴下了。娘娘腔金宝费了很大劲，才把他弄回家去。

没有了领头儿的，娘娘腔一个人也不敢进沙坨子闹腾着杀狼了。除了他们俩，村里更没有其他人有那个兴趣。成天种地收割侍弄沙土地都忙不过来呢，谁还有闲心去干别的，按农村的说法那叫不务正业的二流子所为。

这才使得白耳还有狼孩他们有了半年多的消停时间。离村几十里以外的黑沙坨子老狼洞这儿，更是无人敢涉足，愈加显得神秘，经常传出闹鬼闹怪的奇闻，变成了一处一提就令人色变的恐怖地带。

这段时间，我一边读书，一边捕捉着关于白耳、母狼和狼孩的各种传闻，也及时通报给家里人。我们都耐心地等候着。

这期间，我也去了一趟毛哈林爷爷家。

他也衰老了许多。

躺在柔软舒适的炕铺上，由一个小姑娘在身边侍候着，衣食无忧，他很少出门。尤其到了冬天，他的老气管炎见不得风寒，稍稍着凉就咔儿咔儿咳嗽半个月，更不能下炕了。就是如此老朽了，仍主掌着村中大小事不放，每晚他家里来人不断。有开介绍信盖章的，有缴纳税款什么什么份儿钱的，请他主持婚丧事抑或给娃儿起名的，当然也有打架斗殴来告状的。据说他家仓房里堆了一屋子长毛儿的点心和蒸发了一半儿的各种瓶酒。

我走进他家时，他刚送走一拨儿上边来检查"车轮功"信徒状况的人。听说咱村里也学城里的样子赶时髦，搞出了个什么"车轮功"胡闹，这些人练功时，几家男女都裸着身子围坐一起在炕上练"功"。如车轮般团坐，手拉手腿挨腿，男女不分，练着练着就练到一起肉摞肉了。这是另一种邪教，应称"淫教"。

　　毛哈林老爷子正在教训着这样两家"车轮功"信徒。骂他们是狗男女，不知羞耻，说再不悔改，送他们去坐大牢。那几个人都耷拉着脑袋，神色木呆，目光痴愚，脸相淫邪，一看真不是个好人样。这"功"那"功"，也就蛊惑这些农村里的渣滓。

　　赶走了他们，毛哈林终于腾出空搭理我。

　　"呵呵，什么风把你这位城里读书人吹回来了？"他张着漏风的嘴，这么调侃。

　　"毛爷爷您真忙啊，还真有点'日理万机'的样子呢！"我想起听人讲的"日理万机"的段子，差点笑出来。

　　不明就里的毛爷爷问我偷乐啥。

　　"我笑您刚才教训那几个农民的样子，还真威风呢。"

　　"别提了，就这么骂他们，还不灵呢！农民啊，落后愚昧啊，我们本家那位伟人毛老爷子说得可真对呢！"毛哈林爷爷感叹，俨然以伟人同姓家族人自居，"无事不登三宝殿，你是不是有事'奏'我？"

　　好家伙，他还真把自个儿当成"土皇上"了。

　　"毛爷爷，我听说您把二秃子那小子培养成了'小组长'？"我单刀直入地问。

　　"有这么回事。"

　　"还要培养成村主任？"

　　"这得走着看。不过，这锡伯村子没有个像样的材料，你的老子苏克又不干，要不你别读书了，回来接我的班，我百分之百地放心！哈哈哈……"毛哈林爷爷开心地笑起来。

"可拉倒吧，饶了我。"我打断他的笑声，半开玩笑地接着质问，"我听说，您老还同意二秃子追杀我的白耳？"

"没有，这事没有。我说过，这事得跟你爷爷商量，我可没有授权给他。"老滑头赶紧推脱。

"毛爷爷，我提醒您，小心胡家的人反咬啊，您可别好了伤疤忘了疼哟。"我有些厌恶起毛爷爷的样子了，突然间感到我跟他过去那种亲密无疏的感觉消失了，甚至荡然无存，我自己心里也好生奇怪，不知这是因为我已经长大，还是因为毛爷爷发生了很大变化。

"不会的，你小子多虑了，你还不懂农村的事，不懂啊！"毛哈林老头摸着胡须如此说。

忽然间，我一分钟也不想在这儿待下去了，感到这里很龌龊，弥漫着一种令人压抑而恶心的酒、肉、色、财的气息。

"毛爷爷，您老还是劝劝你那位小接班人二秃子吧，只要他杀死我的白耳，我跟他没完！白耳现在是一条沙狼，受国家保护的二级动物，谁杀它谁就犯法。另外，我再提醒您老，可别看走了眼，有些动物真会反噬的。"我说完这番话，不管老头子的反应如何便立即告辞，不再回头，我想，以后也不会再到这间外观豪华内里腐朽的院落了。外边的空气新鲜而湿润，茫茫大地博大而浩荡，令我心胸顿时开朗又舒坦。

当我走离毛哈林老头子的大院时，有一双眼睛正贼溜溜地从不远处暗角窥视着我。等我走远之后，此人从墙后闪身出来，拄着拐棍，一瘸一拐地走进毛哈林那座村中"衙门"里去。那是二秃子胡伦。

我笑了。心里说，你小子赶紧去救火吧，反正我在你的后院点了一把，让你这小子忙活紧张一阵儿。回到家里时，妈妈正在给爸爸准备干粮、衣物等出门用的东西。爸爸穿戴利落，扎着皮腰带，穿着高统靴子，腰间别着蒙古刀，手里提着猎枪，一身戎马征程的样子。我吃了一惊。

"爸，你要干啥去？蒙古骑兵团又招你入伍了吗？"我问。

"开什么玩笑！胡罗锅和伊玛一片好心偷偷跑来告诉我，说小龙最近夜里闯进他们的畜栏里骚扰过，还说没有老母狼伴随，单独去的。我怀疑老母狼可能不行了，不是老弱无法动弹就是病死了，要不然它绝不会让小龙单独行动的。我看现在是时候了，该是把你弟弟找回来的时候了。"爸爸爽快地对我说。

我想劝阻爸爸，可没有理由。爸爸已经听我话耐心等候了这么久，这次他不会再听进我的劝阻的。我一想，让爸爸去探视一下也好，其实我心里也想搞清楚母狼和小龙弟弟的最近状况，胡大的消息的确让人不放心，究竟出了什么事呢？

"爸，我陪你一块儿去找。"我自告奋勇。

"你不上学了？"

"没几天就放寒假了，耽误这几天没事，我能补上。放心吧，你儿子的智商不低。"我拍胸脯说。

爸爸难得露出笑容，他点头同意我随他出征。

爷爷过来为我们送行。他依然那么硬朗壮实，两眼炯炯有神，身板儿如棵树一样挺得笔直。他告诫我们，别伤着那老母狼，如果有可能一块儿抓回来，我们一起养着就是。

我高兴地亲了亲爷爷的脸。爷爷拍了拍我的头，把冰凉的嘴唇放在我额头上，使劲嘬了一口。这是蒙古老人的祝福方式。

我和爸爸骑着马，向塔敏查干沙坨出发了。我不由得哼起了一首民歌，爸爸说我高兴得像是走亲戚。

我说当然是了，走走老母狼和小龙弟弟这对儿最近的好亲戚！

第十七章

　　就在李科长要扣动扳机时，从斜岔里蹿出一个黑影，如猿般迅猛，一下子抓住了李科长的马尾巴。那匹黄马的尾巴突然被一股强大的力量拖住，无法向前，猛地抬前腿直立起来，发出惊恐的狂嘶"咿——咳——"，弄得马背上的李科长差点被摔落下来，幸亏他及时蹬住马镫，一手攀住马鞍前桥，那枪却"砰"的一声，朝天空射击了。

一

　　在茫茫的塔敏查干沙漠纵深处，有一片由胡杨林和鬼怪柳组成的黑树林。尽管十年九旱，沙坨中草木凋零，动植物生存条件极其恶劣，可这片黑树林依旧能够存活，依旧一岁一枯荣，完成着一轮又一轮的生命程序。闲不住的草原学家或沙漠专家们耗费不少资金和精力，走进这片黑树林做过专项研究。当然，文章是一篇一篇写了不少，论文摞了一摞又一摞，可结论依然稀里糊涂，各有各的一套高论大说。这倒也好，没有结论比有结论好，没有砸完继承者的饭碗和职称评定机会，后人们可以继续繁荣发展"沙漠黑树林学"，就如国内高雅无比的"红学"，养活着无数闲人雅士成名成家一样。我爷爷年轻时学"孛"，跟随师父闯过黑树林，按他的说法就很简单：一是科尔沁沙地是由原来的科尔沁草原退化而成，地下水位较高；二是黑树林生长地带位于几座高大而绵亘的沙山沙坨的中间洼地，形成了独特的洼地湿润气候，不同于其他沙坨地；三是洼地中央有一片常年存水的淖尔（湿地泡子），那是通向地下水脉的不枯竭的龙脉。

我很佩服爷爷的"字"学和高见，他往往把复杂的问题简单化。他应该去给那些这家那家讲课，甚至可带研究生。

最令人惊奇的是那些黑树林杨柳树的形状。或许，常年受风沙摧袭，还有生长期受异常天气变化的影响造成，那些树木的形状十分怪异。有的主干七拐八拐，扭曲弯巴；有的索性倾倒一侧，如一罗锅老汉；有的则两棵树缠绕一起生长，犹如两个摔跤手纠缠在一起；有的则倒下去成了独木桥依然枝叶繁茂。反正这些树各个形态怪异，尤其在黑夜的月光下更如魑魅魍魉奔舞，群兽群魔乱走，不知情的人走进这里会心生恐怖赶紧逃走。有人称这些树为"仙人树"，有人相反叫"鬼树"，反正人们把这片大漠异常气候地理条件下形成的生命群体，认为是神秘而恐怖的地方，不敢轻易踏进。

近来有个身影，常常在这个人迹罕至的黑树林里活动。

面积不大又有些稀疏的黑树林中，地上没什么可狩猎的猎物。然而，树上栖息的鸟类却很多，尤其是乌鸦，成群结队地在黑树林中做巢搭窝延续后代。几乎每棵树上都有一至两个乌鸦窝，有的老树上甚至有四五个，一走进黑树林先听到的便是乌鸦聒噪，"咕嘎咕嘎"叫声不绝于耳。

那个身影一来到黑树林，不干别的，就爬树。他爬树极快，两腿夹住树干两只长臂往上一伸，"噌噌"地蹿上去，简直像猴子。他爬的都是树顶有乌鸦窝的大树。爬上去后也不干别的，专门掏那乌鸦窝。如果窝里有蛋，他则把蛋捡起来放进自己嘴里，嘎吱嘎吱连壳一起咀嚼吞咽；如果窝里有小雏，他就把那些小雏抓住后掐死，再扔到地上。他自己不吃这些更香的小肉块，而是从树上下来之后，一一捡起来带走。这些小雏又嫩又香，吞咽容易，消化也容易。当然，他有时遭受到群鸦的攻击，不过他不怕，拿根树枝挥舞着，力道也很大，有时还能击落下一两只大乌鸦。有一次他掏乌鸦窝时，突然伸进窝里的手上有针刺般的疼痛，随之他的手攥住了一条花蛇，也是来偷蛋的家伙，一怒之下他张嘴咬断花蛇头，嘎嘣嘎嘣咀嚼起来。幸亏不是毒蛇，伤口还不碍事。

这一天，他正从一棵七拐八绕的胡杨树上下来，发现地面情况有些不对了。树下围有七八条猎狗，正吐着舌头，露着尖牙，等他从树上落到地面上来。这群猎狗的后边，叉腰站着一个老猎手，手握铜头投猎棒，很威风。他是黑树林北边奈曼旗的著名猎人，早年被政府授予"打猎英雄"的称号。他听说黑树林有怪兽出没的传闻之后，特意带着他的猎狗来围猎。他打猎还有个特点，从不用猎枪，全靠几条训练有素的猎犬和手中的投猎棒。他的臂力过人，投出的猎棒能击倒几十米之外的猎物。

狼孩这一下为难了。

他又"噜噜"往树顶爬上去。可这时老猎人的投猎棒投击过来了，"嗖嗖"旋转着，正好击中他的后背，只听他"嗷——"一声失手从树上掉落下来，顿时，一群猎狗呼的一下扑向他。要是早先，狼孩可能早被群狗撕成碎片了。可现在狼孩已经敏捷无比，就地一滚，躲过群狗，转身一跳便骑上了为首的一条大黑狗身上，随之两条长臂一伸，抓住狗的头颈使劲往回掰过来，"嘎吱"一声，那狗的脖子便断了。群狗顿时停止了进攻，不敢再扑上来了。

狼孩狂啸着丢下大黑狗，一跳扑向那位老猎手。

老猎手手中的另一支投猎棒向狼孩挥击过来。狼孩的长臂一伸，便抓住了投猎棒，使劲儿一拉，那猎手连人带棒被狼孩拽过去了。占了优势的狼孩，一下子抢过那根投猎棒，挥舞着，凶猛地冲老猎人的头部砸下去。

"小龙！住手！小龙，不要伤人！"

正目睹了这一幕的我和爸爸，同时大声喊叫。

我们已经来了多时，一直暗中观察着狼孩如何爬树吃鸟蛋抓小雏。后来见老猎人带群狗出现，我们暗暗叫声不好，做好了帮助狼孩对付群狗的准备。没想到现在的狼孩变得如此勇猛，如此凶狂血腥，三下两下制服了猎狗，我和爸爸更是暗暗吃惊。他已经整个变成了一个狼人，从狼孩蜕变成了一个野性十足的狼人。这十分可怕。我们是在塔敏查干沙坨中搜索时，发现了狼孩的奇特的足迹，一步步码着脚印追踪过来的。幸亏我们及时现身制止狼孩，避免了他伤及他人，造成不堪设想的后果。

　　小龙回过头发现了我们，丢下手中的棒，"啊——啊——"地叫着，冲我们跑来。他还记得我，记得帮助他逃走的哥哥。

　　然而，看了看爸爸，他犹豫了。接着转身就逃，跑向大漠中去。

　　"小龙！站住！小龙——"我从他后边喊。可他根本不听我和爸爸的召唤，跑得如一阵风，四肢并用，如狼般一跃就几米远，身后只留下一溜尘烟。他转眼间消失在茫茫坨野中。

　　爸爸走过去安慰了一下那位惊魂未定的老猎人，说了一下情况，然后我们跟着狼孩留下的脚印迅速追踪过去。

　　沙漠中我们走不快，只好一步步跟着脚印走。好在这个季节大漠里不起风，那脚印还算清晰，如果是刮大风的天气，那脚印顷刻间被吹得没影，我们根本不可能跟踪到那老狼洞。

　　我们是第三天才到达那老狼洞的。

　　面对这熟悉的地方、熟悉的老狼洞，我兀自笑了。

　　我爸也摇头。老母狼可真会算计，它的每次落脚之地都是绝佳选择，都是人们想象不到的地方，而且都在你的眼皮底下。

　　我们悄悄躲在离洞口几十米远的地方静静地观察，我们等候老狼的出现。它是活着，还是死了，我们要先搞清楚才能决定行动方案。我们就一直耐心地等候着，时间一分一秒地流逝，太阳从东边落向西方大漠中，可老母狼一整天里始终没有出现。而且，连狼孩也没从那黑乎乎的深穴中露出过头。我有些奇怪，他们到底在不在洞里？我们是不是又上了老母狼的当？

爸爸说，他们肯定在洞里。因为洞口附近根本没有他们迁徙逃走的足迹，只不过现在他们也在观察着我们。这方面，爸爸是有经验的。

我们整整等了两天两夜。

第三天午后，才有了动静。

先走出来的是老母狼。它懒洋洋地蹒跚而出，显得老态龙钟的样子。它头也不抬，也不往我们这边看，只是在洞口溜达了一圈，像是悠闲地散步一样，而后挨着洞口的土壁趴卧下来，微闭上双眼，在暖洋洋的冬日午后斜阳下打起盹来。

不一会儿，狼孩也出现了。他可跟老母狼不同，也没有老母狼的那种沉稳老练劲儿，一出来就两眼直勾勾地注视着我们这边的动静，一脸的警惕和敌意。

"奇怪，他们已经知道我们藏在这里。"我说。

"这不奇怪，他们凭嗅觉就能闻出几里外的其他异类的气息。"

"那为什么在我们来之前他们不逃走？"

"你没看见老母狼已经走不动了？老弱不堪，一步一晃，它这样子根本走不出沙漠，能逃到哪里去？反而会变成猎人捕杀的目标！"爸爸说。

"原来是这样！它可真能沉得住气，简直像唱空城计的诸葛亮！"我感叹。

"兽类中它真可以比作诸葛亮，幸亏它只是一条狼哟！"爸爸也不由得赞叹。

"要是像它一样的狼进化成人，那世界就更可怕了。"

爸爸看我一眼没再说话，继续盯着母狼和狼孩的动静。

晒够了太阳，伸了伸腰张了张嘴，老母狼依旧旁若无人地蹒跚着走回洞穴里去。自始至终没有往我们这边看一眼。

"老母狼它这是什么意思？"我问。

"它这是在虚张声势。不了解情况的人，看它这个样子肯定被它吓回去，不敢招惹。可我们就不同了，我们了解它的底细，我们知道它受过严重的枪伤，而且老得不像样子了。"爸爸说。

"不过，爸爸，它应该知道我们是谁，它的这种举动，是不是暗示着另外一种意思？"

"哦？"

"它也许在告诉我们，它已经老了，现在全靠狼孩来养护它，你们不能从我身边夺走它！另外一种意思可以反着理解，也就是说我母狼已经老得不成样子了，往后不能再保护狼孩了，你们可以带它走了。"我慢条斯理地分析起来。

"有道理，有道理！"爸爸拍了一下我的头，"你还挺了解母狼心思的嘛！"

"我跟它有交情，对它的行为规则多少有些了解。"

"那我们上去吧。"爸爸提议。

"干什么？"

"杀了老母狼，带走你弟弟。"

"你又来了，爸爸，咱能杀老母狼吗？小龙同意吗？他不同意，他死守死恋老母狼，我们带他走又有什么意思？"

爸爸似乎满意我的答话，点了点头，片刻后说："干脆，我们连老母狼一起带走，一起供养。"

"当然这是不错的主意，不过这也得小龙同意才成呢。"

于是，我们又趴在那里不动，一边观察一边琢磨着对策。

二

其实，我和爸爸都完全领会错了老母狼的意思，我们有些高估了它眼下的智商。由于心肺受过严重枪伤，恢复得又不太好，加上这么多年的荒野征战中留下的各种老伤都一起袭来，加速了它的老化和智能退化的进程。它的眼睛接近失明，已看不清几步开外的东西，耳鼻嗅觉也大不如以前，很费力才能明白狼孩对它噑叫的含义。它现在的确全靠狼孩的守护才能生存，一点也离不开狼孩的呵护。没想到一生轰轰烈烈勇敢无比的老母狼，会老弱成这样，真是英雄暮年，夕阳无奈。

它刚才的举动，根本没有我们猜测的意思。它其实完全无意识地，照平时习惯走出洞晒太阳而已。它没有暗示什么，也不可能暗示什么，它也压根儿不知道我们埋伏在不远处。它的一切，吃喝睡包括生存安全统统托付给了狼孩。狼孩也很尽职尽责地完成着自己的义务。而且也十分愿意这么做，也有能力做。他已经长大了。

我和爸爸开始琢磨用什么办法说服狼孩，带走他们。

我们守着洞口又过了一夜，并没有贸然行动。或许几天来沙漠中的奔波，我们太疲倦了，这一夜我们都昏昏睡过去了。蜷曲在避风的沙坡下，身下的细沙柔软如床，爸爸犹如在自家热炕头上一般鼾声如雷。天亮时，我被一种奇异的骚动惊醒了。乍以为是在梦中，眼前似有模糊的影子在晃动，揉着双眼仔细一看，我失声大叫起来。

"爸爸，不好了，小龙在赶走我们的马！"

趁我们睡觉，小龙先采取了行动。他先把爸爸身边的猎枪偷走，扔到远远的沙坑中，然后又拔出拴马的木橛子，赶走我们的坐骑。两匹马突然面对面目狰狞恐怖的狼孩，登时受惊了，尥起蹶子，狂嘶着向村子的方向奔逃而去。那狼孩还从马的后边不断发出"噢！哇"的啸叫，弄得那两匹马更是魂飞魄散，头也不回地消失在沙漠中。

爸爸翻身而起大喊："小龙！别胡闹！"

爸爸飞速扑向小龙，想抱住他。小龙身体一闪，滑过爸爸的搂抱，一蹿便躲出二十米远。

"小龙！别跑，别害怕，跟爸爸回家去吧！"爸爸的声音变得十分温和细柔。

小龙却冲爸爸龇牙咧嘴，发出"呜——哇——"的咆哮。

"小龙，听爸爸说，我们一起回家，我们也把老母狼一起带走，我们一块儿养它。"爸爸指指狼洞，指指村庄，很有表演天才地边说边比画着表达他的意思。

小龙依旧冲爸爸龇牙咧嘴，而且变得更为凶狂。爸爸一再向小龙表达自己的意思，可不知小龙是没弄懂，还是根本不同意，一个劲儿冲爸爸狂吼，并且不让爸爸靠近自己一步。

这时，老母狼从洞里出来，站在洞口朝我们这边抬头张望，支棱着耳朵捕捉这边的动静。可怜老母狼，这时刻一点帮不上狼孩的忙了，要是以往它早就老虎般扑过来参加战斗了。现在只是木呆呆地伫立在那里，像一尊铜铸的雕塑一般，久久地一动不动，费力地想搞清楚这边发生着什么事情。

爸爸有些恼怒，耐心渐渐消失，很威严地喝叫着小龙听话等语，想硬上。

小龙从沙崖上拽出一根枯树棒子挥舞起来，他的眼睛开始闪射出凶光。如果爸爸真的硬上，我相信已变得强壮无比的小龙会毫不客气地击倒他，爸爸不一定能制服得了他。小龙不仅强健而且敏捷无比，他如武侠书中的轻功高手一般，风一样闪在你身后攻击你，那可是致命的。

当然爸爸也是一位从不惧怕什么的蒙古汉子，又当过蒙古骑兵。

我一看不好，几步蹿过去从后边抱住了爸爸。我劝阻说："爸爸，你不能硬拼！小龙现在更加野性了，他不惧怕任何人和兽，他的眼睛正在变绿，你看！"

　　我这么一说，爸爸也冷静下来，尽管呼呼喘着粗气，心火难平。

　　"小龙！你回去吧，这是咱们的爸爸，他是为你好，你不要这样！"我冲小龙摆着手，语气温和地劝解着，让他快些先退回洞穴里去。

　　也许曾在县医院一直陪伴和保护过他，又在关键时刻帮忙放他逃走，小龙对我这位哥哥还算友好，听了我的劝告，他眼中的绿光渐渐熄去，但是他并不退走，依旧桀骜地站在那里提防着我们。显然，我们不先退走他是不会回洞的，野兽化的他如狼般疑心重。

　　"爸，我们还是先把咱们的惊马找回来再说吧，要是大漠中走失了我们的马，就不好办了。小龙现在跟老母狼更是相依为命不能分离，他不会丢下老母狼跟我们走的。再说老母狼现在好像一步也离不开他，我们别在这儿耽误工夫了。依我看，那老母狼的日子不多了，到那时小龙就好办了，软的硬的都可以用嘛。"我耐心地把自己的想法告诉爸爸。

　　其实，爸爸也很清楚眼下的情况，很难一时制服和说服小龙并带他走，还是先找回坐骑是大事。于是他很大度地冲小龙招了招手，笑了笑，说我们先走了，你好好待着，小心猎人，等等，然后转身走开，去追逃马。

　　我去捡回爸爸的猎枪，还好小龙没有撅折了它，再从露宿地那儿扛起两匹马的鞍鞯，还有干粮及水壶等物。

　　我想了一下，向小龙招手喊话，把干粮和水壶全部留给了他。

　　小龙见状，眼里闪出异样的光，冲我"啊、呜"地喊着什么，听得出他在感激我，也向我表示着兽类的好感。唉，我这位半人半兽的弟弟。人类灭绝野狼，却让最后一只母狼这样惩罚我们家，别人欠下的债务由我们来偿还，这对我们很不公平。何况我们家是诚信佛爷的善良人家。

翻过五道沙梁，爸爸终于在一片干涸的洼地抓住了那两匹马。他轻轻摩挲着马的脖子，拍一拍马的后背，嘴里轻轻"啊——唷——"地安抚哼叫，渐渐让受惊的马彻底安静下来。我扛着马鞍子呼哧带喘地走过去，一屁股坐在地上。爸爸接过马鞍一一套在两匹马上，又勒好马肚带，系好马嚼子。

"小龙真行，先扔掉你的枪，又赶走咱的马，都是先手棋。"我笑嘻嘻地说。

"他还真不愧是我儿子！经过这几天的事，我现在对他可放心不少，一般来犯者还真不是他的对手了！你看他对付那个老猎人的凶狠劲儿！要是我们不在场，肯定撕碎了他！"爸爸说。

"那你刚才还想硬碰硬！"我笑说。

"嗨，我是他的老子嘛，哪能在他面前示弱啊！"好强的爸爸总不服软。他发现我除了马鞍子两手空空，问我："干粮和水呢？"

"留给小龙了。"我摸摸头，歉意地向爸吐舌头。

"真有你的，怎么没把你自个儿留给他？"爸爸嗔怪。

"那谁来陪你呀？谁为这家族去读书啊？"我依旧笑嘻嘻。

"你做得也对。"爸爸也笑了，挺欣赏地说，"小龙有你这样一位好哥哥，善良的哥哥，真是三生有幸，不知托了谁的福。"

"当然是托了你这老爸的福了，有其父必有其子嘛！"我不失时机地拍一拍马屁。

爸爸听了，很高兴很舒坦的样子，说一声上马，便翻身飞上马背，我也骑上马，踏上回家的路程。

这时东边的沙冈顶上，刚露出一轮红红的朝日，下边托着一层淡淡的紫色光晕，周围浮腾着朦朦胧胧的霞霓，漂亮至极。高天上布着鱼鳞般的云朵，被初升的太阳层层点燃，犹如高空中燃烧着一团团美丽的篝火，壮观而远大，令人心中顿生豪气。

"爸爸，你看看，这天、这云、这太阳、这大漠，大自然可真美啊！"我感叹。

"啊！我儿子将来可能当大作家呢！说得像念诗一样！"爸爸说得我红了脸。其实我心中一直想长大当一位讴歌我们家乡的作家，被爸爸一下说中心底秘密，我就像那只被朝霞照红的野燕子般不好意思，唧啾飞走了。

我要是真能当作家的话，就写我们这大漠，写小龙和你，还有爷爷他们。我在爸爸的背后暗暗这样说。

"你又偷偷琢磨什么呢？我这儿子就这么古灵精怪！"爸爸笑着说我。

我没有正面回答他，嘴里哼出一声蒙古长调，啊……哈……呔，心里顿生豪气，十分潇洒地扬鞭催马。突然受鼓励的马立刻扬蹄疾奔，身后留下一溜黄色烟尘。

三

二秃子也有股子锲而不舍的劲头。

比我大三岁的他，已经是二十出头的大小伙子，毕竟他身上流淌着胡喇嘛的血，一个农村里的枭雄，因而他的儿子二秃子也不会凨到哪里去。

心计胆识已够的二秃子胡伦，现在活着的唯一目的，就是为他那死得不明不白的老子报仇。他第一个记恨的是白耳狼，第二个便是自己的哥嫂罗锅胡大和伊玛。他计划中杀完白耳狼，再收拾罗锅和伊玛。他逢人便叨咕，我要杀那白耳狼，我要为爹报仇。此事想得他快要发疯，只要达到目的，他散尽家财也在所不惜。于是他不停地往毛哈林老头子那儿送礼。他一定要全面得到这位村中大佬的有力支持，使追杀白耳狼的行为名正言顺。只是他的先人在村中作孽太多，深深伤害和得罪过毛哈林这个不起眼的糟老头子，弄得现在事情办起来很不顺手。老头子是哼哈应付着，礼照收，钱照拿，话照说，就是没有实实在在地发话，组织全村打猎队去围剿追杀白耳狼。如果没有当年他老子那样组织全村打猎队，凭他一两个人之力去消灭已长成大狼的白耳，谈何容易！

老狐狸毛哈林也并不是不知道，二秃子从他这儿想要的东西，不仅仅是小组长这个头衔。他那点儿心思老头子心里十分清楚。只不过他不会轻易满足二秃子的要求，在他心目中，这傻小子只不过是一个可利用的小卒子罢了，老奸巨猾的他不可能为这小卒子得罪目前在村里还很有势力的郭姓众户。郭家人虽然不显山露水，也不会出来争强好胜，觊觎村中权力，但是以郭天虎为首的这些郭姓人要头脑有头脑，要勇武有勇武，他们永远是一群静静蛰伏的老虎，谁要伤害到他们的利益，他们会立刻以百倍的凶猛进行反扑。何况郭家晚辈中的阿木跟他有一段忘年交情，他岂能轻易给自己惹一身麻烦。

然而，亦正亦邪的毛哈林毕竟不是善类，在村里不挑出点事端他心里直痒痒，会感到权力的空虚和权威的失落，也感到不安全，以为别人在共同琢磨他。

当挂着拐棍的二秃子胡伦走进他家院落时，通过玻璃窗望着那个如一头野猪般装满怒火仇意的身影，老狐狸的嘴角显露出一丝得意阴冷的笑纹，摸着稀疏的黄胡子乐了。

二秃子这回给老头子带来了一个好东西——琥珀鼻烟壶。光色暗红，发着深邃的光泽，精巧玲珑，握在手心立刻生温，真是一件稀世珍物。

"呵呵呵，好东西，好东西。"毛哈林把玩着那鼻烟壶，心中暗暗惊喜。

"我是从爷爷的破烂柜里发现的，我也不吸鼻烟，放在我这不识货的晚辈这儿，实在糟蹋了好东西，还是孝敬您老人家吧。你们老年人当初都有过吸鼻烟的嗜好，懂得这小玩意。"二秃子谦恭而令人舒服地说着讨好的话。

"这倒不假。不过，这东西我倒是过去见过，'土改'时从大地主王白拉家里搜出来的，听说他是用十匹马换来的。那时候你爷爷是村主席嘛，我只是个民兵连长，摸都没摸着过这东西！哈哈哈……"毛哈林爆发出洪亮大笑，前仰后合，拍着胸脯，笑出了眼泪，突然却笑岔了气儿，咔儿咔儿地咳嗽起来，那小姑娘赶紧过来给他捶背倒水。

"那正好，这东西还真跟您老有缘，您老就收着，就算是再次充公吧。"二秃子倒很得体地拍着。

毛哈林老爷子顺了气儿，微眯着眼睛，冲阳光举着鼻烟壶细细端详着，欣赏着，神色凝重起来，似乎一时陷进很久远的往事回忆中。也许，他想起了当年为争夺这件鼻烟壶而展开的一幕幕明争暗斗和血腥的场面。

二秃子偷偷观察着老头子的神色变化，心中也暗暗高兴，觉得这次可送对了东西。

"好吧，先放我这儿保存一段时间吧。尽管受之有愧可也却之不恭，不能拂了你这小嘎子的美意热心，呵呵呵……"毛哈林煞有介事地说着，又拿眼盯着二秃子，接着交代，"你可要看好你爷爷那个破烂柜哟，那里边装的可都是历史！哈哈哈……"

"是，是。晚辈回去再好好翻翻，看能不能再翻出些有点用的古董玩意，嘿嘿嘿。"二秃子尴尬地赔笑，心里头骂道：老东西真贪得无厌！

"怎么样？我看你的伤也好得差不多了，是不是又惦记起老郭家小子养的那只白耳狼了？"毛哈林这回主动切入主题，点破话题。

"可不嘛，您老爷子最清楚小辈的心事，俗话说，父仇不报枉为男人嘛。"二秃子立即顺竿往上爬。

"唉，我当然清楚。只是这事吧，还真有点棘手，阿木那小子也找过我。"

毛哈林拿腔拿调地为难着，似乎是承受着多么大的压力般："阿木那小子告诉我，那白耳狼是一条沙狼，属于国家保护的二级野生动物，如果谁杀了它就是犯国法呢。"

"可这条恶狼掏了我爹的肚子，我爹也是国家的公民，就不受保护了？一个大活人还不如一条狼了？"二秃子愤愤起来。

"是啊，你说的也可能是实情，我也是这么想的，所以我这老头子两头为难啊。"毛哈林沉吟片刻，摸捻着几根黄胡子，"不能违了国法，可又不能放过了吃人的恶狼，这事最好是由执行国法的人来办，就没什么问题了。"

"您老的意思是……"

"我听说，当初，县公安局什么李科长好像也想杀这条白耳狼呢吧？"老狐狸似是无意间提示了一句。

"对，对。那条狼早先也咬断了李科长儿子的手指头，弄成残疾的！"二秃子茅塞顿开，兴奋起来。

"还真巧了，那个李科长现在正好在咱们乡派出所呢。毛哈林好像突然想到了一样，慢慢啜了一口茶，"要不你去听听他咋说。"

"高！老爷子指点迷津，晚辈一下子懂得怎么做了！我这就去找他，他出面杀白耳狼，谁也挡不住！"二秃子如打了兴奋剂一样跳了起来，手舞足蹈，扭头就往外跑，全然不顾了礼数。

"毛手毛脚，无头苍蝇，整个一头生格子牛。你办成这件事还远着呢！"毛哈林老头子望着二秃子一拐一瘸的背影，摇了摇头轻轻自语，然后冲那侍候他的小姑娘说，"你去一趟老郭家，告诉阿木那小子，赶紧让他那白耳狼躲得远远的！"

而后他又欣赏起那件美妙无比的琥珀鼻烟壶。

这就是毛哈林，不正不邪的老狐狸，当今北方农村的一个老年统治者。

四

乡派出所那间烟气腾腾的办公室里，县公安局李科长和乡派出所鄂林太所长等人，正在研究供词材料，二秃子胡伦闯了进来。

"哪位是李科长？ 我有重要事情报告！"二秃子不管不顾地叫嚷。

"你是谁？ 找李科长报告什么？"李科长抬头打量着愣头愣脑的二秃子，有些疑惑。

"我有白耳狼的消息！ 就是那只咬断李科长儿子手指头的白耳狼！"二秃子已经猜出问话的人可能就是李科长，就冲他说明了来意。

"哦？ 真的？ 我倒差点忘了那条恶狼！ 妈的，让我儿子少了两根手指头，留下残疾，我一定要杀了它！ 那该死的畜生在哪儿？ 快告诉我！"李科长一下子揪住二秃子的衣领，如对一个犯罪嫌疑人一般质问。

"看来你就是李科长了，"二秃子胡伦掰开李科长的手，喘口气，"你让我喝口水，渴死我了，我可是赶了十几里路前来报告的！"二秃子走到门边水缸那儿舀了一瓢冷水"咕嘟咕嘟"灌下去。接着他就一屁股坐在那张刚才涉案人坐过的椅子上，慢慢向李科长叙述起白耳狼现身的情况来。

"简要点，别扯那么多你追捕的烂事！快告诉我，那该死的狼现在何处？"李科长打断二秃子的絮叨，审问般喝问。

"好，好。我有个朋友金宝最近一直在追踪它呢，我们去找他就知道了。"二秃子说。

"走！你带路。鄂所长，咱们先去杀了那条恶狼！"

"这……案子咋办？"鄂林太有些为难。

"杀了狼再说！不用急，那几个小流氓好办。走啊，老鄂！"李科长催促着，摸一摸腰上的枪，又让另一民警准备快枪快马还有车辆。

"老李，这……不太合适吧？我听说，那白耳狼已经放回荒野，是一条野狼，这野狼嘛，可是受国家保护的二级动物哩！"鄂林太所长还是这样婉转地提醒意气用事的李科长。

"我不管！它咬掉了我儿子的手指头，我一定要杀了这只该死的恶狼！"李科长只想着报仇杀狼，认为人如何虐待动物没什么，可动物因而伤及人类那可是大逆不道的，"老鄂，你倒是去不去呀？你要是不去，我自己去，借给我一杆快枪一匹马！"

鄂林太无奈了。虽然李科长和他是同级，可人家毕竟是上级机关的办案人员和领导，不能不给面子，只好跟他去见机行事了。

就这样，李科长和鄂林太跟随二秃子胡伦，去找娘娘腔金宝。骑着马，背着快枪，后边还有辆越野吉普车跟着，声势不小。

他们一行人很快赶到锡伯村北边的沙坨子根，正好碰见娘娘腔金宝垂头丧气地从沙坨子中走出来。他这些日子按照二秃子的旨意，天天寻找跟踪白耳狼，对它的行走路径以及活动范围大致都有了掌握，只是自己人单力薄不敢招惹它。他一见二秃子带来了这么大的围猎队伍，高兴地咧嘴笑了。

"我刚刚把它追踪到黑沙坡一带，它嘴里还叼着一只野兔！妈的，那鬼东西精得很，根本无法靠近，神出鬼没的！"娘娘腔金宝摩拳擦掌，兴奋不已。

"现在追过去，还能不能赶得上？"李科长问。

"有快马没问题！再说，我估计它的老窝可能就在那一带呢，跑不了！这么多人，这么先进的半自动快枪，怕啥？哪怕它钻到地底下也要挖出来！"

"好！咱们出发，你快领我们走！今天我就把那鬼东西干掉！"李科长命令。

于是，娘娘腔金宝换骑了一匹马，领着这帮人向塔敏查干沙坨子中间地带出发。二秃子按捺不住心中的喜悦和兴奋，拍着金宝的肩膀一个劲儿夸他干得好，是个真正的猎人，他爹没有白交他这位朋友。李科长训斥他们少啰唆，快领路，不要胡嘞嘞些乱七八糟没用的，打狼就打狼。鄂林太在马背上轻蔑地看着这两个傻东西，不胜厌烦，心中暗暗担忧，李科长轻信这两个农村二流子，可别惹出什么麻烦，抓不着狐狸却惹一身臊。

他们紧赶慢赶，在一片积雨雪的洼滩，发现了白耳狼的踪迹。

那物儿果然嘴里叼着一只野兔子，可不吃，正伸舌头舔洼地的积雪解渴。李科长向众人挥挥手安静下来，都悄悄下了马，猫着腰向白耳包抄过去。这时，鄂林太所长骑的那匹马"喷儿——喷儿——"响出鼻声来，可能是马的鼻孔进了苍蝇蚊子，还有可能干脆有人拿草棍捅了马的鼻孔，反正动静不小。

白耳狼警觉了，重叼起放在一边的野兔，转身就蹿向北边大沙坨子里去。

"砰！"李科长慌急中开枪。距离太远，枪法又差，子弹呼啸着从白耳狼头顶飞过去，打在前头的黄沙坡上，冒出一股白烟。快枪威力还挺大，声音久久在大漠中回响。

"追！"李科长一喊，又翻身上马，带领众人追踪而去。

毕竟人多势众，骑的也都是好马，一早下小雪后沙地上冻变硬，马蹄子能踩起来奔驰，他们跟白耳的距离渐渐缩短，又开始形成合围状。另一主要原因是，白耳狼已放弃原先要去的目的地，在沙坨子里跟猎队兜圈子。跟在队伍后边的鄂林太所长心中暗暗着急，他是打心眼不同意真的杀掉白耳狼，这不仅违反了野生动物保护法，又对不起老战友苏克和他的儿子阿木，可他现在无法约束李科长，真有些进退两难。

李科长催马跑在最前边。后边紧跟着二秃子、金宝等人，嘴里发出"呜哇"喊叫，虚张声势地闹腾着。李科长的马快要追上白耳狼，只见他从马背上举起了手中的枪瞄准白耳狼。此人显然也当过骑兵，马术尚可，能在马背上双手松开缰绳举枪射击，是要一定功夫的。

"快开枪！一枪撂倒它！"二秃子从后边大喊大叫。

就在李科长要扣动扳机时，从斜岔里蹿出一个黑影，如猿般迅猛，一下子抓住了李科长的马尾巴。那匹黄马的尾巴突然被一股强大的力道拖拉住，无法向前，猛地抬前腿直立起来，发出惊恐的狂嘶"咿——咴——"，弄得马背上的李科长差点被摔落下来，幸亏他及时蹬住马镫，一手攀住马鞍前桥，那枪却"砰"的一声，朝天空射击了。

李科长从马背上回头一看，吓了一跳，一个不人不鬼似狼似兽的怪物，正拼命拽拉着他的马尾巴，然后这怪物突然又猛地放开了马尾巴，这一下拼命前挣的黄马被自己的冲力掼射出去，一个倒栽葱头颈朝下扎去。这招儿，当初老母狼对付醉猎手乌太使用过，并从乌太的套马杆中解救出了狼孩。李科长从马背上如一捆草般被扔飞出去，狠狠摔落在冻沙地上，滚了几滚，嘴里灌进沙子，脸额蹭得又青又紫挂着血丝，"哎哟哎哟"呻吟着半天起不来。那匹黄马则扭断了脖子，四只蹄子在猛烈抽搐。

"狼孩！是狼孩！"后边的二秃子和金宝惊叫起来。

只见那狼孩收拾完李科长，又回转身冲后边的二秃子和娘娘腔冲过去。那两个混蛋吓得屁滚尿流，掉转马头就往回跑。

这时，李科长忍着疼痛从地上爬起来，找不着摔落的快枪，慌乱中摸出腰上的手枪，瞄准狼孩。

"不要开枪！不要开枪！那是我儿子！不许开枪"！从一侧的坨包后跑出来两个骑者，其中岁数大的冲李科长大声喊叫着，接着"砰"的一声冲天开枪，以示警诫。

气急的李科长不管对方的警告，向狼孩扣了一下扳机，"嘎噔"一下，枪没响。原来他忘了上子弹。这时鄂林太从后边抱住了他。

"你不能开枪打他！他是人，他是狼孩，苏克的儿子，你杀了他是犯罪！"鄂林太激动地喊。

"你放开我！你没看见这鬼东西差点要了我的命吗？我不管他是人是鬼，先收拾了他再说！"李科长暴怒后劲儿还挺大，一下子挣脱开鄂林太的阻拦，又要举枪，可想起枪中没有子弹，开始摸兜掏子弹。

这时，一个黑洞洞的枪口，早已对准了他。他的前边站着一个威猛无比的蒙古男人，双眼如刀般锋利，冷冷地对他说："你再开枪打我儿子，我一枪崩了你！"

李科长从这人的目光中看出他说得到做得到，不会有一丝含糊。他还是珍惜自己生命的，不能为一条狼白白丢了性命，而且这还算不上因工牺牲，死也白死，何况对方是一位平头百姓，将来随时可以找机会收拾他嘛。于是他识时务为俊杰，放下了手中的枪。

"阿木，去把他的枪捡过来！"苏克命令。

我就过去捡起那把乌黑锃亮的五四手枪。

"把手枪交给旁边的鄂林太所长！"爸爸说。

我就把那手上还没握热的手枪，转身交给了正微笑着看我们的鄂林太叔叔。

"老鄂，这人违反国家法律追杀野生动物，又冲无辜的保护野狼的我儿子小龙开枪，险些造成伤害，他已经背离了一个人民警察的职责，我现在把他交给你！"说完，我爸朝天放一枪，随着枪声掉下来一只乌鸦，"谁再对我儿子和白耳狼瞎开枪，就是这下场！"

说完，爸爸招呼上我，骑上马追踪已逃走的小龙弟弟而去。爸爸已经意识到，这些人发现了狼孩的踪迹，那母狼和狼孩藏身的洞穴已不安全，在这些人彻底撤离之前，我们不能丢下不管回村去。

那些人面面相觑，半天才回过神来。

李科长从鄂林太手中拿回自己的枪，有些恼羞成怒，悻悻地说："鄂所长，他就是你那位战友啊？一个平头百姓，咋这么狂呢？敢下我的枪，妈的，走着瞧吧！算他还知趣把枪交给了你，要不然他的事就捅大发了！呸！"

鄂林太"嘿嘿嘿"笑着，不吱声。他知道在这时候说什么都不好，只能沉默，甚至装傻充愣。

"老说这沙狼受保护打不得，那我们去抓它行不行？我们不打死它，抓它！把它活捉，再送给有关保护单位，连那个狼孩一起抓走，送给研究机关，他不就是从县医院逃出来的嘛！我们就把他送回医院继续治疗，省得他到处乱窜！"娘娘腔金宝晃着小脑袋，阴阴地说出这番话来。这一下提醒了李科长。

"高！好主意！"李科长一下子跳起来，揪着娘娘腔的脖领晃起来，"你叫啥名字来着？别看蔫啦唧的，这鬼点子真绝！我们不打死它！统统活捉！就活捉！行了吧？这回谁拦也没有用！"

二秃子趁机也添油加醋地说道："是啊，挺大的公安局科长，还怕了一个农民不成？活捉是在执行公务，谁也没有理由拦你，拦你就是妨碍公务！"

听了这些话，鄂林太所长真的不好再劝再阻拦了，但为了对李科长负责，还是上前拉了拉他的手想跟他单独交谈，却被盛怒中的李科长一下子甩开了。李科长招呼上二秃子和娘娘腔继续跟踪白耳狼的脚印，向沙漠深处追过去。鄂林太摇摇头，叹口气，只好跟上他们继续前进。

我和爸爸其实没有走多远，我们一直躲在一个沙坡下的暗处，观察着这帮人的动向。

见他们忘乎所以又去追踪白耳和狼孩，爸爸咬牙骂起来："你娘的，真是不见棺材不落泪！那我们就见真章，拿火枪说话吧！"

爸爸认真地检查了一下枪和弹药，又紧了紧马肚带，脸绷得铁紧，双眼变得阴冷阴冷。

我感到事情严峻了。一旦真用枪说话，那后果可是不堪设想，一股不祥的预感从心底往上冒。

"爸，咱们赶在他们前边，轰走小龙他们算了，不必跟他们一般见识！"我提议说。

"孩子，来不及了。不用怕，有爸在你担心什么？他们几个全加上都不是我的对手！"爸爸说。

"我不担心你，但真的动起手来我怕你伤着别人也不合适。"我说。

"我会小心的。孩子，有些事是无法回避的，只好面对，要面对的事情更得勇敢地面对，绝不能退缩！这是我们家族的传统！"说完，爸爸飞身上马，绝尘而去。

我也赶紧骑上马，紧追过去。

这一天可够热闹的。天又阴沉下来，要下雪的样子，远处的枯树上，聚集着一群专吃死尸的乌鸦，发出一声声"呱呱"的瘆人叫声。

第十八章

　　在上边的洞穴中的老母狼，似乎也预感到了什么，只见它不顾一切地从岩洞口滚落下来寻找狼孩。它看到了那最后一幕，"扑通"一下便不见了它的狼孩身影。老母狼这时浑身充满了神奇的力量，丝毫没有犹豫，勇猛地扑过去，纵身一跃，也"扑通"一声投入那个打着旋涡的黑沉沉的冰窟窿里，顿时不见了踪影。它要救出自己的狼孩。

一

　　倘若真的以为老母狼现在老弱病残，不堪一击，那将是大错。

　　尽管耳不聪，目不明，又老态龙钟，但它的心智依然精细，思谋依然熟远。最近，每当狼孩出去觅食，它在洞穴内慢慢干着一件事，就是拓展洞穴深度。不知是有什么预感，还是闲着也闲着，它就干起和平时期的"深挖洞，广积粮"来。而且干得乐此不疲，从不停顿，像一位默默的深谋远虑的伟大战略家一般。

　　过去只是一个只有三米多深的浅浅的洞，那时它和公狼年轻，身体矫健天下无敌，不须挖深穴，有个躲风避雨的处所就行了。现在随着年龄增长，生活阅历丰富，也追求起居住面积的宽敞，追求深宅大院有多少多少平方米了。它天天就那么慢慢挖着，扩展着，先是搞出一个储藏室兼厨房，然后是大卧室，铺满干草软毛的大卧室。这些够大够宽了吧，没有，老母狼依然深挖不止。它要干什么呢？那个斜形纵深的洞倒不怎么宽敞了，只够一条狼钻行，而且深到已经有几十米长了。可老母狼依然没有停下的意思，还是那么慢吞吞地挖着。有一天它终于停下了，因为它已经挖到一处目的地，挖到了湿润凉爽的沙蒿根和酸甜可口的酸不溜草根下面了，它躺在那里吮吸起草根，甚至从草根的空隙中还可望见高天的几颗星星。狼孩也曾很费劲地爬到这洞穴的尽头，它认为老母狼为寻找和吮吸沙蒿根和酸不溜草根，挖这么长的洞，费这么大力气，一点不值得，瞎耽误了工夫，它又爬回宽敞的卧室那里啃起美味的山兔野鸡来。

这天傍晚，老母狼突然烦躁不安，似是有了什么预感，有什么危险正在临近。

它爬出洞口张望，可又望不到什么，眼前一片模模糊糊的沙坨子。狼孩不在洞穴里，它更是有些恐慌，狼孩去了哪里？他送走家人后又去了哪里？老母狼从洞里出来进去，又在洞口附近转磨磨，十分焦灼不安地等候着狼孩的归来。不知过了多久，狼孩终于回来了，十分慌张，三步一回头，似乎是千军万马从后边追击他。这种情况，在已长大的狼孩身上很少出现。跟他一起逃来的还有那只被自己遗弃的白耳狼。其实老母狼极不愿意狼孩与白耳狼来往，它总觉得被人类养大的白耳，早晚有一天会给狼孩给它带来麻烦或者灾难。从他们俩的紧张样子，老母狼已感到那个灾难正在靠近他们的巢穴。

狼孩迅速跑到洞口母狼身边，用嘴巴碰碰它，急急地低声猞吠几下，明白无误地表达后边有强敌追踪，要带它马上逃离此处，而且是弃这洞穴远逃。那只白耳狼，则站在稍远些的地方，正回头警戒。两耳耸立，高昂着头颅，摆出一副一夫当关万夫莫开的架势。

老母狼却表示不走。它已感觉到强敌已经很迫近了，自己又年老体弱根本跑不动，能逃得过他们人类的快枪快马吗？能逃得过他们毫不停顿的长期跟踪吗？要是这么明着逃，早晚只有死路一条，这一点，它的久经沙场九死一生的经历已明白无误地告诉它。于是，老母狼反而异常果决地把狼孩赶进了洞穴内，而且犹豫片刻后，还是把那做警戒的白耳狼也召进了洞里。

他们刚躲进洞内，就有一梭子子弹朝这边扫来，打得洞口沙土纷纷冒烟。接着又是一梭子，显然强敌用猛烈火力封锁了洞口，他们再也逃不出去了。白耳狼发出绝望的哀鸣，狼孩也有些惊恐地东张西望，唯有老母狼趴在洞口，沉稳地谛听捕捉着外边的动静，毫无慌乱紧张的样子。白耳狼和狼孩也安静下来，已经如此，也摆出一副与老母狼同生死的架势。这倒也好，没什么遗憾。

"哈哈！我们把他们堵在洞里了！"有人狂喜地喊。

"这回看它往哪里跑！我要扒了它的皮！"有人诅咒。

"真没想到他们的洞穴还是这旧狼洞！"显然这是娘娘腔在惊叹。

"要不说你们蠢呢，还不如一条狼！"有人揶揄。

这些人都趴伏在几十米远的土包后边，不敢上前，只是虚张声势地吵闹，不时朝洞口打一两梭子冷枪。

我和爸爸则远离这些人，躲在另一侧沙包后边，观察着事态发展暂未现身。从爸爸咬得鼓突的腮帮和一双闪射冷光的眼睛上看，只要这帮人危及小龙的生命安全，他会毫不犹豫地开枪点射这些人。那么爸爸会保护白耳吗？我现在最担心的倒不是小龙，而是白耳。这些人基本都是冲着白耳来的，今天白耳命在旦夕，危机重重，不过到时候我也会冲上去的，就像爸爸冲上去保护小龙一样。

几梭子试探性的子弹扫过去之后，那个黑乎乎的洞口内依然没有任何动静，悄无声息。周围也是风不起，草不动，黄昏的大沙坨子里一片死寂。那连串的枪声骤响之后，很快被空旷浩茫的沙坨子吸得干干净净，没有什么太强烈的声音刺激，似乎一切在这里都显得渺小而无所谓。

西南天际最早升起的那颗星星，有人称它是金星，贼亮贼亮，黄中透红光色新鲜，好像刚从沙泉里洗出来的。当天亮时，它会走到东方地平线，变成启明星，在太阳升起前的黎明黑暗中发出一道光亮，给人指路。我时常望着西南那颗金星发呆，想象它多么辛苦，一夜之间赶那么远的路去遥远的东方，由金红变成白亮的另一颗星星，同时感到宇宙无限的奥妙和神秘。那时奶奶常常摸我脑袋说，那是佛爷驾着那颗金星赶去东方，给黑夜中的路人指点迷津的。

此刻，我真希望那位万能的佛爷，驾着金星过来保护一下我的白耳和小龙弟弟。

等候多时仍不见狼洞内有任何反应和动静，捺不住性子的李科长他们开始骚动起来。他们探头探脑，骂骂咧咧，挥枪拉栓地鼓噪。

"鬼东西缩在洞里不出来，上去看看吧！"李科长提议。

"对！咱们都上去！拿枪瞄着洞口，只要它跑出来，咱们就一开枪撂倒它！"二秃子摩拳擦掌，伸手揪下盖秃头的油帽子往地上一甩，黄昏的朦胧中那秃头成了白白的亮点，好像是一颗灯泡，逗得人们忍不住笑起来。

鄂林太憋住笑说："小心你的秃头吧，那么亮那么白，肯定第一个变成白耳狼攻击下嘴的目标！"

吓得二秃子赶紧又把帽子扣在秃头上，但仍然挑动着说："咱们不能在这儿干耗着，上去封住它的洞口，再想法子对付才对。"

"二秃子说得对，咱们都上，不能再等了。"李科长下了命令。

于是，几个人猫着腰，缩着脖，手里端着上了子弹的枪，蹑手蹑脚鬼鬼祟祟地靠上去。当他们快接近洞口时，从侧后方沙包后闪出来爸爸和我，拦住了他们。

爸爸把枪对准了他们，喝令道："退回去，不许你们靠近洞口！"

"你干什么？凭什么阻拦我们？"李科长想起被他下枪的事，肚里一直憋着气，感到没面子，窝火，一个堂堂的县公安局科长，怎么能叫一个农民百姓压住了气势呢。于是他脸一横耍起霸道来，"给我滚开！别妨碍我执行公务！"

"执行公务？哈哈哈……"爸爸大笑起来，"你这人民警察偷偷盗猎，追杀国家保护动物，这叫执行公务？"

"我们要抓捕伤人的恶狼，送到应该送的地方进行监管保护，这事跟你这老百姓无关！你快给我闪开！"李科长也不示弱，喝令道。

"我儿子小龙在里边！你别想靠近这儿！"

"我们不碰你那狼孩，我对他没兴趣，我只要逮住白耳狼！你再不闪开！我就不客气了！你这刁民再妨碍我执行公务，我有权拘捕你！"李科长抖抖手枪，又掏出手铐。

"嗬！想来硬的，好吧，你上来试试！"爸爸的枪口瞄准了李科长。

一看情况不妙，站在后边的鄂林太紧张了。

"别、别、别！你们俩可别斗火儿，万一枪真的走火伤了人，谁也担不起这责任。"鄂林太清清嗓子，走过去站在双方中间，看看李科长又看看我爸爸，"你李科长要是为了打野狼伤了老百姓，回去你这科长还做不做？你苏克为了护儿子伤了公安人员，你是不是想坐大牢？你们双方先压住火，先听我说，看有没有道理。"

李科长听出鄂林太话中的味道，似有醒悟，于是就说："好吧，听鄂所长怎么说。"

爸爸则觉得由鄂林太充当中间调停人倒也合适，尽管他跟李科长是同事，都是警察，但也是自己过去的战友，对此事的始末都有了解，不会有什么偏向，先听听他怎么讲也无妨。

"今天的事情发展到这地步，确实有些难办了。"鄂林太有意口气缓缓地，慢条斯理说起来，"那白耳狼虽然是受国家保护的野生动物，可又咬断过李科长儿子的手指头，还有咬死二秃子胡伦的父亲胡喇嘛村主任的嫌疑，他们二人都跟白耳狼有仇。我跟白耳狼没有仇，但从一个执法人员的角度说，这白耳狼已有些伤人的野性，不能让它在野外自由活动，以免又出现伤人事件，应该把它抓捕，送到一个安全收养的地方去，这是一。这二呢，可这狼洞里不仅藏有白耳狼，还有苏克的儿子狼孩小龙，那条老母狼可能也在里边，这问题就复杂了，容易产生误伤事件。而且从另一方面说，这座狼孩和老母狼的巢穴已暴露，消息传出去之后，别的各类人物都有可能闻风而动跑来围捕他们，他们以后的生存将变得更加困难更加危险。所以，我的意见是，苏克你倒不如利用这次大好时机，把狼孩和母狼抓捕回去，另行安排！"

鄂林太讲的这番话颇有条理，而且颇有说服性。尤其对我爸产生了影响，他的态度明显在发生变化，甚至要同意这个方案。可我隐隐感到，鄂林太的观点稍稍偏向了李科长他们，而且明显对我的白耳不利，也对喜欢荒野的小龙弟弟不公。我刚要表示反对，爸爸摁住了我，轻声对我说："鄂叔叔的意见是对的，今晚的事除了这方案再没有好收场了。"

"这对白耳不公平，也危险！"我低声抗议。

"真是能抓到白耳，我们一起护送它去安全的地方。"爸爸说。

"小龙也不愿意回到我们中间来……"我继续嘀咕。

"还能怎么样？到时候了，他不能过一辈子这样的日子！往后他也没有安全了，鄂叔叔说得对，会有很多人追捕他们，那更危险，倒不如利用这次堵在洞穴里的机会抓他回家！"爸爸不容置疑地下了断言。

我只好缄默起来。一个少年还能怎么样，而且在一个蒙古男孩子的眼里，父亲是至高无上的，要绝对服从父亲的意志。我只有如此。

"好吧。我同意老鄂的意见，但一定要活捉，不许伤害他们！"爸爸严正地表态。

"我更没意见，就活捉！不伤它的一根毫毛！"李科长言不由衷地假惺惺这样说着，"嘿嘿嘿"冷笑。

"如果谁违背了这个协议，我的枪绝不客气！"爸爸再次严肃提醒。

"好了，就这么定！谁也不许伤害他们！我负责监督！"鄂林太说。

接着，大家收起枪，商量起活捉的具体方案来，刚才剑拔弩张的紧张气氛暂时消散，人们都不由得松下一口气。毕竟互相开枪杀戮不是人们希望看到的结局。谁都珍惜自己的生命，包括我爸爸，除非万不得已。

令人奇怪的是，我们说了这么半天，那个黑森森的狼穴内仍然没有任何动静，好像一处不存在任何活物的空洞。我站在一旁始终不解，爸爸也暗暗纳闷，胆大的他轻轻走过去还往洞内瞧了瞧，那洞穴黑乎乎地伸展进去，徐徐吹出一股阴冷的微风，丝毫也看不见里边的情况。

"想活捉的话，我倒有个主意。"娘娘腔金宝这时用女人般的尖嗓音，慢声细语地开口。

"有屁快放！急死人了，还磨蹭啥！"李科长呵斥他。

"放烟熏它！往洞里放烟，把他们熏出来，然后我们守在洞口用棍棒打昏他们！"颇有狩猎经验的娘娘腔金宝说出了他这损招，够恶毒的，立刻得到了所有人的赞同。这个猥琐的小男人，怎么没有死在通辽精神病医院呢？我在心里这样诅咒着他。

大人们忙活起来。有两个人守在洞口，其他人纷纷去砍去薅沙坨子上的沙巴嘎蒿。这是一种只有在半沙化的沙坨子里生长的草本多年生植物，烧起来后不太起火苗，爱冒浓浓的黄烟，尤其在半湿半干的时候，最适合熏狐狸洞狼獾洞什么的。费了不少工夫，他们弄来了一大堆发黄的沙巴嘎蒿，全部堆放在狼洞口，有经验的娘娘腔还拿一根长棍把蒿草尽量都塞进洞穴内，以便烟往里走。一切弄好之后，娘娘腔哆哆嗦嗦地去划火柴，点燃那洞口内的沙巴嘎蒿。也许过于紧张的缘故，他划了几根火柴也点不着那堆半湿的蒿草，最后他撅着屁股伸嘴去吹火，"呼"的一下，终于燃起的烟火猛然喷出来，那火舌一下子燎着了娘娘腔金宝的眉毛和胡子，吓得他四仰八又倒下去，弄得十分狼狈，引起人们一片哄笑，纷纷奚落他。我心里暗骂烧死你才好。

火是点着了，半湿半干的蒿草慢慢引燃起来，也渐渐冒出浓浓的黄中带黑的烟雾，那洞口完全被那团硕大的滚滚浓烟所笼罩。可奇怪的是，那浓烟却不往里走，全往外冒，往天空中飞散，根本进不到洞里去。二秃子过去往里扇烟，可被往外冒的烟一下子呛住喘不过气来，流着眼泪退回来。

"烟不往洞里走，情况不对！"还是那个娘娘腔有经验，发现不对劲儿，这样嚷道。我爸始终双臂抱着胸，站在一旁，既没去抱柴草也没有去点火，静静看着他们弄。他其实早就发现情况不正常，洞里有蹊跷，但没有吱声。

"为什么会这样？情况有什么不对？"李科长问。

"洞里边不太深的地方被堵死了，所以不走烟，就像炕洞堵了会倒烟一样。"娘娘腔解释。

"那这样熏不是白扯嘛！快，快，把火弄灭，去打通那个堵的东西！"李科长命令。二秃子和娘娘腔便急忙过去踩灭火点，一把把拽出塞进洞内的蒿草。

当过猎人颇有胆气和经验的娘娘腔金宝，自告奋勇往里探洞，在李科长和二秃子等人夸张的鼓励下，他带着刀棍往里爬进去。也就两米深处，他就发现了那个堵处，原来老练狡猾的老母狼似乎早就预料到了人类会这么干，就从里边拱来土堵死了洞口。当然烟就进不去了。娘娘腔金宝爬出来报告情况，李科长指使他挖开堵土。娘娘腔又爬回去，后边跟着二秃子也来帮忙做伴。为了复仇，这两个人真是豁出命来了，轮流挖通那洞内堵土。折腾了好一阵子，他们终于彻底打通洞穴了。

这时，外边完全变黑，夜幕降临在沙漠上，三星也升在东边的半空中，我们在这儿已经耗费了好几个时辰了。

洞里依然没有动静。二秃子和娘娘腔都安全地撤回地面上，可那藏着白耳、母狼和小龙的洞穴内却一点反应都没有。真是邪门儿了，大家都明明看着他们躲进洞里去的。

李科长他们重新往狼洞内堆放沙巴嘎蒿，点燃起来。这回走烟了，浓浓的黄黑烟呼呼地卷进洞里去，好像是一口非常好烧的大灶口一样，而且一点都不倒烟，那一团团浓烟一点都不浪费地都被吸进深洞里去，滚滚翻卷，呼呼有声。

"这回该死的畜生跑不了了，大家都准备好棍棒，没有棍子就用枪托！ 出来一个，打倒一个！"李科长兴奋起来了，拍手欢叫着招呼大伙儿，自个儿倒提着大枪托侧身站在洞口一侧等候着。二秃子和娘娘腔则守在另一侧，连鄂林太和爸爸也做好了准备，气氛有些紧张起来。

他们就那么静静地等候着。洞口内那残烟剩火徐徐燃着，似断似续，偶尔发出"噼啪"声响。大家屏住呼吸等着被烟熏后无法忍受的白耳他们蹿出洞口来。我看着他们一个个紧张兮兮，大眼瞪小眼，举棍提枪托的傻样子挺滑稽的，忍不住笑起来。我甚至觉得人类很低能很无聊。

还是不见白耳他们蹿出洞来。

大人们面面相觑，不明所以。

"接着烧！ 接着熏！"举枪举累了的李科长不耐烦了，急躁地喊叫。

二秃子和娘娘腔又去抱沙巴嘎蒿一堆堆地塞进洞里，再次点燃。那浓烟重新呼呼地卷进洞里去，而且依然是一点也不往外冒。大人们又重新拿起棍棒紧张地等候起来，都那么傻傻地呆呆地提心吊胆地等候着。

依旧不见洞内的狼兽现形。

我站在离洞口较远的沙坡上，于是突然发现了情况。

"你们快看！那边怎么也在冒烟？"

离这边洞口足有五六十米远的地方，也就是这座洞口所在沙坡的背后方向，正冒着滚滚浓烟，而且那烟柱往上直拨云霄，在皎洁的月光下全然像一座工厂的大烟筒冒出的浓烟一般，那才叫"大漠孤烟直"！

大人们也顿生疑窦，跑来我这边观看，然后又纷纷奔向沙坡背面去看个究竟。

那是个背阴的沙坡，挨着一条小河沟，半腰上有一个脸盆大小的口子，那浓烟就是从这口子源源不断地往上涌冒，呼呼发响，还裹卷着烟灰细尘。

"完啦！他们跑了！我们他妈白忙活了！"娘娘腔金宝一拍大腿，哭丧般地喊叫起来，一屁股坐在地上。

老母狼还是棋高一招。

它让这些愚蠢低能的人们，在前边洞口那儿忙活，又堵上洞口造成假象，欺骗他们一心一意对付那边的口子，趁这工夫它带领着自己的两个孩子早已暗度陈仓，逃之夭夭。显然，当初它利用那么漫长的时间和精力来深挖洞，拓展穴道，绝不是为了吮吸苇根草藤，而是早早准备好了逃跑路线和方法，以在千钧一发的紧急关头启用。它早已判定此处洞穴的不安全和潜在的危险，自己又衰老，一旦被人类堵在洞里，那真是死路一条。它当初特意没去捅破出逃的口子，是因为从外边看根本不能发现这隐秘的出口，老练的猎人检查周围也不可能发现。所以像我爸爸和娘娘腔金宝这样有经验的猎人都被老母狼耍了，骗了。从我们追到洞口到放烟熏洞，足足过了好几个时辰，这么长的时间，老母狼他们都可以跑到天涯海角了。多么精妙的算计，多么高超的技艺，多么智慧的金蝉脱壳！

"哈哈哈，哈哈哈……"爸爸发出爽朗洪亮的大笑。

"咯咯咯，咯咯咯……"我发出舒畅开心的笑声。

"嘿嘿嘿……"鄂林太也在一边会心地低笑。

李科长和二秃子他们完全傻了。一个个如泄了气儿的皮球一样，瘫坐在冰凉的沙地上，哀叹自己真不如兽，加在一起还没有一只老狼的智商高。呆呆的，木木的，窝窝囊囊的，脸色灰灰的，眼神茫茫的。

老母狼的智慧和伟大，令我突发奇想，未来的地球统治者有可能就是狼类，而且他们的女皇就是这只老母狼！

二

那么，老母狼他们逃到哪里去了呢？

在黑沙坡背阴后边不远处，有一条小小的沙漠河，当时小河结着冰。

老母狼他们是踩着小沙河的冰面逃走的。光洁冻硬的冰面上，别说只长有毛茸茸肉爪的狼狐不会留下足痕，就是长硬蹄子的牛羊马踩上去也只留下一点点白痕。所以不甘心的娘娘腔和二秃子，后来如何寻找母狼他们留下的足迹，都毫无所获。这真是踏冰无痕，如长翅膀飞走了一样。这又是老辣的老母狼的高明之处，它每步的算计都在人类的前边。正如一位棋坛大师，走一步看几步，毫无破绽留给对方。

人类总以为自己是"万物之灵"，可同样生于地球母体的狼类一点不逊色于它，甚至不少方面还优于人类，只是不被人类认识而已。就这样，被人类斥之为兽类畜生的老母狼和它的两个孩子，在人类这"万物之灵"的眼皮底下再一次成功逃遁,而且这次更彻底,更精妙,没有留下任何声息痕迹,简直是化成了空气,一下子从地球上消失了。

时间在慢慢流逝。整整半年多时间,没有一点他们的消息。没有足迹,没有他们寻食的信息,没有他们现身的传闻,荒野沙坨上从此没有出现过他们的身影。

他们到底藏在哪里?

爸爸妈妈在问,我在问,家族的人和所有关心他们的好心人和坏心人都在问。爸爸甚至有些后悔,那天没有下决心击倒抓捕了小龙,让他后来躲进洞里逃脱,现在弄得生死不明,断了音讯,更令人惦记焦灼。

我暗暗为小龙和白耳他们祈祷,希望他们逃得越远越好,别再成为人类攻击追捕的对象。据我了解,那狗娘养的二秃子和娘娘腔仍然没有放弃追踪,只要有机会他们就在明察暗访,寻找蛛丝马迹。

但我相信,就凭他们俩的智商和熊样,绝不是老母狼的对手,最后不成为老母狼的口中味就不错了。

有一天,我回县城中学时,在长途班车站遇到了二秃子。看见我,他眼神有些闪避。

我迎上去,问他:"听说你还没死心,还在寻找我的白耳?"

"哦,这……这……"二秃子支吾。

"我有个消息,可以告诉你。"

"什么消息?"

"当然是白耳的了。"

"哦?"二秃子的眼睛顿时亮了。

"据我掌握的情况,白耳已经跟随老母狼远走大西北莽古斯大沙漠了,我和爷爷爸爸他们就是从那里找回我弟弟的。"我一本正经地说。

"真的?"二秃子摸了摸秃头,又有些疑惑,"你为什么告诉我这消息？我凭什么相信你？"

"信不信由你。"我随便一笑，一边走向正在进站的长途汽车，一边回头说，"你要是去了莽古斯大漠，发现了我弟弟小龙的踪迹，就告诉我一声。至于那白耳狼，我现在一点都不感兴趣了，我只要找到我弟弟。你可不许伤了我弟弟。"

听了我这番话，二秃子呆呆地站在那里，发了半天愣，信也不是，不信也不是，很是苦恼了一阵儿。后来听说，他和娘娘腔金宝还真的做了一番准备，购买骆驼，筹备干粮和枪支弹药，还从亲戚朋友中招募些帮忙人员，准备择日远赴大西北莽古斯大漠。

我暗暗偷笑。我相信老母狼绝不会在大西北的莽古斯大漠古城废墟中，因为据我观察到的老母狼身体状况，它很难长途跋涉到那么遥远的地方，那里的生存条件又那么恶劣，老母狼绝不会把新的隐藏处选在那里。我鼓动二秃子的目的很简单，就是让二秃子、娘娘腔这两个混蛋在那边死亡大漠中吃吃苦头，不要再追寻白耳他们。

可是我的计划没能实现。是那个老滑头毛哈林，当二秃子又献上一件稀罕物向他请示开介绍信时，他把二秃子臭骂了一通，训他们是去找死，凭他们这几头蒜走不到莽古斯大漠就半路上不是倒毙就是被劫匪打死！那么有本事的天虎"老亭"父子二人，都差点在那里送了命，你们这几个窝囊废还想闯莽古斯大漠？哪儿凉快哪儿待着吧！

于是二秃子他们就只好找凉快地方待着了，取消了远征计划。我恨多嘴多事的毛哈林老头子恨得牙根疼，坏了我的好事，从此我再也没走进过他的家门。他几次派那小丫头唤我过去说话，我都拒绝了。后来他拄着拐棍找到我，训斥说你这毛头小子心眼不要太坏，二秃子这傻小子真的听你话去大西北出了事，你是跑不了干系的，人命关天，可不是儿戏。

我想想也对。我跟二秃子毕竟没有深仇大恨，何必置他于死地呢。但他以后自己去找死，那就跟我没关系了。

有些人是不到黄河不死心的。二秃子的下场果真如此。

三

锡伯河是一条沙漠河。

它从上游二百里之外的一座沙山脚下起源，那里有两个牛眼大小的泉眼，两股清冽而略带土腥味的泉水从那里汩汩冒出来，合二为一，形成一条小溪向下游曲曲弯弯地流淌。人们说，这条小溪是被大漠挤压出来的沙漠之奶，滋润和喂养了下游沿岸众多人类、畜群、草木和飞禽走兽。它犹如一位不屈不挠的征服者，在茫茫无际的大漠和沙坨中闯荡穿行，七拐八绕，左突右冲，沿路收容吸进无数个小溪小泉，坚忍不拔地奔向东方。有时它的水被两岸的干旱黄沙吮吸后所剩无几，有时被季节性的芦苇蒲草遮盖住后几乎看不见河流，而遭遇大旱之年，则就仅仅剩一条细细的如丝线般的痕迹，那水若有若无。到了冬天，它就冰封千里，尤其大雪覆盖后如一条狭长空谷，压根儿看不见它了。但它依然始终如一地坚持着向东征进，艰苦卓绝地开拓出一条出路，流经两省十几个县，完成自己的使命，汇进西辽河再奔进渤海。

这是一条英雄的河。

老母狼何尝不是这样的英雄。

他们就是沿着这条小冰河，顺河床而下后消失的。在下游上百里外，这条河有一个地形险峻的长峡谷。两边是上百米高的悬崖，老榆树毛子在陡壁上扎根，常年烟雾缭绕，冷风飕飕，附近方圆百里没有村庄人迹罕至。新中国成立前，大土匪"九头狼"的胡子帮就在这儿做过老巢，发生过各种恐怖的故事传闻，渐渐这里成了科尔沁沙地中的一片禁地，人称"鬼舔头"——穷黑勒大沟。

峡谷北坡向阳的陡崖下，有一个老鹰巢。那是一个天然的洞口，离河面上高四五十米，从上边崖顶往下也有四五十米，正好处于悬岸中部地带，隐秘而陡险，除了长翅膀的飞禽可自由飞进飞出之外，两条腿的人和四条腿的兽是很难爬上去和从上边爬下来。那洞里，平时总有一对凶猛的老鹰盘踞在那里，闪动着黄黄的锐眼窥视外边。窝边和下边的凸崖上净是斑斑点点的鹰粪鸟屎，附近又有刺儿毛子丛生，不细看根本不会发现那洞口。现在，这险洞的主人那对老鹰已孵出了一窝小崽，逮来一只只小鸟喂它们吃。

那是个寒冷的冬季。一冬无雪，天气更是干冷干冷，呼啸的北风吹裂了河的冰面和悬崖冻土，零下三十度的低温中连老鹰都不敢离巢飞出狩猎，而是深缩在向阳的巢穴中，等候出现暖日。

这一天，盘卧在洞口的老鹰发现，下边的河面冰上走来了一些不速之客。

带路的是一条白耳朵灰狼。后边十多米远处，跟随着一个怪物，似人似兽，披头散发，而它的后背上还扛着一条老狼！他们从上游踩着河的冰面轻捷而迅速奔来，不出声不嗥叫，灵敏机警地观察着四周，当走到它这座老鹰崖下后便突然停下不走了。

静卧的老鹰这下警惕了，两只环眼顿时射出锐光，目不转睛地监视起下边这支狼的队伍。前边那只白耳狼它见过，前些日子曾来过这里，发现老鹰做巢的岩洞之后，一直盯视观察个不停，后来被它们两只老鹰俯冲下去合力赶走的。后来也来过几次，一来就盯看这老鹰洞。今天倒好，它带来了同伙帮手。

两只老鹰立刻耸脖挺胸，铁爪子扣抓着岩石洞沿，威风八面地摆出不可侵犯的样子，嘴里发出猛烈刺耳的啸叫声，随时准备出来攻打来敌。

白耳狼扬起头，冲悬崖上的老鹰巢发出了一声长长的嗥叫。这似乎在告诉后边的狼孩和母狼，这里就是目的地，引你们来的终点。

狼孩放下背上的母狼，也抬头发现了那所位于险要处的鹰穴。老母狼站立在冰上，虽然目力不济也从白耳的嗥叫中明白了什么，仰脖冲那高处注视倾听。

狼孩发出一声满意而欢快的喊叫，"噢——呜——"显然他已相中了那个隐秘的洞穴，如果能够爬上去攻占下来做巢的话，那可是天下绝佳的易守难攻固若金汤的堡垒巢穴。

"啾——嘎——"从悬崖上传下来两声怪唳的鹰啸，接着天空中黑影一闪，两只老鹰如箭般俯冲下来，向前边的白耳狼发动了第一轮攻击。

白耳狼敏捷地左闪右跳，躲避着老鹰的铁爪子和利喙，又不时地上蹿横跃着张嘴咬老鹰。它曾跟老鹰战斗过几次，知道对方铁爪铜喙的厉害，不轻易把自己后背等处亮给它们。然而，毕竟对方张着翅膀，飞行迅速，又从上边下攻容易得手，得手后便旋即飞上天躲开狼咬，准备下轮进攻。几个回合下来，白耳狼开始抵挡不住了。

这时，狼孩大嗥一声冲进来。他左扑右撞，伸爪子揪打老鹰，几次差点得手，竟拔下了老鹰几缕羽毛，然而他的手臂上也被老鹰爪子抓了几下，渗出血丝。狼孩愤怒了，从旁边河岸上撅拔出一根粗棍子，挥打起来。毕竟具有人的双臂，这一下他的威力大增。被击中的一只老鹰发出"嘎嘎"的痛叫，冲上高空躲他的棍击。战局登时改观。另一只老鹰一直跟白耳酣斗，狼孩又冲上前去给白耳解围，乱挥乱打中一下子扫中那只雄鹰的翅膀，差点将它打落下来。显然那只鹰的一边翅膀受了重伤，往下耷拉着，发出一声声惨叫，勉强拖着伤翅飞回上边悬崖洞穴中去。见情况不妙，高空盘旋的另外一只鹰也飞回洞内，不敢再飞下来了。

然而，激起斗志和血性的白耳狼却不罢休，它嗥叫着，向上边几十米高的鹰巢冲上去。它十分敏捷，一跃一两米高，四只爪子攀附在崖壁上的岩石或树藤上，"噌噌"地跳跃着，转眼间接近了那陡壁半腰的鹰穴。那只没受伤的老鹰一见强敌攻上来，又飞出洞穴攻击半途中的白耳狼。这一下白耳狼被动了，四只爪子全扣抓着岩石和树草不能松开，又无法回头张嘴咬老鹰，没有几下白耳狼无法抵挡老鹰的攻击扑抓，嗥叫着滚落到冰河上。

这回狼孩上去了。他比白耳有优势，脚可蹬，伸臂可抓，身体矫健而又敏捷，那双臂又力道无穷。只见他腾挪闪跳，如猿飞崖，抓藤攀崖，几下便靠近了鹰巢，未受伤的老鹰尽管惊惧此怪兽，还是飞出来攻击它。这回狼孩吸取白耳的教训学乖了，他身体贴附在岩壁上一动不动，也不先伸手去挥打老鹰，而是静静地如壁虎般粘贴在那里，等候老鹰攻上来。老鹰见状，以为此兽也失去了战斗力，胆子变大了，展翅俯冲下来伸出铁爪子抓狼孩。狼孩就等这一刻，一俟老鹰的爪子接触到自己后背，他闪电般地回过手就攥住了老鹰的腿。接着顺手一牵过来，大嘴一张，嘎嘣一声咬断了老鹰的脖子，黑红的血如射而出，溅满了他的脸和胸，而后挥手把老鹰尸体血赤呼啦地摔到地面上去。上边的老鹰一见伴侣惨死，发出惊天的啼啸，不顾翅伤飞冲下来攻击狼孩。狼孩想如法炮制，可老鹰也学精了，攻打几次有危险差点挨抓，受伤的翅膀也飞冲起来不给劲，它只好又飞回了上边的洞内。狼孩见老鹰回洞，接着往上爬，转瞬间攀住了洞口下沿的岩石，终于翻身登上了鹰巢。

一见强敌已经攻进了巢穴，只见那只老鹰发出一声绝望的长啸，展开大翅，趔趔趄趄飞出洞，狠狠地往地上俯冲下去，刹那间它一头撞死在死鹰旁边的冰面上，头骨碎裂，鲜血满地，一双铁爪子抽搐了几下便再也不动了。

狼孩、白耳、老母狼都被这壮烈的一幕惊呆了。他们不再嚎啸，不再骚动，都怔怔地看着那只英勇不屈、忠贞刚烈的老鹰还有它旁边的伴侣。似是默哀，似是致敬。

狼孩从上边的鹰巢中跳下来，慢慢走到两只老鹰那儿，看了看，又把它们捡起来抱在怀里，走向河岸边，放进一条岩缝里，然后又塞满石头和冻土块。他和白耳、母狼哪个也没想去吃掉这对老鹰的尸体，尽管他们都早已饥肠辘辘。狼孩慢慢走回来，白耳和老母狼静静地注视着他和那处新鹰坟。他们都神态肃穆，目光凝重。兽有兽道。

狼孩默默地抱起老母狼，往肩上一扛，转身走向悬崖陡壁，朝上边的鹰巢攀缘而上。很快爬到那岩洞，钻进去。白耳也从下边三下两下跳跃上去。

狼孩和白耳一起站立在鹰巢洞口，发出了一阵阵长嚎。这是占领者的啸叫，向世界宣布此处的新主人身份，地域疆界的归属。

那鹰巢从下边看显得不大，像一口大锅般的椭圆形进出口子，在洞口前还有一米见方的岩石台子，正好挡住从下边仰望者的视线，看不大清楚岩洞的整貌。其实这是一个很大的天然岩洞，老鹰只占据了一个小角做了巢。而且外边的岩洞又延伸到里边，跟另一个无边无际的长溶洞连接起来，不知通到哪里去，深不可测。难怪那一对老鹰殊死搏斗，不肯逃走，坚守这如此难得的天然老巢。无奈，这是个强者的世界，残酷无情，弱肉强食，禽兽间也如人类一样由利益驱动，没有弱小群体的生存空间。

尽管这新的巢穴进出不大方便，上爬下滑都有一定的难度，但对老母狼这样无法保护自己的老兽来说，是一个绝对安全的天然屏障。地处"鬼舔头"——穷黑勒大沟，洞又在悬崖峭壁间，除了鹰隼飞禽，一般走兽和人均无法到达这里，也不易发觉，而对矫健强悍的狼孩和白耳来说，进出这洞口不成什么难题，简直如履平地。老母狼缓缓蹒跚着在宽敞的洞内走走停停，嗅一嗅这里，触一触那里，凭知觉和模糊的视觉，已经感觉到此洞穴有冬暖夏凉，易守难攻，隐秘深藏等等好处，它显得非常满意和喜悦，不禁仰起花白苍老的头颅发出"噢——呜——"两声浑厚低沉的长嚎，表达自己的欣喜之情。

老母狼此时似乎想到了什么，回过头向洞口走去。

白耳狼蹲坐在洞口附近。自从爬上这新的洞穴之后，白耳根本没有往里多走一步，它只是静静地蹲坐在洞外那小块岩石台上，观察着老母狼的一举一动，显得孤独而收敛。尽管它鞍前马后为母狼和狼孩的生存忙活着，奋战着，有时冒着生命危险也绝不后退，可至今老母狼始终没有准确地表示过要接纳它。就是这次的远遁，是它一直在寻觅着一处好巢穴，方圆几百里几乎都被它寻遍才发现了这鹰巢，再把狼孩和母狼引到这里攻占了它，可它仍然不敢奢望母狼会改变初衷接收它。它已经做好准备，一旦老母狼仍然来轰赶它的话，它随时准备跳下崖去，仍去外边的荒野上流浪，虽然这对它不公平，可它也已经习惯了这种际遇这种生活方式。但有一点是不会改变的，那就是母狼对它如何冷漠，它将始终如一地追随母狼保护母狼这一点是不会改变的。白耳的心里，母狼永远是自己的亲娘。尽管母狼从小到现在始终偏爱狼孩，现在白耳一点不介意了，而且通过几次生死与共的搏斗和并肩作战，它也渐渐接纳和喜欢上了这个不人不兽的狼孩了。何况小时还在老主人的土炕上一起滚耍过，有过最早的亲密接触。它现在认为狼孩是个不错的可靠伙伴。

老母狼就那么步履迟缓地，摇摇晃晃走向洞口，不时扬起嘴鼻嗅嗅。它神态懒洋洋，拖拉着长尾，微翘的鼻孔咻咻抽响，似是无意地没有任何目的的向洞口白耳蹲坐的石台走过去。

白耳警惕了。它倏地站立起来，后扬起尾巴。它以为母狼又来赶咬自己了，它紧张地后退两步，可再退就是洞外悬崖了。

这时母狼的老尾巴摇动起来，接着从它的嗓子眼里滚出一声比较亲热的"呼儿——呼儿——"的低吟。

白耳狼呆住了。全身震颤了一下，它以为听错了，母狼再次发出那种亲昵的声音，它才相信是真的，就站在原地不动了。

　　老母狼接着走近了它，用自己额头触碰了一下白耳的额头，伸出湿凉的嘴巴，亲了亲白耳的有些微微战栗的嘴巴，白耳一动也不敢动。接着老母狼与白耳相互交脖拱了拱，晃了晃，咬了咬，然后老母狼张开大嘴伸出一条红红的长有倒刺的铁刷似的舌头，唰唰地舔起白耳的嘴脸和脖颈。看来这是最后一项认子仪式了。

　　白耳的四肢在激烈地抖动，它放低了头颈，几乎贴着地，乖乖地任由老母亲又舔又咬。它的双眼里流动着欢喜而又委屈无比的温和，它的尾巴轻轻地摆动着。它开始摇头晃脑，躺倒在老母狼脚下打滚戏耍，又热烈而温存地拱偎着老母狼的胸脯，发出一阵阵呢喃，它完全被这突如其来的幸福击倒了。

　　狼孩在远处静静地观看着这一幕，他发出一声欣喜的长嗥。那声音在空荡荡的岩洞内久久地回响，如一缕蒙古长调般绵绵不绝……

四

　　老母狼的新家族组合，就这样在新的巢穴内安居下来。

　　和睦而温馨的狼族生活开始了。远避了人类的追踪和探究，远避了其他狗獾走兽的骚扰，又躲避开外边的天寒地冻的严冬世界，悠闲安居在温暖如春的深穴内，过着世外桃源般的无忧生活。

　　不久狼孩还往连接岩洞的长溶洞走探了一次。

　　他又有了惊人的新发现。里边的那个七拐八绕的溶洞岩壁上，攀附生活着无数只黑蝙蝠！这些奇特的动物，一个个肥硕无比，不时发出吱吱唧唧的瘆人叫声，有的还不时掉落到地上。狼孩不客气地抓住两只放进嘴里品尝了一下，哈，味道好极了，美妙无比！

他欢跳着原路跑回去，招来了正跟母狼依偎亲昵的白耳狼。

于是，他和白耳又开始了新的狩猎战斗生活。他们联手捕捉了一只又一只的肥大蝙蝠，带回来给母狼吃。这一下，完全解决了他们一家三口的一日三餐，而且是活蹦乱跳的血肉美味。由于常年生活在溶洞内，啃吃青苔虫豸，舔吸潮湿的岩壁生存，这些蝙蝠味道鲜佳，营养价值极为丰富，甚至可以说具有增强体质益寿延年的效果。这么一来，狼孩和白耳狼用不着再蹿到岩洞外的荒野和河床上去捕猎了。他们不用那么辛苦了，不用出洞就可捕捉到取之不尽的猎物，在那个无边无际的长溶洞里，谁知攀附生存着多少只蝙蝠。估计他们这一辈子都吃不完。

难怪外界的人类一下子断了他们的音讯。他们压根儿就不到外边的荒野上活动，谁人能探听到他们的行踪？他们根本就没有行踪。饿了逮两只蝙蝠吃，渴了下到岩洞下的冰河上啃冰块，既解渴又清火。后来他们在下游不远处，发现了一处不结冰的活水口子。那是一个向阳的矮崖下，由于避风而温暖，水流在这里遇阻后变急，成了一个永不结冰封口的活水处。于是每天吃了蝙蝠后狼孩就背着母狼下来，到那不结冰的活水口子饮水。那水甘甜清洌，舒服到浑身每个毛孔。

光阴荏苒，时间慢慢流过。他们就这样送走了漫长的严冬，迎来了草木葱茏的春夏。为了伸展四肢不失矫健，趁草深树绿容易隐蔽，狼孩和白耳狼也有时蹿到荒野上猛跳狂跑一阵，追野兔捕狐獾，又爬上高峰狂嚎一阵儿，弄得四野都为之战栗。

老母狼却一天天地更加衰老了。

它安安静静地趴卧在洞内软草上，很少走动，微闭着双眼，呼吸也很细弱。它的饮食也大大减弱，几乎几天不吃什么东西。孩儿们弄来的蝙蝠、山兔、雉鸟，在它嘴边堆成小山，可它闻都不闻，一点兴趣都没有。就是发生兴趣，它也咬不动嚼不烂咽不下，索性就放弃那些麻烦。它似乎不吃东西也可以活下去。可狼孩不干，非让它吃东西不可。每天狼孩喂它吃，喂得很艰难也很细致。先是把母狼爱吃的兔肉放进自己嘴里嚼烂，然后用手爪掰开母狼的上下嘴，再用自己舌头把含在嘴里的肉食推送到母狼的嗓子眼里，这样母狼就容易咽下去了。吃到维持它生命的有热量的食物，老母狼也能精神起来。狼孩每每这样喂食，不厌其烦。白耳负责出去捕食。老母狼应该知足了，过着幸福的晚年，儿女也孝顺能干。比起人类许多被子女抛弃的老人来说，它可是幸福多了。

母狼有时也闹脾气。狼孩没有烦给它喂食，它自个儿却烦了，有时死活不张它的嘴，急得狼孩抓耳挠腮，咬也不是打也不是，哄劝又不听。白耳在一旁帮不上忙，只有团团转，发出一声声哀号猿吠。到这时候，母狼闹够了，见两个孩子可怜可笑样，又动了恻隐之心，便放弃一时的倔强，张开嘴又吞咽起狼孩喂给它的软食烂肉。

这真是感人的一幕。当年被母狼叼走，用狼奶喂大和呵护的这个人类孩娃，如今用自己的嘴舌喂婴儿般喂着老母狼，也活似一只大鸟用长喙把叼来的虫子放进嗷嗷待哺的小鸟嘴里一样。神奇而野性的世界里，这其实是一种最纯朴最真挚的感情表现，似乎是个很自然的事情，不像人类社会那般弄得太复杂，什么道德啦、忠孝啦、责任啦等等，先思想，后行动。野兽则先行动，后——后也不思想，它们不要思想。人类已被它们的思想弄得乱七八糟了。圣者说过，人类一思想上帝就发笑。野兽不思想，也没人发笑，上帝会沉默。沉默的上帝更可爱。

母狼家族在这一段的新穴居生活期间，也遭遇到过一些特殊情况。

那一天，沿着这条蜿蜒逶迤的锡伯河，走来了两位不速之客。一个是秃头上永远扣着一顶帽子的年轻人，一个是猥琐矮小的中年男人。他们俩为复仇为泄愤，仍然不屈不挠地追寻到这一带，查探白耳狼的下落。

他们果然探出了些蛛丝马迹。

他们也像野人般潜伏在河南岸的草丛中，眼睛死死盯着对面悬崖上的那个旧鹰巢。那是个十分可疑的洞口，不见老鹰飞，也不见小鸟入，偶尔却传出些奇异的声响，从里边飞蹿出一两只大蝙蝠又飞回去。那里边究竟有什么古怪呢？两个月之后，他们终于有所收获。一个寂静的月夜，他们看见狼孩背着老母狼从那岩洞里爬下来，到河边吧唧吧唧饮水，而后又爬上去消失在那旧鹰巢岩洞里。

猥琐的男人是娘娘腔金宝，他由于狂喜，差点咬破了嘴唇，二秃子胡伦则奇怪，他们追踪的主要目标白耳狼哪儿去了？

娘娘腔安慰他别着急，找到了母狼和狼孩，还能跑得了白耳狼？果然他们后来不久也看到了白耳狼。他们两人不得不佩服，这个母狼家族居然能找到如此隐秘的天然岩洞做巢，真是匪夷所思，令人叫绝。他们两个犯愁了，怎么样才能消灭他们？他们根本无法接近那个峭壁上的岩洞，从下边他们肯定上不去，从上边又怎么下来进得去呢？他们苦思冥想。

两个人突然消失了，多日之后有一天他们又出现了。这一次是他们出现在河的北岸上，在那座岩洞的头顶上边。他们带来了长长的粗绳，由娘娘腔金宝用绳子绑上自己腰，手里还提着雷管炸药包，由留在上边的二秃子往下放绳，一点点地把娘娘腔送下去。狗日的，够狠毒的，居然想用这种损招来炸平那岩洞，想一次全歼了母狼家族。他们俩陶醉在自己想出的毒计中，绳子一点点送下去，已经接近了那个鹰巢的岩洞。娘娘腔金宝阴冷地笑着，点燃了手中的炸药包。恰好此时，上头放绳的二秃子身后突然出现了那只白耳狼。只见它"嗷儿"一声狂嗥，就扑上去了。二秃子回头一见是白耳狼，吓得魂儿都没有了，同时白耳的利齿一下子咬住了他的手腕。刹那间，他就失手松开了那长绳，本来长绳的这一头还拴在附近的一棵树上，却早被暗中的狼孩咬断了。于是，下边坠着的娘娘腔便毫无阻挡地掉落下去，发出一声惨叫，如断线的风筝，同时"嘭"的一声巨响，他手中的炸药包也爆炸了。可怜的娘娘腔顿时粉身碎骨，血肉横飞，七零八落地掉进滚滚的锡伯河中，连个整尸都没有留下。而那锡伯河正发着洪水，顷刻间吞没了他那残肢断腿，散片似的尸首全没有了踪影，唯有浑黄的河水滚滚而下咆哮奔腾。

上边的二秃子扭头就跑。

白耳"唿儿——"一啸，纵身一跃，便从他头顶上蹿过去，又站在他的前边，凶狠地面对着他。白耳的眼睛逐渐变绿，龇牙咧嘴。

"别、别、别……别咬我！别咬我！"二秃子脸无血色，浑身颤抖，吓得屎尿齐出地僵在原地。

白耳狼不管他的求饶，"呼儿"一下猛扑过去，不偏不倚，正好咬住了二秃子的裤裆处。"哧啦"一声，二秃子的裤裆和那个男人的东西一并被白耳血赤呼啦地咬下来，落进白耳狼的嘴里，"嘎吱嘎吱"咀嚼后吞咽下去了。

二秃子大声惨叫，捂着自己的裤裆逃走，可没跑出多远便昏过去了。白耳狼望着他的背影，并没有追过去结果了他，而是会合了狼孩，发出一声长嗥，回下边的岩洞巢穴去了。就这样，胡家父子都被白耳狼做了，一死一废。胡家灭了狼的家族，幸存的白耳又做了胡家，因果报应，自然界的法则。

事情就这么结束了。该走的都走了，该留的都留下了。母狼家族的生活还要继续，他们的故事还没有结束。漫长的夏天也这么熬过去了，从此再也没有人类过来骚扰他们平静的生活。

寒冷的严冬又来临了。近来从北方罕腾格尔山那边来了一只年轻的小母狼，白耳跟它厮混上了，整日整夜在荒野上追逐，有时一连多日离开巢穴。它的另一种幸福生活即将开始了。狼孩默默地注视着它们，有时不明白它们为什么那么欢快。他有些寂寞。

这一天，白耳又走了。狼孩守着母狼，懒得到外边去，无聊时他独自往那长长的地下溶洞走探。这一次，他在溶洞的一个岔道里发现了一个有趣的现象，一只大蝙蝠正跟一个地上的不大的如虫子般的小动物相斗。说它是小动物也抬举了它，身体才几厘米长，头部有点像马蜂，嘴边长着须子，胸肚上长着七八只脚，形成节肢，前腹粗后腹细长，尾巴有个倒钩往上撅挺着，它是拿这个当武器跟蝙蝠斗。还真有效，那只大蝙蝠畏惧它这上举的倒钩，几次进攻都没有得手，吱吱叫着。那个虫子般的小东西跑起来也蛮迅速，闪避着自己的头部，蝙蝠飞到哪方它就把尾钩倒举向哪儿，用屁股对敌。失去耐心的蝙蝠最终飞冲下来，倒是咬住了小东西的头部，可自己也被它的尾钩蜇了一下。小东西死了，可那蝙蝠也没飞出多远"吧唧"掉在地上，抽搐着死了。

狼孩好生奇怪，走过去，想捡起那个从未见过的小东西看一下它为什么这么厉害。他伸手抓那小东西的刹那间，又蹿出另一个同样的小东西狠狠蜇了一下他的手背。如针刺般的疼痛，气得他一脚踩死了撅着尾巴跑的那小东西。这一下不好了，他的手背很快红肿起来，身上也发热了。他赶紧跑回巢穴，疼痛使他嗷嗷呻吟。老母狼爬过来，闻了闻舔了舔，顿时大惊失色地低嗥几声。经验老到的它立刻知道，狼孩是被毒蝎子蜇了，如果是夏天的话，可找蝎子草嚼烂，涂在上边能治好，可现在是冰天雪地的冬季，哪有什么绿植物哟。老母狼急得在洞里团团转，伸出舌头唰唰地舔那被蜇处，又舔那发烧后滚烫的狼孩脸颊。狼孩开始昏迷。老母狼一时突发奇想，把自己的尿撒涂在狼孩手背红肿处，又把一只黑蝙蝠的血浆涂在上边。不知是狼孩身体强健，还是老母狼的偏方有了奇效，昏迷了几天的狼孩居然活过来了。只是身体虚弱，烧还没有退。

这一天，浑身又热又渴的狼孩勉强支撑着自己，从岩洞内爬下来，踉踉跄跄走到向阳岩下的活水口子。

暖暖的背风向阳崖下，一两米狭长的不结冰的活水口子在那里翻着水花，旋转着，形成深不可测的漩涡流向下游冰面下。足见在那冰封千里的河冰下，也隐藏着汹涌的惊涛骇浪，只是看不见而已。

狼孩跪蹲在活水口子的冰边上，忍着头昏脑涨，俯下头去饮那凛冽凉爽的活水。突然，他在黑亮清澈的水面上看到了一个影子，一个披头散发、塌鼻毛脸、人不人鬼不鬼的怪物影子。他奇怪这个半人半兽的怪物是谁，好像在哪里见过，似曾相识，可又想不起来。接着他的眼睛模糊起来，头脑也有些昏迷，似乎在水中又看见了那个"啊——啊——"的亲人，还有那个漂亮的妈妈，威严的老拿鞭子抽他的男人……他们似乎都在向他招手，呼唤他回到他们那边。他要回去吗？干吗要回去呢？这里多好啊……

"扑通"，看着看着，狼孩眼睛一花头一昏，便头朝下掉进那冰窟窿里去了。

旋转的水面上扬起了一朵美丽的浪花，然后不见了狼孩的踪影。

在上边的洞穴中的老母狼，似乎也预感到了什么，只见它不顾一切地从岩洞口滚落下来寻找狼孩。它看到了那最后一幕，"扑通"一下便不见了它的狼孩身影。老母狼这时浑身充满了神奇的力量，丝毫没有犹豫，勇猛地扑过去，纵身一跃，也"扑通"一声投入那个打着旋涡的黑沉沉的冰窟窿里，顿时不见了踪影。它要救出自己的狼孩。

阴沉沉的冬季雪天里，黑森森的冰窟水面上，也曾露出过几次那狼孩的身体，老母狼在冰下用身体往上拱托着他。可呛了水，又处在昏迷状态，身体虚弱，狼孩被极寒冷的冰水冻麻木了全身，根本无力爬上冰岸上来，而且那冰面又那么滑，根本抓不着任何可借力的东西。于是，几经挣扎，几经沉浮，狼孩和老母狼再也没有从冰窟窿里露出身体。湍急汹涌的冰下河水，早已冲卷走了他们力竭的身躯，而下游的河面冰封千里，没有一处可让他们露脸的地方了。

天安静了。

地安静了。

冰面安静了。

整个世界都安静了。

只有呜呜呼啸的北风，如泣如诉，为母狼和狼孩唱着挽歌。

刚才的一阵骚动，丝毫也没能打破这冷寂而无情的荒野的安宁。一切都如此死寂。岩缝中的鸟不再啼鸣，连远处的云也不再飘动，唯有冰河面上偶尔传出轻微的咚咚声响，那或许是河冰在冻裂，更像是那不屈的母狼和狼孩正用头颅从下边撞击着那冻死的冰层！

第二天早上，热恋中的白耳从荒野上回到岩洞老巢，不见了母狼和狼孩，它慌乱了。

它在附近寻觅时，在活水口子那儿闻到了气息。它长啸一声，循着冰河往下游寻找下去。于是在下游的几里外，它发现了一个奇景：水晶般透明的冰层下，朝上仰面贴着两张脸，一张是母狼的毛茸茸的长脸，一张是狼孩那张似人似兽的圆脸，都紧紧贴着冰层，冻结后固定在那里了。好似活标本——硕大的水晶棺材中的两具最有特色的活标本。母狼与狼孩。人与兽，兽与人，如此栩栩如生。

白耳用爪子刨扒着那冰面，哀号了很久。

它骤然跳起，沿着冰河床往上游方向飞蹿而去。

那一天，我刚从省城学校放假回来。

白耳就那么幽灵般闯进了我家，一见我就咬住了我的裤腿儿，它跑得浑身如水洗了一般。它咬住我的裤腿儿就往外拽，并发出一声声绝望而痛苦的哀鸣。顿时，有一种不祥的预感袭遍我全身。家人也感到十分奇怪。

我和爸爸骑上马，跟随白耳迅速沿锡伯河往下游奔去。

我们在百里之外的那个冰面上发现了那对活标本，那个令人心碎的景象，赫然出现在我的面前。

爸爸慢慢跪下去，用手掌轻轻擦拭着那冰面，好像是在擦拭着孩子的脸，轻轻地，柔柔地，怕擦疼了、擦醒了冰下沉睡的小龙弟弟。然后，爸爸把脸贴上去，紧紧贴在狼孩的脸上。白耳围着爸爸，围着我，围着母狼和狼孩的影子乱转着，哀号着。

爸爸跪在那里，亲了很久。两颗豆粒大的浊泪，从他那沧桑的脸庞上滚落下来。

……

一切就这样结束了。

我为狼孩小龙和老母狼的在天之灵祈祷。

尾声

很多年过去了。

每当我从城里回到故乡，坐在河边的沙丘上，就想起我那狼孩弟弟小龙，还有那只不屈的母狼和它的家族。尤其被我养大回归荒野的白耳狼，始终令我无法忘怀。凝视远方，白耳狼，你现在哪里，你还好吗？

面对苍老的父母双亲，面对日益荒漠化的故乡土地，面对狼兽绝迹兔鸟烹尽的自然环境，我更是久久无言。我为正在消逝的美丽的科尔沁草原哭泣，我为我们人类本身哭泣。

我慢慢走过村街。依旧冒着土烟，依旧跑着骑柳条马的小孩，依旧是门口灰堆上打滚的毛驴和猪狗，不时夹杂一两句魔怔女人伊玛骂孩子的叫声：你这挨千刀的杂种哎，你这狼叼的小秃子哎……这时从村街灰堆上便钻出一个秃头发亮尘土满身的骑柳条马的脏孩儿来。

我心里凄然。

我走向西北大沙坨子。

选一高高的沙峰，久坐遐想。此时，我更加怀念起我的白耳狼。我是永远不会忘却它了。那次我们把狼孩和母狼从冰窟里刨出来，安葬在悬崖上的鹰巢之后，那白耳就跑走了，身旁相伴着一只美丽的小母狼。

哦，我的白耳狼子。你是惟一代表狼孩和母狼活着的荒野精灵。

此刻，你在哪里？

冥冥中，我的大脑里突然出现幻觉：茫茫的白色沙漠上，明亮的金色阳光下，缓缓飞跃腾挪着一只灵兽，白色的耳朵，白色的尾巴，也正在变白的矫健的身躯，都显得如画如诗，缥缈神逸，它一步步向我奔驰而来，向我奔驰而来……

哦，我的白耳狼子，荒野的精灵！

跋

人变狼比狼吃人更可怕

——《赤那–狼子》与郭雪波

　　人们不会忘记黄秋耘所透支给大众的爱。他在最后的日子里竟然读了雪波的这部长篇，而且写下"颇有意思""使我掉下泪来了"的评语。黄秋耘说过："我自己是个'罗兰党'。"他一生从不讳言他的人道主义立场。"也许人到黄昏，更容易伤于哀乐吧。"我相信秋耘。

　　《赤那–狼子》是一部写实的大寓言。

　　写非人之人性或写兽性之人性，新作不在少数。苏联的长篇《白比姆黑耳朵》，日本动物片《狐狸的故事》等。王蒙的《杂色》，困乏的老马竟然开口说话："让我跑一次吧！"宗璞的《核桃树下的悲剧》听到核桃树的哀鸣。张承志的黑骏马那眷眷之情总是在"无言地述说着什么"。乌热尔图的《一个猎人的恳求》和《七岔犄角的公鹿》，狗通人性，公鹿像大丈夫一般爱子。前不久在《北京晚报》上读到一篇美国人写的《狼故事》，写一个狼孩带着父亲深山寻找老狼妈妈的故事，狼人沟通，处处动人。现在的这部《赤那–狼子》，不论是写狼和狗的人性还是写狼孩儿的兽性，无不惟妙惟肖而又惊心动魄。

郭雪波具有叙述艺术的才能，他笔下的真实让人毋庸置疑，他在关于草原的描写中注满了真情，他的叙述中有诗。他写公狼之死：血泊中箭毛依然光亮，双耳依然直挺，长尾依然雄伟。他写剥狼皮：手法熟练，刀工精湛，那"哧啦哧啦"的扒皮声就是肉皮之间撕裂声，没有一点血，偶尔出现小块黑疙瘩，那是箭伤或刀痕，记载着公狼的历史。他写狼孩儿追猪：一边是猪的失魂落魄，一边是皮鞭的抽打，一会儿是人，一会儿变狼，煞是人兽同台演出的奇异景观。他写母狼的哀号，那份撕心裂肺，那对儿流着泪水同时冒火、冒血、冒出绿色冷光的眼睛。还有对于赤裸裸如剥光了丝绸绿衣的严重沙化了的草原的描写，对于草原落日和草原之夜的描写，算得上出神入化！

我们且不说郭雪波多么熟悉狼和狗，单是对于狼和狗的习性的洞察和掌握，就已经叫人惊叹不已。他不但写出兽的力、勇、狂、野、凶、猛、肆虐、狞恶、狡猾以及自卫能力，而且写出兽的和善、亲情、灵透、机敏、坚韧以及拼死的复仇精神。尽管狼孩儿被抢回、被感化，但是当母狼荒野深夜的凄厉恐怖的哀号唤醒他的兽类亲情时，狼奶变成的血液沸腾起来，狼性便油然而生，一口咬伤他的生母，脱缰而逃。作者写到受重伤的母狼在追捕合围下依然冲向狼孩儿时的情景：

> 母狼拖着小龙唰唰地走，很艰难。鲜血也从它的伤口咕嘟咕嘟流出来，染红了沙地。血一路洒，它一路走，不屈不挠，不死不休地走。不时还停下来舔舐小龙脖颈上的流血处，唯恐狼孩流干了血。
>
> 终于，它拖不动了。
>
> 狼孩已处在半昏迷状态，可他并没有痛苦之色，而依旧很欣喜地望着母狼，并固定在那里。他的头一歪倒向母狼颌下便不动

了。那双未来得及闭上的眼睛，仍留有一丝狂热的野性的余光，凝视着远处的漠野，凝视着前方的黑暗。那黑暗的尽处，黎明的曙色正在显露，当然，那黎明已不属于他了。他那张野性未改的脸向上微扬着，嘴巴也翘着，于是整个这张脸部又变得更像一个拉长的问号：我是谁？来自何方？去向何方？

我想，正是看到这些惊心动魄的场面，黄秋耘洒下热泪。

然而，更为重要的，或者这部作品区别于同类作品的，却是奇异的想象力和深藏在传奇故事里的大悲剧、大童话、大寓言。

人和兽，兽和人，兽变人，人变兽，人吃兽，兽吃人，人灭兽，兽灭人，狼兽绝迹、兔鸟烹尽之日，也是众生被淘汰出局之时。也就是说，人类假若对大自然不立刻停止掠夺和破坏的话，那么，可以想象，人类必将被大自然撕咬得遍体鳞伤，或渴死，或毒死，或窒息而死，或癌症不治而死，或自相残杀而死，死无葬身之地，白茫茫大地真干净。那份干净和"白茫茫"，如同郭雪波在得奖小说《大漠魂》里形容大沙坨子那样：白色的炽热，白色的朦胧，白色的潮涌，白色的幻觉，白得灼人，白得刺目，白得透明而淡远，"天地在那个白茫中弥合融会"。

郭雪波并没有写他可爱的家乡一天天变得不那么可爱，没有写美丽的科尔沁草原一天天沙化，没有写沙进人退，却写"人差不多变成狼了"。郭雪波萦绕于怀的家乡情结、草原情结和"安代"情结，使他焦躁不安，他也和贾平凹一样"怀念狼"了。但他的食肉扬沙的生活体验，使他怀念起狼来更具生活写实的能力，更富合理的想象。他从自作聪明的人类和象征着大自然的动物界的相对立、相转化的奇特角度着墨，展示出一幕幕血淋淋厮杀的生存悲剧。狼变人，在狼看来是狼的背叛，而一旦吃狼奶、变成狼，却永远不失与人殊死反抗的狼的天然本性，因故，狼孩儿最后还是回归于母族的狼，哪怕死在母狼的怀里。也就是说，不论是兽性中的人性，还是人性中的兽性，由于置放在人与自然的，也就是人类破坏大自然、大自然会不会回过头来报复人类的大背景上，所以，突显其历史的厚重感，成为一部耐人寻味的大寓言。狼的失败警示人们：被现代技术武装起来的人一旦变成比动物更凶残的狼，人也就完了。

　　我在高桦女士环境文学的麾下同郭雪波相识，几乎在每次环保问题和聚会上发现郭雪波总是心急如焚的样子，三句话不离沙子。他时刻准备着，为草原请命！这就是郭雪波留给我的印象。《大漠魂》里的"我"有他的影子。"我"背得动爸爸，腰板儿挺结实，但无回天之力；他爸爸是条蒙古汉子，却不敢替补被狼咬死的村主任的空缺，说："我要照料我那狼孩子，恢复个人样，哪有心思给大家办事，或者去'腐败'呀！"《赤那-狼子》中的"我"留下沉重的话语："野兽被咱们文明人吃得快干净了，这大漠就剩下这只不屈的老母狼了。""早晚会有更大的兽来吃咱们这人兽的。"这也是郭雪波紧急呼救的哀号。

阎　纲

修订后记

　　《狼孩》是《大漠狼孩》的修订版。《赤那-狼子》是《狼孩》的改名版。

　　《大漠狼孩》于 2001 年出版，尽管已获全国首届生态环境文学奖和全国少数民族文学骏马奖，印了两版，但仍有不少的缺憾。这次，当中译出版社力挺此书，再行付梓之机，我对不足之处一一做了修正。

　　更换书名的原因是，市场上已发现《大漠狼孩》和《狼孩》被人恶意盗版，尤其卑劣的是，把本人名字偷换成姜某，称《大漠狼孩》《狼孩》是他《狼图腾》之后的又一力作。这使我不知道该说些什么才好。我想说明的是，《大漠狼孩》早于《狼图腾》三年出版。

　　作为蒙古族作家，我顺便在此说明，狼不是蒙古人的图腾。蒙古人，崇拜长生天，崇拜长生地，崇拜祖先，崇拜萨满教文化。草原上，狼和游牧民族是生存竞争对手，是敌对关系。蒙古族的历史资料中，从未有过狼是蒙古族图腾这样的记载。

　　我写过不少狼和狐的小说，如《银狐》《沙狼》等，主要宗旨在

于折射人与人、人与自然的生存关系，而不是从某种伪文化的狭义
理念出发对某个民族文化的无知歪曲和篡改，而是对整个人类生存
状态的审视、反思和批判。

本书《赤那-狼子》也是如此。

为后记。

郭雪波

2019 年 11 月于北京金沙斋